Melissa Foster

Voller Einsatz für die Liebe

Die Bradens in Peaceful Harbor

Die Autorin

Melissa Foster ist eine preisgekrönte *New-York-Times-* und *USA-Today*-Bestsellerautorin. Ihre Bücher werden vom *USA-Today-Bücherblog,* vom *Hagerstown Magazin,* von *The Patriot* und vielen anderen Printmedien empfohlen. Melissa hat mehrere Wandgemälde für das *Hospital for Sick Children,* eine Kinderklinik in Washington, D. C., gemalt.

Besuchen Sie Melissa auf ihrer Website oder chatten Sie mit ihr in den sozialen Netzwerken. Sie diskutiert gern mit Lesezirkeln und Bücherclubs über ihre Romane und freut sich über Einladungen. Melissas Bücher sind bei den meisten Online-Buchhändlern als Taschenbuch und E-Book erhältlich.

www.MelissaFoster.com

Melissa Foster

Voller Einsatz für die Liebe

Die Bradens in Peaceful Harbor

LOVE IN BLOOM – HERZEN IM AUFBRUCH

Aus dem Amerikanischen von Janet König

*Für meinen ganz persönlichen
heldenhaften Adonis*

Vorwort

Das Erste, was mir auffiel, als ich Cole kennenlernte, war sein riesiges Herz sowie sein Wunsch, zu lieben und geliebt zu werden. Als ich dann Leesa kennenlernte, wusste ich sofort, dass Cole der richtige Mann für sie war und dass sie genau die Frau war, die er in seinem Leben brauchte. Ich hoffe, dass Sie ihre Liebesgeschichte ebenso gern lesen, wie ich sie geschrieben habe.

Wenn Sie über Neuerscheinungen immer auf dem Laufenden bleiben möchten, bestellen Sie doch meinen Newsletter unter: www.melissafoster.com/Newsletter_German

Wenn dies Ihr erster Braden-Roman ist, dann erwartet Sie eine ganze Reihe von loyalen, verführerischen und unverschämt ungezogenen Bradens. Alle Romane der Reihe »Love in Bloom – Herzen im Aufbruch« können für sich oder als Teil der Reihe gelesen werden. Die Figuren aus jeder Serie (Die Snow-Schwestern, Die Bradens, Die Remingtons, Sommer in Seaside) tauchen in zukünftigen Romanen wieder auf. Sie werden also keine Verlobung, Hochzeit oder Geburt verpassen.

Viel Spaß beim Lesen!

Melissa Foster

Eins

Cole Braden atmete das süße Aroma der Kaffeespezialitäten und Backwaren ein, als er Jazzy Joe's Café betrat. Endlich Freitag. Das bedeutete weniger Patienten in seiner orthopädischen Praxisklinik und – zumindest diese Woche – etwas Zeit, um seinem Vater und seinen Brüdern bei dem Segelboot zu helfen, das sie gerade überholten. Doch im Moment konnte er nur an einen French-Vanilla-Maple-Cappuccino und einen fettarmen Cranberry-Walnut-Muffin denken, die Spezialität von Jasmine und Joey Carbo. Die Zwillinge machten diese Muffins nur freitags, und nach der schwierigen Operation eines Patienten mit einem Schienbeinbruch hatte Cole sich diese Köstlichkeit verdient.

»Willkommen bei Jazzy's!«, rief Jasmine von ihrer Seite des Tresens, wo sie eine lange Kundenschlange bediente. Die lockigen dunklen Haare waren in einem Pferdeschwanz zusammengebunden, versuchten aber, sich daraus zu befreien, während Jasmine eine Tüte über den Tresen schob und Cole zuwinkte.

»… Joe's«, ergänzte ihr großgewachsener, dunkelhaariger Zwillingsbruder mit einem Grinsen. Sie begrüßten jeden im Café mit einem gemeinsamen munteren Spruch. Manchmal war

Joe schneller mit seinem *Willkommen bei JJ's* oder *Willkommen bei Joe's*, aber nie sagten sie *Willkommen bei Jazzy Joe's*, und das brachte Cole stets zum Lächeln. Als Arzt hatte er täglich mit durchdachten Diagnosen und präzisen Behandlungen zu tun. Da freute er sich über die spontan-originelle Begrüßung des Zwillingsteams.

Cole ging an den bunten Stühlen vorbei, auf denen die Gäste saßen und sich unterhielten, und an einem Sofa, auf dem es sich ein Paar mit dampfenden Tassen gemütlich gemacht hatte. An der Kaffeestation füllte er sich einen Becher zum Mitnehmen. Er konnte die süße Flüssigkeit praktisch schon schmecken. Als er nach einem Deckel griff, tauchte eine hübsche Blondine neben ihm auf. Ein schüchternes Lächeln blitzte kurz auf, bevor sie rasch den Blick auf die Maschine richtete. Coles Blick wanderte an ihrem eng anliegenden Tanktop hinab zu ihren knappen blauen Laufshorts mit dem sexy Hintern und den schlanken Beinen.

»Becher?« Sie sagte es so leise, dass er dachte, sie spräche vielleicht mit sich selbst.

Cole langte über sie und berührte sie dabei leicht. Sie roch so süß und so frisch wie ein Sommerregen. Er gab ihr einen Becher. »Hier, bitte.«

»Danke. Ich wäre nie auf die Idee gekommen, *oben* danach zu suchen.« Sie sah gerade lang genug zu ihm auf, dass er den grasgrünen Farbton ihrer Augen bewundern konnte, bevor sie ihre Aufmerksamkeit wieder der Kaffeemaschine zuwandte.

Er zeigte auf ein weiteres Regal unterhalb des Tresens, wo noch mehr Becher aufbewahrt wurden. »Sie unterhalten die Kunden hier gern mit Suchspielen.«

Sie nickte und setzte die Maschine in Gang. Der Cappuccino tröpfelte aber nur. Sie seufzte, die Schultern sackten leicht nach vorne.

»Es gibt noch mehr Geschmacksrichtungen.« Er zeigte auf die anderen Maschinen.

»Danke, aber dies ist die Lieblingssorte meiner Freundin. Ich weiß nicht, was sie sonst mag.« Sie zog die Augenbrauen zusammen und ihre hinreißenden grünen Augen funkelten.

»Hier, nehmen Sie meinen.« Er gab ihr seinen Becher. Als Ältester von sechs Geschwistern war er es gewohnt, sich zuerst um die anderen zu kümmern, und dieser schönen Blonden mit den einladenden Lippen und den seidigen Haarsträhnen, die ihr immer wieder in die Augen fielen, würde er so ziemlich alles abgeben.

»Nein.« Sie winkte abwehrend. »Das kann ich nicht annehmen.«

»Bitte, es macht mir nichts aus.« Er drückte ihr den Becher in die Hand, und sie lächelte zaghaft, vorsichtig wie ein junges Kätzchen, das sich nicht sicher war, ob die ausgestreckte Hand Gefahren barg. Er war an Frauen gewöhnt, die nahmen, nahmen und nochmals nahmen, ohne sich darum zu kümmern, von wem. Ihre Vorsicht faszinierte ihn.

»Danke, das ist süß von Ihnen.« Sie nahm den Becher. »Sind Sie sicher?«

Cole lächelte. »Ja, bin ich. Ich nehme mir einfach nur einen Muffin. Ich hoffe, Ihre Freundin mag den Cappuccino.«

Er ging zu dem Tresen mit den Backwaren, um sich einen Muffin zu holen, und sie folgte ihm. Ihr Blick wanderte über die Schilder mit den Namen der Köstlichkeiten, während Cole sich ein Stück Papier nahm und nach dem letzten seiner Lieblingsmuffins griff.

»Ach, ich muss diesen fettarmen Cranberry-Walnut-Muffin finden. Den mag Tegan am liebsten.«

Er hielt mitten in der Bewegung inne und lachte leise. *Ist nicht dein Ernst, oder?* Wäre sie nicht so sexy und so süß, würde er ihr seine Lieblingsleckereien nicht so leicht abtreten. »Wirklich? Cranberry-Walnut?«

Sie biss sich auf die Unterlippe, versuchte, ein schuldbewusstes Lächeln zu unterdrücken, und nickte.

Er packte den Muffin ein und gab ihn ihr.

»Danke, aber jetzt habe ich wirklich ein schlechtes Gewissen. Zuerst nehme ich Ihren Kaffee weg und jetzt …« Sie sah auf die Tüte und drückte ihm dann den Kaffeebecher wieder in die Hand. »Hier, Sie nehmen den, und meine Freundin kann den Muffin haben.«

»Nein, seien Sie nicht albern.« Er gab ihr den Becher wieder zurück und packte für sich selbst einen fettarmen Blueberry-Muffin in eine Tüte. »Ihre Freundin hat heute ihren Glückstag.« Er stellte sich hinter sie in die Schlange. »Ich habe Sie hier noch nie gesehen.«

»Ich bin nur für ein paar Wochen hier.« Sie sah noch einmal skeptisch auf den Kaffee und die Tüte. »Zu Ihrem Leidwesen, nehme ich an, wo ich Ihnen diese tollen Sachen wegschnappe.«

Das war doch jetzt mal eine Idee! Wie gern würde er andere *tolle Sachen* mit ihr anstellen.

»Kaum.« Er hielt ihren Blick gefangen, bis Jasmine sich räusperte, um ihnen vorsichtig mitzuteilen, dass sie die Schlange aufhielten. Die Blondine errötete und trat an den Tresen.

Jasmine gab die Artikel in die Kasse ein und sagte dann lächelnd: »Das macht dann acht Dollar fünfzig.«

Die Blondine klopfte sich auf den Hintern, so als suchte sie nach einer nicht existierenden Hosentasche.

»Oh mein Gott!«

Cole schüttelte den Kopf und ihre Wangen nahmen einen

noch dunkleren Rotton an. »Ich übernehme das, Jasmine.« Er stellte seine Tüte auf dem Tresen ab und holte sein Portemonnaie heraus. »Sie sollten mir wahrscheinlich Ihren Namen verraten. Normalerweise lade ich Frauen, deren Namen ich nicht kenne, nicht zum Frühstück ein.«

Sie verbarg ihr Gesicht hinter der Hand, ein süßes Stöhnen entwich durch ihre Finger, und Cole fragte sich unweigerlich, wie sie wohl klingen mochte, wenn sie ein lustvolles Stöhnen von sich gab. Er konnte sich nicht daran erinnern, wann er das letzte Mal so auf Anhieb an einer Frau interessiert gewesen war, aber diese konfuse Blondine mit der mörderischen Figur weckte seine Neugier.

»Ähm …« Ihr Blick glitt über sein Gesicht, so als denke sie gut über eine Antwort nach. »Leesa, mit Doppel-e. Vielen Dank …?«

»Cole.«

»Danke, Cole. Wenn Sie mir verraten, wo ich Sie erreichen kann, werde ich es Ihnen zurückzahlen, versprochen.«

»Na, das ist ja mal ein super Anmachspruch«, kommentierte Jasmine mit einer hochgezogenen Augenbraue, als sie Cole sein Wechselgeld gab und ihre Aufmerksamkeit dem nächsten Kunden widmete.

»Nein, nein«, widersprach Leesa rasch. »Wirklich, das war kein Anmachspruch. Ich war am Strand zum Joggen, und als ich hier vorbeifuhr, dachte ich, ich bringe meiner Freundin etwas mit, dabei hab ich mein Geld wahrscheinlich zu Hause gelassen.«

»Danke, Jazz.« Cole gab Leesa den Kaffeebecher und ihre Tüte, und sie gingen gemeinsam zur Tür. »Keine Sorge, sie will mich nur ärgern. Wir kennen uns schon aus der Schule.«

Er hielt ihr die Tür auf, kniff wegen der blendenden Sonne

etwas die Augen zu und sah auf die Uhr. Seine Sprechstunde begann in zehn Minuten. Er musste zurück in die Praxis.

»Lassen Sie mich kurz nachschauen, ob ich mein Portemonnaie im Auto habe.« Sie zeigte auf ein gelbes Cabrio.

»Süßes Auto. Aber ich denke, ein paar Dollar kann ich für Sie erübrigen.«

»Für meine *Freundin*«, korrigierte sie ihn.

»Für Ihre Freundin. *Klar.* Glauben Sie, ich nehme Ihnen das noch ab?«

»Oh mein Gott! Das ist *wirklich* für sie.«

Es gefiel ihm, wie ihre Wangen erröteten und ihre Augen glühten, wenn sie so durcheinander war. Er überlegte, ob er sie nach ihrer Nummer fragen sollte, aber für gewöhnlich gabelte er keine Touristinnen in seiner kleinen Heimatstadt auf, auch keine so schönen.

Er beugte sich zu ihr und versuchte, die zwischen ihnen flirrende Hitze zu ignorieren, als er sagte: »Alles gut, das war nur Spaß. Es gefällt mir einfach, wie Sie aussehen, wenn Sie sich so aufregen. War nett, Sie kennenzulernen, Leesa mit Doppel-e. Viel Spaß in Peaceful Harbor.«

Eine Stunde später saßen Leesa und ihre Freundin Tegan im Wartezimmer der Schmerzklinik von Peaceful Harbor und warteten darauf, dass der Gips von Tegans Knöchel entfernt wurde. Sie hatte ihn sich vor ein paar Wochen beim Toben mit ihrer Nichte gebrochen und sich seitdem zur Genüge darüber ausgelassen, wie lästig dieses verdammte Ding war. Das störte Leesa allerdings nicht. Während der Collegezeit hatten sie zusammengewohnt und einfach alles miteinander bequatscht, vom Studium und den Männern über Schuhe bis hin zu ihrer beruflichen Entwicklung. Tegan war wie die Schwester, die sie nie hatte, und sie war dankbar für ihre Freundschaft und ihre Unterstützung. Ihr zuzuhören, wie sie über ihren Gips schimpfte, war nichts im Vergleich zu all den Stunden, in denen Tegan Leesa in den Wochen vor deren Besuch ihr Ohr geliehen hatte.

Leesa blätterte durch eine Zeitschrift, um zur Ruhe zu kommen. Nach ihrer Begegnung mit diesem unverschämt heißen Typen hatte sie kalt geduscht, doch ihren Puls hatte das nicht beruhigt. Der nahm allein schon bei dem Gedanken an Cole an Fahrt auf, und das machte sie wahnsinnig. Ihr Leben stand im Moment komplett kopf und nach einem Mann suchte sie mit Sicherheit gerade nicht. Doch das änderte nichts an der Erinnerung an Coles schwelende dunkle Augen, seine tiefe Stimme oder sein leises Lachen, das so aufrichtig klang, dass es auch sie zum Lächeln gebracht hatte. Seit Wochen hatte sie keinen Grund zum Lächeln gehabt, doch als er sie vorhin so begehrlich angesehen hatte, während sie in ihrer Heimatstadt von den meisten keines Blickes mehr gewürdigt wurde, hatte sie sich wie eine attraktive Frau gefühlt – und das war zugegebenermaßen ein fantastisches Gefühl gewesen.

»Du siehst aus, als schwebtest du ganz oben auf Wolke sieben«, sagte Tegan, die auch gerade in einer Zeitschrift blätterte. »Denkst du immer noch an Mr. Groß-dunkel-und-hilfsbereit?«

»Nein«, antwortete sie ein wenig zu schroff. Tegan verdrehte übertrieben die Augen und machte ihr deutlich, dass sie ihr das nicht abnahm.

»Annalise.«

Leesa warf ihr einen bösen Blick zu und flüsterte: »*Leesa,* bitte.« Sie benutzte den neuen Namen erst, seitdem sie in Peaceful Harbor war. Auch wenn Tegan ihr versicherte, dass hier niemand gehört hatte, was sie in Towson durchgemacht hatte, wollte Annalise kein Risiko eingehen – und so war sie zu *Leesa* geworden. Zumindest fürs Erste.

»Okay, tut mir leid. Dann kann es nur bedeuten, dass du an diesen verzogenen Bengel denkst, der dein Leben ruiniert hat.« Sie schlug die Zeitschrift zu und legte sie weg. »Willst du darüber reden?«

»Ich hab es satt, darüber zu reden, Teg. Ich hab schon zu viel Zeit damit verbracht. Eine wochenlange Untersuchung, Verhöre, endlose Fragen, mich ständig für etwas verteidigen müssen, was ich nicht getan habe. Ich hab nicht nur meine Anstellung verloren, sondern auch die Girl-Power-Gruppe, und du weißt, wie sehr ich die geliebt habe.«

›Girl Power‹ war ein Verein zur Stärkung des Selbstvertrauens und des Selbstwertgefühls von Mädchen, in dem sie mehrere Jahre lang eine Gruppe geleitet hatte. Sie vermisste die Mädchen schrecklich. Zum Glück hatte ihre Freundin Patty, die mit ihr zusammen die Gruppe geleitet hatte, die Arbeit übernommen. Leesa wünschte, sie könnte die letzten Wochen ihres Lebens vergessen. Aber wie sollte das gehen, nachdem sie sich so sehr angestrengt hatte, um Lehrerin zu werden, nur damit ihr dann durch die falsche Anschuldigung eines zwölfjährigen Jungen alles genommen wurde – ihre fast zweijährige Beziehung zu Chris Megraw gleich mit dazu. Ihr wurde übel beim Gedanken an den Vorwurf, sie hätte sich an einem Schüler vergriffen.

»Ja, hast du, aber du hast gewonnen. Die Anschuldigungen wurden fallengelassen«, erinnerte Tegan sie.

»Ich bin mir nicht sicher, ob man da von Gewinnern und

Verlierern sprechen kann. In den Augen aller Einwohner von Towson – der Stadt, in der ich verdammt noch mal aufgewachsen bin – habe ich für alle Zeiten einen Riesenfleck auf meiner weißen Weste.« Vor alledem hatte Leesa sich einen hervorragenden Ruf als Englischlehrerin einer siebten Klasse erarbeitet, wurde von Freunden und Kollegen intensiv unterstützt und hatte geglaubt, einen Freund zu haben, der sie liebte. Was für ein Witz! Sie war beurlaubt worden und hatte eine tief in ihr Privatleben eindringende Untersuchung über sich ergehen lassen müssen. Bis die Anschuldigungen für unbegründet erklärt und fallengelassen worden waren, hatten genug Samen des Zweifels keimen können, sodass sie selbst in den Augen ihrer stärksten Unterstützer Fragen sehen konnte – oder zumindest zu sehen glaubte. Sie war klug genug zu wissen, dass das, was sie durchgemacht hatte, vielleicht einfach ihre Wahrnehmung verfälscht hatte. Aber wirklich, sie könnte es niemandem vorwerfen, wenn er Zweifel hätte. Das Wort des Jungen stand gegen ihres.

Tegan nahm ihre Hand und drückte sie sanft. »Deshalb bist du hier. Um neu anzufangen.«

»Keine Ahnung, ob ich wirklich bleibe und hier neu anfange. Ich hab ja immer noch das Angebot für die Stelle in Baltimore, da muss ich mich noch entscheiden, aber ich hoffe, dass ich nach einigen Wochen hier wenigstens ein paar Antworten habe. Ich brauche einfach etwas Zeit zum Durchatmen. Um alles zu verarbeiten und etwas Abstand zu all dem zu gewinnen, was passiert ist.«

»Du fängst neu an«, beharrte Tegan. »Ich weiß, dass sie dir eine Lehrerstelle in Baltimore angeboten haben, aber, Anna... *Leesa*, du kennst niemanden in Baltimore. Hier hast du mich.« Sie klimperte mit den Wimpern, und Leesas Herz zog sich zusammen, denn Tegans Glaube an ihre Unschuld bedeutete ihr so viel. »Außerdem hat hier niemand eine Ahnung von all dem, und selbst wenn, es würde niemanden kümmern, weil du nicht schuldig bist. Dieses kleine Arschloch hat versucht, dich fertigzumachen, aber er hat es nicht geschafft. Du bist hier, in einem Stück, und du fängst neu an.«

Sie zuckte bei dem Ausdruck *kleines Arschloch* zusammen. Andy Darren, der zwölfjährige Junge, der sie beschuldigt hatte, ihn unsittlich berührt zu haben, hatte nie zugegeben, gelogen zu haben, aber Leesa hegte dennoch keinen Groll gegen ihn.

»Es ist nicht Andys Schuld. Er ist ein Kind. Er hatte keine Ahnung, welche Auswirkung seine Lügen auf mein Leben haben würden.«

Die Situation an sich machte sie wütend, aber Andy hatte ihr gegenüber nur sein junges Herz geöffnet und ihr gestanden, dass er in sie verknallt war, und sie hatte ihn abgewiesen – auf eine professionelle, nette Art und Weise, aber getroffen hatte es ihn wohl dennoch. Wenn sie einen Groll gegen diesen Jungen hegen *könnte*, wäre es vielleicht einfacher für sie, das Geschehene hinter sich zu lassen, aber den brachte sie einfach nicht auf. Die Nachhilfe mit ihm hatte sie angefangen, nachdem er von einem Auto angefahren worden war und zwei gebrochene Beine, gebrochene Rippen, eine Hüftfraktur und eine gebrochene Hand davongetragen hatte. Eine lange Genesungszeit hatte vor ihm gelegen. Er machte eine heikle Phase durch, denn er war von all seinen Freunden abgeschnitten, unsicher, ob er je wieder richtig laufen und seine Hand in vollem Umfang benutzen könnte, während er gleichzeitig versuchte, seine Noten im Griff zu behalten. Er war wütend und depressiv, und Leesa hatte sich bei den privaten Nachhilfestunden so sehr darauf konzentriert, ihm zu helfen, das Klassenniveau zu halten, damit er nicht hinter seinen Freunden in der Schule zurückfiel, dass sie ihn nicht ernst genommen hatte, als er sagte, sie würde für die Abfuhr »bezahlen«. Sie hatte gedacht, er wäre nur durcheinander und würde bis zur nächsten Nachhilfestunde darüber hinweg sein.

Jetzt befürchtete sie, dass die Schuld der Lüge langfristig schwer auf ihm lasten würde. Es war keine kleine Lüge gewesen, nicht von der Art, als hätte er den letzten Keks gegessen und dem Hund die Schuld dafür gegeben. Es war eine Lüge mit der Kraft eines Tsunami, und sie hatte ihr ganzes Leben fortgespült. Sie vermochte sich nicht vorzustellen, dass ein Mensch mit einem Gewissen gut mit einer solchen Lüge leben konnte, und sie wusste, dass Andy ein Gewissen hatte. Nach seinem Unfall hatte er sich sogar um die Leute in dem Auto, das ihn überfahren hatte, ebenso viel Sorgen gemacht wie um sich selbst. Die Sorge darüber, wie die Lüge Andy belasten würde, trug sie täglich mit sich herum. Niemand sonst würde sich darum sorgen, oder? Nicht einmal seine Eltern würden nach Anzeichen von Schuld suchen, die ihn zu zerfressen drohte. Letztendlich waren Leesa und Andy die Einzigen, die an diesem Nachmittag dabei gewesen waren, und sie beide kannten die Wahrheit, egal was er den Ermittlern gesagt hatte.

Sie versuchte, die Gedanken an Andy beiseitezuschieben und sich auf etwas zu konzentrieren, mit dessen Verlust sie nicht gerechnet hatte. »Und ich habe Chris verloren.«

Sie und Chris waren seit fast zwei Jahren zusammen gewesen. Als sie ihm das erste Mal von den Anschuldigungen erzählt hatte, war er ungeheuer wütend auf Andy gewesen. Aber Chris unterrichtete an derselben Mittelschule wie sie, und als die Untersuchung an die Öffentlichkeit gelangte, machte er sich bald mehr Sorgen darüber, was seine Verbindung zu Leesa seiner eigenen Karriere anhaben könnte, als über das, was sie gerade durchmachte. Nur eine Woche später hatte er ihre Beziehung beendet und nicht nur ihr Herz zerschmettert, sondern auch ihren Glauben an das Vertrauen, die Loyalität und die Liebe – allesamt Werte, auf die sie sich ihr ganzes Leben gestützt hatte. Zu dem Ganzen kam noch hinzu, dass sie zwei Jahre zuvor ihren Vater verloren hatte, den einzigen Menschen, der immer für sie da gewesen war. Er war ihr Fels in der Brandung gewesen, der Inbegriff des Mannes, dem sie vertrauen konnte, dessen Liebe und Loyalität allgegenwärtig gewesen waren. Aber sie hatte ihn an ein Hirnaneurysma verloren, das zu einem Schlaganfall geführt hatte.

»Noch so ein kleines Arschloch«, sagte Tegan mit Wut in ihren blauen Augen. Sie musste den Schmerz in Leesas Gesichtsausdruck gesehen haben, denn sie fügte hinzu: »Chris hatte dich gar nicht verdient. Welcher Mann stellt sich selbst über die Frau, die er liebt? Tut mir leid, aber das ist keine wahre Liebe, und das weißt du.«

Eine Krankenschwester kam über einen Flur neben der Anmeldung herbei, betrat den Wartebereich und rief Tegan auf.

»Komm!« Tegan erhob sich von dem Stuhl. »Sieh dir mal den heißen Arzt an, der mir den Gips verpasst hat. Ich verspreche dir, *er* wird das Gesicht von Chris für immer aus deinem Gedächtnis löschen.«

Sie folgten der zierlichen Krankenschwester in ein Behandlungszimmer. Tegan setzte sich auf die Untersuchungsliege und das Papier unter ihr raschelte laut.

Leesa ging auf und ab, dachte immer noch an all das, was sie verloren hatte. Seit zwei Wochen war sie nun in Peaceful Harbor und hatte schon einen Job als Kellnerin gefunden, bei Mr. B., einer Mikrobrauerei unten am Jachthafen. Tegan war von dem Job nicht gerade begeistert, denn sie war der Meinung, Leesa sollte direkt wieder eine Arbeit aufnehmen, die mit Unterrichten zu tun hatte, doch Leesa war noch nicht bereit, auch nur in die Nähe von Kindern zu kommen. Während ihrer Collegezeit hatte sie gekellnert und sie mochte den Kontakt zu den Gästen sowie die flexiblen Arbeitszeiten. Außerdem konnte man sie als Kellnerin sicher nicht beschuldigen, irgendetwas Unsittliches zu tun. Sie war mitten unter Leuten, alle konnten sie jederzeit sehen. Außerdem mochte sie ihre Arbeitgeber wirklich sehr. Sich überhaupt damit auseinandersetzen zu müssen, möglicherweise als *unsittlich* angesehen zu werden, bereitete ihr schmerzhafte Magenkrämpfe.

Vielleicht war es dumm gewesen, Andy zu Hause Nachhilfe zu geben, aber sie liebte es zu unterrichten, sie mochte all ihre Schüler und sie wusste, dass Andy bei der richtigen Anleitung mit der Klasse mithalten konnte. Sie wusste auch, dass die Vorstellung, das Jahr eventuell wiederholen zu müssen, für Andy einer Katastrophe gleichgekommen wäre – und mit Sicherheit ebenso für seinen herrischen Vater. Seine Mutter war stets mucksmäuschenstill gewesen, und Leesa wusste nie so recht, was sie von ihr halten sollte.

»Setz dich. Du machst mich nervös.« Tegan klopfte auf das Papier, das die Behandlungsliege abdeckte. »Möchtest du bei mir sitzen?«

Leesa lachte. »Nein, ich bin nicht mehr zehn Jahre alt, danke sehr. Ich wünschte nur, wir hätten das Ganze nicht angesprochen. Ich muss es hinter mir lassen.«

Tegans Blick sprang zur Tür, als sie aufging und der große, breitschultrige, unfassbar gut aussehende Mann hereinkam, der Leesa am Morgen seinen Kaffee und den Muffin gegeben hatte. Mit einem Mal war die Luft im Raum sehr dünn.

Seine dunklen Augen schauten von den Unterlagen auf, die er in der Hand hielt. »Tegan, schön, Sie wiederzusehen.« Sein Blick fiel auf Leesa und ein sanftes, sexy Lächeln umspielte seine vollen Lippen, das ihren Magen in Aufruhr versetzte. »Ach … Leesa mit Doppel-e, wie geht es Ihnen?«

Sie brauchte eine Sekunde, um zu merken, dass er ihren neuen Namen benutzt hatte, und sie hätte schwören können, einen Hauch von Begehren herauszuhören, als er ihn aussprach. Insgeheim rief sie sich zur Ordnung, denn sie wusste, dass es nicht nur verrückt, sondern auch eine Sache war, an die sie gar nicht erst denken sollte. Hatte sie ihre Lektion mit Chris nicht gelernt? Cole brauchte in seinem Leben keine Frau mit einer Vergangenheit, wie Leesa sie hatte – und falls er je davon erfahren sollte, würde er ihr wahrscheinlich genau das selbst sagen.

»Sagen Sie, Leesa, stalken Sie mich? Bis zum Mittagessen sind es noch ein paar Stunden hin, aber falls Sie Hunger haben und etwas Geld brauchen …« Er langte nach seinem Portemonnaie und grinste sie neckend an.

Tegans Blick huschte zwischen den beiden hin und her. »Sie sind der Typ, der mein Frühstück bezahlt hat?«

»Sie sind die Frau, die mein Frühstück gegessen hat?« Er zog eine Augenbraue hoch und Leesa war von dem in seinen Augen funkelnden Humor überwältigt.

»Anscheinend.« Tegan warf Leesa einen anerkennenden Blick zu, den Leesa während ihrer gemeinsamen Collegezeit hunderte Male gesehen hatte.

Leesa kramte ihr Portemonnaie aus ihrer Handtasche. »Ich kann meine Schulden begleichen.« Sie hielt ihm einen Zehn-Dollar-Schein hin.

Cole betrachtete den Schein und sagte in einem tiefen, viel

zu verführerischen Tonfall: »Wie gesagt, es war mir ein Vergnügen. Behalten Sie Ihr Geld.« Sie sahen sich lange genug an, dass Leesa seine dichten dunklen Augenbrauen, sein markiges Kinn und die kantige Nase registrieren konnte. Auf seinen Wangen lag dieser dunkle, männliche Schatten, der sich bis zum Abendessen – wie sie sich ausmalte – noch köstlich verstärken würde. Trotz seines Oberhemdes konnte sie erkennen, dass er athletisch gebaut war, ohne übermäßig muskulös zu sein. Seine dunkle Hose fiel auf schwarze Lederschuhe, die stilvoll, aber nicht zu auffallend waren. Sie fragte sich, wie er wohl in einer abgetragenen Jeans und barfuß aussehen würde – und bei diesem Gedanken wurde ihr bewusst, dass sie ihn unverwandt anstarrte.

Als hätte er bemerkt, dass er in Anwesenheit einer Patientin eine unsichtbare Linie überschritten hatte, räusperte er sich und legte die Krankenakte auf die Arbeitsfläche. Als er wieder aufschaute, war sein Blick so professionell und ernst wie in dem Moment, als er den Raum betreten hatte.

»Also, können wir dieses Ding endlich runternehmen?«, fragte Tegan.

Atme, Leesa, atme.

Sie hörte zu, wie Cole und Tegan sich über den Zustand ihres Knöchels unterhielten, bis eine Krankenschwester hereinkam und sich daranmachte, den Gips zu entfernen. Cole informierte Tegan über die nötige Krankengymnastik, um ihren Knöchel und das Bein wieder zu stärken.

»Leesa wohnt bei mir«, sagte Tegan. »Sie kann mir mit der Gymnastik helfen.«

»Sie brauchen wirklich einen zugelassenen Physiotherapeuten, der mit Ihnen arbeitet«, sagte Cole und lächelte dann Leesa an. »Nehmen Sie es nicht persönlich, aber die richtige Therapie ist wichtig.«

Tegan seufzte. »Sie hat am College Massagekurse belegt. Zählt das nicht?«

Leesa musste lachen.

»Wahrscheinlich schon, wenn Sie eine gute Masseurin suchen. Wir empfehlen jedoch die Arbeit mit einem zugelassenen Physiotherapeuten. Aber falls Sie das wirklich nicht wollen, dann lasse ich unseren Therapeuten eine Liste mit Übungen für zu Hause aufstellen.«

Leesa bewunderte die Professionalität, mit der er Tegans Fragen danach beantwortete, inwieweit sie Auto fahren, tanzen oder Sport machen dürfte.

»Sie hatten Glück. Sie hatten eine simple, kaum verschobene Schrägfraktur des Außenknöchels. Sehr lang dürfte Ihre Krankengymnastik nicht notwendig sein, aber Sie müssen es langsam angehen lassen, bis Ihre Muskeln wieder aufgebaut sind. Ich würde von allen allzu anstrengenden Tätigkeiten in den nächsten paar Wochen absehen.« Er schaute zu Leesa, nun mit ernster Miene. »Es war ein einfacher Bruch, aber jede Verletzung, die nicht vollständig auskuriert wird, kann zu weiteren Problemen führen.«

Sie versuchte, sich auf das zu konzentrieren, was er sagte. Aber wie sollte das gehen, wenn sich jedes Mal der ganze Raum aufheizte, sobald ihre Blicke sich trafen? »Ich sorge dafür, dass sie es langsam angehen lässt.« *Was? Wofür sorge ich?* Sie hatte keine Ahnung, warum sie überhaupt etwas sagte.

Er lächelte wieder, und seine Augen strahlten warmherzig, so als redete sie über sie beide anstatt über Tegans Verletzung. Peinlich berührt von dem Gedanken sah sie zu Tegan, die sie neugierig angrinste. Mein Gott, was war denn mit ihr los? Dies war Tegans Arzt. Es stand ihr überhaupt nicht zu, derart über ihn zu denken, vor allem wenn sie sich ihre momentane Lebenssituation vor Augen hielt.

Leesa versuchte während des verbleibenden Gesprächs, weder den göttlichen Hintern von Dr. Cole Braden zu beachten, wenn er sich über die Arbeitsplatte beugte, um etwas in der Akte zu vermerken, noch die Art, wie sein Blick auf ihr lag, bis sie keine andere Wahl hatte, als ihn zu erwidern.

»Mit dem Tanzen auf der jährlichen Junggesellen-Auktion wird es dann wohl nichts. Na, das wird ja ein Spaß«, murrte Tegan sarkastisch.

Cole lachte verhalten, so wie heute Morgen in dem Café. Es hörte sich nett an, maskulin und vergnügt, und es entlockte Leesa ein Lächeln.

»Ich bin sicher, dass der Junggeselle, den Sie ersteigern, nichts gegen einen langsamen Kuscheltanz einzuwenden hat«, beruhigte er sie. Ernsthafter fügte er hinzu: »Tegan, nutzen Sie den Gehstiefel, und wenn Sie irgendwelche ungewöhnlichen Schmerzen oder Fragen haben, rufen Sie an.« Er wandte sich Leesa zu und sagte mit einer Spur von Verruchtheit in der Stimme: »Und wenn Sie morgen ein Frühstück brauchen … Ich bin früh bei Jazzy's.«

Nachdem er den Raum verlassen hatte, atmete Leesa die Luft aus, die sie die ganze Zeit angehalten hatte.

»Was zum Henker war das denn?«, fragte Tegan.

»Nichts.« *Alles.* Sie schüttelte den Kopf, um dieses gut aussehende Gesicht aus dem Kopf zu bekommen. Sie konnte es sich nicht leisten, sich auf irgendetwas anderes zu konzentrieren, als auf das Vorhaben, ihr Leben wieder auf die Reihe zu bekommen.

Zwei

Cole schob den Computer weg und stand auf, nachdem er einige Patientenakten durchgesehen hatte. An Konzentration war nicht zu denken. Seit er Leesa bei Jazzy Joe's kennengelernt hatte, musste er unaufhörlich an sie denken. Er sah über die Veranda seines Hauses aufs Meer hinaus und fragte sich, warum sie immer noch in seinem Kopf herumspukte. Er hatte den ganzen Tag gearbeitet, zwei Stunden damit verbracht, das Segelboot mit seinem Vater und seinem jüngeren Bruder Sam abzuschleifen, und noch immer nahm sie all seine Gedanken in Anspruch. Sie war schön und unglaublich süß, wenn sie nervös war, und wie sie so von unten durch ihre feinen blonden Strähnen zu ihm hinaufblinzelte … Außerdem hatte sie einen mörderisch sexy Körper, nicht so spindeldürr wie so viele Frauen an der Hafenpromenade. Sterben würde er dafür, nur einmal ihre Hüften unter seinen Händen zu fühlen. Aber es gab viele Frauen mit tollen Körpern, das war normalerweise nichts, was seine Aufmerksamkeit so lang aufrechterhielt. Sie hatte mehr an sich. Das hatte er gleich gespürt, als sie sich das erste Mal ansahen, als er ihre intelligenten grünen Augen entdeckte, die eine seltsame Mischung aus Vorsicht und Verführungskunst ausstrahlten.

Er nahm sein vibrierendes Handy aus der Hosentasche und las eine Nachricht von Mackenna Klein, der Frau, mit der er zwei Jahre lang zusammen gewesen war, bevor er die Stadt verlassen hatte, um Medizin zu studieren.

Können wir den ganzen blöden Kram nicht vergessen und uns einfach mal treffen? Der guten alten Zeiten zuliebe?

Sie hatte ihm in den letzten Tagen einige SMS geschrieben, und er musste ihr endlich mehr als nur ein paar Worte zurückschreiben – von denen keines zu einem Treffen ermutigen sollte. Er hatte sie seit Jahren nicht gesehen, und er wollte auch, dass das so blieb. Er hatte keine Ahnung, was sie in Peaceful Harbor wollte, und hoffte, dass sie nur vorübergehend hier war. Damals hatte er gedacht, sie wäre *die* Frau gewesen. Die Frau, die er für den Rest seines Lebens lieben würde. Aber sie hatte diese Hoffnung in dem Sommer zerschmettert, bevor er fortging, um Medizin zu studieren. Sie hatte gesagt, sie wollte eine offene Beziehung. Sie wollte sich die Hörner abstoßen, und sie wollte, dass er es ihr gleichtat. Das Problem war, dass Cole schon zwanzig war, als er sie kennengelernt hatte, und dass er seine Dosis an leichtlebigen Frauen und übermäßigem Alkoholgenuss bereits gehabt hatte. Sein Herz hatte sich vollkommen auf Kenna eingeschossen – aber sie hatte ihr Herz irgendwann vollkommen aus dem Blick verloren.

Cole hatte kein Interesse daran, für irgendjemanden der Plan B zu sein.

Er steckte sein Handy wieder zurück in die Hosentasche, ohne auf die Nachricht geantwortet zu haben, und ging an den Strand. Er liebte das Geräusch der Wellen in der Dunkelheit, den kühlen Sand unter den nackten Füßen. Er war in Peaceful Harbor aufgewachsen, und er hatte immer gewusst, dass er zurückkommen und sich in dem kleinen Ort mit seinen

Stadtfesten, dem Herbstfestival und dem winterlichen Karneval niederlassen würde. Seine Eltern besaßen eine Mikrobrauerei mit angeschlossener Kneipe in der Stadt und einige weitere an der Ostküste, und seine fünf Geschwister lebten ebenfalls in der Gegend. Obwohl sein jüngster Bruder Ty, Fotograf und weltweit bekannter Bergsteiger, so viel unterwegs war, dass sie sich nur zwischen seinen Reisen zu Gesicht bekamen.

Cole setzte sich in den Sand, beobachtete, wie der Mond sich tanzend auf dem leicht wogenden Wasser spiegelte, und dachte über sein Leben nach. Es war ein gutes Leben, er hatte eine warmherzige und wunderbare Familie und eine beneidenswerte Arztpraxis. Sogar mit seinem übermütigen Geschäftspartner Jon Butterscotch kam er hervorragend zurecht, und er wusste, dass nicht alle Ärzte so viel Glück hatten.

Es fehlte Cole an nichts.

Fast nichts.

Wenn er ehrlich zu sich war, dann wusste er, dass er den einen besonderen Menschen in seinem Leben vermisste. Dates hatte er oft, aber immer fehlte etwas, und er war intelligent genug zu wissen, dass seine Brüder wahrscheinlich recht hatten, wenn sie ihm vorhielten, zu wählerisch zu sein. Zumindest wenn man es für wählerisch hielt, eine ebenso ernsthafte wie witzige Frau, die intelligent und sinnlich zugleich war, finden zu wollen. Er suchte kein Model, sondern eine Frau mit Hirn — eine kluge Frau war hundertmal reizvoller als eine sexy Tussi. Und dann war da noch die Schwierigkeit, jemanden zu finden, der intellektuell anregend, aber nicht aufgrund seines Status in der Stadt oder des Wohlstands seiner Familie hinter ihm her war.

Sein Telefon klingelte, und er zog es mit der Hoffnung aus der Tasche, dass es nicht Kenna war. Bisher hatte sie ihm nur

Nachrichten geschickt und nicht angerufen, aber er nahm an, dass sie es irgendwann tun würde, und auf diese Unterhaltung freute er sich absolut nicht. Aufgeben war nicht ihre Stärke.

Er war angenehm überrascht, als er den Namen seiner jüngsten Schwester Shannon auf dem Display las.

»Hey, Schwesterherz, wie geht's dir?«

»Richtig, richtig gut, Cole, aber ihr fehlt mir alle.« Shannon war ein Jahr jünger als Ty. Sie wohnte im Moment auf der Ranch ihres Onkels Hal in Weston, Colorado, während sie an einem Projekt arbeitete, für das sie Rotfüchse beobachtete, und sie war schon seit einigen Wochen fort.

»Wir vermissen dich auch. Wie läuft es mit dem Projekt? Hast du Spaß mit allen da draußen?« Hal hatte sechs Kinder, aber nur Rex und Treat lebten in Colorado. Rex führte zusammen mit dem Vater die Pferderanch, und Treat besaß mehrere Hotelanlagen weltweit, half jedoch auch auf der Ranch aus. Treat war verheiratet und hatte zwei Kinder, während Rex erst vor Kurzem seine langjährige Freundin Jade geheiratet hatte, die nun ihr erstes Kind erwartete.

»Ja, es ist toll, alle zu sehen, und nächsten Monat arbeite ich sogar mit Jades Bruder Steve zusammen, darauf freue ich mich auch. Oh Mann, Cole, du musst die Kinder von Treat und Max sehen! Ich wünschte, ihr würdet euch alle mal beeilen und Kinder bekommen, damit ich Nichten und Neffen habe, mit denen ich spielen kann.« Shannon lachte, und Cole sah ihre dunklen, freudig aufgerissenen Augen vor sich. Shannon besaß eine unbändige Lebensfreude. Dazu gesellte sich die Vorliebe, ihr neugieriges Näschen in das Liebesleben ihrer Geschwister zu stecken. Wenn sie könnte, dachte Cole oft, würde sie ihrer aller Liebesleben wie ein Programmdirektor auf einem Kreuzfahrtschiff organisieren. Er lächelte bei der Vorstellung.

»Na ja, Nate ist ja wohl auf einem guten Weg, jetzt wo er und Jewel zusammenwohnen. Ich wette, die machen schon bald Nägel mit Köpfen.« Jewel, die Freundin ihres Bruders Nate, war kürzlich bei ihm eingezogen. Seit Jahren war er in sie verliebt, aber er war auch der beste Freund ihres älteren Bruders Rick gewesen. Nate und Rick waren zusammen zum Militär gegangen, und als Rick während eines Auslandseinsatzes ums Leben gekommen war, hatte auch Nate einen Teil seines Lebenswillens verloren. Der Weg zurück war für Nate sehr lang gewesen, und die Liebe von Jewel hatte ihm geholfen, das alles zu überwinden.

»Und wie sieht's bei dir aus, großer Bruder? Gibt es irgendwelche Strandschönheiten in deinem Leben?«

»Du bist erst seit ein paar Wochen weg, Shannon, da hat sich nicht viel getan. Außer bei Daddys Segelboot. Wir arbeiten alle daran, um es wieder fit zu machen.« Er rieb sich den Ellbogen, der ihn nach dem langen Schleifen schmerzte. In seiner Highschoolzeit war Cole ein herausragender Pitcher in seinem Baseballteam gewesen. Er hatte sogar überlegt, sich in den Profisport anstatt in die Medizin zu stürzen, aber dank eines höllisch fordernden Trainers – und seines eigenen besessenen Ehrgeizes, der Beste in allem, was er tat, zu sein – hatte er sich dazu hinreißen lassen, mit einem Riss des ulnaren Seitenbandes am Ellbogen zu spielen. Danach hatte es eine Reha gebraucht, um wieder fit zu werden, und er hatte die Idee einer professionellen Sportlerkarriere aufgegeben, da sowohl weitere Verletzungen durch Verschleiß als auch eine kurze Pitcher-Laufbahn absehbar waren. Stattdessen hatte er sich für die Medizin entschieden. Wenn er schon nicht spielen konnte, dann wollte er zumindest die heilen, die es konnten.

»Ich weiß. Sammy hat es mir erzählt. Und er hat mir auch

gesagt, dass du dir bei der Arbeit immer noch den Arsch aufreißt. Erinnerst du dich nicht mehr an unser Gespräch vor meiner Abreise?« Bei ihrem vorwurfsvollen Ton musste er lächeln. Sie hielt Cole immer Standpauken, weil er ihrer Meinung nach nie eine Frau fände, wenn er immer nur arbeitete. »Ich schwöre, wenn ich zur Auktion nach Hause komme, suche ich dir ein Date. Vielleicht sollten wir dich statt Sam versteigern.«

»Vergiss es, dazu wird es nicht kommen, Schwesterherz.«

In der Stadt fand jedes Jahr eine Junggesellen-Versteigerung für einen wohltätigen Zweck statt. Die Erlöse aus der Auktion gingen an ein Obdachlosenheim vor Ort. Dieses Jahr fand sie im Mr. B. statt, der Mikrobrauerei, die seine Eltern am Jachthafen besaßen.

»Na ja, Sammy braucht ja wohl kaum versteigert werden. Bei ihm stehen die Frauen Schlange. In deinem Fall allerdings ...«

So wählerisch wie Cole war, so ganz anders war Sam. Seine Vorstellung von einem gelungenen Abend beinhaltete eine Blondine und eine Brünette zum Dinner und eine Rothaarige zum Nachtisch. Er war unglaublich klug, unverschämt nett und, obwohl er schon Ende zwanzig war, notgeil wie ein Teenager. Von all seinen Geschwistern war Sam derjenige, von dem Cole glaubte, er würde nie zur Ruhe kommen.

Cole rieb sich wieder den Ellbogen. Als er den Blick hob, sah er eine Frau, die allein am Wasser entlangspazierte. Sie hielt etwas in der Hand, und als sie anhielt, um aufs Meer hinaus zu schauen, drückte sie es an ihre Brust. Er beobachtete sie einen Augenblick, spürte eine gewisse Vertrautheit und merkte dann, dass es Hoffnung war, die er spürte. Die Hoffnung, es wäre Leesa.

Verdammt, sie hatte sich wirklich in seinem Hirn festgesetzt. Er wandte den Blick ab und konzentrierte sich wieder auf das Gespräch mit Shannon, die gerade sagte, dass sie Nate anrufen müsse. Sie unterhielten sich noch ein paar Minuten, und nachdem sie das Gespräch beendet hatten, dachte Cole über Shannons kritische Worte nach. Seine Geschwister waren gut darin, sich Zeit zu nehmen, um das Leben zu genießen, aber Cole kam nicht so einfach zur Ruhe. Wenn er nicht bei der Arbeit war, machte er sich Gedanken darüber, recherchierte, las Artikel in Fachzeitschriften und hielt sich über die neuesten Forschungsergebnisse und Behandlungsmethoden auf dem Laufenden. Das hatte er schon immer getan – mehr als jeder andere gearbeitet, um der Beste in seinem Bereich zu sein.

Er stand auf, als die Frau am Strand nun näher kam. *Leesa.* Er hatte das Gefühl, sie heraufbeschworen zu haben, und lächelte über diesen Zufall. Sie blieb stocksteif stehen, als hätte sie ihn auch gerade erst erkannt.

»Leesa?« Er ging auf sie zu. Sie trug eine Jeans, die sie bis über die Knöchel aufgekrempelt hatte, und ein weites Sweatshirt. Ihre Haare flossen ihr in naturgoldenen Wellen über die Schultern und verliehen ihr ein weicheres, ja weiblicheres Aussehen als früher an diesem Tag. Und ihre Augen, diese herrlich grünen Oasen, versetzten ihn wieder ins Staunen, auch wenn sie ihn nicht direkt ansah. Er war sich nicht darüber im Klaren, ob sie schüchtern oder ausweichend war.

»Hallo.« Sie klemmte sich einen Schreibblock unter den Arm, steckte die Hände in die Taschen und zuckte mit den Achseln. »Auch spazierend unterwegs?«

»Eigentlich sitzend.« Er zeigte auf sein Haus an der Düne. »Ich wohne dort. Und Sie? Sie sind bei Tegan zu Besuch? Wohnt sie in der Nähe?« Ihm wurde bewusst, dass sein Körper allein bei ihrem Anblick vor Begehren vibrierte. Es war zu lang her, dass er sich von einer Frau so angezogen fühlte, und – oh Mann! – wie er dieses Stolpern seines Herzens und die Hitze in seinen Adern genoss!

»Sie wohnt in der Second Street.« Sie zeigte in die Richtung, aus der sie gekommen war. »Nicht weit vom Strand.« Sie zuckte erneut mit den Achseln, begleitet von noch einem zögerlichen Lächeln, und er erkannte, dass der Blick in ihren Augen eher vorsichtig abschätzend als schüchtern war.

»Ich weiß, wo die Second Street liegt. Ich bin hier aufgewachsen.« Er deutete mit dem Kinn auf sein Haus. »Hätten Sie Lust auf ein Glas Wein?«

Sie verschränkte die Arme vor der Brust und blickte aufs Wasser hinaus. »Ähm, nein danke. Ich denke, das ist keine gute Idee. Ich meine, ich kenne Sie ja kaum.«

Er lächelte. *Vorsichtig, eindeutig vorsichtig.* »Stimmt. Und auf einen Spaziergang?«

Sie schaute in die eine und dann die andere Richtung den Strand entlang und schließlich mit einem aufrichtigen Lächeln zu ihm auf. »Klar.«

Sie gingen einige Minuten schweigend nebeneinander her, und Cole versuchte, sich auf das Geräusch der brechenden Wellen und auf die Brise zu konzentrieren, die ihm kitzelnd über die Haut strich, anstatt auf den süßen Duft, den Leesa ausströmte. Doch selbst die von ihm so geliebte salzige Luft konnte ihn nicht von der Anziehungskraft ablenken, die sie auf ihn ausübte.

»Was hat Sie denn eigentlich nach Peaceful Harbor verschlagen?«

Einige Minuten lang antwortete sie nicht und Cole drängte sie nicht. Er hatte gelernt, ebenso viel aus dem herauszulesen, was die Menschen sagten, wie aus dem, was sie nicht sagten. Er fragte sich, was sie verheimlichte.

»Ich brauchte einen Tapetenwechsel, und Tegan schlug vor, dass ich sie besuche, um herauszufinden, ob dies ein Ort für mich sein könnte.«

»Woher kommen Sie denn?« Ihre Augenbrauen zogen sich zusammen und er sagte: »Das müssen Sie mir nicht verraten.«

»Schon okay, ich rede nur nicht so gern über mich. Ich komme aus Towson.«

Damit sie sich etwas wohler fühlte, wechselte er das Thema. »Wie finden Sie Peaceful Harbor?«

Sie blieb stehen und schaute wieder aufs Meer hinaus. »Es ist schön hier. Welten entfernt von Towson und doch nur ein paar Stunden Fahrt weg.«

»Sollen wir uns setzen und reden?« Ohne zu überlegen, griff er nach ihrer Hand und spürte, dass ihre Finger sich versteiften.

Sie betrachtete ihrer beider Hände und ließ sich dann neben ihn in den Sand fallen, hielt aber einige Handbreit Abstand. Sie legte den Schreibblock auf ihren Schoß und zog die Knie an ihre Brust. Manchmal wünschte Cole sich, er würde nicht so viel in die Gesten oder das Schweigen anderer hineininterpretieren, aber das war eine Berufskrankheit. Er erfuhr durch einen Gesichtsausdruck oder die Atmung eines Menschen ebenso viel wie durch dessen Worte, und Leesas Unbehagen war greifbar. Er wollte nicht, dass sie sich unwohl fühlte, aber er wollte sie in seiner Nähe haben.

»Tut mir leid, dass ich einfach so Ihre Hand genommen habe.«

Sie schloss einen Moment lang die Augen und seufzte. Als sie sie wieder öffnete, erwiderte sie seinen direkten Blick. »Mir tut es leid. Normalerweise bin ich nicht so seltsam.«

»Ich finde nicht, dass Sie seltsam sind. Vielleicht reserviert. Und eindeutig schön. Aber nicht seltsam.« Er lächelte und die Anspannung in ihrem Gesicht wich Verlegenheit. Ein angedeutetes Lächeln erschien auf ihren Lippen und dann senkte sie den Blick wieder.

Cole war fasziniert von ihrem ausweichenden Verhalten. »Was sind Sie denn normalerweise, wenn Sie jetzt nicht so sind wie sonst?«, wollte er wissen.

Wenn ich darauf eine Antwort hätte, wäre mein Leben um einiges einfacher. Zu Unrecht beschuldigte ehemalige Lehrerin? Verteidigerin meines Rufes? So hatte sie sich im vergangenen Jahr die meiste Zeit über gefühlt, und auch wenn sie wusste, dass sie viel mehr als das war, so fiel es ihr doch schwer, auseinanderzuhalten, wer sie hatte werden müssen, um überleben zu können, und wer sie in ihrem tiefsten Inneren wirklich war.

Sie wollte nicht über ihre Vergangenheit reden, erzählte ihm aber etwas, dessen sie sich noch sicher war. »Ich bin eine Naturliebhaberin, eine Joggerin und wahrscheinlich nicht die beste Freundin auf Erden, da ich Tegan zu Hause sitzenlassen habe, um heute Abend allein an die Luft zu gehen. Ach, und ich bin Bookaholic.«

»Bookaholic? Das klingt nach was Ernstem.« Er stieß sie scherzhaft mit dem Knie an. »Sind Sie das normalerweise oder nur gerade jetzt?«

Das war eine interessante Frage. Aber er war ja auch Cole Braden, und in der kurzen Zeit, die sie ihn kannte, war ihr schon klar geworden, dass er nicht so war wie die meisten Männer. Er hatte einen ernsthaften Ausdruck in den Augen, der nie ganz zu verschwinden schien – selbst wenn er flirtete. Das gefiel ihr.

»All das bin ich normalerweise, außer diese Keine-tolle-Freundin-Sache. Normalerweise bin ich eine sehr gute Freundin, aber heute Abend musste ich ein bisschen allein sein, um nachzudenken …« Da sie merkte, dass sie mehr offenbarte, als ihr angenehm war, hielt sie mitten im Satz inne.

Er lehnte sich zurück, stützte sich mit den Handflächen ab und überkreuzte locker die Füße. Sein graues T-Shirt sah weich und bequem aus und schmiegte sich perfekt an seinen breiten Oberkörper. Sie lächelte, weil er eine Jeans trug – wahrscheinlich eine ältere Lieblingshose, denn sie war an den Oberschenkeln schon etwas verblichen und am Saum leicht ausgefranst.

»Denken ist gut«, sagte er, als er sich ihr zuwandte und sie dabei erwischte, wie sie ihn in Augenschein nahm. Sein Mund verzog sich zu einem sexy Lächeln.

Dieses Mal wandte sie den Blick nicht ab. Sie war gefesselt. Das musste sie sich eingestehen. Und er würde sie wohl nicht darauf ansprechen. *Hoffentlich!* Um ihn von ihrem Starren abzulenken, ergriff sie schnell wieder das Wort.

»Und Sie, Dr. Braden? Wer sind Sie … *normalerweise,* meine ich?«

»Gute Frage.« Er schwieg einen Moment lang, während er auf das Wasser hinausblickte und das Geräusch der brechenden Wellen die Stille füllte. »Ich nehme an, ich bin in erster Linie ein Bruder und Sohn, und dann Arzt. Ein Jogger bin ich – wie Sie –, und ob Sie es glauben oder nicht, auch ein Bookaholic. Medizinische Fachbücher für gewöhnlich, aber immerhin Bücher.«

Das mit dem Bookaholic gefiel ihr. Die meisten Männer,

die sie kannte, sahen gern Sport im Fernsehen. Sogar Chris hatte immer den Sportsender ESPN im Hintergrund laufen gehabt, während sie las. Sie legte ihren Schreibblock neben sich in den Sand und streckte die Beine aus.

»Interessant, in welcher Reihenfolge Sie sich selbst beschrieben haben.«

»Sind Sie Psychologin?« Er kniff die Augen zusammen, lächelte aber, und das war eine verwirrend verführerische Kombination.

»Nein, Lehrerin. Warum? Stört es Sie, Doc, dass mir das aufgefallen ist?«

Er lehnte sich näher zu ihr herüber und brachte dabei eine Hitzewelle mit sich. »Mich stören? Überhaupt nicht. Ich finde es schön, dass ich Ihnen aufgefallen bin.«

Sie versuchte zu lächeln, wusste aber, dass es wahrscheinlich eher nach einem nervösen Grinsen aussah.

»Was sagt das Ihrer Meinung nach über mich aus?«, fragte er nach.

»Ich glaube, Sie wissen ganz genau, was das über Sie aussagt.« Keiner von beiden wich dem Blick des anderen aus, und sie war froh, dass sie saßen, denn sie hatte ganz weiche Knie. Gott, war er hinreißend! Sein Blick glitt langsam über ihr Gesicht, von ihren Augen zu ihrem Mund, wo er einen Tick zu lange verharrte und die Hitze in ihrem Bauch zum Kochen brachte und in Begierde verwandelte.

Er schaute wieder zu ihr auf. »Dass ich ein guter Bruder und Sohn bin?« Seine Stimme war leise und tief, kaum vernehmbarer als ein Flüstern.

Leesa merkte, dass sie sich weiter zu ihm hinüberlehnte, dass sie ihn küssen, seine starken Arme spüren wollte. Sie zwang sich, etwas zurückzuweichen – sie brauchte den Abstand, um sich in den Griff zu bekommen. *Was zum Teufel ist mit mir los?*

»Und wahrscheinlich ein Workaholic«, sagte sie, als sie den Schreibblock wieder auf ihren Schoß legte, als ob er sie davon abhalten könnte, den Mann zu berühren, der köstlicher als ein Eisbecher aussah.

»Vielleicht«, gestand er.

»Wie sieht's mit Hobbys aus? Haben Sie welche?« Hobbys waren ein sichereres Thema als das, was ihr wirklich im Kopf herumspukte, wie zum Beispiel seinen Fuß mit ihrem zu berühren, nur um seine warme Haut zu spüren, oder ihre Finger im Sand über seine zu schieben, oder ihre Lippen auf seine zu legen, um seinen Mund zu kosten. Seit Chris hatte sie keinen Mann mehr geküsst und ihre Gefühle für ihn waren nie so intensiv gewesen. Sie fragte sich, wie Coles Lippen sich wohl anfühlen mochten – weich und großzügig oder hart und fordernd –, und wusste gleichzeitig, dass sie an nichts anderes würde denken können, bis sie es herausgefunden hatte.

Na klasse. Wenn ich den Arzt meiner besten Freundin anbaggere, ist das meinem angeschlagenen Ruf auch nicht gerade förderlich. Sie sollte aufstehen, zurück zu Tegans Wohnung gehen, eiskalt duschen und sich ins Bett legen.

Aber dieser Gedanke brachte sie zurück zu Cole ... *unter der Dusche, im Bett.*

Heilige Scheiße! Sei still!

»Im Moment erfreue ich mich gerade an meinem neuen Hobby: herausfinden, was wohl gerade in Ihrem Kopf abgeht. Ihre Wangen sind rosarot und Sie zerfleddern die Ecken Ihres Schreibblockes.«

Sie hatte vergessen, dass sie ihm überhaupt eine Frage gestellt hatte. Den Schreibblock legte sie wieder neben sich in den Sand, um nicht länger daran herumzufummeln.

»Das kann man wohl kaum ein Hobby nennen«, entgegnete sie und hob das Kinn gespielt selbstbewusst an.

»Vielleicht nicht, aber es bringt Spaß.« Er setzte sich auf und wischte sich den Sand von den Händen. »Was ist das für ein Block?«

Sie schaute auf den Schreibblock. Kurz nachdem sie beurlaubt worden war, hatte sie begonnen, Dinge aufzuschreiben, wenn sie bestimmte Gedanken aus ihrem Kopf bekommen musste. Aus irgendeinem Grund fiel es ihr leicht, ihm die Wahrheit zu sagen.

»Das sind meine Gedanken.« Sie legte eine Hand auf den Schreibblock. Seine Schulter streifte ihre, und als sie sich umdrehte, war sein Gesicht so nah, dass sie goldene Sprenkel in seinen dunklen Augen sehen konnte. »Wann sind Sie näher herangerückt?«

»Als Sie weiter weggerückt sind«, antwortete er ohne Umschweife.

Ein Wirbelsturm kam in ihr auf, während er so unverschämt ruhig wirkte, dass es sie nur noch nervöser machte.

»Vielleicht war das keine gute Idee.« *Ernsthaft? Halt. Den. Mund.*

»Vielleicht nicht. Bin ich aber trotzdem.« Er lächelte wieder und hielt ihren Blick gefangen. Sie musste sich am Riemen reißen, damit sie sich nicht zu ihm beugte und ihn küsste.

»Das ist ziemlich direkt von Ihnen«, brachte sie heraus.

»Ja, stimmt. Und es ist auch ziemlich ungewöhnlich für mich.« Er lehnte sich zurück, und sie spürte eine Welle kalter Luft, die sich in den nun freien Raum zwischen sie drängte. »Ihre Gedanken ...« Er deutete mit einer Kopfbewegung auf den Schreibblock. »Möchten Sie etwas darüber erzählen?«

Niemandem. In tausend Jahren nicht. »Eigentlich nicht.«

»In Ordnung, dann erzähle ich von meinen.« Den Blick wandte er nicht eine Sekunde von ihr ab. »Ich finde, Sie sind unglaublich schön, und interessant, irgendwie vorsichtig. Und Sie sollten sich irgendwann einmal von mir zum Essen einladen lassen.«

Leesas ganzer Körper prickelte vor Verlangen, *JA!* zu sagen, aber ihr Kopf war schlauer als der erregte Bereich zwischen ihren Beinen, und ob es ihr nun gefiel oder nicht, im Moment musste sie schlau sein. Sie hatte gerade die elendste, erschreckendste Zeit ihres Lebens hinter sich, und bisher hatte sie noch keine Gelegenheit gehabt, wieder zu Atem zu kommen. Die Entscheidung, ob sie Peaceful Harbor zu ihrer neuen Heimat machen wollte oder die Stelle in Baltimore annahm, stand noch aus. Sie konnte sich auf niemanden einlassen – und schon gar nicht auf den Mann, den Tegan den begehrtesten Junggesellen von Peaceful Harbor nannte –, bis sie sich über ihre eigene Situation im Klaren war und herausgefunden hatte, ob er in Schwierigkeiten geraten würde, wenn er mit ihr gesehen wurde.

So gern sie seine Einladung angenommen hätte, sie konnte es nicht. Sie war nicht sicher, ob sie jemals wieder einem Mann vertrauen konnte, nachdem Chris sie so im Stich gelassen hatte.

»Es ist im Moment für mich gerade keine besonders gute Zeit für Dates.« Sie sah aufs Meer hinaus. »Außerdem gebe ich nichts mehr auf Versprechen für die Ewigkeit und das Ganze.« *Oh Mist.* Das hatte sie nicht laut sagen wollen.

Ein leises Lachen entwich ihm. »Ich wollte Ihnen nur ein Essen versprechen.«

»Das klingt verführerisch. Sie sind nett, großzügig, süß, man kann gut mit Ihnen reden … aber ich kann nicht. Danke trotzdem.« *So, jetzt ist es raus.* Jetzt konnte sie sich ihrer Arbeit bei Mr. B. widmen, wo morgen Abend eine Junggesellen-

Versteigerung stattfinden würde, und versuchen, in der Menge unterzutauchen. Unsichtbar zu werden. Unsichtbar war so viel besser als die Hölle, die sie gerade verlassen hatte. Ihre Chefs, Maisy und Ace Braden, hatten ihr erzählt, dass es während der Versteigerung verrückt zugehen würde.

Himmel noch mal! Braden. Die Erkenntnis brach wie eine Entschuldigung aus ihr heraus: »Ich glaube, ich arbeite für Ihre Eltern.«

Sein Lächeln wurde noch breiter. »Für meine Eltern? Sie arbeiten im Mr. B.?«

»Ja, ich kellnere dort.« Ihr Puls raste, während er nickte, als ob er dies als ihre Begründung akzeptierte.

»Aber ich dachte, Sie sind Lehrerin.« Sein Blick wurde wieder ernst.

»Ja, aber ich unterrichte nicht. Ich wollte eine Veränderung.« Sie zuckte mit den Schultern, als wäre das eben, was jede Frau machte, wenn ihr Leben in Scherben lag.

Er richtete sich etwas auf und sein Tonfall wurde ernst. »Warum so eine drastische Veränderung? Hat Ihnen das Unterrichten keinen Spaß gemacht?«

»Ich habe jede einzelne Minute genossen.« *Bis Andy Darren beschloss, mir alles kaputt zu machen.*

»Warum hören Sie dann damit auf? Sie sagten, Sie sind nur ein paar Wochen hier. Machen Sie Urlaub?«

»In gewisser Weise.«

»In gewisser Weise? Flüchten Sie vor einem verrückten Ex oder so?«

Oder so. Sie senkte einen Augenblick lang den Blick und überlegte, was sie antworten sollte. *Flüchten vor dem Wahnsinn, ja, so kann man es wohl ausdrücken.* »Nein. Das ist eine seltsame Frage.«

Er zog eine Augenbraue hoch. »Wirklich?«

Sie stand auf. Was sollte sie auch sonst machen? Hier herumsitzen und über ihr Leben reden? Nein, es war keine seltsame Frage, aber es war auch keine, die sie beantworten wollte.

»Ich sollte gehen.« Was hatte sie sich denn dabei gedacht, ihm zu erzählen, dass sie ihre Arbeit liebte, und im nächsten Moment zu sagen, dass sie eine Veränderung brauchte? *Wer macht denn so etwas?* Leute, die vor etwas oder jemandem davonliefen. Oder Hippies, die lebten, als gäbe es kein Morgen. So war sie mit Sicherheit nicht. Das vorhersehbare Leben, das sie vor dem Albtraum gehabt hatte, hatte ihr gefallen. Ihre morgendliche Joggingrunde, Unterricht den Tag über, Abendessen bei Kerzenschein, auch wenn sie allein war, weil sie dabei entspannen und den Moment genießen konnte, und dann Stunden, in denen sie in eine fiktionale Welt entfloh.

Cole stellte sich neben sie und berührte wieder ihre Hand. Dieses Mal zog sie sie nicht zurück, obwohl sie wusste, dass sie es jetzt mehr als je zuvor tun sollte. Aber sein Blick war herzlich und besorgt, als er näher an sie herantrat und ihre Hand umfasste.

»Verraten Sie mir nur eines …« Er suchte ihren Blick, und ihr Puls beschleunigte sich, während sie insgeheim hoffte, dass er sie nicht fragen würde, ob sie Annalise Avalon war. »Ist das – oder der –, vor dem Sie wegrennen, irgendetwas, bei dem Sie Hilfe brauchen?«

Staunend klappte ihr Mund auf, doch sie konnte nicht klar genug denken, um ihn wieder zu schließen. Alles verschwand, nur nicht die Güte in seinen Augen, die sie ganz zu verschlingen schien.

Er schob ihre Haare von der Schulter nach hinten – eine so

zärtliche, intime Geste, die sie zurück zu seiner Frage katapultierte.

Sie senkte den Blick, um ihre Gedanken sortieren zu können, denn seine Augen waren auf eine so sichere, verlockende Art gefährlich verführerisch, dass ihrer Bedrohlichkeit nur schwer zu entkommen war. Besonders da sie ihnen nicht entkommen wollte.

Aber sie musste es.

Um seinetwillen.

»Nein«, brachte sie schließlich heraus. Sie schaute zu ihm auf, durch ihren schützenden Pony hindurch, und zog ihre Finger aus seiner Hand, die ihr sofort fehlte. Tegan unterstützte sie, und obwohl sie keine Familie hatte, auf deren Hilfe sie zählen konnte, so war ihr doch bis zu genau dieser Sekunde nicht klar gewesen, wie einsam sie sich in diesem Albtraum, der ihr Leben geworden war, fühlte. Sie wollte dieses Gefühl von Verbundenheit mit diesem wunderbaren Mann so dringend, dass es sie ängstigte.

Er musste es ihrem Gesicht abgelesen haben, denn er drückte ihren Arm sanft und sagte dann: »Okay, aber ich bin hier, wenn Sie jemanden zum Reden brauchen oder einfach nur spazieren gehen wollen.«

»Danke.« Sie trat einen Schritt zurück, denn sie brauchte Raum, um sich zu sortieren. Ihre Gedanken lagen ihr auf der Zunge und versuchten, sich zu offenbaren. Hatte er diese vertrauenerweckende Wirkung auf jeden? Sie hatte sich nie bei jemandem so wohl – oder so entwaffnet – gefühlt.

Er steckte die Hände in die Taschen und lächelte. »Darf ich Sie zu Tegans Wohnung zurückbegleiten?«

Ja, bitte!

»Nein danke. Ich … Danke für das Angebot.« Sie spürte

seinen Blick, als sie sich umwandte und zurück in die Richtung lief, aus der sie gekommen war, und genau in dem Moment, als sie sich umdrehte, um ihm noch einmal zu danken, rief er ihren Namen – ihren neuen Namen, der zu ihrem neuen Leben gehörte: »Leesa!«

Sie sah ihn lächeln, sein Blick war noch immer herzlich und einladend. Eine Hand glitt aus seiner Tasche und er winkte ihr einen schweigenden Gruß zu.

»Danke, dass Sie einen Teil ihrer Alleinsein-Zeit mit mir verbracht haben. Denken Sie noch einmal darüber nach. Über das Date, meine ich.«

Ihre Stimme versagte, aber Leesa brachte ein dankbares Lächeln und ein Nicken zustande, bevor sie weiter den Strand entlanglief und sich fragte, warum es leichter gewesen war, aus Towson wegzugehen, wo sie siebenundzwanzig Jahre lang gelebt hatte, als von diesem Mann, den sie gerade erst kennengelernt hatte.

Drei

»Etliche Kilo geballter Manneskraft zu deinen Diensten.« Jon Butterscotch, Coles Geschäftspartner, stand am sonnigen, frühen Samstagmorgen bereit für ihre morgendliche Joggingrunde auf Coles Veranda. Seine längeren dunkelblonden Haare waren noch feucht vom Duschen und nur mit den Fingern durchgekämmt, sodass er eher wie ein Surfer aussah als wie ein Arzt. Sie hatten sich im Medizinstudium kennengelernt und auf den ersten Blick – Cole mit seinen kurzgeschorenen Haaren und Hemd, Jon in Boardshorts und Tanktop – waren sie so unterschiedlich wie nur was. Aber sie hatten schnell erkannt, dass Äußerlichkeiten vollkommen egal waren, wenn es um Arbeitsethos und Motivation ging. In ihrer Entschlossenheit und bezüglich ihrer beruflichen Ziele waren sie wie eineiige Zwillinge, und seit ihrem ersten Treffen waren sie beste Freunde. Jon war so extravagant wie Cole ernst war, und im Moment klopfte sich der übermäßig gebräunte Arzt mit den Fäusten grinsend gegen seinen nackten muskulösen Oberkörper, als hätte er gerade eine Heilmethode gegen Krebs entdeckt.

Cole schüttelte den Kopf. »Etliche Kilo *viel zu früh für so etwas.*«

»Quatsch«, höhnte Jon. »Ich werde so viel Kohle für die

Obdachlosen zusammenkriegen, dass du wünschst, du wärst ebenso Sklave deines Körpers gewesen wie ich in den letzten Monaten.« Er beugte die Arme und ließ seine Bizepse tanzen. »Komm schon, fass mal an.«

»Danke, aber ich lass dich wissen, falls ich mal den Drang verspüren sollte, einen Kerl anzufassen.« Cole ging die Stufen hinunter. »Laufen wir jetzt oder was?«

»Klar laufen wir. Ich muss für die Versteigerung in Topform sein.« Sie starteten ihren Sechs-Meilen-Lauf die Düne hinunter und dann den Strand entlang in Richtung Ort.

»Ich fass es immer noch nicht, dass du das machst. Warum spendest du nicht einfach wie ich?« Cole hatte keinerlei Interesse daran, seinen Körper vor einem Saal voller Frauen, mit denen er zum größten Teil aufgewachsen war, zur Schau zu stellen. Jon dagegen nahm, wie Coles Bruder Sam, jede Aufmerksamkeit, die er bekommen konnte, gern entgegen.

»Wo bleibt denn da der Spaß? Du versteckst deinen mörderischen Body die ganze Zeit, du steckst deine Nase die ganze Nacht in deine Bücher. Wann ziehst du denn mal um die Häuser und machst dir ein paar Mösen klar?«

»Mösen? Klar doch … Wie lange kennst du mich jetzt schon?« Cole schüttelte den Kopf. »Du weißt, dass meine Zeiten für One-Night-Stands vorbei sind. Ich will mehr.«

»Mösen *sind* mehr.«

Cole lachte, während sie am Strand entlangliefen. »Benutzt man das Wort überhaupt noch?«

Es war erst sieben Uhr morgens und doch kamen schon Familien über die Dünen. Cole sah einen Vater, der eine Decke ausbreitete, während seine Frau ein Baby in den Armen hielt und ein Kleinkind neben ihr im Sand saß. Das war es, was Cole wollte.

Jon faselte weiter über die Herrlichkeit des weiblichen Körpers und der junge Vater gähnte der Morgensonne entgegen.

»*Das* ist mehr, Jon.« Cole deutete auf die Familie, als sie vorbeijoggten.

»Im Ernst? Du willst vom Workaholic direkt zum verheirateten Familienvater übergehen?«

»Ich war lang genug im Spiel.«

»Stimmt«, pflichtete Jon ihm bei. »Aber ich will mir noch weiter ordentlich die Hörner abstoßen.«

Er und Jon waren öfter zusammen auf der Piste gewesen, als Cole zählen konnte, aber für ihn hatte seine Arbeit immer Priorität vor privatem Vergnügen gehabt. Während seines Medizinstudiums hatte er jeden Abend gelernt und Partys und Kneipentouren auf das Wochenende beschränkt, zumal er sich vor seiner Beziehung zu Kenna genügend die Hörner abgestoßen hatte. Seit der Eröffnung seiner Praxis hatte er sich auf deren Aufbau konzentriert, und nun, da die Praxis gut lief, war er bereit, sich auf den Teil seines Lebens einzulassen, den er bisher ignoriert hatte.

Sie joggten am Mr. B. und dem Jachthafen vorbei, wo Boote in See stachen und dabei ordentliche Kielwellen hinterließen, und liefen weiter zum Pier, womit sie die Hälfte ihrer Strecke zurückgelegt hatten. Die Morgensonne, die nun höher am Himmel stand, brannte auf ihren aufgeheizten Körpern, als sie die Main Street entlangliefen. In den Schaufenstern der Läden spiegelte sich das Sonnenlicht. Joey richtete gerade die Tische vor dem Café aus und winkte ihnen zu.

Sie unterhielten sich über ihre Praxis und Sport, schwiegen dann, als sie in die Eighth Street abbogen, und machten sich auf den Rückweg zu Coles Haus.

»Hey, sieh mal da.« Jon deutete mit einer Kopfbewegung auf Leesa, die in knappen blauen Shorts und einem eng anliegenden Tanktop einen halben Block vor ihnen joggte.

Es war das vierte Mal innerhalb von zwei Tagen, dass Cole sie sah. Wollte das Universum ihm etwas sagen? *Schieß los! Ich bin ganz Ohr.* Er sah ihr beim Laufen zu. Ihre Haare waren zu einem Zopf hochgebunden und schwangen bei jedem Schritt mit. Ihre Beine holten weit und gleichmäßig aus, der Schweiß auf ihrer gebräunten Haut glitzerte, und Cole spürte das Blut aus seinem Kopf gen Süden rauschen.

»Das ist aber mal ein toller Hintern«, sagte Jon.

Das Blut rauschte zurück in Coles Hirn und feuerte seinen Besitzanspruch an. Er griff nach Jons Arm und zog ihn in die nächste Seitenstraße.

»Was ist denn los, Mann?«, fuhr Jon ihn an. »Ich hab gerade den Ausblick genossen.«

Cole überlegte, ob er sich eine Ausrede einfallen lassen sollte, und beschloss dann, es wäre besser, wenn er Jon eindeutig in seine Grenzen verwies. Auch wenn er keinen Anspruch auf Leesa hatte, so wollte er diese Linie in Jons Hirn gezogen wissen.

»Ich hab sie gestern Abend um ein Date gebeten.«

»Aha, du bist also doch noch nicht ganz aus dem Spiel.« Jons Augenbrauen zuckten auf und ab.

Es fühlt sich so gar nicht nach einem Spiel an.

Lang brauchte Leesa nicht, um sich im Mr. B. einzuarbeiten. Sie kellnerte seit ein paar Tagen hier und hatte schon einige

Stammgäste kennengelernt. Die Brauerei lag zum Jachthafen hinaus, und so konnte Leesa den Unterschied zwischen der Arbeit in Towson und hier wirklich spüren. Es war fast sieben und das Restaurant war schon brechend voll. Die anderen Kellner und Kellnerinnen hatten sie gewarnt, dass es zwischen den Tischen kaum noch Platz gäbe, wenn die Versteigerung erst einmal angefangen hatte. Nach der letzten Nacht, in der sie nur sehr unruhig geschlafen hatte, kam ihr die Ablenkung ganz gelegen. Gestern Abend, nachdem sie von ihrem Spaziergang am Strand nach Hause gekommen war, hatten sie und Tegan noch stundenlang geredet. Tegan hatte sie dazu gedrängt, die Einladung zum Essen von Cole anzunehmen, und je mehr Leesa vorgab, nicht interessiert zu sein, umso weniger glaubte Tegan ihr. Ach was, umso weniger glaubte sie sich selbst. Cole war gut aussehend und charmant, und er hatte die mitfühlendsten Augen, die sie je gesehen hatte. Aber sie wusste, wohin das führen konnte, und sie wollte sich nicht auf einen Arzt einlassen, der mit Sicherheit auf der Stelle kehrtmachen würde, sobald er von ihrer Vergangenheit hörte.

Sie versuchte, die Gedanken an Cole fortzuschieben, bediente ein junges Paar und entdeckte dabei Maisy Braden, die die letzten Vorbereitungen für die Junggesellen-Versteigerung traf. Ihre dicken, lockigen Haare fielen ungebändigt über ihre Schultern. Der lange bunte Rock wehte ihr um die Beine, während sie von einer Ecke des Restaurants in die andere eilte und die Tische an einer Fensterfront deckte.

Nachdem sie nun wusste, dass Maisy und ihr Mann Thomas, der auf den Spitznamen »Ace« hörte, Coles Eltern waren, ertappte sie sich dabei, dass sie nach Ähnlichkeiten suchte. Maisys Augen waren ozeanblau und schienen permanent zu lächeln. Cole kam eindeutig nach seinem Vater. Die dunklen

Augen von Ace blickten sie ernst an, als sie näher kam. Ace war so konservativ, wie Maisy unkonventionell und kreativ wirkte. So wie Cole hatte er kurz geschnittene Haare, die aus seinem schönen Gesicht herausgekämmt waren. Cole war ebenso groß und hatte die gleichen breiten Schultern und markanten Gesichtszüge. Und anscheinend teilten sie auch ihren Geschmack, denn Ace trug – wie sein Sohn, als sie ihn das erste Mal gesehen hatte – eine Anzugjacke und ein weißes Button-down-Hemd mit aufgekrempelten Ärmeln, die seine starken Unterarme und großen Hände betonten.

Leesa legte eine Bestellung für den Koch Roman in die Durchreiche. »Zwei BLT-Sandwiches und ein Thunfisch-Roggenbrot, bitte.« Sie drehte sich zu Ace, der lächelnd hinter der Bar stand – was ihr eine gute Vorstellung davon bescherte, wie Cole wohl in fünfundzwanzig Jahren aussehen mochte. Leesa merkte, dass sie ihren Chef anstarrte, und so schüttelte sie diesen momentanen Hirnaussetzer ab und sagte: »Zwei Gin Tonic, bitte.«

»Kommt sofort.« Er nahm die Flaschen aus dem Regal und machte sich daran, die Drinks zu mixen. Leicht hinkend bewegte er sich in dem engen Raum hin und her. »Alles okay bei Ihnen heute?«

»Ja, danke. Die Versteigerung fängt erst in einer Stunde an, und ich kann mir nicht vorstellen, wie wir noch mehr Leute im Restaurant unterbringen sollen. Keine Ahnung, wie Maisy es schafft, alles so schnell herzurichten.«

Sein Blick folgte seiner Frau, die von einem Tisch zum anderen ging. »Maisy beherrscht das aus dem Effeff.«

Maisy musste ihren Namen gehört haben, denn sie schaute herüber und warf ihm eine Kusshand zu.

»Unsere Töchter Shannon und Tempe kommen gleich

vorbei und helfen ihr, den Rest vorzubereiten.« Er gab ihr die Drinks, die er gemixt hatte. »Sie werden heute sogar die ganze Sippe kennenlernen, außer Ty, unseren Jüngsten. Er ist als Fotograf für einen Auftrag unterwegs.«

Die ganze Sippe? Ihr Pulsschlag beschleunigte sich bei dem Gedanken daran, dass Cole auch auftauchen würde. Als wäre es nicht genug, dass sie heute Abend den halben Ort bedienen und sicher eine Reihe von Bestellungen durcheinanderbringen würde. Sie schluckte ihre Befürchtungen herunter und sagte: »Ich freue mich schon darauf.«

Die nächste Stunde war im Restaurant so viel zu tun, dass Leesa gar keine Zeit hatte, darüber nachzudenken, wie nervös sie war. Männer und Frauen verteilten sich an die Tische und so ziemlich jeden freien Platz dazwischen. Tegan war mit einigen Freundinnen da und saß an einem Tisch ganz vorne, wo die Versteigerung stattfinden würde. Leesa balancierte mit beiden Händen ein Tablett, schob sich seitwärts durch die Menge, hin zu den Nischen im hinteren Teil, wo sie gerade eine Getränkebestellung aufgenommen hatte. Sie bahnte sich den Weg durch die vielen Menschen und stellte das Tablett gerade ab, als eine Hand ihren Arm berührte. Sie drehte sich um, und ihr stockte der Atem, als sie in Coles lächelnde Augen blickte. Sein Mund bewegte sich, aber über den ganzen Lärm hinweg konnte sie nichts verstehen.

Sie hielt einen Finger in die Höhe, um ihm zu verstehen zu geben, eine Sekunde zu warten, bis sie ihren Gästen in der Nische die Getränke serviert hatte.

»Danke«, sagte ein gut aussehender, dunkelhaariger Mann.

»Sie sind neu hier«, stellte eine hübsche Blondine fest.

»Ja, ich habe erst vor ein paar Tagen angefangen«, antwortete Leesa. »Kann ich Ihnen sonst noch etwas bringen?«

Eine braunhaarige Frau neben der Blondine lächelte zu ihr auf. »Ich denke, wir haben alles, danke.« Ihr Blick fiel auf Cole, sie kreischte und stand vom Tisch auf. »Endlich! Da bist du ja!« Sie stellte sich direkt vor Leesa und fiel ihm um den Hals.

Leesa hatte kaum Zeit, den unvertrauten Stich der Eifersucht zu verarbeiten, der sie mit voller Wucht traf, als sie Cole sagen hörte: »Hey, Schwesterherz, du hast mir gefehlt.«

Erleichterung überkam sie. *Himmel noch mal, was ist nur mit mir los?* Sie klemmte sich das Tablett unter den Arm und wandte sich der nächsten Nische zu, als Cole wieder ihren Arm berührte und sich nah zu ihr beugte. Er roch nach warmem Zedernholz und Mann, vereint in einem köstlichen Duft, der ihren Magen Purzelbäume schlagen ließ.

»Hallo«, gab sie über den Lärm der Menge hinweg von sich.

Er legte eine Hand auf ihre Hüfte und lehnte sich so weit vor, dass ihre Wangen sich berührten. Seine Stimme war tief und ruhig. »Schön, Sie wiederzusehen. Sie sehen wunderschön aus.«

Sie spürte die Röte in ihre Wangen steigen und wusste nicht, ob es von der Hitze kam, weil sie ihm so nah war, oder von seinen Worten.

Der Blick der Brünetten ging zwischen ihnen beiden hin und her, und als sie lächelte, war die Ähnlichkeit mit ihrer Mutter frappierend. »Cole, möchtest du uns nicht vorstellen?«

Seine Hand ruhte weiterhin auf Leesas Hüfte, wodurch sie seine Nähe noch bewusster wahrnahm.

»Leesa, dies ist meine Schwester Shannon. Shannon, dies ist Leesa.« Cole deutete mit der freien Hand auf den Tisch und nahm die andere noch immer nicht von ihr weg. »Dies sind meine jüngeren Brüder Sam und Nate und meine Schwester Tempest.«

Die Blonde stand auf und streckte die Hand aus. »Tempe, bitte. Schön, Sie kennenzulernen. Mom und Dad haben mir eine Menge über Sie erzählt.«

Oh Gott, wirklich? Warum sollten sie mit ihrer Tochter über sie reden? »Schön, Sie kennenzulernen. Ihre Eltern sind wirklich tolle Chefs.«

Zu ihrer Überraschung riss Sam sie aus Coles Griff in eine Umarmung. »Nett, Sie kennenzulernen. Willkommen in der Mr.-B.-Familie.«

Cole bedachte seinen Bruder mit einem finsteren Blick. Dieser Nimm-die-Hände-weg-Ausdruck war unmissverständlich. Er begeisterte und beunruhigte sie zugleich. Cole näherzukommen, darüber sollte sie überhaupt nicht nachdenken, und doch stand sie jetzt hier und freute sich, weil er seinen Anspruch auf sie geltend machte. Sam ließ seine Hand ein paar Sekunden länger als nötig auf Leesas Schulter liegen, und sie merkte, dass er Cole ärgern wollte. Sie hätte gelacht, als Tempe die Augen verdrehte und kopfschüttelnd »Sammy« sagte, wenn die Situation nicht so peinlich gewesen wäre.

Nate, dessen blonde Haare einen Ton dunkler waren als Tempes, zog Sam mit einem heftigen Ruck nach hinten und lächelte Leesa an. »Beachten Sie Sammy gar nicht. Der Kerl ist einfach nur anhänglich. Schön, Sie kennenzulernen.« Er verfrachtete Sam zurück auf seinen Platz und schüttelte Leesa über dessen Kopf hinweg die Hand. Sam lachte, als wäre dies ein alltäglicher Scherz, und so vergnügt, wie die Geschwister sie ansahen, ging sie davon aus, dass es das tatsächlich war. Als Einzelkind sehnte sie sich nach solch einer Verbundenheit.

»Mann, das sind ja eine Menge Bradens.«

»Es gibt noch einen mehr. Unseren jüngsten Bruder Ty haben Sie noch nicht kennengelernt«, sagte Nate. »Er ist für einen Auftrag der *National Geographic* als Fotograf in Afrika unterwegs.«

»Ihr Vater hat mir von ihm erzählt. Er liebt seine Arbeit sicher sehr. Werden Sie alle drei heute Abend versteigert?«, fragte sie.

Ein Mann mit sandblonden Haaren schaute über Coles Schulter und sagte: »Wir vier. Bieten Sie mit?«

»Ihr drei«, korrigierte Cole. »Leesa, das hier ist mein Geschäftspartner Jon.«

»Freut mich«, sagte sie.

Jon umschloss ihre Hand mit seinen Händen und sagte: »Die Freude ist ganz auf meiner Seite.«

»Ihn brauchen Sie auch nicht zu beachten«, sagte Cole, legte eine Hand auf Jons Schulter und zog ihn nach hinten. »Man könnte glauben, er und Sam hätten noch nie eine schöne Frau gesehen.«

»Bringt sie nur noch mehr in Verlegenheit! Bieten Sie heute Abend mit, Leesa?«, fragte Shannon, als sie sich wieder neben Tempe setzte.

»Äh … nein. Ich arbeite, und eigentlich sollte ich mich auch mal wieder um die Gäste kümmern. War nett, Sie alle kennenzulernen.«

Cole stellte sich zwischen sie und seinen Geschäftspartner. »Ich wünschte, Sie würden noch mal über mein Angebot nachdenken.«

»Ich … Ich würde wirklich sehr gern, aber ich kann nicht.« Sie schaute über seine Schulter hinweg zu Jon und seinen Geschwistern, die sie so aufmerksam beobachteten, dass sie nur noch nervöser wurde. »Ich sollte mich wirklich wieder an die Arbeit machen.« Sie drehte sich um und ging auf Tegans Nische zu, da sie unbedingt ein vertrautes Gesicht brauchte, das sie an all die Gründe erinnerte, warum ihr Innerstes nicht derart in Aufruhr geraten sollte.

Tegan saß mit Dina, Chelsea und einer Blondine beisammen, die Leesa nicht kannte.

»Da ist sie ja.« Tegan langte nach ihrer Hand. »Das ist ja der Wahnsinn hier drin, Annali–«

Leesa riss die Augen auf.

»Leesa«, korrigierte Tegan sich. »Wie kommst du zurecht?«

»Ganz gut, denke ich.« Sie sah, dass Sam, Nate und Jon in den vorderen Teil des Restaurants gingen, wo Ace, der heute Abend den Auktionator gab, sie herbeiwinkte.

»Cole?«, rief sein Vater ins Mikrofon und bedeutete ihm mit einer Handbewegung, dass er zu ihnen kommen sollte.

Leesas Magen zog sich beim Anblick all der anderen Frauen zusammen, die Cole ebenfalls beobachteten, als er durch den Raum ging. Sein Vater und er steckten die Köpfe zusammen. Cole schüttelte dann den Kopf und drehte sich mit einem wütenden Gesichtsausdruck zu Sam um. Sam und Jon kamen dazu und eine hitzige Diskussion entbrannte. Die beiden schnappten sich je einen Arm von Cole und zogen ihn in die Reihe der Junggesellen hinein, zu denen sich nun noch drei andere gut aussehende Männer gesellt hatten. Coles Kiefermuskeln waren angespannt, die Fäuste hingen geballt an seiner Seite, und wenn Blicke töten könnten, wären sein Bruder und sein Geschäftspartner jetzt erledigt.

»Sieht aus, als hätten sie ihn in die Versteigerung hineinmanövriert«, sagte Tegan. »Du musst bieten.«

»Auf keinen Fall!« Das Herz schlug ihr bis zum Hals, und sie versuchte, die Eifersucht, die Besitz von ihr ergriff und ihren Pulsschlag in die Höhe trieb, niederzuringen.

»Du stehst also auf Cole?«, fragte die Blonde.

»Was? Nein, ich hab ihn gerade erst kennengelernt.«

»Er ist so nett. Ich bin übrigens Jewel. Nate ist meiner.« Sie grinste und fügte hinzu: »Ich biete jeden Cent, den ich habe, für ihn.«

»Freut mich. Nate scheint wirklich sehr nett zu sein.«

»Ist er, und Cole auch«, sagte Jewel. »Du solltest echt für ihn bieten, wenn du ihn magst, denn ich bin mir sicher, dass eine Menge anderer Frauen sich um ihn reißen werden.«

Genau das brauchte sie jetzt – eifersüchtig auf den halben Ort zu sein, wegen eines Mannes, von dem sie sich sowieso lieber fernhalten sollte. Ihr Blick traf auf Coles, und die Verärgerung in seinen Augen wurde zu unbändigem Verlangen. Sie fragte sich, wie viel Bargeld sie eigentlich dabeihatte.

Vier

»Dad, ich lasse mich *nicht* versteigern«, sagte Cole entschieden.

Sein Vater hielt ihm den Flyer für die Versteigerung unter die Nase, und tatsächlich, sein Name stand in der Liste der verfügbaren Junggesellen. In seinen Adern brodelte das Blut, als er sich zu seinem kichernden Bruder umdrehte.

»Dein Ernst, Sam?« Er trat ganz nah an den Unruhestifter heran und sah ihm in die Augen. »Was soll das?«

Am liebsten hätte er Sams unverfrorenes Grinsen aus ihm herausgeprügelt.

»Jeder braucht mal ein bisschen Spaß im Leben. Außerdem war ich das nicht allein. Es war auch Shannons Idee.« Sams Blick wanderte zu Leesa, die gerade einen Tisch voller Typen bediente, die sie eingehend unter die Lupe nahmen.

Cole registrierte das ebenfalls und ballte die Fäuste, bevor er wieder seinen Bruder ansah. »So was verstehst du vielleicht unter Spaß. Ich sicher nicht.« Er schaute zu Nate. »Und was machst du hier oben? Meinst du, Jewel möchte, dass dich irgendeine andere Frau gewinnt?«

Nate zwinkerte ihm zu. »Ich hab ihr Portemonnaie mit Hundert-Dollar-Scheinen aufgefüllt. Sie wird auf gar keinen Fall verlieren, und die Obdachlosen bekommen eine ordentliche

Spende von uns.«

Cole musste sich geschlagen geben. Sein Name stand auf dem Flyer und jetzt kam er aus der Sache nicht mehr heraus.

»Bin gleich zurück.« Er ging in den Flur, in dem der Geldautomat stand, und hob Bargeld von zwei seiner Konten ab – den Höchstbetrag von beiden. Dann wartete er, bis Leesa die anzüglich grinsenden Männer fertig bedient hatte, und zog sie beiseite.

»Hallo! Soll ich Ihnen einen Drink holen?«, fragte sie mit einem neckenden Lächeln.

»Nein.« Er legte ihr das Geld in die Hand. »Aber Sie können mich ersteigern, damit ich nicht mit jemand anderem ausgehen muss.«

»Was?« Sie riss die Augen auf. »Nein, ich habe Ihnen doch gesagt, dass ich nicht mit Ihnen ausgehen kann.«

Das war nicht die Antwort, die er sich erhofft hatte. »Das müssen Sie auch nicht«, sagte er, auch wenn er hoffte, dass sie ihre Meinung ändern würde. »Bewahren Sie mich einfach nur davor, mit einer anderen ausgehen zu müssen. Ich bin mit den meisten der Frauen hier aufgewachsen. Vertrauen Sie mir: Sie bewahren mich vor einem Date, das ich nicht will. Ich bin Ihnen dann auch etwas schuldig.« Er drückte ihre Hand, ging mit einem Lächeln auf den Lippen fort und ließ sie mit offenem Mund stehen, während er etwas mehr Hoffnung verspürte, als noch ein paar Minuten zuvor.

»Was war das denn?«, fragte Jon, als sich Cole wieder bei den anderen Männern auf der Versteigerungsbühne einreihte.

»Meine Rückkehr ins Spiel.«

Leesa schaute auf das Geld in ihrer Hand und dann wieder hinauf zu ihm. Sie schüttelte den Kopf, und er nickte, begleitet von einem lautlosen *Bitte?!*

Langsam trat ein Lächeln auf ihre Lippen, während sie erneut den Kopf schüttelte, nun aber weniger entschieden. Sie steckte sich das Geld in die Tasche und wandte sich ab.

Zehn Minuten später trat sein Vater vor die Menge und hielt eine Hand in die Höhe, als er zur Begrüßung ansetzte. »Willkommen im Mr. B. Wir sind stolz, die zwölfte jährliche Junggesellen-Versteigerung zugunsten der Obdachlosenhilfe ausrichten zu dürfen.«

Alle klatschten, Frauen johlten und schrien, und die Männer pfiffen und grölten. Cole sah, wie Jon und Sam das Ganze anfeuerten, indem sie der Menge zuwinkten, ihre Bizepse spielen ließen und mit den Frauen in den vorderen Reihen flirteten, die eifrig mit Scheinen wedelten. Nate warf seiner Freundin Jewel eine Kusshand zu, während Cole versuchte, Leesa auszumachen. Aber die war nirgends zu sehen.

»Wir starten heute Abend mit meinem eigenen Fleisch und Blut, Sam Braden.« Ace bedeutete Sam, nach vorne zu kommen.

Sam legte eine Show hin. Er riss sich das T-Shirt vom Leib und warf es in die ausgestreckten Hände der Frauen, die vorne in der Menge standen und vor Entzücken kreischten.

Ace schüttelte grinsend den Kopf. Stolz und Belustigung konkurrierten in seinen dunklen Augen.

»Dies ist Sams sechste Versteigerung, die meisten von euch Ladys kennen meinen Jungen hier also. Sam ist der Eigentümer von Rough Riders, einem Abenteuer- und Raftingunternehmen.« Sein Vater las von einem Block ab, und Cole fragte sich, welche Informationen über ihn wohl dort standen. »Wenn er nicht auf dem Wasser ist, dann nimmt er seine Kunden mit auf eine Exkursion in die Wildnis oder er genießt das Leben, was man an seiner ganzjährig gebräunten Haut und seiner muskulösen Gestalt gut erkennen kann.« Er rieb sich mit der Hand über das Kinn. »Meine Güte, Sammy.«

Die Menge lachte.

»Das entspricht einfach nur der Realität«, grinste Sam.

»Was hat er über mich geschrieben?«, flüsterte Cole Nate zu.

Nate zuckte mit den Schultern, aber das humorvolle Funkeln in seinen Augen verriet, dass er es sehr wohl wusste.

»Wir steigen mit einem Gebot von fünfzig Dollar ein«, sagte Ace. »Wer bietet fünfzig?«

»Hier!«, rief eine rothaarige Frau.

»Fünfundfünfzig!«, rief eine Blonde.

»Fünfundsiebzig!«, brüllte die Rothaarige.

Sam flexte die Muskeln, drehte sich dann mit dem Rücken zur Menge und wackelte mit dem Hintern.

Cole lachte und murmelte: »Heiliger Bimbam!«

»Er treibt nur die Gebote in die Höhe«, sagte Jon über die grölende Menge hinweg.

»Einhundert Dollar!«, rief eine Blonde.

Sams Versteigerung endete bei fünfhundert Dollar, und die Blondine, die ein Date mit ihm gewonnen hatte, kam in dem kürzesten Minirock, den Cole je gesehen hatte, und mit einem Lächeln so breit wie Texas auf die Bühne. Begleitet von einem riesigen Applaus zog sie Sam an der Gürtelschlaufe mit sich fort.

»Der Mistkerl hat ein unverschämtes Glück«, sagte Jon, als Ace ihn aufrief.

Auch Jon zog sein Hemd aus und ließ es über dem Kopf kreisen, bevor er es in die Menge warf. Sofort fing er an zu posen, als wäre er bei einer Bodybuilder-Meisterschaft.

»Seid nicht schüchtern, Ladys. Dies ist die fünfte Versteigerung für Dr. Jon Butterscotch. Jon liebt …« Ace schaute wieder auf die Notizen und legte die Stirn in Falten.

»Wer schreibt diesen Kram eigentlich? Dr. Butterscotch liebt die Medizin, das Fitnesstraining und lange Nächte.«

»Und ob!«, sagte Jon und zeigte lachend auf die Frauen in der Menge. »Kommt schon, Ladys, ersteigert mich!«

Cole entdeckte Leesa, die gerade mit einem vollen Tablett aus der Küche kam. Er verlor sie wieder aus dem Blick, als die Frauen näher an die Bühne drängten, mit ihren Scheinen wedelten und ihre Gebote brüllten.

»Und wir haben eine Gewinnerin! Für sechshundertfünfzig Dollar!« Ace klatschte, als eine Brünette, die – wie Cole erkannte – mit Nate zur Schule gegangen war, zu Jon stürmte und ihn mit zu ihrem Tisch schleppte.

Sein Vater versteigerte zwei weitere Männer, und als er dann zu Cole kam, war dieser mit den Nerven am Ende. Dass die Gebote so hoch gehen würden, damit hatte er nicht gerechnet, und er hatte Leesa nur sechshundert Dollar gegeben. Er trat vor, und die Frauen kreischten seinen Namen und drängten sich um ihn. Cole wich zurück und versuchte, etwas Platz zwischen sich und den grapschenden Frauen zu schaffen, während er die Menge verzweifelt nach Leesa absuchte.

»Zum ersten Mal überhaupt steht mein ältester Sohn zur Versteigerung, und ich weiß nicht so recht, was ich davon halten soll.« Ace lächelte Cole an.

»Ich auch nicht«, murmelte Cole. Er erkannte die meisten der Frauen, die mit Bargeld wedelten und die Hände nach ihm ausstreckten, und obwohl sie attraktiv waren, konnte doch keine von ihnen Leesa das Wasser reichen. Er entdeckte sie schließlich bei Shannon und Tempe, wie sie dastand und mit der Hand über die Tasche rieb, in der sie das Bargeld verstaut hatte. Er flehte sie innerlich an, zu tun, worum er sie gebeten hatte.

Ace schaute auf sein Blatt und fing an zu lesen. »Dr. Braden segelt gerne, er liest viel und –«

»Zweihundert Dollar!«, rief aus dem hinteren Teil des Restaurants eine Frau, die Cole nicht sehen konnte. Aber ihre Stimme jagte ihm einen Schauer der Erinnerung über den Rücken. *Kenna.*

Er sah, dass Shannon und Tempe beide in die Richtung schauten, aus der die Stimme kam, und Shannons finsterer Blick sagte ihm, dass er recht hatte.

Eine andere Frau schrie: »Zweihundertfünfzig!«

Kenna drängte sich durch die Menge ganz nach vorne, den Blick fest auf Cole gerichtet. »Vierhundert.«

Sie war so schön wie eh und je, mit ihren langen kastanienbraunen Haaren und den großen grünen Augen. Coles Innerstes zog sich schmerzhaft zusammen, denn er wusste nur zu gut, was sich hinter dem hübschen Äußeren wirklich verbarg. Eine Seele, die von Liebe und Loyalität keine Ahnung hatte. Er hielt nach Leesa Ausschau und sah sie mit Tegan reden.

»Vierhundertfünfzig!«, rief eine andere Frau.

»Fünfhundertfünfzig.« Kennas Blick verfinsterte sich, und ihr blutroter Mund verzog sich zu einem Grinsen, das einen anderen Mann wahrscheinlich mit Vorfreude erfüllt hätte. Cole wäre am liebsten von der Bühne verschwunden.

Shannon und Tempe drängten sich mit einem fragenden Blick durch die Menge nach vorne. Er wusste, dass sie auf ein Zeichen hin für ihn bieten würden. Aber es gab nur eine Frau, die diese Versteigerung gewinnen sollte, und sie lehnte noch immer an dem Tisch und sprach mit Tegan und den anderen jungen Frauen.

Cole musste ihre Aufmerksamkeit auf sich ziehen und ihm fiel nur eine sichere Methode ein. Er fasste sein Hemd direkt unter dem Kragen und riss es sich vom Leib. Die Knöpfe flogen in die Menge, und die brach in tosendes Gekreische und anzügliche Kommentare aus. Das konnte man nicht ignorieren.

Perfekt.

Leesa schaute auf und Cole musste angesichts ihres ehrfürchtigen Blickes grinsen. Er hatte nie seinen Körper benutzen müssen, um die Aufmerksamkeit einer Frau auf sich zu lenken, aber in diesem Moment würde er verdammt noch mal alles tun. Sie ging nervös außen an der Menge vorbei. Coles Herzschlag beschleunigte sich mit jedem ihrer Schritte. Gott, war sie hinreißend! Sie stellte jede andere Frau im Raum in den Schatten, und sie musste noch nicht einmal etwas dafür tun. Er anscheinend schon. Er war kein Typ, der das Posen liebte, aber er konnte das Lachen nicht unterdrücken, als er seine Bizepse flexte und seine Bauchmuskeln tanzen ließ. Er hielt den Blick starr auf Leesa gerichtet, sodass keine Frau übersehen konnte, für wen er sich ins Zeug legte.

Leesa stand jetzt neben Shannon und hielt sich an ihrem Arm fest, als bräuchte sie Halt. Als sie sprach, war ihre Stimme zittrig. »Siebenhundertfünfundsiebzig Dollar.«

Kenna drehte sich mit einem giftigen Blick zu Leesa um und sagte: »Acht. Hundert. Dollar.«

Leesas Blick flog zu Cole, wie er da vor der Ansammlung gieriger Frauen stand und seinen Adonis-Körper zur Schau stellte, mit einem Gesicht, das auf dem Cover der Sexiest-Man-Alive-Ausgabe des *People's*-Magazin abgebildet sein sollte, und einem Ausdruck der Hoffnung in seinen Augen, der nur ihr galt. Jewel hatte sie ein paar Minuten zuvor über seine Ex, Mackenna Klein, in Kenntnis gesetzt. Alle Einzelheiten über ihre langjährige Beziehung wusste sie nicht und auch nicht, warum sie sich getrennt hatten, aber Jewel hatte gesagt, dass Cole auf keinen Fall von dieser Frau ersteigert werden wollte. Als Cole sie gebeten hatte, für ihn zu bieten, war sie nicht sicher gewesen, ob sie es wirklich tun würde. Aber nachdem sie ihn da vor all diesen Frauen gesehen und seinen Blick auf sich gespürt hatte, als wäre sie die einzige Frau im ganzen Raum, da konnte sie kaum atmen. Der Gedanke, nicht mit ihm auszugehen, war ihr ebenso unerträglich wie der Gedanke, seine Fröhlichkeit schwinden zu sehen, sobald sie ihre Vergangenheit offenbarte. Und das musste sie, wenn sie miteinander ausgingen.

»Ich habe zweihundert«, sagte Shannon.

»Ich auch«, sagte Tempe.

Das Getöse der Menge schwirrte in ihren Ohren und ihr Herz raste. Sie fand es großartig, wie seine Schwester sich vereinten, um ihn zu retten, und überlegte rasch, was sie tun sollte. Wenn sie ihn ersteigerte, dann würde jeder hier *erwarten,* dass sie mit ihm ausging. Oh, und wie gern sie das tun würde!

Sie warf einen kurzen Blick auf seine Ex-Freundin, die lautlose Hassbotschaften in ihre Richtung schickte, dann zu Coles Vater, der seine dichten dunklen Augenbrauen zusammengezogen hatte und das Blatt Papier krampfhaft umklammert hielt, und schließlich schaute sie zu Cole. Der Blick in seinen Augen wärmte ihren ganzen Körper und veranlasste sie, Worte auszusprechen, die sie nie erwartet hätte.

»Eintausend Dollar.«

Der anderen Frau fiel die Kinnlade herunter und die versammelte Menschenmenge schnappte hörbar nach Luft.

»Für den guten Zweck«, fügte Leesa mit einem nervösen Lächeln hinzu.

Jeder einzelne Muskel in Coles Körper war angespannt, aber

es war sein Lächeln und wie es sich in seinen Augen widerspiegelte, was ihr Herz Purzelbäume schlagen ließ, als sein Vater verkündete: »Und wir haben eine Gewinnerin!«

Ace ergriff Leesas Hand und zog sie zu Cole hinüber. Sie stolperte fast über ihre eigenen Füße, bevor Cole ihre Hand nahm und sie ihn seine starken Arme zog.

»Danke. Vielen Dank«, sagte er und drückte seinen Mund auf ihren.

Als er sie mit diesen weichen, warmen Lippen küsste, ahnte sie, dass er genauso davon überrascht war wie sie. Es waren nur wenige heiße, perfekte Sekunden, aber die reichten, um ihren ganzen Körper in Flammen zu setzen und einen Kurzschluss in ihrem Hirn zu verursachen. So lange war es her, dass etwas Wunderbares in ihrem Leben geschehen war, und dieser eine Moment, in dem sie beschützt in Coles Armen lag, seine Lippen auf ihren spürte, sein Herz so heftig und schnell schlagen fühlte wie ihres, war einfach fantastisch.

Als sich ihre Lippen voneinander lösten, blickte Cole ihr in die Augen und hielt sie fest an sich gedrückt. Sie brauchte einen Augenblick, bis ihr Hirn sich wieder einschaltete und sie merkte, dass alle um sie herum klatschten, pfiffen und Glückwünsche riefen. Alle – außer seiner Ex-Freundin, die zur Tür hinausstürmte.

Ach du Scheiße! Sie hatte gerade *eintausend Dollar* geboten, um ein Date mit diesem Mann zu gewinnen.

Und nach diesem einen perfekten Kuss wusste sie, dass sie es jederzeit wieder tun würde.

Fünf

Um nichts in der Welt würde Cole Leesas Hand loslassen. Er verschränkte seine Finger mit ihren, hielt die umklammerten Hände zwischen ihnen in die Höhe und machte eine Verbeugung, bevor er ihren zitternden Körper zu sich heranzog und von der Bühne wegführte.

»Du zitterst ja. Kommt das von dem Kuss oder weil du vor all den Leuten gestanden hast?«

»Beides.« Das süße, nervöse Lächeln, das er schon kannte, trat wieder in ihr Gesicht. »Ich wusste nicht, ob es das Richtige war, aber Jewel hat gesagt ... und deine Schwestern ...«

Es fühlte sich so natürlich an, sie an ihren Hüften heranzuziehen und an sich zu drücken. Oh, diese Hüften waren so unglaublich sexy! Endlich konnte er sie berühren, und wie sie in seine Handflächen passten, war sogar noch besser, als er es sich erträumt hatte. Leesa fühlte sich so richtig an in seinen Armen, ihre weiche Gestalt gegen seine harten Muskeln, und dieser Kuss ... Ihre Lippen waren geschmeidig, feucht und so köstlich, dass er alle Kraft hatte aufbringen müssen, um den Kuss nicht gleich dort auf der Bühne zu vertiefen. Aber er hatte sich so schon zu lange darin verloren und damit riskiert, dass die Situation ihr unangenehm war, und er wusste, dass er sie loslassen musste.

»Du hast genau das Richtige gemacht. Vielen Dank noch einmal. Komm, ich hol dir dein Geld.« Er ging einen Schritt auf den Flur zu, in dem der Geldautomat stand, doch sie rührte sich nicht von der Stelle.

»Nein.« Sie schüttelte den Kopf. »Ich wollte bieten. Deine Schwestern haben mir auch Geld angeboten und … Nein, das war mein Gebot. Ich zahle das.«

»Leesa, ich werde dich nicht vierhundert Dollar dafür ausgeben lassen, dass du mit mir ausgehst.«

»Es ist für den guten Zweck.« Sie suchte in seinen Augen nach einer Reaktion, und er wusste nicht, was sie dort sehen wollte, aber er hoffte, dass sie sah, wie sehr ihre Worte ihn berührten.

»Du bist nicht nur schön, du bist auch großzügig. Eine reizvolle Kombination.«

Leesas Blick huschte unruhig umher. »Oh, Himmel, ich muss zurück an die Arbeit. Es … es tut mir leid.« Sie löste ihre Hand aus seiner und trat einen Schritt zurück.

Er streckte die Hand nach ihr aus. »Warte. Was ist mit unserem Date?« Er bemerkte, dass seine Mutter auf sie zukam. Bestimmt dachte Leesa, dass sie sie ermahnen würde, wieder an die Arbeit zu gehen, aber Cole erkannte an dem Lächeln seiner Mutter, dass dem nicht so war.

»Das klären wir noch. Ich muss weiterarbeiten.« Sie verschwand in der Menge, gerade als seine Mutter ihn erreichte.

»Wow, Schatz! Tausend Dollar?« Seine Mutter strich ihm über die Wange, so wie sie es immer getan hatte, seit er ein kleiner Junge war, wenn sie sich für ihn freute. »Ich wusste gar nicht, dass du Leesa kennst.«

»Wir haben uns erst gestern kennengelernt.« Er sah, wie

Leesa gerade an einem Tisch in der Nähe eine Bestellung aufnahm. Die Versteigerung dauerte noch an, und die Frauen johlten und klatschten, als der letzte Junggeselle nach vorne geholt wurde. Leesas Blick huschte zu Cole, und er fühlte sich so sehr zu ihr hingezogen, dass es in seinen Adern brodelte.

»Aha«, sagte seine Mutter mit einem wissenden Ausdruck in den Augen. »Der Blick verrät alles.«

»Was meinst du, Mom?« Cole legte seiner Mutter einen Arm um die Schultern.

Sie tätschelte seinen nackten Bauch. »Dass mein Junge erwachsen wird.«

»Und ich dachte, damit hätte ich schon die letzten zehn Jahre verbracht.«

»Schatz, siehst du Sammy da drüben, der mit dem ganzen Tisch voller Mädels flirtet? Und siehst du Jon, der all die jungen Frauen bespaßt, die ihn ansehen, als wäre er ein toller Hecht?«

Cole lachte. »Er und Sammy sind ja auch die tollen Hechte in unserer kleinen Stadt.«

»Nein, Schatz. Es liegt daran, dass Sammy und Jon noch nicht ihre Frau fürs Leben gefunden haben. Also verwenden sie all ihre Energie aufs Suchen, Bespaßen und Hoffen. Ach, sie würden es niemals zugeben, aber eines Tages wirst du es schon sehen.« Sie drehte sich ein Stück, sodass sie Nate und Jewel sahen, die kuschelnd nebeneinander bei Shannon und Tempe in einer Nische saßen.

»Siehst du Nate?«, fragte sie. Die Versteigerung, die um sie herum noch lautstark andauerte, ignorierte sie völlig. »Er ist erwachsen geworden, während er in der Armee war, aber erst, als er sich endgültig der Liebe zu Jewel hingab, hat er den letzten entscheidenden Schritt ins Mannesalter getan. Sie sind zusammen so perfekt. Sie spornt ihn an, wann immer er es braucht, und sie lässt es ihm nicht durchgehen, wenn er auch nur ein einziges Gefühl zu verbergen versucht. Und er erinnert sie daran, wie tapfer sie wirklich ist. Sie sind so wunderbar füreinander geschaffen. Dein Vater und ich wussten es Jahre, bevor es auch nur einer von den beiden zugab.«

»Ich freue mich so unglaublich für sie. Nie habe ich Nate so glücklich gesehen.« Sein Bruder hatte Jewel über viele Jahre hinweg aus der Distanz geliebt, und nachdem sein bester Freund, Jewels älterer Bruder Rick, gestorben war, hatte Cole befürchtet, Nate würde Jewel nie erzählen, was er für sie empfand.

»Und nie habe ich ein so … *erfülltes* Lächeln in deinem Gesicht gesehen.« Sie beugte sich vor und gab Cole einen Kuss auf die Wange. »Steht dir gut.«

»Ich muss gestehen, es fühlt sich auch gut an.«

Es war fast Mitternacht, als sich das Restaurant leerte, und Leesa zweifelte an ihrer Entscheidung, vor den Augen der ganzen Stadt so viel Geld für ein Date mit Cole auszugeben, während sie doch eigentlich versuchte, unsichtbar zu bleiben. Wenn sie ehrlich war, musste sie zugeben, dass sie eifersüchtig gewesen war – verdammt eifersüchtig – auf diese Ex, die sie beäugt hatte, als würde sie sie gleich bei lebendigem Leibe verspeisen. Leesa war noch nie jemand gewesen, der vor einer Herausforderung zurückwich, aber nun, da sie Zeit gehabt hatte, darüber nachzudenken – und von nahezu jedem Menschen in dem Restaurant beglückwünscht worden war –, befürchtete sie, dass es so aussehen könnte, als sei sie verzweifelt auf ein Date aus.

Nach der Versteigerung hatte sie von Fremden mehr

Informationen über Cole erhalten, als sie sich je von einem Mann vor ihrem ersten Date erhofft hatte. Sie wusste, dass er zwei Jahre mit Kenna zusammen gewesen war, und es wurde viel über die Gründe ihrer Trennung spekuliert, aber niemand wusste es genau. Die Gerüchte reichten von Kenna, die ihn mit einer Reihe von Männern betrogen hatte, bis hin zu Cole, der sich nicht fest binden wollte.

Leesa unterschrieb ihren Stundenzettel und stützte sich einen Moment lang auf der Arbeitsfläche in der Küche ab, bevor sie gehen wollte. Sie atmete tief durch und dachte an all das Geld, dass sie in einem Moment der Eifersucht verprasst hatte.

Eine warme Hand legte sich auf ihren Rücken und erschreckte sie.

»Entschuldigen Sie, ich wollte Ihnen keine Angst einjagen.« Ace trat einen Schritt zurück. »Geht es Ihnen gut?«

»Ja, entschuldigen Sie. Ich gehe Ihnen aus dem Weg.« Sie hatte Maisy und Ace bereits erzählt, was in Baltimore geschehen war, und sie waren so nett gewesen, sie dennoch einzustellen. Das Letzte, was sie wollte, war, dass sie dachten, es ginge ihr nicht gut.

»Leesa, Sie sind mir nicht im Weg, und nachdem Sie tausend Dollar ausgegeben haben, um meinen Sohn zu gewinnen, würde ich es wohl durchgehen lassen, selbst wenn Sie mir im Weg stünden.« Ace bedachte sie mit diesem herzlichen Lächeln, das dem von Cole so ähnlich sah. »Wie läuft es für Sie hier in Peaceful Harbor? Kommen Sie zurecht? Ich weiß ja, dass Sie gerade erst eine schwierige Zeit hinter sich gebracht haben, und wenn es irgendetwas gibt, das wir tun können, um es hier leichter für Sie zu machen, dann sind Maisy und ich für Sie da.«

»Danke, das ist wirklich sehr nett von Ihnen. Ich komme gut zurecht.« Sie war überrascht, dass der Besitzer einer Mikrobrauerei so nett zu einer neuen Angestellten war. Aber andererseits hatte sie Ace auch mit seinen Gästen gesehen. Er war allen gegenüber offen und herzlich.

»Ich weiß, dass Sie noch nicht so lange hier sind, aber in schweren Zeiten ist die Familie wichtig. Sie vermissen Ihre sicherlich.«

»Eigentlich habe ich keine richtige Familie.« Schmerzhaft zog sich ihr Herz zusammen, als sie an ihren Vater dachte.

Er runzelte die Stirn. »Keine Familie? Aber jeder hat doch eine Familie.«

Sie schüttelte den Kopf. »Ich habe schon eine Zeit lang keine Familie mehr.« Sie ging zu den Spinden und holte ihre Handtasche heraus. »Es war ein schöner Abend. Danke, dass ich diese Schicht übernehmen durfte. Ich war vorher noch nie auf so einer Versteigerung.«

Mit seinen dunklen Augen hielt er ihren Blick fest, während er eine Hand in die Hosentasche steckte, ganz genau so, wie sie es zuvor bei Cole gesehen hatte. »Warum bleiben Sie nicht noch und trinken etwas mit mir, Maisy und den Kindern?«

»Oh, ich möchte mich nicht aufdrängen.«

Er bot ihr den Arm, so als würde er sie zum Altar begleiten. Ace Braden war ein Mann, dessen imposante Gestalt und sanfte Stimme einen Widerspruch bildeten und gleichzeitig das Gefühl von Sicherheit ausstrahlten. Leesa lebte erst seit zwei Jahren ohne ihren Vater, aber er hatte einen so großen Teil in ihrem Leben eingenommen, war die wichtigste Stütze bei allem gewesen, was sie getan hatte, dass es ihr viel länger vorkam, und Aces tröstende Anwesenheit zog sie an.

»Unter Freunden und in der Familie gibt es so etwas wie Aufdrängen nicht.« Er stieß die Tür zum Restaurant auf. »Und Sie gehören jetzt zur Mr.-B.-Familie.«

Seine Worte legten sich wie eine Umarmung um sie, und auch wenn sie es sich wahrscheinlich nicht erlauben sollte, sog sie sie auf wie Blumen die Sonne.

»Danke.« Sie schaute zu dem runden Tisch hinten im Raum, an dem die Familie saß. Was für ein Anblick! Lächeln und Lachen und Liebe, so viel davon, dass es sie wie eine schützende Blase umgab.

Cole stand auf – er trug jetzt ein T-Shirt mit einem Mr.-B.-Logo darauf – und stieß Sam, der neben ihm saß, kurz an. Sam setzte sich auf einen Stuhl auf der anderen Seite des Tisches und machte den Platz neben Cole frei.

»Hallo«, sagte Cole leise.

»Hallo. Dein Vater hat mich auf einen Drink mit deiner Familie eingeladen. Ich hoffe, es macht dir nichts aus.«

Er legte eine Hand auf ihre Hüfte, wie schon zuvor, und sofort durchfuhr sie ein so heftiger Hitzeschlag, dass sie überzeugt war, alle anderen müssten es auch fühlen.

»Wenn er dich nicht gefragt hätte, hätte ich es getan.«

Er schob ihr den Stuhl zurecht, und nachdem sie sich gesetzt hatte, legte er einen Arm auf ihre Stuhllehne. Sie schaute sich rasch am Tisch um, denn sie freute und sorgte sich gleichzeitig wegen dieser offenkundig besitzergreifenden Geste.

»Du hast also tausend Dollar für unseren großen Bruder hingeblättert, Leesa …«, sagte Sammy. »Wie heißt du weiter?«

Leesa schluckte die Angst hinunter, die von ihr Besitz ergriff, und hoffte, dass niemand sagen würde: *Warten Sie! Sie sind doch die Lehrerin, die den Jungen begrapscht hat!*

»Avalon«, antwortete sie schließlich.

»Schöner Name«, sagte Cole leise.

»Leesa Avalon, klingt wie der Name einer Schauspielerin«, meinte Sam. »Ich hab dich hier in der Stadt noch nie gesehen.«

»Ich bin erst vor Kurzem hierher gezogen. Meine beste Freundin wohnt in der Second Street.«

»Wie heißt deine beste Freundin?«, wollte Shannon wissen.

»Tegan Fine. Kennt ihr sie? Sie war heute Abend auch hier.«

Tempe und Shannon schüttelten den Kopf.

»Ich kenne den Namen. Ich glaube, sie war auf der South High«, sagte Shannon. »Wir waren auf der Peaceful Harbor High.«

»Sie ist mit Chelsea befreundet«, sagte Jewel. »Tegan arbeitet für das Fotostudio ihrer Schwester und macht auch Mode-Accessoires für die Boutique von Chelsea. Tempe ist mit Chelsea zusammen zur Schule gegangen«, erklärte sie zu Leesa gewandt.

»Die Welt ist ein Dorf«, sagte Nate.

»Was für ein verrückter Abend«, sagte Maisy. »Mit der Versteigerung, dem Gewinn von heute Abend und Daddys Tombola haben wir eine Menge Geld für die Obdachlosenhilfe zusammenbekommen. Ich bin stolz auf euch alle für euren Beitrag.« Ihr Blick blieb auf Cole haften, und Leesa fragte sich, ob hinter ihrem mütterlichen Lächeln mehr steckte.

Cole senkte den Blick kurz, und als er wieder aufschaute, schenkte er Leesa ein Glas Wein ein und hob sein eigenes. »Auf meine erste und letzte Junggesellen-Versteigerung.«

»Glaubst du?«, fragte Sammy.

Cole zeigte mit dem Finger auf ihn. »Du steckst ganz schön in der Scheiße, kleiner Bruder. Ich hätte niemals dort auf dem Versteigerungspodest stehen sollen.«

Sam kicherte, während Coles Hand von der Rückenlehne von Leesas Stuhl auf ihre Schulter glitt. Die vertrauliche Geste überraschte sie.

»Gott sei Dank hat Leesa mich vor den Aasgeiern gerettet.«

Er lächelte sie an und sie spürte die Hitze in ihre Wangen steigen.

»Aasgeier. Singular«, meinte Shannon. Sie strich sich ihre langen dunklen Haare hinters Ohr. »Für eine verschmähte Frau war sie bereit, eine ziemliche Summe hinzulegen, um wieder mit dir auszugehen.«

»Nur weil sie mir getextet und mich um ein Treffen angebettelt hat.« Coles Kiefermuskeln traten hervor und sein Griff um Leesas Schulter wurde fester. »Könnten wir bitte jetzt nicht weiter darüber reden? Diese wunderschöne Frau hier hat gerade eintausend Dollar für ein Date mit mir ausgegeben … Apropos!« Er streichelte ihre Schulter, die ganze Anspannung in seiner Hand und seinem Gesicht verschwand und ging in süßer Verführung auf. »Wann gehen wir aus?«

»Warte, warte, warte«, unterbrach Shannon. »Ich will zuerst alle Einzelheiten hören. Wie habt ihr zwei euch kennengelernt? Wie lange datet ihr schon?«

»Wir daten nicht«, sagte Leesa rasch. Der enttäuschte Blick in Coles Augen schnitt ihr ins Herz.

»Aber du hast gerade tausend Dollar ausgegeben, um mit ihm auszugehen«, erinnerte Tempe sie.

»Ja, aber … um ihn vor seiner Ex-Freundin zu retten.« Sie musste schlucken, denn sie fühlte sich durch diese Halbwahrheit in die Enge getrieben. Sie hasste Lügen und versuchte rasch zurückzurudern. »Ich meine, so fing es an. Dass ich ihn retten wollte.«

Cole lächelte.

Sammy räusperte sich und beäugte Cole.

»Ihr datet also nicht?«, fragte Shannon.

»Noch nicht«, antwortete Cole mit unwiderstehlichem Selbstvertrauen.

»Aha«, meinte Shannon mit großen Augen.

»Ich bin nicht auf der Suche nach einem Freund.« *Oh-mein-Gott.* Sie konnte nicht fassen, dass sie das gerade laut ausgesprochen hatte.

Voll ins Fettnäpfchen.

»Schon in Ordnung, Liebes.« Maisy tätschelte ihre Hand. »Unsere Familie kann etwas einnehmend sein. Sie müssen uns überhaupt nichts erklären. Wir freuen uns einfach nur, dass Sie hier bei uns sind.«

»Ich freue mich auch. Vielen Dank.« Leesa spürte Coles Finger, die leicht über ihre Schulter strichen und dann auf ihrem Rücken verharrten.

Sie unterhielten sich noch eine Weile, und als sie zum Gehen aufstand, hatte sie das Gefühl, mit den Bradens aufgewachsen zu sein. Coles Geschwister neckten sich erbarmungslos und er zahlte es ihnen mit gleicher Münze heim. Allerdings merkte sie, dass er vorsichtiger war als die anderen, dass er nie irgendwelche Grenzen überschritt, die die anderen in Verlegenheit bringen konnten, und dass er offensichtlich ein besonderes Gespür für die Gefühle seiner Schwestern hatte. Seine Eltern waren ebenso unbeschwert zu Scherzen aufgelegt. Sie waren eine liebevolle Truppe, und Leesa fragte sich, wie es wohl wäre, zu ihrem inneren Kreis zu gehören.

»Danke, dass ich den Abend heute mit Euch verbringen durfte«, sagte sie, als sie sich die Handtasche über die Schulter legte.

»Ich bring dich noch zum Auto«, sagte Cole und erhob sich ebenfalls.

Der Rest seiner Familie stand auf und einer nach dem anderen verabschiedete sich mit einer Umarmung von ihr. Leesa war ein gefühlsbetonter Mensch, und Leute zu umarmen, die sie gerade erst kennengelernt hatte, überraschte sie nicht, aber die Art der Umarmungen schon. Es gab höfliche Umarmungen unter Fremden, die sich etwas angespannt und kalt anfühlten. Und dann gab es Umarmungen voller Zuneigung. Diese hier gehörten zur zweiten Art und gaben ihr das Gefühl, bereits Teil dieser eng verbundenen Gruppe zu sein.

»Vielleicht können wir uns morgen zum Mittag treffen. Ich bin nur für kurze Zeit zu Hause, aber ich würde dich gern besser kennenlernen, während ich hier bin«, sagte Shannon.

»Äh, klar. Okay.«

»Kann ich mich dazugesellen?«, fragte Tempe.

»Ich arbeite morgen erst spät, wenn ihr also nichts gegen weitere Gesellschaft habt, dann würde ich auch gern kommen«, sagte Jewel.

»Wow, wirklich?« Leesa konnte kaum glauben, dass sie sich so schnell treffen wollten. »Das wäre toll.«

»Warum esst ihr nicht hier?«, schlug Maisy vor. »Ihr könnt draußen auf der Veranda sitzen, während die Männer am Boot arbeiten.«

Ace legte einen Arm um die Schultern seiner Frau. »Schatz, vielleicht möchten sie mal von uns *und* dem Restaurant wegkommen.«

»Oh, stimmt. Tut mir leid.« Maisy winkte ab. »Geht hin, wohin ihr wollt.«

Tempe und Shannon sahen sich achselzuckend an.

»Klingt doch gut«, sagte Shannon. Sie drehte sich zu Cole, Sam und Nate um. »Arbeitet ihr morgen an Dads Boot?«

Leesa ertappte Cole dabei, wie er sie wieder mit diesem Blick anstarrte, der ihr einen Schauer von den Haarspitzen bis zu den Zehen bescherte.

»Ich bin da und helfe Dad«, sagte er direkt an sie gewandt.

»Ich habe morgen eine große Gruppe bei Rough Riders. Sorry, Dad, ich kann nicht kommen«, sagte Sam.

»Das ist schon okay, Sam«, sagte sein Vater.

Nate zog Jewel an sich und gab ihr einen Kuss auf die Stirn. »Ich muss mich vormittags um ein paar Dinge im Restaurant kümmern, aber bis zum Mittag bin ich auch draußen und helfe.«

»Gut, dann treffen wir uns hier gegen zwölf?«, schlug Shannon vor. »Ist das für dich okay, Leesa? Oder möchtest du lieber mal von deinem Arbeitsplatz wegkommen?«

»Oh nein, ich freue mich, dass ich mit euch mittagessen darf.«

»Wir dürfen mit dir mittagessen«, korrigierte Jewel sie. »Das wird sicher nett.«

Sie tauschten Handynummern aus und dann brachte Cole sie zu ihrem Auto. Die Nachtluft war kühl und knackig, was ihre Sinne wieder zu vollem Leben erweckte.

»Ich hoffe, du hast dich gerade nicht zu sehr in die Enge getrieben gefühlt.«

»Überhaupt nicht«, sagte sie aufrichtig. »Es ist schön, von Menschen umgeben zu sein, die wirklich mit mir zusammen sein wollen. Deine Familie ist so nett. Du hast wirklich großes Glück.« Sie schloss ihr Auto auf und versuchte, das nervöse Flattern in der Magengrube zu ignorieren, aber sie konnte nur noch an ihren Kuss denken und daran, wie sehr sie sich nun nach mehr sehnte. Seit Monaten hatte sie keinen Mann geküsst, hatte keine Zeit gehabt, an irgendetwas anderes zu denken als daran, wie sie den Tag überstehen sollte. Konnte sie sich die Freiheit herausnehmen, etwas Spaß zu haben? Das hatte sie doch nach allem, was sie durchgemacht hatte, sicher verdient. Sie war eine intelligente, gebildete Frau, und ihr Verstand sagte ihr, dass sie es sehr wohl verdient hatte, ein Date mit Cole zu genießen. Aber eine quälende innere Stimme erinnerte sie daran, warum sie überhaupt hier war, und das, was in Baltimore geschehen war, lastete schwer auf ihr. Chris und die Art, in der er seine Karriere über sie gestellt hatte – der Schmerz darüber saß noch tiefer, als sie es sich eingestehen wollte. Für Cole stand karrieremäßig auch viel auf dem Spiel.

»Danke, aber viel wichtiger ist: Wann willst du deinen Versteigerungsgewinn einlösen?« Er lächelte und trat ganz nah an sie heran. Eine Hitzewelle ging von ihm aus und erinnerte sie daran, dass sie nicht nur sechshundert seiner Dollar für die Versteigerung ausgegeben hatte, sondern dass sie auch noch vergessen hatte, dem Mädchen, das bei den Spendern das Geld eingesammelt hatte, den restlichen Betrag zu geben.

»Oh Mist, ich muss noch mal hinein. Ich hab vergessen, die vierhundert Dollar zu bezahlen. Dein Bargeld habe ich schon abgegeben, aber ich wollte den Rest noch aus dem Automaten holen und wurde von einem Gast abgelenkt.«

»Ich habe mich schon darum gekümmert.«

»Du –«

Er legte einen Finger auf ihre Lippen. »Scht! Ich habe dich um ein Rendezvous gebeten, weißt du noch? Zwei Mal.«

»Cole«, sagte sie gegen seinen Finger und musste dem Drang widerstehen, diesen Finger einfach in den Mund zu nehmen und mit ihrer Zunge zu umspielen. Sie presste die Lippen aufeinander, um sich davon abzuhalten.

»Morgen Abend? Ich hole dich gegen sechs bei Tegan ab?«

Sie merkte, dass sie nickte, und als er sich vorbeugte, eine Hand auf ihre Hüfte legte und sie auf die Wange küsste, schloss sie die Augen und sog das Gewicht seiner Handfläche, die Berührung seiner feuchten Lippen und die Hitze seines Atems auf ihrer Haut auf. Sie hatte das vage Gefühl, dass dieser unglaublich nette, verführerische Mann ihre Entschlossenheit, unsichtbar bleiben zu wollen, auf die Probe stellen würde, und sie ermahnte sich, dass er eine Menge zu verlieren hatte – und wenn sie ehrlich zu sich war, galt das auch für sie.

Sechs

Am Sonntagmorgen wachte Cole noch vor Sonnenaufgang auf. Er duschte, suchte bei Google kurz die Adresse von Tegan heraus, da er am vergangenen Abend vergessen hatte, Leesa danach zu fragen, und trainierte dann in seinem Fitnessraum. Seit Monaten hatte er nicht so viel Energie verspürt, und er wusste, dass Leesa der Grund dafür war. Als er sich zu seiner Joggingrunde aufmachte, hoffte er inständig, sie auf ihrer morgendlichen Runde zu treffen. Mit Jon lief er immer nur am Samstagmorgen, deshalb war er jetzt allein unterwegs – und genau das wollte er.

Die Sonne lugte hinter fedrigen Wolken hervor, als seine Füße den Sand berührten und er am Wassersaum entlanglief. Jede Tageszeit am Strand hatte etwas Besonderes, aber die frühen Morgenstunden waren ihm am liebsten – bevor das Leben im Ort erwachte, wenn die Vögel nach Essbarem suchten und die Wellen den unberührten Sand küssten. Er rannte weiter als gewöhnlich, am Pier vorbei und eine Geschäftsstraße entlang, dann die Main Street hinunter Richtung Second Street. Seine neue Energie trieb ihn schneller voran als sonst, und als er zur Second Street kam, verlangsamte er sein Tempo etwas, um die Hausnummern lesen zu können, bis er Tegans Haus erreichte. Es war ein niedliches Ranch-Style-Haus mit einem gepflegten Vorgarten und einer knallroten Haustür. Er fragte sich, ob Leesa wohl schon aufgestanden war oder noch in ihrem kuscheligen Bett schlief.

Bei dem Gedanken lächelte er unwillkürlich. In seiner Vorstellung lag sie natürlich in *seinem* Bett. *Nackt.*

Na großartig, jetzt war er erregt und fühlte sich wie ein Stalker.

Was hatte er denn erwartet? Dass er genau rechtzeitig hier auftauchen konnte, um sie zu erwischen, wenn sie zu ihrem morgendlichen Lauf aufbrach?

Er lief an dem Haus vorbei, weiter Richtung Strand und kam sich wie ein Idiot vor. Er benahm sich eher wie ein Teenager als wie ein Mann von Anfang dreißig.

Wenige Minuten später überquerte er die Straße und erreichte wieder den Strand, wo er zurück in Richtung seines Hauses lief. Er zog sein T-Shirt aus und wischte sich damit den Schweiß aus der Stirn, als er das Tempo verlangsamte und schließlich weiter ging. Zumindest hatte er ein ordentliches Lauftraining absolviert.

»Hallo?« Leesa kam um die Ecke seines Hauses, in der Hand eine Tüte von Jazzy Joe's und zwei To-go-Becher. Sie reckte den Hals und spähte zu seiner Veranda hinauf. Ihr blaues Strandkleid, das knapp über den Knien endete, war ziemlich sexy, und die Haare fielen ihr in weichen Wellen über die Schultern.

Seine Hände öffneten und schlossen sich instinktiv vor lauter Begehren, seine Finger in ihren Haaren zu vergraben und sie wieder zu küssen. Er sah die Enttäuschung in ihrem Gesicht, als ihr Blick über die leere Veranda und den angrenzenden Strand wanderte.

Er joggte die letzten Meter, während sie sich zum Gehen wandte, und rief ihr hinterher: »Leesa!«

Mit überraschter Miene drehte sie sich um, als er sie im Garten erreichte.

»Hallo.« Ihr Blick fiel auf seinen nackten, verschwitzten Oberkörper und ihre Augen leuchteten auf. »Ich … äh … ich dachte, ich bringe dir eine Kleinigkeit vorbei … als Dankeschön dafür, dass du gestern Abend meine Schulden beglichen hast.«

Er wischte sich noch einmal mit dem T-Shirt den Schweiß aus dem Gesicht und gab ihr einen Kuss auf die Wange. »Das wäre nicht nötig gewesen, aber ich freue mich trotzdem.« Er schaute zur Veranda hinauf. »Leistest du mir Gesellschaft, während der Tag heranbricht?«

»Klar.«

Er folgte ihr auf die Veranda. »Macht es dir etwas aus, wenn ich kurz unter die Dusche springe?«

»Nein, gar nicht.«

Sie stellte die Kaffeebecher auf dem Tisch ab, und er ging hinein, duschte schnell und kam wenige Minuten später in sauberen Shorts und einem T-Shirt wieder heraus. Sie legte gerade zwei Servietten auf den Tisch und platzierte auf beiden einen Cranberry-Walnut-Muffin.

»Wie hast du das denn geschafft?«, fragte er, als er sich neben sie setzte.

»Zum Betteln bin ich mir nie zu schade, und zum Glück scheint Jasmine eine Schwäche für ihren Lieblingsarzt zu haben.« Sie hob ihren Kaffee in die Höhe. »Zum Wohl.«

Er stieß mit ihr an und nippte an dem warmen Getränk. »Noch so ein Lieblingsding.«

»Ich dachte mir, für ein Tausend-Dollar-Date sollte das drin sein.« Sie schaute aufs Meer hinaus, fummelte am Saum ihres

Kleides herum und war plötzlich irgendwie nervöser als noch vor ein paar Augenblicken.

»Normalerweise spende ich viel mehr, also brauchst du nicht das Gefühl haben, du schuldest mir etwas.«

Sie lächelte, aber ihr Blick fiel in ihren Schoß. »Ich … äh … Ich wollte mit dir über unser Date sprechen, bevor wir ausgehen, für den Fall, dass du deine Meinung ändern willst.«

Er stellte seinen Kaffee auf dem Tisch ab und schenkte ihr seine volle Aufmerksamkeit. »Warum sollte ich das wollen?«

Als sie den Blick wieder hob, waren ihre Augen erfüllt von Sorge. »Cole, der Abend gestern war wunderbar. Deine Familie ist so nett, und du bist, na ja, ich sehe, dass du ein wahrer Gentleman bist, ganz zu schweigen davon, dass du gut aussiehst und offensichtlich von allen respektiert wirst und erfolgreich bist.«

»Meinem Ego gefällt dein Gedankengang, doch ich höre da ein *Aber*.«

»Stimmt.« Ihre Lippen verzogen sich zu einem nervösen Lächeln. »Ich bin ein wirklich ehrlicher Mensch, und so gern ich mit dir ausgehen möchte, so kann ich es doch nicht mit gutem Gewissen tun, wenn ich dir nicht erkläre, was mich nach Peaceful Harbor gebracht hat.«

»Ich hatte schon das Gefühl, dass mehr dahinter steckt, aber ich dachte, du würdest es mir schon erzählen, sobald du dazu bereit bist.«

Ihre Augenbrauen zogen sich zusammen. Es versetzte ihm einen Stich ins Herz zu wissen, dass das, was sie zu sagen hatte, so schwer auf ihr lastete. Er konnte sich nicht vorstellen, was ihr derart große Sorgen bereitete, dass sie deshalb eigens zu ihm nach Hause gekommen war.

»Ob ich bereit bin, weiß ich nicht, aber ich will es dir

erzählen.« Sie atmete tief ein, und er bemerkte, dass ihre Hand zitterte.

Er wollte hinüberlangen und sie trösten, aber er befürchtete, dass sie sich dann noch unwohler fühlen könnte.

»Ich weiß nicht, wie lange ich hierbleiben werde oder was ich langfristig tun werde. Tegan möchte, dass ich ganz nach Peaceful Harbor ziehe, und das ist zwar definitiv eine Möglichkeit, aber es ist nicht sicher. Das ist also das Erste, was du wissen solltest. Es könnte sein, dass ich nur kurz hier bin. Aber wichtiger ist, dass ich Towson vielleicht nie verlassen hätte, wenn dort nicht das geschehen wäre, was geschehen ist.« Sie schluckte und hielt seinem Blick stand. »Ich wurde beschuldigt ... Mist, es ist viel schwieriger, als ich dachte.«

Beschuldigt?

Sie sog die Luft ein und blies sie langsam wieder aus.

»Du musst mir nichts erzählen«, versicherte er ihr trotz seiner nun geweckten Neugier.

»Doch, muss ich. Es wäre nicht fair, wenn du es auf andere Weise erfahren würdest. Außerdem habe ich wirklich nichts zu verbergen. Es ist einfach nur wahnsinnig unangenehm. Lebensverändernd.« Sie fuhr mit dem Finger an der Tischkante entlang und konzentrierte sich darauf, als wäre dort die Antwort auf irgendeine unausgesprochene Frage verborgen. »Okay, vielleicht habe ich etwas zu verbergen, aber nur weil es Menschen gibt, die mich verurteilen, bevor sie mich richtig kennen.« Sie erhob sich. »Ach, weißt du was? Lass uns das mit dem Date einfach vergessen und —«

Er stand auf und ergriff ihre Hand. »Leesa, was es auch sein mag, ich werde dich deshalb nicht verurteilen. Du kannst mir vertrauen.«

»Deshalb bin ich ja hier. Ich hatte den Eindruck, dass ich

dir vertrauen kann, aber ich habe vorher schon Menschen vertraut und wurde dann auf schmerzliche Weise enttäuscht.«

»Vielleicht hast du der falschen Person vertraut. Das habe ich selbst schon erlebt«, entgegnete er und dachte an Kenna. »Und ich weiß auch, wie sehr es wehtut, wenn dieses Vertrauen missbraucht wird.«

»Cole, dies ist etwas ganz anderes als eine Freundin, die dich betrügt, oder –«

»Mackenna hat mich nicht betrogen.« Er war überrascht, wie leicht diese Wahrheit für ihn auszusprechen war, hatte er sie doch noch nicht einmal seiner Familie anvertraut. Aber er fühlte sich so sehr zu Leesa hingezogen, und der Gedanke, dass sie etwas so Quälendes mit sich herumtrug, bereitete ihm regelrecht Schmerzen.

»Ach so, dann …«

»Sie wollte es«, erklärte er. »Sie wollte eine offene Beziehung, Sex zu dritt, und für so etwas war ich noch nie zu haben.« Er trat näher an sie heran, um die Bestürzung in ihrem Gesicht zu lindern.

»Ist das nicht der Traum aller Kerle? Zwei Frauen, die sie berühren, oder zuzusehen, wie zwei Frauen miteinander rummachen? Ich dachte, das wären die Fantasien aller Männer.«

»Ich teile nicht gern«, sagte er und nahm ihre Hand. Er wollte nicht über Mackenna oder seine Vergangenheit reden. Er wollte ihr helfen, das zu überstehen, was gerade auf ihr lastete. »Ich weiß nicht, wessen du beschuldigt wurdest, aber es gibt einen Unterschied zwischen beschuldigt und verurteilt, und ich bin für dich da, wenn du darüber reden willst. Ich würde viel lieber reden, als dass du aus meinem Leben verschwindest, weil du befürchtest, wie ich *vielleicht* reagieren könnte.«

Er sah sie forschend an und merkte, dass ihre

Entschlossenheit wich. Er wusste nicht, warum er so schnell so starke Gefühle für sie entwickelte, aber es war Ewigkeiten her, dass er etwas so Starkes gespürt hatte, und daher wollte er sie nicht gehen lassen, ohne es versucht zu haben.

»Gib mir die Möglichkeit, dir zuzuhören. Wenn dir meine Reaktion nicht gefällt, kannst du fortgehen und nie wieder zurückschauen. Und du sollst wissen, dass alles, was du mir erzählst, diese Veranda nie verlassen wird.«

Sobald Leesa an diesem Morgen aufgewacht war, hatte sie gewusst, dass sie Cole gegenüber ehrlich sein musste, was ihre Vergangenheit betraf – und zwar bevor sie miteinander ausgingen und nicht danach, und schon gar nicht während ihres Dates. Die Art, in der ihr Körper auf ihn reagierte, wann immer er in ihrer Nähe war, machte ihr deutlich, dass ein einziges Date sie einander näherbringen würde. Sie war keine Masochistin. Sie wollte sich nicht wieder in eine Situation begeben, in der sie verletzbar war, und es war nicht fair, etwas vor ihm zu verheimlichen, das im Zweifelsfall seine Karriere beeinträchtigen konnte.

Als sie jetzt vor ihm stand, mit ihrer Hand in seiner, als er sie mit seinem Blick um Ehrlichkeit bat und sie um sein Versprechen wusste, Verständnis für sie zu haben, kämpfte sie um die Kraft, es durchzuziehen.

»Okay«, brachte sie schließlich heraus. »Aber versprich mir, dass du auch ehrlich zu mir bist. Wenn du nichts mehr mit mir zu tun haben willst, musst du es mir sagen, unabhängig davon, ob du denkst, es könnte meine Gefühle verletzen.«

Er nickte. »Ich verspreche es.«

Sie setzten sich wieder, und Leesa straffte die Schultern, während sie noch einmal versuchte, all die Kraft aufzubringen, die sie gebraucht hatte, um die Ermittlungen zu überstehen. Mit einem Knoten im Magen erklärte sie: »Es ist ein seltsames Gefühl zu wissen, dass ich fortgezogen bin, damit mich niemand erkennt, nur um dann zu merken, dass ich kein Mensch bin, der mit einer Lüge leben kann.«

»Das sagt eine Menge über dich aus.« Cole ergriff erneut ihre Hand, und sie ließ ihn ein paar Sekunden gewähren, aber sie war mit den Nerven am Ende. Auch wenn er sich jetzt verständnisvoll zeigte, hieß das noch lange nicht, dass er es auch noch war, nachdem er den Rest der Geschichte gehört hatte. Damit er sich nicht unwohl fühlte, oder gefangen, entzog sie sich seinem Griff und rieb die Hände aneinander.

»Danke. Also gut, jetzt kommt's: In Towson habe ich in der siebten Klasse Englisch unterrichtet und es geliebt. Seit dem Ende meiner Ausbildung habe ich an derselben Schule unterrichtet und die Schüler richtig gut kennengelernt. Du weißt schon, man behält die älteren Geschwister im Blick, wenn man die jüngeren unterrichtet, und das alles. Nette Kollegen, eine wunderbare Direktorin, und das alles in der Stadt, in der ich aufgewachsen war. An der Schule, die ich selbst besucht hatte.«

Er lächelte und sagte: »Du bist zu deinen Wurzeln zurückgekehrt, genau wie ich.«

»Na ja, ich war nie weg. Ich bin auch auf die Towson State University gegangen.« Sie hielt seinem Blick stand, kämpfte gegen alles in ihrem Innersten an, das ihr sagte, sie sollte ihre Klappe halten. Sie kämpfte gegen die Nervosität an, die sie die Stufen hinab und zu Tegans Haus rennen lassen wollte, wo sie sich am liebsten versteckt hätte, bis Cole vergaß, dass sie jemals hier aufgetaucht war. Aber der schlimmste Kampf war der gegen die Angst, dass sich Cole, nachdem sie alles erzählt hatte, für ihre Ehrlichkeit bedanken und ihr dann sagen würde, es wäre das Beste, ihre Bekanntschaft zu beenden und getrennte Wege zu gehen. Sie dachte, sie hätte sich darauf vorbereitet, bevor sie heute Morgen gekommen war, aber nun packte diese Angst sie eiskalt und ließ sie erschaudern.

Ihre zittrigen Glieder verrieten ihr, dass ihr Versuch umsonst war und sie die Angst nicht loswerden würde. Aber ein Blick auf seinen nachdenklichen Gesichtsausdruck reichte, und sie wusste, dass er das Risiko wert war. Sie zwang sich, ihm die Wahrheit zu erzählen.

»Einer meiner Schüler hatte einen schrecklichen Unfall. Er ist von einem Auto angefahren worden. Zwei gebrochene Beine, gebrochene Rippen, eine Fraktur der Hüfte, der Hand, und das Schlimmste? Er war erfüllt von Wut und Verbitterung, und eine Zeit lang befürchtete ich, dass er versuchen würde ...« Wieder stiegen ihr Tränen in die Augen und sie blinzelte sie weg. »Ich hatte Angst, er würde sich etwas antun.«

Cole ergriff erneut ihre Hand und drückte sie tröstend. »Die Fähigkeit zu verlieren, sich selbstständig zu bewegen, ist für Erwachsene und Jugendliche schwierig, aber in dem Alter, in dem Kinder damit beschäftigt sind, sich selbst zu finden, ist es wohl besonders hart.«

»Ja. Es tut gut, mit jemandem zu reden, der das versteht. Er hat einen wirklich herrischen Vater, der ihn ständig antreibt. So ein Vater, der alle zwei Wochen in der Schule anruft, weil sein Sohn keine Einsen schreibt. Seine Noten waren nicht toll, aber er war ein kluger Junge. Ich habe angeboten, ihm zu Hause Nachhilfe zu geben, damit er nicht allzu sehr hinter den anderen zurückbleibt, zumindest nicht in Englisch. Und um ehrlich zu sein, habe ich mir Sorgen um ihn gemacht. Emotional, meine ich. Er saß die meiste Zeit über im Haus fest, wo er einen Rollstuhl benutzte, weil es mit seinen Verletzungen schwierig war, mit einem Rollator oder mit Krücken zurechtzukommen – obwohl er es versuchte.«

»Du hast getan, was jeder gute Lehrer tun würde«, sagte Cole. »Wunden heilen hat auch viel damit zu tun, dass Gefühle heilen müssen.«

»Das habe ich mir auch gedacht.« Sie seufzte erleichtert. »Aber du wärst überrascht. Sein Vater übte weiterhin Druck auf ihn aus, trotz der Verletzungen. Als ob er annahm, dass Andy seine Verletzungen als Vorwand für seine schlechten Noten benutzen würde. Anstatt also Mitgefühl für seinen Sohn aufzubringen, ignorierte er die Verletzungen regelrecht. Und seine Mutter ist so eine kleinlaute Frau. Ich habe sie nie mehr als ein, zwei Worte mit anderen Menschen reden hören. In der Zwischenzeit wurde Andy mit jedem Tag wütender und ausweichender seinem Vater gegenüber, aber für seine Noten hat er sich richtig ins Zeug gelegt. Ich war stolz darauf, wie er sich angestrengt hat.«

»Klingt, als hatte er großes Glück, dich als Lehrerin zu haben«, meinte Cole ernst.

»Vielleicht, aber du kennst den schlimmen Teil noch nicht, und das ist der Teil, der die Leute dazu bringt, entweder mich oder Andy zu hassen, und um ehrlich zu sein, sollte ich – bevor ich erzähle, was passiert ist – dir sagen, dass ich ihm eigentlich keine Schuld gebe, zumindest nicht so, wie andere es tun.«

Cole lächelte, aber das Lächeln spiegelte sich nicht in seinen Augen wider, und sie fragte sich, ob er etwas zurückhielt. Er fuhr beruhigend mit dem Daumen über ihre Fingerknöchel und sagte: »Du bereitest mich schonend vor, aber ich habe schon so viel in meinem Leben gesehen, Leesa. Ich bezweifle, dass du etwas sagen wirst, das mich schockiert.«

Sie sah zum Himmel auf und sagte: »Oh, wenn du wüsstest …«

»Versuch's.«

Er hielt ihre Hand weiterhin fest und um nichts auf der Welt hätte sie sie zurückgezogen. Vielleicht war dies alles, was sie je voneinander hätten. Einen Kuss und etwas Händchenhalten. Ein paar gemeinsame Minuten auf dieser Veranda, in der Sonne, mit dem Meer im Rücken und dem Duft von warmem Kaffee – und dem von Cole.

Sie nahm sich einen Augenblick Zeit, um es zu genießen, bevor sie sich daran machte, das Fenster zu ihrer Vergangenheit zu öffnen.

»An einem Nachmittag, als ich zu Andys Nachhilfestunde eintraf, benahm er sich sehr nervös, sah mir nicht in die Augen und fummelte an allem herum. Ich merkte, dass ihn etwas beschäftigte, und dachte, vielleicht hätte sein Vater etwas Gemeines zu ihm gesagt.«

»Hat sein Vater ihn je körperlich verletzt?«

»Nein, zumindest nicht, soweit ich weiß. Er ist einfach ein sehr schroffer Mann. Kalt und entschlossen, aber ich glaube, er liebt Andy. Und, weißt du, jeder hat seine schwierigen Tage, und ich kann mir nur in etwa vorstellen, welche Belastung es für die Familie darstellte, mit seinen Verletzungen fertigzuwerden. Ich denke, sie standen alle unter großem Druck.«

Coles Kiefermuskeln traten immer mal wieder hervor. Seine Hand legte sich fester um ihre. »Erzähl weiter.«

Sie sah ihn lange an, bevor sie sprach, und überlegte, wie sie am besten erklären sollte, auf welche Weise sich die Dinge entwickelt hatten, aber sie wusste, egal welche Worte sie wählte, das Endergebnis war dasselbe. Also sprach sie einfach drauflos.

»An diesem Tag erzählte er mir, dass er sich in mich verknallt hatte.«

Cole hob die Augenbrauen. »So etwas geschieht wahrscheinlich ziemlich häufig, das ist nicht unnormal. In meinem Beruf sieht man das in jedem Bereich, bei Krankenschwestern, Ärzten, Therapeuten. Er ist auf dich angewiesen. Es ist nicht ungewöhnlich, dass es da zu fehlgeleiteten Gefühlen kommt.«

»Stimmt, und im ersten Moment fand ich es auch süß und normal, also hab ich gelächelt, während ich gleichzeitig versucht habe, mit einer angemessenen Antwort aufzuwarten. Man konnte sehen, dass er ungeduldig auf meine Antwort wartete, also hab ich gesagt, dass es sehr nett von ihm sei und ich mich geschmeichelt fühlte, aber dass ich viel zu alt für ihn sei und er eines Tages das perfekte Mädchen in seinem Alter finden würde.«

»Eine vernünftige Antwort.«

»Ja, dachte ich zumindest. Aber ich bin natürlich kein zwölf Jahre alter Junge, der fest damit gerechnet hatte, dass ich ihm sage, ich sei ebenso verliebt in ihn wie er in mich.«

Cole lehnte sich zurück und fuhr sich mit der Hand durch die Haare. Er atmete langsam aus und nickte. »Wie hat er reagiert?«

Sie drehte ihre Hand um und vermisste das Gefühl von seiner Hand auf ihrer. »Er war sauer. Zuerst machte er dicht, und ich habe versucht, darüber zu reden, ihm zu versichern, dass so etwas oft vorkommt. Ich hab ihm einen Vortrag über fehlgeleitete Gefühle gehalten und erklärt, dass ich ihn als Schüler mag, aber eben auf eine Weise, die für Lehrer angebracht ist.«

»Oje.« Cole schüttelte den Kopf. »Ich wette, das hat ihn

noch mehr auf die Palme gebracht.«

»Ja, hat es.« Sie verschränkte die Arme, schaffte eine Barriere zwischen sich und der Wahrheit, die sie offenbaren musste. »Als ich an dem Nachmittag ging, sagte Andy zu mir, dass er mich hasse und er mich nie wiedersehen wolle. Er sagte, ich würde dafür bezahlen, dass ich ihn so behandelt habe. Ich dachte wirklich, der Sturm würde sich schnell wieder legen.« Tränen stiegen ihr wieder in die Augen und sie wischte sie wütend fort. »Etwa eine Stunde, nachdem ich am nächsten Morgen in der Schule eingetroffen war, rief mich die Direktorin in ihr Büro.«

Cole beugte sich vor und wischte mit dem Daumen eine Träne von ihrer Wange. »Und was kam dann?«

»Mehrere Wochen in der Hölle«, erwiderte sie tonlos. »Andy hatte gesagt, ich hätte ihn unsittlich berührt, und sein Wort stand gegen meines. Zunächst sagte mir die Direktorin, ich solle aufhören, ihm Nachhilfe zu geben, klar, und sie übergab mir einen Brief, in dem die Anschuldigungen erhoben wurden. Danach ging alles sehr schnell. Während der Untersuchung wurde ich beurlaubt. Ich glaube, zuerst war ich wie gelähmt, konnte das alles nicht glauben. Aber die Ermittlungen drangen so sehr in meine Privatsphäre ein, es gab kein Entkommen. Sie schauten meine Personalakte durch, in der natürlich keine anderen Beschwerden oder Anschuldigungen enthalten waren, aber dann redeten sie mit anderen Schülern, Lehrern, Eltern. Ich habe mich so geschämt, einer so schrecklichen Sache auch nur beschuldigt zu werden.« Mit jedem Wort wurde sie schmerzhaft an die Scham und die unangenehmen Momente erinnert, die sie durchgemacht hatte. »Und mein Freund, mit dem ich seit fast zwei Jahren zusammen war, machte sich darüber Gedanken, welche Auswirkung seine Verbindung zu mir auf seine Karriere haben würde, denn er war auch Lehrer, also trennten wir uns.«

Coles Hände ballten sich zu Fäusten. »Ich nehme an, er wusste, dass du unschuldig warst?«

»Ja, natürlich wusste er das. Ich dachte, er würde mich besser kennen als jeder andere Mensch, aber mir wurde klar, dass wir uns kaum kannten. Das Problem war nicht, dass er mich für schuldig hielt. Er machte sich Sorgen, dass Eltern aufgrund unserer Beziehung ihr Vertrauen in ihn verlieren könnten. Es war der reinste Albtraum.« Sie hielt kurz inne, versuchte, sich daran zu erinnern, wie man atmete, ohne dass der Puls explodierte – eine Technik, die sie in diesen ersten grauenvollen Tagen davor bewahrt hatte, vor Angst in Ohnmacht zu fallen. »Viele haben mich unterstützt. All meine anderen Schüler und meine Kollegen standen hinter mir.«

»Und deine Familie?« Cole rückte näher – in einem Moment, in dem sie erwartet hätte, dass er auf Abstand ging. Er legte seine Hand wieder auf ihre.

Sie schüttelte den Kopf.

»Sie haben dich nicht unterstützt?« Er kam noch näher, wobei sein innerer Oberschenkel ihren äußeren Oberschenkel berührte.

»Meine Mutter habe ich nie kennengelernt. Mein Vater hat mich großgezogen, aber er starb an einem Herzinfarkt, als ich fünfundzwanzig war.« Sie hob eine Schulter zu einem halbherzigen Zucken.

»Ach, Leese, es tut mir so leid, dass du all das allein durchstehen musstest und dass du deinen Vater verloren hast.«

Sein Tonfall war so aufrichtig, dass sie sich selbst bemitleidete, und bei dem Kosenamen *Leese* zog sich ihr Herz zusammen.

»Ich hatte Tegan und meine Freunde, und das war wirklich

hilfreich. Die Ermittler brauchten nur wenige Wochen, um festzustellen, dass es keine Beweise für die Anschuldigungen gab, aber der Schaden war angerichtet. Diese Wochen waren eine einzige Tortur. Jede Minute fühlte sich an wie eine Ewigkeit. Ich spürte, wie alles, für das ich gearbeitet hatte – alle Beziehungen, die ich aufgebaut hatte, der Ruf, den ich mir bei Schülern und Kollegen erarbeitet hatte –, wie aus einem alten Schwamm herausgewrungen wurde. Auch wenn die Menschen mich vielleicht nicht voller Sorge oder Misstrauen ansahen, es fühlte sich so an, als täten sie es. Solche Art Stress richtet Schlimmes mit deinem Selbstvertrauen an.«

»Kann ich mir vorstellen. Du bist also mit der Hoffnung hierhergekommen, dass niemand davon erfährt? Du hast deinen Beruf aufgegeben?« Er zog ihre Hand an seine Lippen und küsste ihre Fingerknöchel. »Dazu braucht man ziemlich viel Mut.«

»Ich glaube, es wäre viel mehr Mut nötig gewesen, zu bleiben. Mir wurde eine Stelle an einer anderen Schule in Baltimore angeboten. Ich habe noch keine endgültige Entscheidung getroffen. Und sag nicht, ich sei mutig. Ich habe solche Angst, jemand könnte im Internet davon gelesen oder etwas darüber gehört haben, dass ich mich statt Annalise – so heiße ich eigentlich – Leesa nenne, was auch neu für mich ist.«

Seine Augen strahlten Wärme aus. »Annalise. Das ist schön, und ich halte dich immer noch für mutig. So etwas einen Tag durchzustehen, ganz zu schweigen von Wochen? Natürlich gerät dein Selbstvertrauen ins Wanken. Du wärst unmenschlich, wenn das nicht der Fall wäre. Ich nehme an, dein ganzes Leben wurde unter die Lupe genommen.«

Sie konnte nur nicken, während sie Erinnerungen an die Befragungen überkamen.

»Falls du es dich fragst: Deinen Eltern gegenüber war ich ehrlich. Ich könnte einen Arbeitgeber nicht hintergehen, also habe ich ihnen erzählt, was in Towson passiert ist, und sie waren so großherzig, mich dennoch einzustellen.«

»Lee– … Annalise, du wurdest für *nicht* schuldig erklärt.«

»Ich glaube, du solltest mich Leesa nennen. Nur für den Fall … Und ja, ich war nicht schuldig, aber das bedeutet nicht zwingend, dass alle an meine Unschuld glauben. Ich bin wirklich dankbar dafür, dass deine Eltern bereit sind, das Risiko mit mir einzugehen, und nach der Sache mit Chris würde ich es verstehen, wenn du Abstand halten willst. Wenn das irgendjemand herausfindet –«

»Würde ich den Sachverhalt klären.«

Bei seiner Antwort machte sich ein Kloß in ihrem Hals breit. Wie konnte er so verständnisvoll sein? So voller Vertrauen in ihre Unschuld?

»Aber –«

Er umfasste ihre Wangen mit beiden Händen und schaute ihr tief in die Augen.

»Falls es nicht irgendetwas Verwerflicheres gibt, das du mir noch nicht erzählt hast, sehe ich keinen Grund, warum ich auf Abstand zu dir gehen sollte, wenn ich dir in Wirklichkeit nur näher sein möchte.«

»Cole«, flüsterte sie ungläubig.

»Annalise, hast du dem Jungen irgendetwas Unsittliches angetan?«

Eine Antwort brachte sie nicht hervor, nicht, wenn er ihr so nah war, dass sie den Kaffee in seinem Atem riechen konnte, seine weiter werdenden Pupillen sehen und seine Hitze spüren konnte, die sie mehr erwärmte, als die Sonne es je vermochte. Nicht, wenn die Entschiedenheit in seinem Tonfall ihr sagte, dass er ihr glaubte, ihr vertraute. Stattdessen schüttelte sie nur den Kopf.

Er lächelte wieder, beugte sich so weit vor, dass sein Atem über ihren Mund strich.

»Darf ich dich dann bitte so küssen, wie ich es schon seit gestern Abend will?«

Sie sackte fast in seine Arme, war unfähig, sich seiner Berührung noch eine Sekunde länger zu verwehren. »J–«

Noch bevor das Wort über ihre Lippen kam, hatte sich sein Mund auf ihren gelegt. Mit jedem seiner Zungenschläge fuhr eine Leidenschaft durch ihren Körper, weckte ein heftiges Verlangen in ihr, wie sie es noch nie erlebt hatte. Seine Hand glitt unter ihr Haar und umfasste ihren Kopf, sodass er den Kuss vertiefen konnte. Sie hätte sich nie träumen lassen, dass seine Berührung sich so sanft und so kräftig zugleich anfühlen würde. Er beugte sich noch näher zu ihr, und im nächsten Augenblick hatte er sie mit seinen starken Armen auf seinen Schoß gehoben, ohne auch nur eine Sekunde von ihr abzulassen. Eine Hand glitt heiß und stark über ihren Oberschenkel, die andere Hand blieb in ihrem Nacken. Ein Stöhnen entwich aus seiner Lunge, und sie schluckte es hinunter, fühlte es in ihrem Körper vibrieren, während ihre Hände sein dichtes Haar entdeckten und seine starken Rückenmuskeln. Hypnotisiert von dem üppigsten Kuss, den sie je erlebt hatte, war sie nicht in der Lage, sich von ihm zu lösen, selbst als die hartnäckige Stimme in ihrem Kopf versuchte, sie davon zu überzeugen.

Seine Berührung, dieser Kuss waren eine einzige göttliche Wonne, und sie hatte das Gefühl, genau dort zu sein, wo sie sein sollte.

Und das war verrückt.

Irrsinnig.

Fantastisch.

»Annalise«, hauchte er gegen ihre Lippen und brachte damit ihre Gedanken ins Hier und Jetzt zurück.

Sie bemerkte seine Härte unter ihrem Gesäß, spürte seine Brust, die sich mit heftigen Atemzügen hob und senkte, seine starken, talentierten Hände, die auf ihrem Rücken entlangglitten, und ihre festen Brustwarzen, die unter ihrem T-Shirt kribbelten.

»Mhm«, war das Einzige, was sie hervorbrachte, während sie verzweifelt darauf wartete, dass seine köstlichen Lippen wieder die ihren berührten.

»Danke, dass du mir genügend vertraust, um mir von diesem Teil deines Lebens zu erzählen.«

Plötzlich wurde ihr bewusst, wie viel sie erzählt hatte, und er muss gespürt haben, wie sich ihr Körper versteifte, denn er gab ihr einen zärtlichen Kuss auf die Lippen und sagte: »Das alles ändert nichts. Du sollst nur wissen, dass das, was dein Ex getan hat, falsch war. Kein Mann sollte jemals sich selbst über die Frau stellen, die er liebt.« Er berührte ihre Stirn mit seiner. »Er wusste nicht, wie er dich lieben sollte, und es tut mir leid, dass er dir wehgetan hat.«

Sie schloss die Augen angesichts der Vertrautheit seiner Worte und spürte eine heiße Träne, die ihr die Wange hinunterlief.

»Leese?«

»Mein Vater hat mir immer gesagt, dass ich mich nie mit einem Mann zufriedengeben sollte, der sich selbst über mich stellt. Ich dachte, er irrte sich und dass Männer sich über die Frauen stellen müssen, die sie lieben, um ihre Karrieren verfolgen zu können. Aber als Chris mir sagte, dass er unsere

Beziehung beenden wollte, wurde mir klar, wie sehr mein Vater recht gehabt hatte, und gleichzeitig fühlte ich mich schuldig, weil ich geglaubt hatte, er läge falsch.«

Cole küsste ihre Tränen fort. »Für Schuld ist kein Platz, wenn man etwas für jemanden empfindet. Hört sich für mich so an, als sei dein Vater ein kluger Mann gewesen, und ich bedaure, dass ich ihn nie kennengelernt habe.«

Lange saßen sie so beisammen, während die Wellen am Ufer brachen und ihre Leben sich in der milden Sommerbrise lautlos miteinander verwoben. Leesa war sich nicht ganz darüber im Klaren, wann die Veränderung passiert war, aber irgendwann zwischen dem Kuss auf der Veranda, dem Pläneschmieden für den Abend und Coles Abschiedskuss an ihrem Auto war ihr Date von einer Möglichkeit zu einer festen Absicht geworden.

Sieben

Später an diesem Tag saß Leesa mit Shannon, Tempe und Jewel zum Mittagessen auf der Terrasse vom Mr. B. mit einem herrlichen Blick über den Jachthafen. Der Tag glich einem Postkartenidyll: Boote segelten in der Ferne dahin, eine junge Familie saß zum Angeln auf einem der Anlegestege, und das Beste war, dass Leesa eine gute Sicht auf Cole hatte, der mit Nate und seinem Vater an dem Segelboot arbeitete. Den Großteil des Vormittags hatte sie damit verbracht, seine liebenswürdige Reaktion auf ihre Vergangenheit zu verarbeiten. Als sie gestern Abend zurück nach Hause gekommen war, war Tegan damit beschäftigt gewesen, Fotos für das Geschäft ihrer Schwester Cici zu bearbeiten. So war Leesa mit ihren Gedanken allein geblieben und hatte Gelegenheit gehabt, die Gefühle zu sortieren, die sie überrannt hatten. Wie konnte sie sich Cole jetzt schon näher fühlen, als es bei Chris nach fast zwei Jahren Beziehung der Fall gewesen war? Sie versuchte, es auf die Erleichterung nach der Beichte zu schieben, aber irgendwie wusste sie tief in ihrem Innersten, dass sie beide – selbst wenn sie Cole vor ihrem Albtraum begegnet wäre – eine nahezu magnetische Anziehungskraft verband. Als sie die Mädels zum Mittagessen traf, hatte sie das Gefühl, eine Woche wäre vergangen und nicht erst ein paar Stunden.

Jetzt versuchte sie, sich auf ihre neuen Freundinnen zu konzentrieren, doch das erwies sich als schwierig, da Cole gleich dort unten war, mit bloßem Oberkörper und seiner gebräunten Haut, die in der Nachmittagssonne schimmerte. Als sie an diesem Morgen auf seinem Schoß gesessen hatte, war sie von dem Bedürfnis erfasst worden, ihm das T-Shirt vom Leib zu reißen und unter ihm zu liegen. Seinen festen, nackten Körper gegen sich gedrückt zu fühlen. Ihn in sich zu spüren. Wie schnell dieses Bedürfnis aufgekommen war, hatte sie überrascht. Mit Chris hatte sie einige Wochen gewartet, bis sie im Bett gelandet waren. *Wochen.* Nicht Tage oder Stunden. Lachen drang zu ihr nach oben. Sie schaute hinunter und sah, wie Cole gerade lachend eine Hand auf die Schulter seines Vaters legte und mit der anderen auf Nate zeigte, der den Kopf schüttelte. Ein wunderschöner Anblick, so offenherzig und frei. Dass er ein ungemein ernsthafter Mensch war, hatte sie schon erkannt, und das gefiel ihr an ihm. Aber dieser unbeschwerte Cole berührte sie ebenfalls. Von beiden wollte sie mehr sehen.

»Auf alle Fälle«, fuhr Shannon fort und lenkte Leesas Aufmerksamkeit wieder auf die Unterhaltung, »werde ich nach meiner Rückkehr nach Weston ein paar Wochen in der Wildnis leben und die Studie durchführen.«

»Leben? Also campen?«, fragte Jewel. Sie strich sich die blonden Haare hinters Ohr und rümpfte die Nase.

»Ja, und ich freue mich darauf.« Shannon nippte an ihrem Eistee. »Ich liebe die Natur.«

»Ich war noch nie campen, aber das würde ich gern irgendwann mal machen«, sagte Leesa.

»Noch nie?«, fragte Tempe. »Unser Vater war der Ansicht, dass wir im Alter von sieben Jahren alle grundlegenden

Überlebenstechniken beherrschen sollten. Er war nur ein paar Jahre beim Militär, bevor er sein linkes Bein bei einem Sprungunfall verlor. Es ist nie richtig verheilt und musste vom Knie abwärts amputiert werden, aber das hat ihn nie davon abgehalten, alles zu tun und uns zu lehren, auch alles zu tun.« Sie lachte und stieß Shannon mit dem Ellbogen an.

Leesa dachte daran, wie Ace ging und wie er manchmal diesen schmerzvollen Ausdruck in den Augen hatte, wenn er glaubte, dass niemand ihn beobachtete. Sie hatte sich gefragt, ob dieser Ausdruck von etwas Emotionalem ausgelöst wurde, wie zum Beispiel einer Erinnerung, oder eben durch körperliche Beschwerden. Jetzt hatte sie ihre Antwort.

»Einmal Soldat, immer Soldat«, meinte Shannon. »Stimmt's, Jewel?«

»Das brauchst du mir nicht zu erzählen! Nate ist *immer* auf alles vorbereitet, und er achtet darauf, dass ich auch immer vorbereitet bin, was aber nie der Fall ist.« Jewel wandte sich Leesa zu und erklärte: »Nate war mit meinem großen Bruder Rick in der Armee.« Ein Schatten legte sich auf ihre Augen und Tempe tätschelte ihre Hand. »Rick hat es nicht zurück nach Hause geschafft.«

Leesa wurde von Mitgefühl für ihre neue Freundin erfasst. »Das tut mir so leid.«

»Danke. Es war wirklich schwer. Wir haben Rick nur vier Jahre nach dem Tod meines Vaters verloren, und ich habe drei jüngere Geschwister. Es war hart.« Sie zog die Schultern zurück und lächelte entschieden. »Aber wir haben es geschafft, und ich bin froh, dass Nate zurückgekehrt ist.«

»Ich habe meinen Vater verloren, als ich fünfundzwanzig war. Ich weiß, wie schwer es sein kann, wenn man versucht weiterzumachen.« Mit den Mädels über ihr Leben zu reden, fiel ihr leicht, und als sie in allen Gesichtern ehrliche Empathie sah und ein einstimmiges *Ohh* sie umgab, empfand sie die Gefühle der anderen Frauen als so aufrichtig wie eine Umarmung.

»Wie hat deine Mom es verkraftet?«, fragte Tempe.

»Meine Mutter habe ich nie kennengelernt. Mein Vater hat mich großgezogen, wir waren immer nur zu zweit, er und ich.« Sie spürte den vertrauten Kloß im Hals, als sie sich daran erinnerte, wie allein sie sich nach dem Verlust ihres Vaters lange Zeit gefühlt hatte. Wie oft sie zum Telefonhörer gegriffen hatte, um ihm etwas zu berichten, konnte sie nicht mehr zählen. Und als sie beschuldigt worden war, Andy unsittlich berührt zu haben, hatte sie sich so gewünscht, er wäre da und würde ihr versichern, dass alles wieder gut werden würde. Es von Freunden zu hören, war schön, aber ihr Vater war immer ihr Fels in der Brandung gewesen, und seit sie ein kleines Mädchen gewesen war, hatte sie ihm geglaubt, wann immer er gesagt hatte, alles würde gut werden. Selbst jetzt noch war die Leere in ihr wie ein ausgetrockneter Brunnen, an den sie sich oft wandte und auf ein Wunder hoffte. Ihre Wunder tauchten in Form von Erinnerungen auf, von denen sie jede einzelne hegte.

Shannon lehnte sich zu ihr herüber und umarmte sie. »Niemand sollte ohne Mutter sein.« Sie zog sich wieder zurück und lächelte Leesa an. »Dann müssen wir unsere eben einfach mit dir teilen.«

Leesa lachte und Tempe lächelte. »Du lachst, aber sie meint es ernst. Wenn Mom das von deinen Eltern erfährt, dann wird sie dich bemuttern, wie sie es bei jedem macht, von dem sie glaubt, dass er Trost braucht. Das ist eine ihrer Stärken.«

»Oder Schwächen … Kommt darauf an, wen du fragst«, sagte Shannon. »Als ich ein Teenager war, war sie sogar zu den gruseligsten Jungs nett.«

»Du fandst sie nur gruselig, weil sie alle mit dir gehen wollten«, meinte Tempe. »Und du warst zu sehr mit deinem Labor beschäftigt, um dich mit ihnen abzugeben.«

»Eure beiden Eltern sind wirklich sehr nett zu mir«, sagte Leesa, während sie wieder einen Blick nach unten zu Cole warf. Er schliff gemeinsam mit Nate das Bootsdeck ab. »Eure ganze Familie ist wunderbar. Es ist schön, dass ihr euch alle so nahesteht.«

»Irgendwie schlimm, oder? Wie die Brady-Fernsehfamilie in echt.« Das neckische Funkeln in Jewels blauen Augen verriet, dass sie nur scherzte.

»Erzähl uns von deinen Plänen, Leesa«, sagte Tempe. »Mom meinte, du seist von Towson hierhergezogen. Was hast du dort gemacht? Und vermisst du es?«

Leesas Magen zog sich zusammen. Sie fühlte sich bereits so wohl in der Gesellschaft der Mädels, dass sie sich nicht vorstellen konnte, sie anzulügen. Aber die Wahrheit zu erzählen, machte sie noch immer nervös, daher fing sie klein an. »Ich bin nicht sicher, ob *hierhergezogen* das richtige Wort ist. Im Moment versuche ich, mir über einiges klar zu werden, und überlege, was ich als Nächstes machen will. Aber ich vermisse die Girl-Power-Gruppe, die ich geleitet habe.«

»Du hattest eine Girl-Power-Gruppe?«, rief Tempe mit großen Augen aus. »Ich bin Musiktherapeutin und eine meiner Patientinnen hat mich danach gefragt. Sie meinte, es gäbe sie überall in Maryland, aber hier nicht.«

»Was ist Girl Power?«, wollte Shannon wissen.

»Eine Gruppe für Mädchen«, erklärte Leesa. »Das Ziel ist es, den Mädchen Selbstvertrauen zu geben und ihr Selbstwertgefühl zu stärken, und durch verschiedene Gruppenaktivitäten und Freundschaften haben wir versucht, das zu erreichen.

Unsere Treffen fingen normalerweise damit an, dass sich alle Mädchen erzählten, was sie an schönen Dingen zwischen den Treffen erlebt haben. Und wir haben über alles geredet, was ihnen Sorgen bereitete oder womit sie Schwierigkeiten hatten. Normalerweise haben wir auch leichten Sport getrieben, einen Spaziergang gemacht, gejoggt, Basketball gespielt oder so etwas. Wir haben Ausflüge unternommen und im Prinzip versucht, den Mädchen ein positives Ich-Gefühl zu vermitteln und ihnen das an die Hand zu geben, was sie brauchen, um mit allen möglichen Situationen fertigzuwerden.« Bei dem Gedanken an die Mädchen in der Gruppe vermisste sie sie noch mehr. »Ich habe die Gruppe zusammen mit meiner Freundin Patty geleitet. Die Mädchen kamen und gingen, ihr wisst ja, wie das ist. Ab acht Jahren konnten die Mädchen mitmachen, und ihr Interesse wuchs und schwand, je nachdem was sie sonst für Interessen entwickelten, aber wir hatten immer mindestens sechs oder sieben Mitglieder.«

»Ich wünschte, es hätte so etwas gegeben, als ich jünger war. Nicht dass ich dafür Zeit gehabt hätte, aber es wäre toll gewesen, eine Gruppe von Mädchen zu haben, mit der man etwas Produktives hätte machen können«, sagte Jewel. »Meine jüngere Schwester Krissy würde das wahrscheinlich klasse finden. Könntest du dir vorstellen, hier so eine Gruppe zu gründen? Sie ist ein sehr unternehmungslustiges Mädchen. Wenn wir sie nur dazu bekommen könnten, sich so auf ihre Hausaufgaben zu konzentrieren wie auf ihre Tanzstunden oder ihre Treffen mit Freunden.«

Leesa verkniff sich den Drang, Krissy Hilfe beim Lernen anzubieten. Sie war so sehr damit beschäftigt gewesen, ihren Schmerz zu überwinden, dass sie ganz verdrängt hatte, wie sehr sie darunter litt, nicht mehr zu unterrichten. Es fehlte ihr.

»Ich könnte dir dabei helfen, eine Gruppe aufzubauen«, bot Tempe an.

Shannon lachte. »Du machst überhaupt keinen Sport, abgesehen davon, wenn deine Finger eine Gitarre oder ein Klavier bearbeiten.«

»Ich könnte auf andere Art behilflich sein.« Tempe holte einen Schreibblock aus ihrer Handtasche.

»Jetzt geht's los.« Shannon verdrehte die Augen. »Sie schreibt ein Lied über Girl Power.«

Leesa war zu sehr mit der Frage beschäftigt, wie sie ihnen erklären sollte, warum sie nicht in der Verfassung war, eine Gruppe aufzubauen, dass sie ihre Neckereien nicht genießen konnte.

»Nein, mache ich nicht«, sagte Tempe. »Ich wollte mir eine Notiz machen, damit ich mich da mal schlaumache.«

»Im Ernst, Tempe ist total gut organisiert«, meinte Shannon zu Leesa. »Wenn dir jemand dabei helfen könnte, so etwas aufzubauen, dann sie.« Sie lächelte Tempe zu und sagte: »Sie könnte aber auch einen super Song darüber schreiben.«

»Glaubt ihr wirklich, die Mädchen hier wären daran interessiert? Sind sie nicht eher darauf aus, jeden Nachmittag so schnell wie möglich an den Strand zu kommen?« Der Gedanke, wieder mit Kindern zu arbeiten, war furchterregend. Sie hoffte, die anderen würden ihr sagen, dass sie recht hatte und dass es eine blöde Idee wäre. Sie kam sich vor wie eine Durchreisende auf der Flucht vor einer grauenhaften Vergangenheit.

Mist. Ihre Vergangenheit. Sie musste ehrlich zu ihnen sein, sonst hätte sie das Gefühl, ihr Vertrauen zu missbrauchen. Das Wissen, dass sie sich zusammenreißen und die Karten auf den Tisch legen musste, lag ihr schwer im Magen.

»Absolut«, sagte Tempe. »Die wollen alle eine Strandfigur

haben, dabei weiß jeder, dass Mädchen ihr Selbstbewusstsein an mehr als nur an ihrem Äußeren festmachen müssen. Ich würde gern mitmachen. Sportliche Ambitionen habe ich wirklich nicht, aber ich kann toll mit Kindern umgehen. Ich könnte … keine Ahnung, mit den Mädchen reden und organisieren helfen. Ich würde einfach gerne mitmachen.«

»Du könntest dich als Wasserträgerin nützlich machen«, schlug Shannon vor. Als Tempe eine Grimasse zog, die Leesa als *Sehr witzig* interpretierte, fügte Shannon hinzu: »Im Ernst, jeder liebt dich, Tempe. Du kannst toll mit Kindern und mit Erwachsenen umgehen, also hätten die Eltern wahrscheinlich ein gutes Gefühl, wenn du auch zu der Gruppe gehörst.«

»Dann ist es abgemacht.« Tempe schrieb etwas auf ihren Schreibblock. »Wir gründen eine Girl-Power-Gruppe! Ich freue mich.«

Oh Mist. Sie musste dem irgendwie ein Ende bereiten. Sie wusste ja nicht einmal, ob sie hierbleiben würde oder nicht. Sie musste ihre Angst überwinden und ihnen die Wahrheit sagen, aber sie hatte richtig Schiss. Die anderen hatten sie gerade erst in ihrem Kreis aufgenommen. Und wenn das nun alles ändern würde? Ihr Blick glitt über jedes ihrer aufgeregten Gesichter, und ihr wurde klar, dass sie sie nicht hintergehen konnte – auch wenn es bedeutete, dass sie eventuell ihre neuen Freundinnen verlieren würde.

»Ihr seid wirklich toll, und das alles klingt richtig aufregend, aber ich bin nicht einmal sicher, wie lange ich in Peaceful Harbor bleiben werde.«

»Oh.« Enttäuschung klang in Tempes Stimme mit.

»Ich muss euch etwas erzählen.« Alle Augen waren auf sie gerichtet. Die erwartungsvolle Stille schwoll in ihren Ohren an, als hätte sie ihren eigenen Puls. Sie erklärte ihnen, was in

Towson geschehen war, und nachdem sie die ganze Geschichte erzählt hatte, einschließlich des Teils über den Verlust von Chris, lehnte sie sich zurück und wartete auf das Urteil.

Der Ausdruck in ihren Gesichtern lag irgendwo zwischen Empathie und Ungläubigkeit. Leesa hielt den Atem an und war sich nicht sicher, ob diese Ungläubigkeit ihr oder der Situation galt.

»Er hat dich verlassen?«, stieß Shannon mit wütendem Blick aus. »Was für ein Arsch!«

»Ja, ein absoluter Loser«, sagte Tempe. »Aber wichtiger ist: Wie geht es dir jetzt? Wenn einem etwas so Schreckliches vorgeworfen wird, muss man sich grauenhaft fühlen. Besonders wenn der Freund dann auch noch die Beziehung beendet. Und wenn du dann auch noch deinen Dad nicht mehr hast, der dich unterstützt?« Die Traurigkeit in ihrer Stimme stach mitten in Leesas Herz.

»Ich würde lügen, wenn ich sagte, es wäre nicht die schwerste Zeit gewesen, die ich je durchgemacht habe. Sie war es. Es war schlimmer, als meinen Vater zu verlieren, denn als er starb, konnte ich zumindest trauern. Trauer hat etwas Heilendes, wie ihr alle wahrscheinlich allzu gut wisst«, sagte Leesa zu Jewel.

Jewel und Tempe nickten beide.

»Aber bei diesem ganzen Chaos konnte ich nicht um meinen Job oder die Schüler trauern, mit denen ich nicht mehr arbeiten konnte. Ich war zu sehr damit beschäftigt, meinen Kopf über Wasser zu halten.«

Shannon griff nach ihrer Hand. »Aber das hast du, und jetzt bist du hier, und nur das zählt.«

»Ja, du kannst jetzt mit neuen Freunden, die dich unterstützen, von vorn anfangen. Deine beste Freundin ist hier, und ich kann dir dabei helfen, einen Job als Nachhilfelehrerin für die Kinder zu bekommen, die ich therapeutisch begleite.«

Leesa bekam feuchte Augen angesichts ihrer Großzügigkeit. Sie schaute zum Jachthafen hinunter und ihr Blick fiel sofort auf Cole. Die Eltern, Ace und Maisy, mussten etwas richtig gemacht haben, denn sie hatte noch nie so tolerante, hilfsbereite Menschen getroffen. Sie sah zu Jewel und fühlte sich ihr unmittelbar durch die Erfahrung eines ähnlichen Verlustes verbunden. Schon als sie früh am Tag mit Cole zusammen gewesen war, hatte Leesas Zukunft nicht mehr so trostlos und einsam ausgesehen, und in der Gesellschaft dieser erstaunlichen Frauen wirkte sie fast verlockend rosig.

»Ich bin nicht sicher, ob ich schon bereit bin, mich wieder ins Unterrichten zu stürzen, wenn, dann wartet in Baltimore eine feste Stelle auf mich«, erklärte sie. »Aber danke für das Angebot. Um ehrlich zu sein, bin ich immer noch auf der Hut und hab Angst, dass jemand mit dem Finger auf mich zeigt. Ich versuche, mich nicht zu sehr einzurichten oder unachtsam zu werden.«

»Aber das ist doch kein Leben«, sagte Tempe.

»Was kann denn schlimmstenfalls passieren? Irgendjemand sagt, er hat gehört, was passiert ist, und dann erklärst du, dass die Anschuldigung unbegründet war.« Shannon lehnte sich zurück, ihr Blick und ihr Tonfall waren ernst. »Heutzutage scheint es solche falschen Anschuldigungen viel zu oft zu geben.«

»Was ist aus dem Jungen geworden, der dich beschuldigt hat?«, wollte Tempe wissen.

Leesa schüttelte den Kopf. »Seit dieser letzten Nachhilfestunde habe ich ihn nicht mehr gesehen. Ich wollte mit ihm reden, denn er und ich sind die Einzigen, die wirklich wissen, was passiert ist, doch mein Anwalt und meine Chefin haben mir davon abgeraten. Aber ich mache mir große Sorgen um ihn. Ich glaube einfach nicht, dass er das getan hätte, wenn er gewusst hätte, wie weit das Ganze gehen würde. Er ist einfach kein bösartiges Kind.«

»Bei allem, was du über seine Eltern gesagt hast, mag man sich kaum vorstellen, was dort nach seiner Anschuldigung abgegangen ist«, sagte Tempe. »So wie du ihn beschreibst, macht es ihm bestimmt im Nachhinein zu schaffen. Eine Schande, dass so etwas überhaupt passieren musste, vor allem einer Person, die so nett und fürsorglich ist wie du.«

Leesa nahm das Kompliment dankbar an, aber sie wollte sich nicht dem Gedanken hingeben, was nicht hätte passieren dürfen, denn die Vergangenheit ließ sich nun mal nicht ändern. Es gab nur den Weg nach vorne. Und die Hoffnung, sich irgendwie ein neues Leben aufbauen zu können. Ihr Blick suchte wieder nach Cole. Er kam mit Nate und seinem Vater den Hügel zu ihnen hinauf. Sein T-Shirt trug er in der Hand, und als ihre Blicke sich trafen, winkte er ihr zu. Leesa beobachtete, wie er sich das T-Shirt über seinen glänzenden Körper zog und all diese Muskeln bedeckte, die ihren Magen auf wundervolle Weise verrückte Purzelbäume schlagen ließen. Wieder bemerkte sie, dass Ace leicht humpelte, und ein schmerzhafter Stich bohrte sich in ihr Herz bei dem Gedanken daran, was er durchgemacht haben musste, als er gezwungen war, seine Soldatenlaufbahn aufzugeben. Ihr fielen seine zusammengekniffenen Augenbrauen auf, während er den steilen Weg hinaufging, und als sie merkte, dass die Mädels sie beobachteten und auf eine Antwort warteten, richtete sie ihre Aufmerksamkeit wieder auf das Gespräch.

»Es ist eine Schande, aber was geschehen ist, ist geschehen, und ich bin bereit, mich auf eine positivere Zukunft zu konzentrieren. Hier eine Girl-Power-Gruppe aufzubauen, dafür bin ich noch nicht bereit, weil ich nicht einmal weiß, wie lange ich hierbleiben werde.« Ihr Magen zog sich wieder bei dem Gedanken zusammen, Cole und ihre neuen Freundinnen hinter sich zu lassen. »Vielleicht sollten wir ein paar Wochen warten, nur um sicher zu sein?«

Tempe winkte ab. »Das Leben ist viel zu kurz, um darauf zu warten, dass man sich über irgendwas klar wird. Ich finde, wir sollten zumindest darüber reden. Für den Fall, dass du bleibst. Wir stehen dir zur Seite.«

Cole betrat die Terrasse, seine Augen auf Leesa gerichtet. Er beugte sich herunter und küsste sie auf die Wange, während er die Hand auf ihre Schulter legte und »Hallo, meine Schöne« sagte.

»Hallo.« Sie merkte, wie rau ihre Stimme klang, und sie fragte sich, ob die anderen es auch alle bemerkten.

»Sieht so aus, als hättest du Cole auch an deiner Seite«, sagte Shannon mit einem zustimmenden Lächeln.

»Und ob.« Cole drückte ihre Schulter.

Nate beugte sich hinunter und küsste Jewel. »Hey, Schatz.« Jewel strich ihm über die Wange. Die Liebe zwischen ihnen war greifbar. Die Liebe zwischen allen Mitgliedern dieser Familie war offensichtlich.

»Schön, all meine Mädchen zusammen zu sehen«, sagte Ace, als Maisy zur Tür herauskam. Sie griff nach seiner Hand, nachdem sie zuvor Cole kurz über den Rücken gestrichen und Nate einen Kuss zugeworfen hatte.

»Wie läuft's mit dem Boot?«, erkundigte Maisy sich.

»Es wird«, sagte Ace. »Die Jungs wurden hungrig.«

Maisys Blick wanderte zwischen Cole und Leesa hin und

her, und ein billigendes Lächeln spiegelte sich in ihren Augen wider. »Setzt und unterhaltet euch. Ich hol ein paar Sandwiches.«

Die nächste Stunde saßen sie beieinander, redeten und lachten miteinander wie alte Freunde, während die Männer zu Mittag aßen. Als Leesa schließlich ging, hatten sie und Tempe schon verabredet, sich am Freitag zu treffen, um über die Gründung einer Girl-Power-Gruppe zu reden, auch wenn Leesa nicht darauf aus war, es sofort in Angriff zu nehmen, und sie und Cole waren sich durch Händchenhalten und verstohlene Blicke auf wundersame Weise noch nähergekommen.

Acht

Als Cole eintraf, um Leesa zu ihrem Date abzuholen, stellte er überrascht fest, dass sie auf der Vordertreppe zu Tegans Haus saß. Sie stand auf, als er näher kam, und sah in dem weißen Spaghettikleid und den Sandalen höllisch sexy aus.

»Hi.« Er legte eine Hand auf ihre Hüfte und küsste sie sanft. »Alles in Ordnung?«

Die Armreife glitten an ihrem Arm hinunter, als sie ihre Hand auf seine Brust legte und lächelte. »Ja, alles gut. Ich war einfach nur zu nervös, um drinnen zu warten.«

Er nahm ihre Hand von seiner Brust und küsste die Fingerknöchel. »Ich war auch nervös. Es ist lange her, dass ich wegen eines Dates nervös war.«

Ihre grünen Augen leuchteten, als er seine Finger mit ihren verschränkte. Die Haustür ging auf und Tegan kam zu ihnen auf die Veranda. Der Arzt in ihm erfasste kurz ihren Gang.

»Hey, Doc. Wie geht's?«

»Großartig, Tegan. Wie geht's Ihrem Knöchel?«

Sie hielt wackelnd ihren Gehstiefel in die Höhe. »Fast so gut wie neu, dank des besten Arztes der Stadt und einer besten Freundin, die mich zu diesen Therapieübungen motiviert. Ihr gebt ein großartiges Team ab.«

Cole sah zu Leesa. »Danke, das finde ich auch.«

Tegan trieb sie von der Veranda. »Jetzt geht schon. Haut ab! Bringen Sie sie bitte spät zurück – oder gar nicht! Sie kann etwas Spaß gebrauchen.«

»Tegan!«, lachte Leesa.

»Tut mir leid«, sagte Tegan zu Leesa, und zu Cole gewandt gab sie lautlos *Spät oder gar nicht* von sich.

Alle lachten, als Tegan wieder ins Haus und er und Leesa zum Auto gingen.

»Du siehst heute Abend hinreißend aus.«

»Danke«, sagte Leesa, als Cole die Autotür öffnete. »Ich wusste nicht, wohin wir gehen, also hoffe ich einfach, dass ich passend gekleidet bin.«

»Ich weiß auch nicht genau, wohin wir gehen, also hoffe ich, dass *ich* passend angezogen bin.« Er deutete auf seine Jeans, ging dann um das Auto herum und setzte sich auf den Fahrersitz. »Hunger?«

»Immer.«

»Wirklich?« Er beugte sich über die Mittelkonsole und küsste sie, langsam zuerst, um ihre Reaktion abzuschätzen. Sie schmeckte nach Pfefferminz und süß, und als er den Kuss vertiefte, legte sie ihm die Hände in den Nacken und erwiderte jeden einzelnen seiner Zungenschläge mit einem eigenen.

»Ich könnte dich die ganze Nacht lang küssen«, sagte er nah an ihren Lippen.

»Klingt gut.«

Er verschloss ihren Mund wieder mit seinen Lippen und spürte, wie er sich in ihr verlor und sich die Lust in ihm schwer und freudig regte. Als sie sich voneinander lösten, atmeten beide schwer.

»Fühlt sich das hier für dich wie ein erstes Date an?« Er

drückte seine Lippen wieder auf ihre, noch bevor sie antworten konnte. Den ganzen Nachmittag hatte er an sie gedacht, und auch wenn er vor ihrem Date kalt geduscht hatte, so hatte es doch nicht sein Verlangen gedämpft, ihr die Kleider vom Leib zu reißen und sich an jedem Zentimeter ihres wunderschönen Körpers zu laben. Er musste sich zusammenreißen, um sie nicht noch einmal zu küssen.

»Wir sollten lieber fahren, sonst fangen die Nachbarn von Tegan noch an, über die beschlagenen Fensterscheiben zu reden.«

Sie lachte und diese Laute wollte er am liebsten immer wieder hören. Zu erfahren, was sie durchgemacht hatte, war ihm zuwider gewesen, und er wünschte, er hätte an ihrer Seite sein können, als es geschah. Die irrationale Wut auf ihren Ex-Freund wurde er nicht los. Er ließ den Motor an und fuhr die Straße hinunter, während er diese Wut beiseiteschob, damit er sich auf Leesa konzentrieren konnte. »Ich dachte, wir könnten in Nates Restaurant gehen und dort etwas essen.«

Er fuhr zu dem alten Bahnhof, den Nate zu einem Restaurant umgebaut hatte, und auf dem Weg hinein schaute Leesa zu dem Schild hinauf und lachte.

»Tap It? Im Ernst? So hat er es genannt?«

Cole musste auch über den Namen lachen, der sowohl eine sexuelle Anspielung aufgriff als auch auf das Bier vom Fass anspielte. »Nate und Jewels Bruder Rick hatten die Idee, bevor Rick ums Leben kam. Das kommt dabei heraus, wenn zwei fünfundzwanzigjährige Kerle zusammen ein Geschäft planen.« Er zog sie an sich und küsste sie, langsam und intensiv, bis er spürte, wie ihr Körper weich wurde und gegen seinen schmolz. Gott, wie herrlich sie sich anfühlte. Er erinnerte sich daran, dass sie dem Date nicht zugestimmt hatte, um alle paar Minuten um den Verstand geküsst zu werden, und riss sich los. In Anbetracht ihres lustvollen Blickes hatte er allerdings den Eindruck, sie kämpfte gegen die gleiche starke Anziehungskraft an.

Als sie das gut gefüllte Restaurant betraten, hielt er ihr die Tür auf. Er hatte vergessen, dass es Sonntagabend war, und sofort wurde ihm klar, dass er sie an einen ruhigeren Ort hätte bringen sollen. Am Wochenende hielten sich viele Touristen in der Stadt auf. Musik und laute Unterhaltungen drangen aus der Barecke zu ihnen.

»Vielleicht war das keine so gute Idee«, sagte Cole.

»Hey, Cole!« Sein Bruder Sam winkte sie zu der Bar herüber.

Cole hob das Kinn und gab ihm zu verstehen, dass er ihn gesehen hatte. »Tut mir leid. Ich hatte völlig vergessen, was sonntagabends hier los ist. In der Woche ist es für gewöhnlich abends nicht schlecht, aber am Wochenende sieht es ganz anders aus.«

»Ist schon okay. Wir können an der Bar bei Sam etwas essen, wenn du willst.«

»Ist das eine von diesen Antworten einer Frau, wenn sie nicht weiß, wie sie ihm sagen soll, dass sie keine Lust darauf hat?« Er drückte seine Lippen wieder auf ihre und sagte dann: »Wir können woanders hingehen.« Auch wenn das hier wahrscheinlich sicherer war als der Ort, an den er sie gerne verschleppt hätte – und zwar zu sich nach Hause, um mit ihr allein zu sein.

»Nein, wirklich. Das ist vollkommen in Ordnung. Es wird sicher lustig.« Sie ging einen Schritt auf Sam zu und sagte: »Ich mag deine Familie wirklich sehr.«

Als er sie vorher mit seiner Familie gesehen hatte, waren

seltsame Dinge in seinem Magen vor sich gegangen. Es war schon lange her, dass er einer Frau mal seine Familie vorstellen wollte, und mit Leesa war es so, als täte die Welt es für ihn, als würden sie ganz von allein zusammengeführt und ihre Leben nahtlos miteinander verschmolzen.

Sam stand von seinem Barhocker auf, umarmte Leesa und bot ihr dann seinen Platz an. »Toll, euch zu sehen.« Er klopfte Cole kumpelhaft auf den Rücken. Jeder Barhocker war besetzt, jeder Tisch belegt. Es gab kaum Platz zum Stehen, und das entsprach nicht unbedingt Coles Vorstellung von einem trauten Dinner zu zweit, aber es war seine eigene Schuld. Er war einfach nicht in der Lage gewesen, bei all der Vorfreude auf ein Wiedersehen mit Leesa eine sinnvollere Entscheidung zu treffen.

»Wie läuft's, Sam?« Cole stellte sich hinter Leesas Hocker und legte einen Arm um sie.

»Alles paletti. Ich bin nur kurz hier.« Er deutete mit dem Kinn auf eine große Blondine, die aus der Richtung der Damentoilette um die Ecke kam. »Wir sind auf dem Weg ins Whispers. Kommt ihr mit?«

Das Whispers war ein Club mit Tanzfläche und Live-Band. Dort war es sicher noch lauter und voller als in Nates Restaurant. »Nein danke. Ich denke, wir trinken was und ziehen dann weiter, falls kein Tisch frei wird. Ich hätte Nate anrufen oder reservieren sollen. Hab nicht nachgedacht.«

»Okay, alles klar. Wir sind dann mal weg. Viel Spaß noch. War schön, dich zu sehen, Leesa. Pass mit Cole beim Quiz auf.« Er zeigte hinauf zum Fernseher hinter der Bar. »Er kennt jede Antwort.«

»Ach, wirklich?«, sagte Leesa. »Na, ich werde ihm das Leben schon schwer machen.«

Sam winkte und legte den Arm auf dem Weg nach draußen

besitzergreifend um die Blondine.

Der Mann auf dem Hocker neben Leesa wollte gehen und bot Cole seinen Platz an.

»Danke.« Er setzte sich neben sie. »Hör mal, es tut mir wirklich leid. Möchtest du irgendwohin gehen, wo es leiser ist?«

»Nein, es ist schon in Ordnung hier. Ich freue mich darauf, dir beim Quiz einzuheizen.« Das entschlossene Funkeln in ihren Augen brachte ihn zum Lachen.

»Das werden wir ja noch sehen.«

Während der Barkeeper sich um ihre Bestellung kümmerte, lehnte sich Cole zu ihr hinüber und sagte: »Du bist also eine Quiz-Koryphäe?«

»Als Einzelkind musste ich mich ja beschäftigen. Lesen wurde meine Leidenschaft, und da es nur mich und meinen Dad gab, habe ich viele von seinen alten Büchern gelesen und ein Interesse für solche Themen wie Sport und Krieg entwickelt. Themen, die wahrscheinlich eher von Männern als von Frauen gelesen werden. Also pass auf, denn mein Hirn ist so voller mehr oder weniger belangloser Informationen, dass es fast schon überläuft.« Sie lächelte und nippte an ihrem Wein. Als sie sich mit der Zunge über die Lippen fuhr, konnte er nicht anders, als sie wieder zu küssen.

»Wenn du nett bist«, sagte sie, »lasse ich dich vielleicht gewinnen.«

Beide lachten, und sobald die Fragen auf dem Bildschirm aufpoppten, gaben sie beide die Antworten fast immer gleichzeitig.

»Du bist wirklich gut«, sagte er, als der Barkeeper ihre Gläser auffüllte.

»Sag ich doch. Lass uns stattdessen Wahrheit oder Pflicht spielen, dann brauchst du nicht zu verlieren.«

Er rückte auf dem Barhocker weiter zu ihr hinüber, sodass ihre Körper sich von der Schulter bis zur Hüfte berührten. »Klingt, als sollten wir das in einer etwas privateren Umgebung spielen.«

»Das macht es ja gerade so interessant.« Sie hob mehrmals schnell die Augenbrauen. »Du zuerst?«

»Klar doch.«

Der Bartender fragte, ob sie hier an der Bar etwas essen wollten, anstatt auf einen Tisch zu warten, also bestellten sie einen Vorspeisenteller.

»Okay«, sagte sie. »Wahrheit oder Pflicht?«

»Wahrheit.« Er legte eine Hand auf ihren Oberschenkel und fügte hinzu: »Ich habe nichts zu verbergen.«

Sie kniff die Augen zusammen und drückte die Lippen aufeinander. »Jeder hat so seine Geheimnisse. Wie alt warst du, als du das erste Mal ein Mädchen geküsst hast?«

Er lachte. »Du hast keine Ahnung, ob ich die Wahrheit sage oder nicht.«

»Oh doch!« Sie zeigte mit Zeige- und Mittelfinger auf ihre Augen und dann auf seine. »Ehrlichkeit kann man zu hundert Prozent von den Augen ablesen. Hör auf, Zeit zu schinden.«

»Dreizehn, beim Flaschendrehen.«

»Dreizehn? Du hast früh angefangen. Wer war sie?« Sie trank ihren Wein aus, und der Barkeeper füllte unverzüglich ihre Gläser auf.

»Jeder hat nur eine Frage. Du bist dran.«

»Pflicht.« Sie biss sich auf die Unterlippe, während er sich eine Pflichtaufgabe überlegte.

»Pflicht?« Er nahm einen Schluck von seinem Wein und hob eine Augenbraue. »Du sollst —«

»Dein Tausend-Dollar-Date einlösen?«

Cole drehte sich ruckartig um, als er Kennas Stimme vernahm. Kenna warf Leesa einen durchdringenden, finsteren Blick zu und wandte sich dann mit einem Lächeln wieder an Cole.

»Ich hätte nie gedacht, dass ich dich in diesem Laden treffen würde«, sagte Kenna. »Du hast dich wirklich verändert.«

»Kann ich etwas für dich tun, Kenna?« Cole ließ eine Hand auf Leesas Bein liegen, während er sprach, und er spürte, wie sich Leesas Muskeln unter seiner Handfläche anspannten.

Kenna ließ ihren Blick auf eine Art über Coles Körper wandern, die eine Beziehung andeutete, die seit Jahren nicht mehr bestand, und sagte: »Ich würde mich einfach gern mit dir unterhalten. Dachte, wir könnten reinen Tisch machen.«

»Und ich denke, wir haben alles gesagt, was gesagt werden musste. Außerdem habe ich gerade ein Date, wenn du mich also entschuldigen würdest.« In der Hoffnung, Kenna würde gehen, wandte er sich wieder Leesa zu.

»Cole, ich bin wieder zurück nach Peaceful Harbor gezogen. Wir sollten in der Lage sein, uns wie Erwachsene zu unterhalten.«

»Ich verschwinde wohl mal kurz auf die Toilette.« Leesa stand auf, und Cole erhob sich ebenfalls, doch bevor er noch irgendetwas sagen konnte, eilte sie fort.

Er atmete verärgert aus und starrte Kenna wütend an. »Was ist so wichtig, dass du in mein Date platzen musst?«

»Ich wollte mich entschuldigen. Ich weiß, ich hab vor all den Jahren deine Gefühle verletzt –«

»Du hast meine Gefühle nicht verletzt, Mackenna. Danke für die Entschuldigung, aber das ist alles Schnee von gestern. Lass gut sein.«

Sie berührte seinen Arm und schaute verführerisch zu ihm

auf, ganz so wie zu der Zeit, als sie ein Paar gewesen waren. Sie war noch immer schön, aber sie hatte jetzt etwas Verhärmtes an sich. Er hatte es schon am vergangenen Abend gesehen, als sie aus dem Mr. B. gestürmt war, und ihm gefiel ihre hochnäsige Art nicht, mit der sie vor ein paar Minuten Leesa angesehen hatte.

»Aber die Dinge haben sich geändert. Ich hatte gehofft, dass wir … na ja, versuchen könnten, den Funken wieder überspringen zu lassen. Wir haben gut zusammengepasst, Cole. Das weißt du.« Sie trat näher an ihn heran, drückte dabei ihr Bein gegen seines.

»Dieses Feuer ist vor Jahren erloschen. Es gibt nichts, was man wieder anfachen könnte.« Als er sich abwandte, umklammerte sie seine Wangen und drückte ihre Lippen auf seine.

Eine Sekunde lang war er zu perplex, um zu realisieren, was gerade passierte, doch dann ergriff er ihre Handgelenke und riss seinen Mund von ihrem los. Er warf ein paar Scheine für die Drinks und die Vorspeisen auf die Theke und starrte Mackenna wutentbrannt an.

»Es ist vorbei, Mackenna. Um nichts in der Welt würde ich jemals wieder mit dir zusammen sein wollen.«

Leesa erstarrte und versuchte zu begreifen, was sie gerade sah. Der Kuss zwischen Kenna und Cole rammte sich wie ein Eispickel in ihre Brust. Cole befreite sich von dem Kuss, der Ausdruck in seinem Gesicht zeugte von Ekel und Wut. Sie ballte die herunterhängenden Hände und merkte, dass sie bei Cole besitzergreifender war, als sie es bei Chris je gewesen war.

Jemand stieß im Vorbeigehen gegen ihre Schulter, aber sie war zu sehr auf Cole und Kenna konzentriert, als dass sie sich darum scherte. Cole sagte etwas, das sie nicht hören konnte, und stürmte dann mit von Zorn erfüllten Augen zu Leesa. Sein Kiefer war angespannt, seine Augen dunkel vor Wut, doch als er eine Hand auf ihren Arm legte, war sie zärtlich und warm.

»Was dagegen, wenn wir von hier abhauen?« Keinerlei Wut lag in seiner Stimme, und Leesa fragte sich, wie er die Gefühle, die ihm ins Gesicht geschrieben standen, unter Kontrolle behielt.

»Natürlich nicht.«

Sein entschlossener Gang in Richtung Auto machte Coles Missmut offensichtlich. Sie wusste, dass er beiseiteschieben wollte, was immer zwischen ihm und Kenna vor sich ging, und in ein Auto eingesperrt zu sein, war sicher das Letzte, was er gebrauchen konnte.

»Warum gehen wir nicht etwas spazieren?«, schlug Leesa vor.

Er fuhr sich mit der Hand durch die Haare und behielt das Restaurant im Blick, so als wäre es der Bösewicht. »Das tut mir alles wirklich sehr leid.«

Sie trat näher an ihn heran und berührte seine Brust. Seine Muskeln waren hart, doch sie konzentrierte sich auf seinen rasenden Herzschlag. Nach dem Kuss von Kenna war er aufgebrachter, als er es gewesen war, nachdem er von Leesas Vergangenheit erfahren hatte.

»Wenn der Kuss nicht von dir ausging, gibt es nichts, was dir leidtun sollte. Und selbst wenn ... Wir haben kein *exklusives* Date, also braucht dir ohnehin nichts leidzutun. Ex-Freunde und -Freundinnen gehören nun mal leider zum Leben dazu, und deine war gestern Abend bereit, hunderte Dollar zu bezahlen, nur um deine Aufmerksamkeit zu erlangen.«

»Mackenna hat immer genau das gewollt, was sie nicht haben konnte, und ich bin mir sicher, dass sie uns zusammen gesehen hat, macht mich in ihren Augen noch begehrenswerter.« Er umfasste ihr Gesicht und legte seine Lippen auf ihre. »Und vor allem bin ich heute Abend mit dir zusammen, wenn also irgendetwas mit einer anderen Frau von mir ausgegangen wäre, müsste ich mich verdammt noch mal entschuldigen. Außerdem sollten wir diese andere Sache richtigstellen.«

»Welche andere Sache?«

Er lächelte und seine Augen wurden verführerisch dunkel. »Wir sollten *exklusiv* daten, auch wenn dies unser erstes Date ist, denn der Gedanke, dass du irgendeinen anderen Mann treffen könntest, bringt mein Blut zum Kochen.«

»Bist du sicher?« Als die Worte ihren Mund verließen, betete sie insgeheim, dass er es war.

Noch einmal senkte er seine Lippen auf ihre. Dieser Kuss zog ihren Körper wie ein Magnet gegen seinen und ließ ihr Bewusstsein in die Dunkelheit abdriften. Es war ein leidenschaftlicher Kuss, der Wogen der Lust in ihr auslöste, während der Kuss mal intensiver und dann wieder behutsamer wurde. Wie Wellen, die an die Küste rollten und sich brachen, nur um sich zurückzuziehen, Druck aufzubauen und dann wieder ihren Platz zu beanspruchen. Mit der sie überkommenden Lust umschlang sie ihn, krallte ihre Finger in seine Rückenmuskeln, um auf diesem dunklen Parkplatz so viel wie möglich von ihm in Besitz zu nehmen. Sie versuchte, gegen ihr aufkommendes Begehren anzukämpfen, doch seine Hand auf ihrem Rücken, in ihren Haaren, sein Kuss und das männliche, gierige Stöhnen, das aus seiner Lunge entwich, waren zu heiß, um sie zu ignorieren.

Er zog sich zurück und hinterließ ihre vibrierenden Lippen, die nach mehr flehten. »Mehr als sicher.« Wieder legte er seine Lippen auf ihre, dieses Mal sträflich sanft. »Sag mir, dass du nur mich daten wirst. Ich weiß, es geht ein bisschen schnell, aber ich weiß auch, dass es richtig ist.«

Die Realität brachte ihr rasendes Herz fast zum Stillstand. »Wenn du mit mir zusammen bist, kann das deiner Karriere schaden. Ich will das nicht unter den Teppich kehren. Du hast hart gearbeitet, um zu erreichen, was du jetzt hast.«

Er küsste sie erneut, seine Augen blickten sie dunkel und ernsthaft an, und sein Tonfall war ebenso ernst. »Ich habe dir schon gesagt, dass ich mit allem fertigwerde.«

Angesichts seiner Stärke und seinem Willen, für sie stark zu sein, machte sich ein Kloß in ihrem Hals breit. Er war so ganz anders als der Mann, der ihr Herz gebrochen hatte, dass sie von einer Welle des Zweifels erfasst wurde. Konnte sie ihm vertrauen? Seinen Taten, Worten, seinem Angebot, sie zu unterstützen? Als seine Hände ihr Gesicht umschlossen und er mit dem Daumen über ihre Lippen fuhr, spürte sie die Veränderung in seiner Berührung.

»Du kannst mir vertrauen.«

Die Ehrlichkeit in seinen Augen und die Aufrichtigkeit in seiner Stimme bestärkten sein Versprechen und löschten ihre Ängste aus.

Neun

Mit ineinander verschlungenen Händen gingen sie die Straße hinunter zum Hafen. In der Luft lagen der Geruch des Meeres und die vibrierende sexuelle Spannung.

»Es ist Jahre her, dass ich das letzte Mal nachts durch Peaceful Harbor spaziert bin«, sagte Cole, während er den Arm um Leesas Schultern legte und sie näher an sich zog. »Ich konnte es kaum abwarten, meine Praxis hier aufzubauen, aber dann hatte ich so viel zu tun, dass sich solche Dinge einfach nie ergaben.« Er lächelte sie an und ergänzte: »Im Ernst, ich hatte hier niemanden, mit dem ich so einen Spaziergang gern gemacht hätte. Bis du kamst.«

Dieses Geständnis verursachte ein Kribbeln in Leesas Magen. »Als ich in die Stadt kam, war ich so durcheinander von allem, was passiert ist, dass ich meine Umgebung gar nicht richtig wahrgenommen habe. In letzter Zeit habe ich aber nachts Spaziergänge gemacht, wie neulich, als du mich am Strand angetroffen hast. Es hat etwas Befreiendes, die Sehenswürdigkeiten und die kleinen Läden und dass das Meer nur wenige Minuten von Tegans Haus entfernt ist. Ich verstehe, warum sie es hier so liebt. Diese Stadt hat so viel an sich, dass ich mich frage, warum nicht alle zu Fuß gehen, anstatt Auto zu fahren.« Sie zeigte auf die altmodischen Laternen mit den großen, runden Glaskugeln, die ihr Licht auf den Gehweg streuten, und die altmodischen Markisen vor den Geschäften. »Dies ist so vollkommen anders als Towson. Die Straßen hier fühlen sich freundlich und geliebt an, und so ungern ich es sage, da wo ich herkomme, fühlten die Straßen sich einsam und vernachlässigt an.«

»Vielleicht lag es an deiner Gesellschaft und nicht an den Straßen.« Cole drückte ihre Schulter.

In den wenigen Minuten, die sie vom Restaurant zum Hafen gebraucht hatten, war die Anspannung vollkommen aus Coles Gesicht verschwunden. Doch Leesa musste noch immer an Kenna denken, ebenso wie an die Wut, die sie schon am Abend zuvor und auch gerade eben in der Bar in ihrem Gesicht gesehen hatte. Irgendetwas kam ihr seltsam vor, als stecke mehr dahinter als nur eine Ex, die ihren Freund wiedererobern wollte.

»Darf ich dich etwas Persönliches fragen?«, tastete sie sich vorsichtig heran. »Du brauchst nicht zu antworten, wenn du nicht willst.«

»Sicher.« Er führte sie über die Straße zum Jachthafen.

»Steckt da mehr hinter der Geschichte mit Kenna?«

Sie überquerten den Parkplatz und Cole ging mit ihr die Stufen zu den Bootsstegen hinunter. Das Schweigen zwischen ihnen wurde nur vom Geräusch des Wassers unterbrochen, das gegen die Pfahlkonstruktion plätscherte.

»Es steckt mehr dahinter«, sagte er schließlich, als sie am Wasser entlangliefen. Sein Blick glitt über die Segelboote, deren Masten aufrecht in den tiefschwarzen Himmel ragten. Je weiter sie gingen, umso seltener wurden die Boote am Steg. Cole schwieg, als er sie ganz ans Ende des Jachthafens führte, wo ein wunderschönes Boot an einem Liegeplatz festgemacht war.

»Diese Seite des Jachthafens ist privat. Hier auf meinem Boot sind wir allein.« Ein ungezwungenes Lächeln trat in sein Gesicht, und sie fragte sich, ob dies seine Art war, sie von der Frage abzulenken.

»Das ist ein wunderschönes Boot.« Auch wenn er nicht angespannt wirkte, befürchtete sie, er versuchte, sie abzulenken, und jetzt fühlte sie sich schlecht, weil sie nachgefragt hatte. »Cole, du musst mir nicht erzählen, was zwischen dir und Kenna vorgefallen ist. Ich war einfach nur neugierig.«

»Warst du schon immer so vorsichtig mit Fragen?«, erkundigte er sich staunend. »Oder rührt das daher, dass du so viel durchgemacht hast?«

»Oh … ich …« *Fasse es nicht, dass du bemerkt hast, wie vorsichtig ich bin.* Sie war nun eindeutig vorsichtiger als vor ihrem Martyrium. »Ich bin jetzt wohl vorsichtiger. Etwas durchgemacht zu haben, von dem ich nicht unbedingt will, dass alle Leute es wissen, macht mich sensibler für andere, denen es womöglich ähnlich geht.«

»Du musst mit mir nicht vorsichtig sein. Auch wenn wir uns gerade erst kennengelernt haben, spüre ich eine Verbindung mit dir, die anders ist als bei anderen Menschen. Ich habe nichts zu verbergen. Ich wollte nur irgendwo sein, wo wir uns setzen und ungestört unterhalten können.«

Er half ihr aufs Boot und sie machten es sich auf der mit Kissen versehenen Bank bequem. Leesa wandte sich ihm zu und er legte einen Arm auf die Rückenlehne der Bank.

»Ich habe das sonst noch niemandem erzählt, daher wäre ich dir dankbar, wenn du nicht mit meiner Familie darüber reden würdest. Peaceful Harbor ist kein *so* kleiner Ort, aber manche Dinge verbreiten sich schnell, wenn sie auf die falschen Ohren treffen. Und so seltsam es auch sein mag, ich habe immer noch eine Art Beschützerinstinkt Mackenna gegenüber.«

Leesas Magen zog sich bei seinem Geständnis zusammen, aber wenn sie ehrlich zu sich war, verspürte sie für Chris in gewisser Weise Ähnliches. Auch wenn sie am Boden zerstört gewesen war, weil er sich für seine Arbeit und gegen sie entschieden hatte, verstand sie nun, da der Schmerz und die Enttäuschung nachgelassen hatten, warum er es getan hatte.

»Wir waren etwa zwei Jahre zusammen, und ich nehme an, man kann sagen, dass sie meine erste Liebe war. Zumindest dachte ich das zu jener Zeit. Doch jetzt bin ich mir sicher, dass es keine Liebe war, denn in den zwei Jahren, die wir zusammen waren, habe ich nicht einmal einen Bruchteil so viel an sie gedacht, wie ich in den letzten zwei Tagen an dich gedacht habe.«

Er schwieg kurz, und Leesa war sich sicher, dass er die Überraschung und Freude erkennen konnte, die ihr ins Gesicht geschrieben stehen mussten.

Mit den Fingern strich er über ihre Schulter. »Ich will damit nicht sagen, dass ich dich liebe. Aber der Unterschied zu dem, was ich jetzt empfinde, ist so groß, dass mir bewusst wurde, dass ich sie nicht geliebt habe.«

»Tut mir leid, wenn ich überrascht wirke. Denn ich bin es eigentlich nicht, weil wir im selben Boot sitzen.«

Er zog eine Augenbraue hoch, und sein Lächeln wurde breiter, als er auf das Boot klopfte.

»Im wahrsten Sinne des Wortes.« Sie lachte. »Ich dachte auch, ich würde Chris lieben, aber jetzt weiß ich, dass es nicht so war. Ich fühlte mich zu ihm hingezogen, behaglich in seiner Gegenwart, und vielleicht war ich nach zwei Jahren so weit, mich auch mit ihm zufriedenzugeben. Sicher bin ich mir nicht.« Sie dachte einen Moment lang nach und die Worte ihres Vaters kamen ihr wieder in den Sinn. »Wenn ich etwas Gutes sehen will, das bei dem ganzen Mist, den ich durchgemacht habe, herausgekommen ist, dann ist das wohl, dass ich diese Seite an ihm entdeckt habe, bevor wir geheiratet und Kinder bekommen haben. Wenn dann etwas geschehen wäre, womit er sich nicht hätte abgeben wollen, wäre es viel schwerer geworden, sich zu trennen. Aber ich glaube, niemand weiß so richtig, was man bewältigen kann und was nicht, bevor man nicht wirklich der Situation ausgesetzt ist.«

»Ist das dein Versuch wegzudiskutieren, was er gemacht hat?« Sein Blick wurde wieder ernst, als er mit dem Finger an ihrem Arm entlangstrich und ihr einen Schauer durch den ganzen Körper jagte. »Denn ich bin nicht deiner Meinung. Ich denke, wir wissen, was wir bewältigen können, und wir fällen dahingehend unsere Entscheidungen. Ich wusste, dass ich nicht zu der Sorte Mann gehöre, der eine Frau teilen könnte. So war ich noch nie.« Er hob die Augenbrauen. »Sammy dagegen? Er würde lieber teilen, als dass er sich auch nur einen Tag auf jemanden festlegen würde, und das verstehe ich. Viele Typen sehen das so.«

Er schaute eine Weile auf das Wasser hinaus und sagte dann: »Du hast gefragt, ob mehr hinter der Geschichte mit mir und Kenna steckt, und das ist tatsächlich so. Ich habe dir den wahren Grund für unsere Trennung erzählt. Sie wollte eine offene Beziehung, ich nicht. Was ich später herausfand und was – soweit ich weiß – all die Jahre geheim geblieben ist, hat bei mir jedoch einen bitteren Nachgeschmack hinterlassen.«

Leesa konnte sich nicht vorstellen, was das sein konnte, zumal er ihr bereits erzählt hatte, dass Kenna ihn nicht betrogen hatte, während sie zusammen waren.

»Du weißt wahrscheinlich mittlerweile, wie wichtig mir die

Familie ist«, sagte er.

»Ja, ihr scheint euch alle sehr nahezustehen.« Sie dachte an die Art und Weise, wie sie sich neckten und wie Shannon das Organisationstalent von Tempe lobte. Es war schön, solch eine gegenseitige Unterstützung unter Geschwistern zu sehen.

Er lächelte. »Stimmt, aber mir war nie bewusst gewesen, wie wichtig mir Familienloyalität auch außerhalb meiner eigenen Familie ist, bis Kenna und ich uns getrennt haben.«

»Ich bin mir nicht sicher, ob ich dich verstehe.« Sie versuchte, sich auf das zu konzentrieren, was er sagte, aber er strich gedankenverloren immer wieder leicht über ihre Schulter und ihr ganzer Körper nahm jede einzelne Berührung seiner Fingerspitzen wahr.

»Mackenna und ich trennten uns in dem Sommer, bevor ich mit dem Medizinstudium anfing, und in diesem Sommer fuhr sie nach Virginia zu ihrer Schwester Beth. Beth und ich sind zusammen zur Schule gegangen. Mackenna ist jünger, in Nates Alter, und ich habe sie über Beth kennengelernt. Jedenfalls hat Beth einen Monat, nachdem Mackenna nach Virginia gekommen war, herausgefunden, dass ihre Schwester mit ihrem Verlobten schlief.«

Heilige Scheiße. »Oh, die Arme! Beth war sicher am Boden zerstört. Der Verlobte der eigenen Schwester? Ich will deine Ex ja nicht schlechtreden, aber … zu so was ist nur eine bestimmte Art von Mensch fähig.«

»Ja, ich hatte das Gefühl, gerade noch mal davongekommen zu sein. Wenn ich also schroff ihr gegenüber wirke, dann musst du wissen, dass es nicht daran liegt, dass wir mal zusammen waren. Beth hat sich mir anvertraut, aber soweit ich weiß, hat sie es nie jemand anderem erzählt. Sie wollte nicht zum Gesprächsthema von Peaceful Harbor werden, also habe ich es auch meiner Familie nie gesagt. Sie wissen nicht, warum wir uns wirklich getrennt haben, und sie wissen nicht, was danach passiert ist. Ich habe ihnen erzählt, dass es einfach nicht funktioniert hat, und das haben sie respektiert. Auch wenn sie neugierig sind, was die Einzelheiten angeht.«

»Aber wenn das so ist, dann verstehe ich nicht, warum sie sich so anstrengt, dich zurückzugewinnen«, sagte Leesa ehrlich. »Ich würde niemals versuchen, wieder mit einem Mann zusammenzukommen, der weiß, dass ich so etwas getan habe.«

Sein Lächeln kehrte zurück. »Wie ich schon sagte ... Mackenna will, was sie nicht haben kann. Ich bin mir sicher, das war es auch, was den Verlobten ihrer Schwester so interessant machte. Und ehrlich gesagt bin ich nicht sicher, ob Mackenna klar ist, dass ich über die Geschehnisse in Virginia Bescheid weiß. Wir haben nicht mehr miteinander geredet, seit wir uns getrennt haben. Und wenn ich sie jetzt sehe, bin ich nicht mehr verärgert, dass sie mich weggeworfen hat, um mit anderen Männern zu schlafen – so groß ist mein Ego nicht«, ein leises Lachen entwich seinem Mund, »sondern wegen dem, was sie Beth angetan hat. Wenn ihr die Familie so wenig bedeutet, dann ist sie auf lange Sicht nicht die richtige Frau für mich. Für meine Familie würde ich mein Leben geben, und ich weiß, dass sie dasselbe für mich täten.«

Sein Sinn für Loyalität berührte sie in ihrem tiefsten Inneren. Nach ihrer Mutter hatte sie sich nie gesehnt – zum einen, weil sie und ihr Vater sich so nahegestanden hatten und so glücklich gewesen waren, dass sie nicht das Gefühl gehabt hatte, etwas zu verpassen. Aber auch, weil ihre Mutter sich so lieblos gezeigt hatte, indem sie ihre Familie verlassen und sich nie wieder umgeschaut hatte.

Leesa schaute in Coles gefühlvolle Augen und hatte das

Gefühl, jemanden gefunden zu haben, der verstand, wer sie wirklich war. Jemanden mit den gleichen Ansichten, den gleichen Grundsätzen und Moralvorstellungen wie die, die sie von ihrem Vater mitbekommen hatte. Jemanden, der überall auf der Welt leben konnte, der sich aber entschieden hatte, sich in der kleinen Stadt, in der er aufgewachsen war, ein Leben aufzubauen und sich dennoch immer Zeit für seine Familie zu nehmen. Einen Mann, der sich selbst ebenso gut verstand, wie sie sich verstand, und der ihr gezeigt hatte, dass ihr trotz allem etwas gefehlt hatte. Sie hatte es einfach nicht gewusst – bis sie ihm begegnet war.

Coles Finger wanderten über Leesas warme Haut. Gänsehaut hob sich seiner Berührung entgegen. Während das Boot sanft schaukelte und der Mondschein sich in ihren Augen spiegelte, merkte Cole, dass er näher an sie heranrückte. Sein Körper wurde von ihr angezogen, so nah, dass sich ihre Lippen fast berührten.

»Ich hätte alles für meinen Vater getan«, flüsterte sie.

Er schob ihr die Haare von der Schulter und hielt dabei ihren Blick fest. »Das habe ich dir angesehen, als du mir das erste Mal von ihm erzählt hast.«

»In der ersten Zeit, nachdem ich ihn verloren hatte, fühlte sich alles fremd und anders an. Ich wohnte in dem Haus, in dem ich aufgewachsen bin, und selbst dort fühlte es sich fremd an.«

»Ich kann nur versuchen, es mir vorzustellen.« Er strich ihr die Haare hinters Ohr, streichelte ihre weiche Wange mit dem Handrücken und spürte, wie seine Gefühle für sie mit jedem

Wort von ihr wuchsen.

»Es war seltsam, meinen Weg ohne seine stille Stärke im Hintergrund finden zu müssen. Er fehlt mir wirklich sehr.« Sie senkte den Blick.

»Das höre ich in deiner Stimme. Es tut mir so leid.« Er legte seine Lippen auf ihre.

»Das ist, glaube ich, ein Grund dafür, dass es mir so schwerfällt, einfach alles hinter mir zu lassen und hierherzuziehen. Ich habe das Gefühl, einen Teil von ihm zurückzulassen. Aber in vielerlei Hinsicht ist es sicher sinnvoll, neu anzufangen. Tegan rät mir ja auch dazu.«

»Und ich.« Cole hatte nicht die Absicht gehabt, zuzugeben, welche Gedanken in seinem Kopf kreisten, aber als die Worte erst einmal ausgesprochen waren, wurde ihnen beiden langsam klar, wie wahr sie waren.

»Du …?« Sie hob den Blick und sah ihm in die Augen, doch er konnte nicht erkennen, ob sie überrascht oder hoffnungsvoll war.

»Ja, ich.« Er konnte ihr keine Sekunde länger widerstehen. »Leesa, wenn es noch irgendetwas anderes gibt, das du über mich wissen willst, dann verrate ich dir das Gute, das Schlechte und das Hässliche. Ich bin kein Heiliger, wie sehr mich meine Geschwister auch damit aufziehen. Das Gute hat auch immer eine schlechte Seite, aber genau in diesem Moment, möchte ich – *muss ich* – dir einfach näher sein.«

Seine Hand legte sich in ihren Nacken, und mit dem Daumen fuhr er über ihre erhitzte Haut. »Sag es, wenn du möchtest, dass ich Abstand halte. Ich weiß, dass du viel durchgemacht hast, und ich möchte dich nicht bedrängen.«

»Ich war entschlossen, Abstand zu allen Männern zu halten, trotz Tegans Ermunterung, ich solle mich doch wieder in die

Dating-Welt stürzen.« Sie berührte seine Wange und lächelte, und diese einfache Berührung ließ seinen Puls in die Höhe schnellen. Sie rückte näher an ihn heran, ihr Kleid rutschte hoch und entblößte die Innenseiten ihrer Oberschenkel, was ihn nur noch mehr erregte. »Doch dann habe ich dich getroffen, und zwei Tage lang habe ich versucht, gegen diese Anziehung anzukämpfen, die ich vom ersten Moment an verspürt habe. Aber sie ist zu stark. Du nimmst mir all meine Ängste, und wenn wir zusammen sind –«

»Ist alles andere vergessen«, beendete er den Satz für sie.

Sie legte die Arme um seinen Hals, und ihre Münder kamen schnell und hart zu einem Kuss zusammen, der von der Dringlichkeit neuer Liebender erfüllt war und der ihm die Zustimmung gab, die er brauchte, um seinem Begehren nachzugeben. Er vergrub eine Hand in ihrem seidigen Haar, neigte ihren Kopf etwas nach hinten, damit sie ihren Mund noch weiter für ihn öffnen und er ihn vereinnahmen konnte – und oh Gott, wie er ihn vereinnahmte! Er küsste sie mit rücksichtsloser Ausgiebigkeit, kostete jeden Winkel ihres Mundes und saugte an ihrer Unterlippe, um dann wieder ihrer beider Lippen zu einem tiefen, leidenschaftlichen Kuss aufeinanderprallen zu lassen. Ihre Hände glitten durch sein Haar, über seinen Rücken und entsandten so heiße Schockwellen direkt bis in seine Lenden. Seine freie Hand bahnte sich ihren Weg südwärts, über ihren bloßen Oberschenkel, unter ihr Kleid, bis hin zu den Kurven ihrer Hüfte. Gott, sie fühlte sich so gut an, so weich, sie war köstlich und so verdammt verlockend, dass er gierig aufstöhnte, während er sie behutsam auf den Rücken legte. Bereitwillig ließ sie sich führen, zog ihn dann auf sich und wölbte sich ihm entgegen, um seine Erregung zu spüren.

»Du fühlst dich so gut an«, hauchte er zwischen zwei

Küssen.

Luft stieß heiß aus ihrer Lunge, als er an ihrem Hals knabberte und ihr Ohrläppchen in seinen Mund saugte, was ihr noch ein gieriges Stöhnen entlockte. Seine Hand glitt ihre süßen Kurven hinauf zu ihrer Brust, während er leichte Küsse auf ihrer Schulter verteilte.

Sein Daumen fuhr über ihre Brustwarze, die sich extrem verlockend aufrichtete. Ihre Augen waren geschlossen, die Lippen leicht geöffnet, und ihr Busen hob und senkte sich mit jedem Atemzug. Atemberaubend lag sie im Mondlicht unter ihm.

»Himmel, du bist so schön.«

»Küss mich«, flüsterte sie und legte ihre Hände fest in sein Kreuz.

Er verschloss ihren Mund mit seinem und presste seine Hüften an ihre, damit sie fühlen konnte, welche Wirkung sie auf ihn ausübte. Die Nachtluft flirrte um sie herum, während sie gleichermaßen gaben und nahmen. Jede einzelne Berührung ihrer Finger jagte Hitzeschläge durch seinen Körper. Sie umklammerte seinen Hintern, als er die Träger ihres Kleides hinabschob und ihre Brüste entblößte, die nun nur noch von einem hauchdünnen Seiden-BH bedeckt waren.

Er legte seine Stirn auf ihre und versuchte, die Kontrolle zurückzugewinnen, während er ihren göttlichen Duft einatmete. »Ich muss mehr von dir sehen, Leese, mehr von dir fühlen.«

Sie zog sein T-Shirt aus seiner Hose, und er beugte sich zurück, um ihren hungrigen Blick zu genießen.

»Das soll mir nur recht sein«, sagte sie mit einem verführerischen Grinsen.

Cole ging auf die Knie und riss sich eilig das T-Shirt vom Leib. Kaum war sein Oberkörper entblößt, waren auch schon ihre Hände auf ihm, berührten, ertasteten ihn, machten ihn rasend. Sie erhob sich von der Bank und ließ ihre Zunge über seine Brustwarze wandern, womit sie ihm ein weiteres Stöhnen entlockte.

»Leese«, warnte er sie, als sie nach dem Reißverschluss seiner Hose langte.

Die Luft zwischen ihnen pulsierte in einer Art Eigenleben.

»Bist du sicher?« Mehr als alles andere auf der Welt wollte er sie nackt unter sich spüren, ihre Körper so nah wie möglich wissen, aber alles war so schnell gegangen, dass sie langsamer machen und nachdenken sollte – zum Henker, er sollte auch langsamer machen und nachdenken, aber er wusste bereits, was er wollte.

Sein Blick wurde dunkel und sie sprach mit fester Stimme. »Ich bin siebenundzwanzig Jahre alt, Cole. Was in Zukunft mit meinem Leben geschieht, steht vielleicht in den Sternen, aber ich weiß, wen ich will, und ich will dich.« Ihr Blick fiel kurz auf den Anlegesteg. »Du hast gesagt, hierher kommt niemand, oder?«

»Keiner wird in unsere Nähe kommen, mein Engel, aber wir können nach drinnen gehen, wenn dir das lieber ist.« Er berührte ihre Lippen mit seinen und sie schloss die Augen für diesen zärtlichen Kuss. »Oder wir können aufhören. Ich möchte nicht, dass du irgendetwas bereust.«

»Ich mag den Mondschein und die kühle Brise auf unserer Haut.« Ihr Mund verzog sich zu einem verschmitzten Grinsen. »Und wenn du nicht vollkommen versaust, was wir gleich vorhaben, dann kann ich mir nicht vorstellen, warum ich auch nur eine einzige Sekunde mit dir bereuen sollte.«

»Oh, ich bin schon ziemlich versaut. Und frech und fordernd und forsch … was immer du möchtest, mein Engel, auf die bestmögliche Weise.«

Ihre Münder prallten in einem hitzigen Kuss aufeinander, und gleichzeitig versuchten sie, sich die Kleider vom Leib zu reißen. Schuhe fielen auf die Bootsdielen und Klamotten flogen durch die Luft, während ihre Lippen sich nur so lange trennten, wie sie ihr das Kleid über den Kopf zogen. Als sie – endlich nackt – beide nach Luft schnappten, legte Cole sie behutsam auf die Kissen unter sich, um dann einen Moment lang den Blick über jede einzelne ihrer Kurven bis hin zu den feuchten Locken zwischen ihren Beinen gleiten zu lassen. Sie streckte die Arme nach ihm aus, und er legte sich auf sie, fühlte, wie ihre Beine sich öffneten, um seine Hüften und kräftigen Oberschenkel zu begrüßen, während er noch einen tiefen Kuss von ihr einforderte. Sie bewegte drängend ihre Hüften. Er zog sich zurück und schaute ihr in die Augen, als er seine Hände mit ihren verschränkte und sie an seine Lippen zog, um jeden Handrücken sanft zu küssen, bevor er die Hände an ihre Seite legte.

Sein Mund erforschte ihre heiße Haut von ihren Lippen hin zu ihrem Kiefer, hinunter zu der Grube an ihrem Hals, die er mit leichten Küssen bedeckte. Er küsste sich an ihrem Schlüsselbein entlang bis zum Brustbein und ließ seine Zunge dann zwischen ihren Brüsten entlangfahren. Sie wölbte sich seinem Mund entgegen, und als sie nach ihm langte, verschränkte er wieder seine Hände mit ihren, um sie zurückzuhalten, während er seine Lippen um die Spitze ihrer Brustwarze legte.

»Oh Gott, Cole!«, sagte sie zittrig und hob ihre Hüften seiner erwartungsvollen Erektion entgegen.

Er saugte an der festen Spitze und drückte den empfindlichen Knubbel an seinen Gaumen. Er ließ eine ihrer

Hände los und glitt mit seiner Handfläche an ihrer Taille hinunter und dann über ihre Hüfte, um sie dort festzuhalten und in die Kissen zu drücken, während er seine Erektion an ihr rieb, ihre Feuchte an seinen Hoden spürte und mit einer Symphonie lustvollen Stöhnens belohnt wurde. Ihre verschränkten Finger lagen neben ihrem Kopf, ihre Fingernägel gruben sich in seinen Handrücken.

»Cole, ich brauche mehr«, bettelte sie.

Ihre Oberschenkel drückten gegen seine Hüften, als er an ihrem Körper nach unten wanderte, jeden einzelnen Zentimeter ihrer heißen Haut kostete, ihre Rippen küsste, ihren Bauch, die süße Mitte ihres Bauchnabels, während sie sich bettelnd unter ihm wand. Er hatte nicht die Absicht, sich zu beeilen. Leesa zu hören, ihr sexy Flehen zu hören, ihr Begehren zu riechen, war zu berauschend, um es zu überstürzen. Er küsste die Innenseiten ihrer Oberschenkel und neckte ihre feuchte Mitte, als er sie mit dem Mund erreichte. Sie sog heftig Luft ein und ließ ihre Hüften kreisen, um jedem einzelnen Schlag seiner Zunge zu begegnen. Sie schmeckte süß und heiß und so verdammt gut, dass er sich genau dort am liebsten für ewig niedergelassen hätte, um ihr Lust zu bereiten und zu spüren, wie sie bei seiner Berührung erbebte.

»Oh … Gott.« Ihre Hände umklammerten seine Schulter, ihre Nägel gruben sich in seine Haut, während sich ihre Oberschenkel anspannten und sie gegen seinen Mund zerbarst. »Cole –«

Er blieb dort, genoss das letzte Pulsieren, bis ihr Höhepunkt ganz durch ihren Körper gebebt war. Erst dann kam er nach oben und forderte sie mit einem besitzergreifenden Kuss ein. Er hielt sie fest, bis sich ihre Atmung wieder beruhigt hatte und ihre Küsse zärtlich wurden.

»Kondom«, flüsterte er gegen ihre Lippen. Er suchte mit den Augen das Bootsdeck nach seiner Hose ab. Als er sie gut einen Meter entfernt entdeckte, stöhnte er auf, denn er wollte Leesa keine Sekunde verlassen. Der Gedanke an das, was sie durchgemacht hatte, und daran, wie kurz das Ende ihrer letzten Beziehung erst zurücklag, schoss ihm durch den Kopf. Er wollte nicht, dass sie etwas überstürzte. Sie war das Warten weiß Gott wert. »Leesa, bist du sicher, dass du weitermachen willst? Wir können auch noch warten.«

Sie drückte die Hand auf seine Wange, ihre grünen Augen waren so sanft wie ein Streicheln. »Ich will es, Cole. Ich will dich.«

Er zog seine Hose herbei, fischte ein Kondom aus seinem Portemonnaie und riss es mit den Zähnen auf. Sie half ihm, es abzurollen, legte sich dann wieder zurück auf die Kissen, langte mit den Händen nach ihm und öffnete die Knie, während er sich über sie schob und in ihrem Blick zu erkennen versuchte, ob sie immer noch das Gleiche wie er im Sinn hatte.

Sie lächelte zu ihm hinauf. »Mir geht es gut. Ehrlich.«

Als sich ihre Körper vereinten, trafen auch ihre Münder wieder aufeinander. Langsam bewegten sie sich zunächst, suchten nach ihrem Rhythmus.

»So eng«, sagte er zwischen Küssen. »So gut.«

Sie weich an sich gedrückt zu spüren, ihre Beine um seine Taille geschlungen und ihr heißer, hungriger Mund, der jeden seiner Zungenschläge erwiderte, war zu viel. Er musste ihr Tempo verlangsamen, um die Kontrolle zurückzuerlangen. Es war zu lange her, dass er mit einer Frau intim gewesen war. Zwischen der Arbeit und der Familie war das Daten auf der Strecke geblieben, und jetzt wollte er Leesa einfach nur immer wieder Lust bereiten, bis sie sich kaum noch bewegen konnte.

Er wollte, dass dieser Augenblick ein Leben lang anhielt. Der Gedanke überraschte ihn, aber während sie küssten und streichelten, ihre Körper nass von Schweiß, während ihre Hände über heiße Haut strichen, jeden einzelnen erreichbaren Zentimeter verinnerlichten, berührten, umklammerten, wusste er, dass es die Wahrheit war.

Und als er auf die Frau unter ihm blickte, die so vertrauensvoll, so in ihm – *in sie beide* – verloren war, und ihre Augen sich endlich öffneten, waren sie voller Emotionen, so wie seine sicherlich auch. Er kippte sein Becken, stieß tiefer in sie und wurde schneller, denn er musste sehen, wie sie noch einmal für ihn erbebte. Sie kam mit aller Heftigkeit, ihre Hüften stießen in die Höhe, ihre Finger gruben sich in seine Haut und sein Name flog wie ein Flehen von ihren Lippen.

Ihr Körper zitterte und vibrierte, während sie nach Luft schnappte und er die Lippen auf ihre legte, um für sie zu atmen. Die letzte Welle durchfuhr sie und ihr Körper wurde weich. Sie küssten sich, während die kühle Luft über ihr erhitztes Fleisch strich. Das Gefühl, eins zu sein, überkam ihn, die Grenzen zwischen ihnen verschwammen.

»Spürst du das?«, fragte er leise.

»Ich spüre alles«, antwortete sie.

Er verschloss ihren Mund wieder mit seinem, denn er konnte sich keinen Moment lang zurückhalten. Hart stieß er in sie, vergrub sich tief in ihr, wieder und wieder, während er sie immer weiter in die Höhen trieb, höher und höher. Als sie die Augen zukniff und sich ihr Körper wie ein Schraubstock um seinen harten Schaft schloss, folgte er ihr nicht nur auf den Gipfel, sondern sprang mit ihr, kraftvoll und schnell und mit jeder Faser seines Herzens.

Zehn

Lange lagen sie noch im Mondschein beieinander, die Körper ineinander verschlungen, und redeten über alles und nichts – bis Leesas Magen so laut knurrte, dass sie sich verlegen an ihn kuschelte.

»Ich denke, das ist ein Zeichen«, sagte er, zog eine Decke unter einer der Bänke hervor und breitete sie über ihr aus. »Ich werde mal …« Er schaute zu dem Kondom, das auf dem Decksboden lag.

»Okay.«

Er küsste sie sanft, bevor er im Boot verschwand. Sie war nicht sicher, ob sie zehn oder hundert Minuten so beieinandergelegen hatten, aber in dieser Zeit hatte sie sich keine Sekunde lang verlegen oder unwohl gefühlt, und Reue war überhaupt nicht auf ihrem Gefühlsradar. Wenn überhaupt, war sie überrascht, wie entspannt sie in seiner Gegenwart war. Sogar mit Chris war sie nach dem Sex immer gleich aus dem Bett gesprungen, um sich zu waschen und anzuziehen. Aber so, wie Cole ihren Körper anbetete, hatte er ihr das Gefühl gegeben, schön und begehrt zu sein.

Er schien ebenso unbefangen in ihrer Gegenwart zu sein, aber Männer fühlten sich nackt ohnehin meist viel wohler als

Frauen, oder? Die Männer, mit denen sie geschlafen hatte, konnte sie an einer Hand abzählen, aber keiner von ihnen schien sich darum Sorgen zu machen, nackt gesehen zu werden.

Sie kuschelte sich in die Kissen und wusste, dass sie am nächsten Tag auf herrliche Weise wund sein würde. Es überraschte sie, wie sehr sie mit ihm hatte schlafen wollen. Sex hatte sich noch nie so gut angefühlt wie mit Cole. Mit Chris war es sogar so gewesen, dass sie nie einen Orgasmus erlebt hatte, ohne selbst nachgeholfen zu haben. Sie lächelte in sich hinein und schloss die Augen. Wenn sie sich konzentrierte, konnte sie noch Coles Gewicht auf sich spüren, sein verführerisches Gemurmel hören. Das hier konnte einfach nicht wahr sein. Männer wie Cole Braden gab es nicht als Single, oder? In so einem kleinen, ruhigen Ort wie Peaceful Harbor? Sie hatte das Gefühl, in der Stadt der Schönen mit lauter heißen und loyalen Bradens gelandet zu sein.

»Ein ganz schön verdorbenes Lächeln legst du da an den Tag.«

Sie riss die Augen auf und verkniff sich ein Lachen. *Wenn du wüsstest!*

Nur mit einer Jeans bekleidet stand Cole da. Gut eins neunzig, komplett mit harten Muskeln, großen Händen und einem begabten Mund – an die beachtliche Männlichkeit zwischen seinen Beinen und die Lust, die er ihr damit bereitet hatte, wagte sie gar nicht zu denken. Und diese Augen! Nie hatte sie einen Mann mit ausdrucksvolleren Augen gesehen. Sie waren immer fokussiert und wach. Selbst mitten im Orgasmus war sein Blick durchdringend, intensiv und irgendwie auch voller Wärme gewesen.

Er griff nach ihrer Hand und zog sie zu sich heran. Sein Körper war warm und fest, und in seiner Umarmung fühlte sie sich sicher. Er küsste sie, und sie erahnte nun schon die Bewegungen seiner Lippen, seine Hand, die unter ihre Haare glitt, und dieses sexy gestöhnte Seufzen, das so verdammt männlich war, dass es ihren Körper vom Kopf bis zu den Füßen vor Begehren zum Prickeln brachte.

Als er sich zurückzog, stellte sie sich auf die Zehenspitzen und drückte ihre Lippen noch einmal auf seine.

»Du solltest deinen Mund patentieren lassen«, sagte sie.

Er lachte und zog sie – was fast nicht möglich war – noch näher an sich heran. »Tatsächlich?«

»Tatsächlich!«, versicherte sie ihm. »Und auch gleich versichern. Solch umwerfende Lippen habe ich noch nie kosten dürfen und von deiner irrsinnigen Zunge wollen wir lieber gar nicht erst reden.«

Er küsste sie noch einmal. »Ich mag dich, Annalise Avalon. Sehr, verdammt noch mal.«

»Das ist gut, wenn man bedenkt, dass du gerade jeden einzelnen Zentimeter von mir ziemlich gut kennengelernt hast.«

»Apropos. Wir sollten uns fertig machen. Deinen Magen habe ich schon knurren gehört, bevor du mich verführt hast, und ich würde dich nur ungern in dem Glauben lassen, dass du mich nur zum Sex benutzen kannst.«

»Ach, tatsächlich?« Sie lachte über seinen Scherz und folgte ihm die wenigen Stufen hinab ins Boot. Ihr stockte der Atem angesichts der eleganten Einrichtung. Der Boden sah aus, als wäre er aus edlem Holz, die Sofas waren grau-weiß, mit blauen und hellbraunen Zierkissen. Fotos von Coles Familie hingen an der Wand, ein kleiner Esstisch stand in der Mitte und zu ihrer Linken befand sich eine komplette Küche.

»Das ist ja wie eine richtige Wohnung«, staunte sie. »Ich hatte ja keine Ahnung, dass es so luxuriös ist.«

»Alles nur eine Illusion.« Er nahm ihre Hand und führte sie in ein Schlafzimmer mit einem breiten, einladenden Bett und einem Badezimmer, das – wenn auch etwas eng – so elegant war, dass es in einem Hotel hätte sein können.

»Wow, Cole, ich hab das Gefühl, du spielst in einer ganz anderen Liga.« Mit der Hand fuhr sie über das glänzende Waschbecken.

»Andere Liga? Weil ich ein Boot habe?« Er hob eine Augenbraue, Belustigung spiegelte sich in seinem Blick.

»Jacht, meinst du wohl.« Ihr Blick wanderte über die vornehme Bettdecke und die teuer aussehenden Kissen, hinüber zu einem zweistufigen Regal voller Medizin- und Bootsbücher.

»Boot.« Er legte die Arme von hinten um ihre Taille und kuschelte sich an ihren Hals. »Du kommst mir jetzt aber nicht so, oder? Das hier war das Boot meines Großvaters. Er hat es gut zehn Jahre vor seinem Tod verkauft, und als ich genug Geld hatte, habe ich es bei einem Typen auf Cape Cod ausfindig gemacht und es ihm abgekauft. Ein Kumpel von mir, Pete Lacroux, hat es dann dort für mich überholt. Für mich ist es das Boot, mit dem mein Großvater mit uns rausgefahren ist. Das Boot, auf dem ich das Angeln gelernt habe. Nichts Vornehmes.« Er zuckte mit den Schultern und sie drehte sich in seinen Armen zu ihm um.

»Gerade noch habe ich mir Sorgen gemacht, du hättest eine verborgene protzige Seite, da offenbarst du mir das Wundervollste, Sentimentalste, was ein Mensch tun kann.«

»Ach was. Wie ich sagte, alles Gute hat immer auch eine schlechte Seite. Ich hab es nicht perfekt vollendet. Das hätte alles viel eleganter sein können. Wenn ich die netten Annehmlichkeiten nicht so mögen würde, hätte ich es wahrscheinlich ganz so wiederherrichten lassen, wie es zu Zeiten meines Großvaters war.«

Sie lächelte angesichts seines Geständnisses. »Wenn das alles ist, was du in der Kategorie ›schlecht‹ zu bieten hast, dann ist das verdammt gut.«

»Gut genug, um dir unter der Dusche Gesellschaft zu leisten?« Er hob wieder die Augenbrauen und sah dabei sexy, verdammt gut und unglaublich verführerisch aus.

»Nicht, wenn du heute Abend noch von hier wegkommen willst.« Sie verpasste ihm einen leichten Schlag auf die Brust, um ihn aus dem Badezimmer zu jagen, und schickte ihm einen Luftkuss hinterher.

Allein im Badezimmer lehnte Leesa sich gegen das Waschbecken und betrachtete ihr Spiegelbild. Hatte sie sich tatsächlich diesem Mann bei ihrem ersten Date hingegeben? Drei Wochen hatte sie gewartet, bis sie das erste Mal mit Chris geschlafen hatte, und mit den Männern vor ihm war sie einer Drei-Dates-Regel gefolgt. Sie war mit den Männern immer drei Mal ausgegangen, bevor sie das erste Mal mit ihnen geschlafen hatte, denn im Laufe des dritten Dates wusste sie für gewöhnlich genau, ob sie ihn wiedersehen wollte oder nicht. Aber *ein* Date? *Eines!* Damit beförderte sie sich eindeutig in die Kategorie »leicht zu haben«.

Aber Himmel noch mal! Konnte irgendeine Frau Cole widerstehen? Er war romantisch und charmant und … Mit keinen Worten vermochte sie zu beschreiben, was sie über ihn dachte. Sie konnte nur beschreiben, was sie fühlte, wenn sie mit ihm zusammen war: dass endlich alles *richtig* war.

Sie stellte die Dusche an und trat unter den warmen Strahl. Als sie sich einseifte und dann abduschte, ließ sie ihre Finger auf ihren Hüften verweilen, und der Gedanke, wie sehr Cole diese Kurven zu genießen schien, ging ihr durch den Kopf. Immer legte er eine Hand auf ihre Hüften. Sie fühlte sich nicht »leicht zu haben« oder wie eine Schlampe. Sie fühlte sich ... *glücklich*.

Sie benutzte ein flauschiges Handtuch, um sich abzutrocknen, vergrub die Nase darin und atmete tief ein. Wenn *richtig* ein Duft war, dann waren Cole, dieses Handtuch und dieses Boot, auf dem sie sich gerade geliebt hatten, dieser Duft. Sie wusste, dass sie vorsichtig mit ihren Gefühlen sein musste, aber wie sollte sie, wenn sie sich so gut fühlte?

Ihr wurde klar, dass sie ihre Kleidung oben auf dem Deck gelassen hatte. Großartig, jetzt musste sie mit dem Handtuch da hinaus gehen. Sie wickelte sich darin ein und öffnete die Badezimmertür. Ihre Kleidung lag ordentlich in einem Stapel zusammengelegt auf dem Bett. Ihre Sandalen standen auf dem Boden. Berührt von seiner Aufmerksamkeit zog sie sich an und hing ihr Handtuch auf, um sich dann auf die Suche nach dem Mann zu machen, der nach und nach die Mauer einriss, die sie um sich herum aufgebaut hatte.

Sie hörte seine Stimme, noch bevor sie ihn an Deck mit dem Handy am Ohr auf und ab gehen sah. Mit einer Hand rieb er sich den Nacken. Ihre Hände zuckten vor Drang, ihm die Anspannung wegzumassieren, aber sie blieb, wo sie war, um ihn ungestört telefonieren zu lassen.

Er drehte sich um, und ein Lächeln breitete sich auf seinem Gesicht aus, als er sie erblickte.

»Hey, Rush, ich muss Schluss machen. Das Letzte, worum du dir Sorgen machen musst, ist mein Terminkalender. Okay.« Er schwieg kurz, und ging dann mit ausgestreckter Hand auf Leesa zu. »Wir sehen uns, Kumpel.«

Seine Hand legte sich um ihre Hüfte, während er das Handy in seine Tasche steckte. »Tut mir leid. Ging um die Arbeit.«

»Das ist schon in Ordnung. Wahrscheinlich sollte ich dich wieder zurück an –«

»Es gibt nichts, zu dem ich zurückkommen möchte, außer zu dem Essen mit dir.« Er drückte die Lippen auf ihre und ihr Körper schmolz ihm entgegen.

»Mein Freund Rush Remington hat mir gerade von einer Patientin erzählt, die er am Montag zu mir schickt.« Er zog sein T-Shirt und die Schuhe an, und half Leesa dann auf den Anlegesteg. »Rush ist olympischer Skiläufer, und die Tochter eines Freundes nimmt an den Ausscheidungswettkämpfen des olympischen Turnerteams teil. Sie hat sich am Rücken verletzt, und er möchte, dass ich sie begutachte.«

»Oh, das ist grauenvoll. Sportverletzungen sind ja ohnehin schon schlimm, aber ich kann mir vorstellen, dass es auf dem Niveau um alles geht.« Als sie den Anlegesteg verließen und zurück in Richtung Stadt gingen, fragte sie sich, wie lange sie überhaupt auf seinem Boot gewesen waren. Sie war nicht müde, aber auf den Straßen war nicht mehr viel los und der Jachthafen war nahezu verlassen, was bedeutete, dass sie eine ganze Weile dort gewesen sein mussten. Sie konnte nicht fassen, dass sie ihre Bekanntschaft in so kurzer Zeit, innerhalb von nur wenigen Stunden, zu einer so ernsthaften Beziehung gemacht hatten.

»Ja, das stimmt. Aber ich möchte nicht über die Arbeit reden.« Er legte den Arm um ihre Schultern und küsste sie erneut.

Er ließ den Blick über die Umgebung schweifen. Sein starker Kiefer war durch die nachwachsenden Stoppel nun dunkler, was ihm ein kantigeres Äußeres verlieh. Er schaute zu ihr, während sie weitergingen, und wieder wurden seine Gesichtszüge durch ein Lächeln weicher.

»Du starrst gleich wirklich ein Loch in mich.«

»Ich versuche nur herauszufinden, warum ich das gemacht habe. Wie du diese sorgfältig aufgebaute Box durchbrochen hast, in der ich eine gefühlte Ewigkeit gelebt habe.«

Er hielt an der Ecke an und stellte sich mit ernstem Blick vor ihr auf. »Bereust du, dass wir uns so nahegekommen sind?«

»Nein.« Bereuen war nicht das richtige Wort. Sie war froh, dass sie sich nahegekommen waren, und es fühlte sich gut an, jetzt mit ihm zusammen zu sein, eben das kam ihr ja seltsam vor. Sie war sich sehr bewusst darüber, *wie* wohl sie sich mit ihm fühlte.

»Aber findest du es nicht auch ein bisschen seltsam?« Plötzlich schoss ihr ein Gedanke durch den Kopf. Vielleicht machte er das ständig. Vielleicht fühlte es sich für ihn nicht seltsam an – und auch für sonst niemanden. Die Leute schliefen doch ständig beim ersten Date miteinander, oder etwa nicht? Oder doch? Sie hatte sich nie darum gekümmert, was andere in ihrem Liebesleben anstellten, aber sie fragte sich nun schon, ob sie etwas hinterherhinkte, nachdem sie schon so lange nicht mehr in der Dating-Szene unterwegs gewesen war.

»Was genau?«, wollte er wissen und trat so nah an sie heran, dass sie sich nur auf die Zehenspitzen zu stellen brauchte, damit ihre Lippen sich berührten. »Die Tatsache, dass wir uns bei unserem ersten Date so nahegekommen sind, oder die Tatsache, dass ich hoffe, der Abend heute würde nie enden, und insgeheim überlege, wie ich es hinkriege, dass du morgen früh in meinen Armen aufwachst?«

»Cole«, flüsterte sie. Was sollte eine Frau antworten, wenn ein Mann etwas so romantisch Schönes sagte, dass sie es am liebsten mit einer hübschen Schleife verzieren und ins Regal stellen würde, damit sie es sich ihr Leben lang Millionen Male ansehen konnte? *Ich möchte auch mit dir nach Hause gehen, aber ich habe zu große Angst vor dem, was morgen ist? Oder nächste Woche? Oder nächsten Monat? Ich sollte mir den heutigen Abend bewahren und wegrennen, ihn für immer erhalten und dich zu einer anderen Frau ohne befleckte Vergangenheit weiterziehen lassen?*

Mit dem Zeigefinger hob er ihr Kinn an und lächelte wieder. Wusste er, dass sein Lächeln ihr Innerstes in Aufruhr versetzte? Konnte er es in ihren Augen sehen? Wenn ja, störte es ihn oder betörte es ihn?

»Ich wollte dich nicht in Verlegenheit bringen.«

Es wäre einfach, mit Cole nach Hause zu gehen, in seinen Armen aufzuwachen und so zu tun, als würde er – entwickelte sich ihre Vergangenheit zum Stadtgespräch – wirklich hinter ihr stehen. Aber das konnte sie von niemandem erwarten, egal was er sagte. Zu ihrer eigenen Sicherheit musste sie sich die Stärke und die harte Schale bewahren, die sie sich zugelegt hatte, bevor sie nach Peaceful Harbor gekommen war.

Statt ihm zu antworten, ging sie schweigend und lächelnd neben ihm her die stille Straße entlang, vorbei an Chelsea's Boutique, Jazzy Joe's Café und einigen anderen dunklen, geschlossenen Geschäften. In der Ferne bellte ein Hund und gelegentlich fuhr ein Auto vorbei. Als sie wieder in die Nähe der Bar kamen, erinnerte sie sich an die Szene mit Kenna, und ihr Magen zog sich zusammen. Sie versuchte, sich davon zu überzeugen, dass sie keine Eifersucht verspürte, sondern eine normale Reaktion, die jeder hätte, wenn der Kerl, mit dem man ausging, von einer anderen Frau geküsst wurde.

Ja, und genau das nennt man Eifersucht.

Sie versuchte, sich von diesem unvertrauten Gefühl abzulenken. »Erzähl mir von deinen Brüdern. Ich weiß, dass Nate das Restaurant hat, und Sam hat das Rafting-Unternehmen, richtig?«

»Ja«, sagte er, als sie die Straße überquerten und über den Parkplatz des Tap It gingen. »Er verleiht Boote, aber er nimmt auch Leute mit auf Wildnisexkursionen. Das ist schon ziemlich cool. Wenn Ty in der Stadt ist, verbringt er viel Zeit mit Sammy.«

»Rafting hab ich noch nie ausprobiert. Macht bestimmt Spaß.«

»Wirklich? Noch nie?« Seine Augenbrauen zogen sich zusammen.

»Towson ist nicht gerade eine Fluss-Stadt«, sagte sie. »Wir haben den Hafen in der Nähe, aber neben der Vollzeitarbeit in der Schule blieb nicht viel Zeit für andere Sachen. Ich hatte gehofft, ein paar nette Sachen zu machen, wenn ich in meinem Beruf erstmal Fuß gefasst hätte, aber dann war ich mit Chris zusammen und ... *das Leben* kam dann irgendwie dazwischen.«

»Was, außer Rafting, hattest du gehofft, machen zu können?« Er blieb unter einer Laterne vor dem Restaurant stehen.

»Na ja, Rafting war nicht auf meiner Liste, aber es ist bestimmt toll. Die Dinge, die ich machen wollte, klingen wahrscheinlich albern, weil sie nicht besonders ausgefallen sind. Manches habe ich nicht mehr gemacht, seit ich ein Kind war, wie zum Beispiel einen Berg erklimmen und picknicken. Dann gibt es Dinge, die ich einfach noch nie gemacht habe, zum Beispiel auf ein Open-Air-Konzert gehen.«

»Es muss aber doch Open-Air-Konzerte in Towson geben!«

»Ja, aber ich war nie auf einem. Ach, und eines Tages will ich noch Gitarre spielen lernen.«

»Gitarre!« Er schüttelte den Kopf. »Im Ernst?«

»Ja!«, lachte sie. »Siehst du? Meine Wunschliste ist langweilig, oder?«

»Überhaupt nicht. Zufälligerweise spiele ich ziemlich gut

Gitarre, und ich würde es dir gern beibringen.«

»Klar, natürlich. Gibt es irgendwas, das du nicht machst?«

Er lachte. »Ja. Ich lüge, betrüge und stehle nicht.«

Sie verdrehte die Augen und fragte sich, wann wohl die Schattenseiten von Cole ans Tageslicht kämen.

»Meine Mom bestand darauf, dass wir alle ein Instrument lernten, als wir noch Kinder waren. Wahrscheinlich, damit wir nicht in Schwierigkeiten gerieten. Auf alle Fälle spiele ich ziemlich gut Gitarre. Und ich würde es dir wirklich sehr gern beibringen.«

Seine Mom. Er hatte so eine gute Erziehung genossen. Vielleicht gab es gar keine Schattenseiten. Sie hatte das Ergebnis der Bemühungen der Eltern bei fünf ihrer sechs Kinder gesehen, und sie hatte das Gefühl, das größte Glückskind auf Erden zu sein.

»Das wäre toll. Gibt es irgendwas, das du immer mal machen wolltest und nie geschafft hast?«

Er zog sie näher an sich heran und sagte: »Es gibt eine Menge Dinge, die ich noch schaffen möchte.« Er senkte seine Lippen – nur einen Atemzug waren sie von ihren entfernt – und sagte: »Ich habe dich noch nie genau hier im Mondschein geküsst, vor diesem Restaurant, nachdem ich dich auf meinem Boot geliebt habe.« Seine Lippen legten sich zu einem sinnlichen, verträumten Kuss auf ihre und ließen sie atemlos zurück. »Jetzt habe ich es.«

Als sie das Restaurant betraten, fragte Cole: »Hast du irgendwelche Pläne für morgen?«

Ihr Puls geriet hoffnungsvoll ins Stolpern. »Ich arbeite bis sieben im Mr. B.«

»Kannst du mich für halb acht einplanen?«

Nichts lieber als das.

Elf

Montags ging es in Coles Praxis immer verrückt zu, und er hatte Patiententermine verlegen und einen Patienten in seiner Mittagspause drannehmen müssen, um anschließend Zeit für Elsie Hood, Rushs Turnerin, zu haben. Lange zu arbeiten oder sich viel Zeit für Patienten zu nehmen machte ihm nichts aus, die Zeit mit den Patienten war sogar etwas, mit dem er nie knauserte. Aber heute Abend hatte er eine Verabredung mit Leesa, und das veränderte alles. Er schaute auf die Uhr und hoffte, dass er bis um sechs aus der Praxis heraus war.

Shannon hatte ihn im Laufe des Tages angerufen und ihm erzählt, wie schön sie es fand, Leesa kennengelernt zu haben – und um Einzelheiten über ihr Date aus ihm herauszubekommen. Er hatte die Chance ergriffen und sie engagiert, um ihm bei einer Überraschung für Leesa behilflich zu sein. Er lächelte in sich hinein, als er daran dachte, dass er keine einzige Einzelheit über ihr Date hatte berichten müssen. Seine Schwester hatte – wie sie sagte – die Freude aus seiner Stimme herausgehört.

Als er jetzt zu einem Untersuchungszimmer ging, um seine neueste Patientin kennenzulernen, vibrierte sein Körper allein bei dem Gedanken daran, Leesa wiederzusehen.

Aus einem anderen Untersuchungszimmer kam Jon in seinem weißen Laborkittel. Er steckte eine Patientenakte in den Halter neben der Tür. »Du solltest lieber dieses zufriedene Nach-dem-Sex-Grinsen aus deinem Gesicht wischen, bevor du da hineingehst«, feixte er.

Cole rieb sich über den Mund und versuchte, sein Pokerface aufzusetzen. Er versagte auf ganzer Linie. Das zufriedene Grinsen blieb.

»So habe ich dich noch nie gesehen«, meinte Jon mit einem amüsierten Blick.

»So habe ich mich auch noch nie gefühlt.«

»Siehst du sie heute Abend wieder?« Jon schaute auf, als eine Arzthelferin aus einem Raum kam. Sie zeigte auf die Tür, um Jon mitzuteilen, dass ein Patient wartete. Er hielt einen Finger in die Höhe, während Cole antwortete.

»Das hoffe ich. Du kannst dich also am besten gleich an den Blick gewöhnen.« Cole langte nach dem Türgriff.

Eine Stunde später hatte Cole Elsie Hood untersucht, eine selbstbewusste, entschlossene fünfzehnjährige Turnerin mit dem unausstehlichsten Vater und der stillsten Mutter, denen Cole je begegnet war. Er saß Ann und Martin Hood gegenüber, lächelte nicht mehr und dachte auch nicht mehr an Leesa, sondern war voll und ganz auf das Wohlergehen seiner neuen Patientin konzentriert.

Martin war ein dürrer, winziger Mann, der wahrscheinlich in seinem ganzen Leben keinen Sport betrieben hatte. Er hatte eine nasale Stimme, rattengleiche Knopfaugen und klammerte seine Hände permanent um die Armlehnen des Stuhls, auf dem er zwischen Frau und Tochter saß. »Wenn die Tests ergeben, dass diese Spondo…«

»Spondylolyse, also eine Schädigung des Wirbels. In Elsies

Fall«, erklärte Cole, »denke ich, liegt eine Fraktur in der Pars interarticularis des Wirbelbogens vor. Aber wir brauchen Röntgenbilder und einen Knochenscan, um die Diagnose zu bestätigen.«

Elsie hatte die gleichen grünen Augen und feuerroten Haare wie ihre Mutter. Sommersprossen besprenkelten ihre Nase und die Wangen, und Cole bemerkte, dass sie die ganze Zeit noch kein einziges Mal ihren Vater angesehen hatte. Selbst wenn der Vater mit ihr sprach, hielt sie den Blick auf die Mutter gerichtet, oder auf Cole oder auf ihren Schoß, was aus Coles Sicht seine größte Sorge bestätigte. Entweder hatte sie Angst vor ihrem Vater oder sie befürchtete, ihn zu enttäuschen. Das hatte er hunderte Male bei jungen Sportlern mit allzu fordernden Eltern gesehen. Sie richteten sich entweder total an ihren Eltern aus, hielten zu lange Augenkontakt, verkrampften sich unter ihren abschätzenden Blicken oder sprachen mit einer Kälte mit ihnen, die es zwischen liebenden Eltern und ihren Kindern nie geben sollte. Cole hatte in der Hinsicht Glück gehabt. Sein Vater hatte den Sport nicht halb so ernst genommen wie er selbst. Seine eigene Entschlossenheit und sein Wille hatten ihn dazu getrieben, den All-Star-Status zu erreichen, und ein fordernder Trainer hatte sein zwanghaftes Bedürfnis angefeuert, der Beste zu sein. Der richtige Trainer hätte ihm dabei geholfen, eine gewisse Gelassenheit zu lernen. Weiß Gott, seine Eltern hatten es immer wieder versucht. Aber Cole war ein dickköpfiger Teenager gewesen, und genau wie in der Medizin war er entschlossen gewesen, der Beste zu sein, und daher hatte er weder seinem Trainer noch seinen Eltern offenbart, wie schwer er sich verletzt hatte, bis es zu spät war.

Als er jetzt den besorgten Blick in Elsies Augen sah, fragte er sich, ob sie die Schmerzen schon länger hatte, als sie zugab.

Immer wenn er sie danach gefragt hatte, hatten ihre Eltern für sie geantwortet. Die Untersuchungen würden die Wahrheit ans Licht bringen, und er hoffte zum Teufel noch mal, dass er sich irrte.

»Und die Behandlung?«, fragte Ann.

»Wird davon abhängen, was die Untersuchungen ergeben, aber wenn Elsie die Schmerzen erst seit Kurzem hat und wenn es in der Tat eine Spondylolyse ist, dann versuchen wir es einige Wochen mit einer Trainingspause und Entzündungshemmern. Bei vielen Kindern in Elsies Alter reicht das aus, um eine Heilung der Knochen zu erreichen.«

»Trainingspause?«, fuhr Martin ihn an. »Sie nimmt an den Ausscheidungswettkämpfen für die Olympischen Spiele teil. Da kann sie jetzt nicht ein paar Wochen freimachen.«

Cole verdrängte seine Verachtung für Eltern, die die Gesundheit ihrer Kinder allem anderen unterordneten, und setzte einen möglichst professionellen Gesichtsausdruck auf. »Ja, Mr. Hood, ich weiß, dass sie an diesen Wettkämpfen teilnimmt, und das ist eine großartige Leistung.« Er lächelte Elsie an und sagte: »Du kannst sehr stolz auf dich sein, Elsie. Nicht viele Erwachsene haben diese Entschlossenheit und den Willen, die du in diesem jungen Alter an den Tag legst.«

»Danke, Dr. Braden«, gab sie mit einem stolzen Lächeln zurück. Cole ließ den Blick hin und her wandern, um deutlich zu machen, dass sowohl Elsie als auch beide Elternteile einbezogen waren. »Wir werden mehr wissen, sobald wir die Ergebnisse haben, aber es ist wichtig, dass Sie sich schon jetzt Gedanken über die Behandlungsmöglichkeiten machen. Sollte eine Fraktur bestehen und sollte die nicht die angemessene Zeit für eine Heilung zugestanden bekommen, dann kann sich der Spalt in der Pars interarticularis vergrößern, und wenn das passiert, verschiebt sich der Wirbel nach vorne. Das wäre dann eine sogenannte Spondylolisthesis. In den meisten Fällen ist hier der fünfte Lendenwirbel betroffen, direkt über dem Teil des Beckenknochens, der Sakrum genannt wird. Unbehandelt kann das natürlich dazu führen, dass der Wirbelkörper auf einen Nerv drückt und so noch stärkere Schmerzen entstehen.«

»Und was dann?«, wollte Ann mit angsterfüllter Stimme wissen.

Cole wollte mit diesen Eltern nicht in eine Was-wäre-wenn-Diskussion einsteigen, auch wenn er hoffte, dass ein wenig Angst Elsies Vater dazu bringen könnte, nicht an die Olympischen Spiele zu denken, sondern sich auf die Gesundheit seiner Tochter zu konzentrieren. Er zügelte sich in seiner Antwort so weit, dass er einen guten Mittelweg zwischen Angst und Realität wählte.

»Hoffentlich haben wir es früh genug entdeckt, sodass Ruhe und Entzündungshemmer, und falls nötig auch ein Korsett zur Stabilisierung, das Problem beheben können und wir nicht über den Rest nachdenken müssen.«

»Ein Korsett?« Martin rutsche auf seinem Stuhl nach vorne und senkte die Stimme. »Darf ich Sie noch einmal daran erinnern, Dr. Braden, dass sie an den Ausscheidungswettkämpfen für die Olympischen Spiele teilnimmt.«

»Ja, danke, aber ich kann Ihnen versichern, Mr. Hood, dass ich Elsies Leistung nicht vergessen habe. Sie und Ihre Familie müssen jedoch verstehen, dass, sollte es sich um eine Fraktur in der Pars interarticularis handeln und nicht richtig auskuriert werden – also so, dass Knochen auf Knochen zusammenwächst –, die Wirbelsäule ohne Operation nie wieder richtig stabil sein wird. Ihre Tochter könnte ein Leben lang Probleme haben, wenn jetzt nicht die richtige Diagnose gestellt und die entsprechende Behandlung durchgeführt wird.« Cole hatte bereits sowohl Eltern als auch Patienten gesehen, die vor Behandlungen Angst hatten und daher nicht zu weiteren Untersuchungen oder Folgeterminen erschienen waren. Er wandte sich Elsie zu und fragte sie erneut: »Wie lang hast du schon Schmerzen?«

»Zwei Wochen«, antwortete Martin, bevor seine Tochter etwas sagen konnte.

Coles Aufgabe als Arzt lag darin, den Patienten zu behandeln, und er bewegte sich auf einem schmalen Grat bei dem Versuch, seine Grenzen nicht zu überschreiten, wenn Eltern im Spiel waren. Er respektierte diese Grenzen und versuchte es ein letztes Mal.

»Zwei Wochen? Stimmt das, Elsie? Erzähl mir doch bitte noch einmal, was du gerade getan hast, als du den Schmerz zum ersten Mal wahrgenommen hast.«

Ihr Blick huschte nervös zwischen ihren Eltern und Cole hin und her. »Das war an einem Abend nach dem Training. Ich hab mich umgedreht, um etwas aufzuheben, und dann tat es plötzlich sehr weh.«

Die Tatsache, dass sie es vermied, auf den Zeitpunkt ihrer ersten Symptome einzugehen, entging Cole nicht, aber er würde nicht weiter nachhaken. Er wusste bereits, dass sie die klassischen Symptome einer Fraktur in der Pars interarticularis aufwies: Schmerzen bei gleichzeitiger Beugung und Rotation.

Er verordnete die erforderlichen Untersuchungen und hoffte, dass sie wie vereinbart am Freitag wiederkommen würden, um die Behandlungsmöglichkeiten zu besprechen. Seine größere Sorge war, dass Elsie vielleicht nicht die Wahrheit über den Beginn ihrer Symptome gesagt haben könnte und dass sie es eher mit einer fortgeschrittenen Verletzung als einer frischen zu tun hatten.

Nach der Arbeit versuchte er, diese Sorgen beiseitezuschieben, während er duschte, sich umzog und dann zum Mr. B. fuhr, um Leesa zu überraschen.

Leesas Schicht war in zehn Minuten vorbei, und sie hatte keine Ahnung, wie sie sie überstanden hatte, ohne verrückt zu werden. Sie war wieder die halbe Nacht wach gewesen, mit den Gedanken immer bei Cole, und als sie um fünf Uhr hellwach gewesen war, hatte sie aus Versehen Tegan mit dem Duft von Kaffee geweckt. Das hatte ihr zwar schrecklich leidgetan, aber so konnte sie wenigstens mit Tegan quatschen und sich von diesem Mann ablenken, der ihr ganzes Denken einnahm. Sie hatte ihrer Freundin gestanden, dass sie miteinander geschlafen hatten, und da dies so vollkommen untypisch für Leesa war, hatte Tegan sie genüsslich mit dem Sex beim ersten Date aufgezogen, bis Leesa am Ende Tränen lachte. Es fühlte sich so gut an, glückliche Tränen statt trauriger zu vergießen. *Richtig, richtig gut.* Es schien, als wäre alles an Peaceful Harbor gut für Leesa. Vielleicht redete sie sich das aber auch nur aufgrund ihrer wachsenden Gefühle für Cole ein.

Als sie zu ihrer morgendlichen Joggingrunde aufbrechen wollte, hatte sie an ihrem Auto eine Karte von Cole gefunden. Es war eine dieser süßen, altmodischen Grußkarten mit einem Schwarz-Weiß-Foto von einem kleinen Mädchen und einem Jungen. Das kleine Mädchen hielt einen Blumenstrauß in der Hand und der Junge gab ihr einen Kuss auf die Wange. Er hatte *du und ich* darauf geschrieben und Pfeile gezeichnet, die auf die Kinder zeigten. In der Karte stand: *Wenn ich dich doch nur damals schon gekannt hätte! Wir haben viel Zeit aufzuholen und viele Erinnerungen zu schaffen! Cole*

Diese romantische Geste hatte sie so gerührt, dass sie mit der Absicht losgelaufen war, an seinem Haus vorbeizujoggen, um ihn hoffentlich kurz zu sehen. Aber als sie in Sichtweite seines Hauses am Strand kam, hatte sie gefürchtet, es könnte vielleicht etwas anhänglich wirken, wieder unangekündigt aufzutauchen – und so hatte sie kehrtgemacht und war nach Hause gejoggt. Jetzt stand sie mit Ace hinter der Bar, während er die Getränke für ihre Gäste mixte. Sie bemerkte, dass er den Kiefer aufeinanderpresste, die Augenbrauen zusammenzog und sich seine Atmung änderte, wenn er auf die andere Seite der Bar ging. Seit sie von seiner Amputation erfahren hatte, musste Leesa immer wieder an das Mädchen aus ihrer Girl-Power-Gruppe denken, das ihr Bein unterhalb des Knies verloren hatte.

Die anderen Kinder hatten sich neugierig nach ihrer Prothese erkundigt, und das kleine Mädchen hatte erklärt, wie sie ihr Bein verloren und wie lang es gedauert hatte, bis sie sich wieder daran gewöhnt hatte, zu gehen und letztendlich sogar zu rennen. Sie hatte ihnen von ihren Phantomschmerzen erzählt, und ihre Mutter hatte Leesa später erklärt, dass solche Phantomschmerzen ein psychologisches Phänomen waren, das durch den Versuch des Gehirns entstand, eine nicht mehr vorhandene Gliedmaße zu bewegen. Dabei wurden anomale neuronale Muster ausgesendet, die als stechender Schmerz wahrgenommen wurden. Weiter hatte sie erläutert, dass einige Wochen Spiegeltherapie, bei der das Mädchen sich vor dem Spiegel bewegt und das gesunde und das amputierte Bein beobachtet hatte, ihr Gehirn neu ausgerichtet und den Schmerz gelindert hatten.

Leesa beobachtete nun Ace und fragte sich, ob er etwas Ähnliches durchmachte.

Ace stellte den Drink, den er gerade anrichtete, zur Seite und verschränkte die Arme. Er lehnte sich mit der Hüfte gegen die Bar und zog die Augen zu einem strengen Blick zusammen, den er – so vermutete Leesa – wohl auf seine Kinder gerichtet hatte, als sie noch klein waren.

»Wissen Sie, wenn meine Kinder mir etwas zu sagen haben, dann platzen sie einfach damit heraus. Das haben sie sich irgendwann so angewöhnt.« Er lächelte und die Strenge in seinem Blick schwand. »Möchten Sie über etwas reden?«

Ja. Sie öffnete den Mund kurz, um ihn nach seinem Bein zu fragen, doch im letzten Moment kniff sie. »Nein, ich hab nur auf die Drinks gewartet.«

»Aha …« Er machte sich daran, die Drinks fertig zu mixen. Mit dem Rücken zu Leesa sagte er: »Bei der Versteigerung neulich haben Sie einen großen Gewinn gemacht.«

Verlegenheit überkam sie. »Cole hatte mich gebeten, ihn zu ersteigern.«

»Ach so, also haben Sie ihm nur einen Gefallen getan?« Mit einer hochgezogenen Augenbraue sah er über die Schulter zu ihr.

»Ja.« Sie seufzte und gestand dann: »Irgendwie. Zumindest zuerst, denke ich.«

Er stellte den Drink auf die Bar und lächelte. »Gut. Mein Junge muss mal rauskommen und etwas Spaß haben.«

Sie wusste nicht, was sie darauf antworten sollte, doch zum Glück wurden sie unterbrochen, als Shannon das Restaurant betrat. Sie war ein wirbelndes Energiebündel und kam winkend in ihrem süßen Rock und einem weiten, fließenden Baumwollshirt zu ihnen.

»Hi, Leesa.« Shannon gab ihrem Vater einen Kuss auf die Wange. »Hallo, Daddy.«

»Hallo, meine Süße. Mit dir habe ich heute gar nicht gerechnet.«

»Ich musste etwas für Cole erledigen, also dachte ich, ich komme auf dem Rückweg kurz vorbei.« Shannons Augen leuchteten vor Freude. Sie strich sich die braunen Haare hinters Ohr und stieß Leesa mit dem Ellbogen an »Hab gehört, ihr beide hattet gestern Abend ein wunderschönes Date.«

Leesa spürte die Hitze in ihre Wangen steigen. »Wir, äh … Ja, wir hatten viel Spaß.« Sie stellte die Getränke auf ein Tablett und sagte: »Ich bring die mal lieber zu den Gästen, bevor meine Schicht vorbei ist.« Sie spürte ihre Blicke brennend auf sich, als sie die Getränke servierte. Was zum Henker hatte Cole wohl Shannon erzählt? Wie gern hätte sie nachgesehen, ob er ihr eine Nachricht aufs Handy geschickt hatte, aber das musste warten, bis ihre Schicht vorüber war.

Als es so weit war, ging sie ins Hinterzimmer, um sich auszustempeln. Ace betrat ein paar Minuten später mit diesem von Schmerzen gequälten Gesichtsausdruck den Raum. Sie nahm ihre Sachen aus dem Spind, als er sich vorsichtig auf einen Stuhl niederließ. Sie setzte sich neben ihn, und nachdem sie unbeholfen ihre Frage in Angriff genommen und mehrere Male innegehalten hatte, kam sie sich so lächerlich vor, dass sie schließlich fragte: »Wie ich gehört habe, waren Sie in der Armee?«

»Ja, das stimmt.«

Er legte seinen linken Fuß auf dem Untergestell des Tisches ab, um das Bein zu entlasten.

»Das mit Ihrem Unfall tut mir leid.«

Er verschränkte wieder die Arme, und sie fragte sich, ob das eine Abwehrhaltung oder eine Gewohnheit war. Durch ihre langjährige Erfahrung als Lehrerin war sie so daran gewöhnt, auf nonverbale Signale zu achten, dass sie nicht anders konnte, als jedes noch so kleine Detail wahrzunehmen.

»Danke, aber Risiken gibt es in jedem Beruf. Wie Sie ja aus eigener Erfahrung wissen.« Er senkte das Kinn und sein Blick wurde milder. »Es tut mir leid, was Sie in Towson durchmachen mussten, aber ich bin froh, dass es Sie hierhergebracht hat. Wir haben Sie gern als Teil unserer Mr.-B-Familie hier.«

Bei seinem Kompliment wurde ihr ganz warm ums Herz. »Danke. Wie Sie sagten, jeder Beruf ...« Sie beobachtete ihn, wie er sie beobachtete, und fand schließlich den Mut zu fragen, was sie wirklich wissen wollte: »Ace, schmerzt Sie Ihre Prothese?«

Sein Lächeln verschwand hinter zusammengekniffenen Lippen. »Nein, Ma'am. Das tut sie nicht.«

Seine förmlichen Worte waren deutlicher als der Inhalt an sich. »Entschuldigen Sie, ich habe bemerkt, dass Sie manchmal etwas angestrengt wirken, und ich kannte einmal ein Mädchen, das unter Phantomschmerzen litt und die Spiegeltherapie angewendet hat. Ich dachte nur ...« *Ich mach mich zum Deppen.*

Ace beugte sich vor, seine Zähne zusammengebissen, der Blick sanft. Leesa hielt den Atem an und hatte das Gefühl, eine Grenze überschritten zu haben und nicht zurückkehren zu können.

»Sie haben ein sehr weiches Herz, Annalise. Darf ich Sie Annalise nennen?«

»Ja«, brachte sie mit heftig pochendem Herz heraus. Sie wusste nicht, ob er sie jetzt feuern oder nur zurechtweisen würde, sich rauszuhalten, aber wahrscheinlich verdiente sie beides, nachdem sie sich derart in seine Angelegenheiten eingemischt hatte.

»Sie haben eine traumatische Zeit durchgemacht und sind nicht unbeschadet da herausgekommen. Richtig?«

Da sie keinen Ton herausbekam, nickte sie nur.

»Ich wette, es vergeht kein Tag, an dem Sie sich nicht wünschen, dem Schmerz entkommen zu können, den diese Anschuldigung Ihnen zugefügt hat.« Er sah ihr fest in die Augen und sie konnte sich nicht abwenden.

Noch ein schweigendes Nicken ihrerseits und einen kurzen Moment lang senkte er den Blick. Dann richtete er diese warmen, intelligenten Augen wieder auf sie und seine Miene wurde ernst.

»Manchmal tut es weh, Dinge zu verlieren, sie hinter sich zu lassen. Wir können sie nicht richtig vergessen, also bleiben sie uns im Hintergrund erhalten. Ein Stich hier, eine quälende Erinnerung da. Die Dinge, die wir durch den Verlust gewinnen, relativieren diesen Schmerz. Wir können versuchen, den Schmerz zu vergraben, zu überspielen, zu ignorieren.« Er zuckte mit den Schultern, und ein leichtes Lächeln erschien auf seinen Lippen, das sie an Cole erinnerte und ihrem Magen aus einem ganz anderen Grund zusetzte. »Vielleicht verstehen Sie das jetzt noch nicht, aber manchmal ist der Schmerz notwendig, um weiterzumachen. Es gibt Zeiten, in denen treibt uns dieser Schmerz an, stärker zu werden.«

Sie wusste, dass seine Worte eine Botschaft enthielten, die über den Phantomschmerz hinausging, aber sie hielt immer noch den Atem an und wartete darauf, dass er sie feuerte. Im Moment konnte sie keine verborgenen Andeutungen verarbeiten. Erst als er ihre Hand tätschelte und sagte: »Wir können vor unserer Vergangenheit davonrennen, aber wir können erst richtig weitermachen, wenn wir sie akzeptieren.

Ebenso wie den Schmerz und alles andere«, wurde ihr klar, dass er von ihr redete. Und seine Weisheit, die Wärme in seinem Blick und die feste Stärke seiner Hand ließen sie ihren Vater vermissen.

Er stand auf. »Ich weiß Ihre Sorge zu schätzen.«

Cole kam zur Tür herein, sein Blick huschte zwischen ihnen hin und her, und ihr Herz setzte einen Schlag aus.

»Störe ich euch?«, fragte Cole. Er zeigte mit dem Daumen über die Schulter. »Shannon sagte mir, dass ich dich hier finde.«

»Ich nehme mal an, damit meinst du Leesa und nicht mich.« Ace klopfte Cole auf den Rücken, als er auf dem Weg nach draußen an ihm vorbeiging. Er zögerte und sah dann noch einmal zu Leesa. »Annalise, danke für die Unterhaltung. Wir sehen uns morgen bei Ihrer Schicht?«

»Ja, danke.«

Er nickte und verschwand dann durch die Tür, die sich pendelnd hinter ihm schloss. Cole beugte sich zu einem Kuss zu ihr. »Hi! Alles in Ordnung?«

»Mhm.«

»Hast du meine Nachrichten bekommen?«

Sie schüttelte den Kopf, um wieder richtig denken zu können. »Ich hatte noch keine Gelegenheit, auf mein Handy zu schauen.«

»Kein Wunder, dass du nicht geantwortet hast.« Er nahm ihre Hand und sie überließ sie ihm abwesend. »Bereit für deine erste Gitarrenstunde?«

»Meine erste …« In Gedanken war sie noch bei dem, was sein Vater gesagt hatte. *Wir können vor unserer Vergangenheit davonrennen, aber wir können erst richtig weitermachen, wenn wir sie akzeptieren. Ebenso wie den Schmerz und alles andere.*

Sie fragte sich, ob sie je an dem Punkt ankommen würde, an

dem sie nicht mehr das Gefühl hatte, sich umschauen zu müssen. Ob sie je ihren richtigen Namen in der Öffentlichkeit benutzen konnte. Ihr war aufgefallen, wie Ace ihren neuen Namen in Coles Gegenwart benutzt hatte, und das hatte ihr noch deutlicher gemacht, wie viel sie von sich selbst zurückgelassen hatte. Sie hatte die vage Ahnung, dass er versucht hatte, ihr zu sagen, sie hätte keinerlei Grund zu verbergen, wer sie war – doch das empfand sie ganz anders.

Sie folgte Cole zur Tür hinaus, und ihr wurde klar, dass sie die Freiheit, ihren richtigen Namen nutzen zu können, mehr wollte, als sie zugeben konnte. Ihr Vater hatte sie nie Leesa genannt. Für ihn war sie immer Annalise gewesen.

Elegant und stark wie ein Fluss. So ist meine Annalise. So ist mein Mädchen, hatte er immer gesagt.

Sie hatte gedacht, sie könnte alles hinter sich lassen und neu anfangen, aber als Leesa statt als Annalise fühlte sie sich eher wie eine Verbrecherin, die vor etwas davonlief. Wie eine Fälschung, die sich die berufliche Laufbahn einer anderen auslieh, ebenso wie den Namen, und die sich wünschte, sie hätte die Vergangenheit einer anderen Person.

Zwölf

Auf der Fahrt zu Rough Riders schwieg Leesa, und Cole nutzte die Zeit, um seine eigenen Gedanken zu sortieren, die noch immer um Elsie Hood, den herrischen Vater und die schwache Mutter kreisten. Er hoffte, die Eltern würden die Untersuchungen und die Behandlung nicht abbrechen. In Elsies Alter würde die Behandlung sicher eine gute Heilung zur Folge haben, aber wenn ihre Eltern darauf beharrten, dass sie das Training fortsetzte, dann hatte sie eine schmerzvolle Zukunft vor sich – das wusste er, auch ohne die Untersuchungsergebnisse zu kennen.

Er wusste auch, dass er nicht viel tun konnte, ohne zu aggressiv zu wirken, daher versuchte er, diese Gedanken zu verdrängen, und parkte schließlich inmitten eines Meeres von Autos. Rough Riders war ein Treffpunkt für die Teenager aus der Gegend. Selbst wenn sie nicht mit den Booten unterwegs waren, hingen sie in der Nähe des Flusses herum. Am Fluss herrschte eine andere Atmosphäre als am Hafen. Dank der Bäume, die beide Ufer säumten, war es kühler, und Sammy war so quirlig, dass es die Leute schon immer zu ihm hingezogen hatte. Nach Sonnenuntergang verlieh er eigentlich keine Boote mehr, aber Cole hatte im Laufe des Tages mit ihm gesprochen und für sein Date mit Leesa Vorbereitungen getroffen. Und Shannon hatte sich um den Rest seiner Überraschung gekümmert.

Er öffnete Leesas Tür, schloss sie in seine Arme und küsste sie zärtlich. »Geht es dir heute Abend gut? Ich hoffe, es war okay, dass ich einfach so aufgetaucht bin und dich verschleppt habe.«

»Ich bin froh, dass du es getan hast.« Ihre Worte waren ernst gemeint, aber ein Schatten lag über ihren Augen, der ihm Sorgen bereitete.

»Möchtest du reden, bevor wir runter zum Boot gehen?«

Sie riss die Augen auf. »Wir nehmen ein Boot? Ich dachte, du wolltest mir Gitarrenunterricht geben.«

»Will ich auch, aber du warst noch nie auf dem Fluss, also dachte ich, wir fahren ein bisschen mit dem Boot, machen ein Picknick, spielen Gitarre …« Er küsste sie noch einmal und auf ihre Lippen trat ein süßes Lächeln.

»Cole, du hast all meine Wünsche in einen einzigen Abend gepackt?«

Wieder küsste er sie und der dunkle Schatten über ihren Augen verschwand. »Sicher nicht *all* deine Wünsche, aber ich liebe es, dich lächeln zu sehen.«

Sie gingen einen Pfad hinunter zum Bootshaus. Kanus und Kajaks lagen nebeneinander am Ufer, und Ruderboote waren an der Anlegestelle vertäut. Teenager und junge Leute in den Zwanzigern hatten es sich auf Strandlaken und um das Bootshaus herum bequem gemacht. Ein junges Paar saß auf dem Steg und ließ die Füße ins Wasser baumeln.

Im Bootshaus hing Sam gerade Rettungswesten auf und unterhielt sich mit einer Gruppe nasser und lächelnder Teenager, die anscheinend gerade von einer Bootstour zurückgekommen war. Er sah zu Cole und Leesa auf.

»Hey, Bro«, sagte Sam. »Leesa, schön dich wiederzusehen. Euer Boot ist fertig. Nehmt euch Rettungswesten, und dann könnt ihr los.«

»Danke, Sammy.« Cole half Leesa dabei, die Rettungsweste anzuziehen.

»Sieht bestimmt sehr anziehend aus«, sagte sie leise.

»Du könntest einen Müllsack tragen und würdest immer noch heiß aussehen.« Er zwinkerte ihr zu, während er sich selbst eine Rettungsweste anzog. »Wenn es dich irgendwie tröstet: Ich trage sie auch überhaupt nicht gern, aber Sam besteht darauf.«

»Das macht mir nichts aus. Allerdings kann ich schwimmen, deshalb habe ich keine allzu große Angst davor hineinzufallen, es sei denn, du fährst mit mir durch irgendwelche Stromschnellen.« Sie riss die Augen auf. »Oh nein, das machst du doch nicht etwa wirklich, oder?«

»Das ist abends zu gefährlich, aber wenn du Lust darauf hast, können wir das ein anderes Mal machen.« Er half ihr ins Boot, machte es vom Steg los, stieg dann selbst hinein und paddelte sie hinaus auf den Fluss.

»Lust darauf? Na ja …« Sie schaute ihn mit weit aufgerissenen Augen an, was ihn zum Lachen brachte. Sie schaute zum Ufer und fragte: »Gibt es weiter unten am Fluss einen Ort zum Picknicken?«

Cole wurde bewusst, dass er davon besser noch gar nichts gesagt hätte, denn er wollte die vorbereitete Überraschung nicht verraten. »Du wirst schon noch sehen.« Er paddelte weg vom Rough Riders, und die Lichter des Bootshauses verschwanden in der Ferne, während sich der Fluss wie eine Schlange an dem bewaldeten Ufer entlangwand. Der Geruch von feuchter Erde und Abend kam auf, und ein friedvolles Gefühl überkam Cole.

Es verscheuchte seine Arbeitssorgen und ermöglichte ihm, die Schönheit der Umgebung und den Luxus von Leesas Gesellschaft zu genießen.

»Genau das brauchte ich heute Abend. Danke!«, sagte sie, drehte sich auf ihrem Sitz zur Seite und zog die Knie an ihre Brust. Sie legte das Kinn auf die Knie und sah ihm beim Rudern zu.

»Ich auch.«

»Hattest du mit deinen Patienten einen harten Tag?«, erkundigte sie sich.

»Nicht hart. Typisch.« Er wollte sie mit den Einzelheiten nicht belasten.

»Heute ist doch diese Turnerin gekommen, oder? Wie lief es? Kannst du ihr helfen?« Sie hob den Kopf und sah ihn ernst an.

Es gefiel ihm, dass sie sich daran erinnerte. »Das hoffe ich. Ich hab sie zum Röntgen und zum Knochenscan geschickt. Mehr weiß ich, sobald wir die Ergebnisse bekommen.« Eine am Baum hängende Laterne tauchte in der Ferne auf – an der Stelle, an der Shannon das Picknick für sie vorbereitet hatte – und er ruderte auf das Ufer zu. »Ich will dich aber nicht mit meiner Arbeit langweilen.«

»Mich langweilen? Ich vermisse meine Schüler so sehr, dass ich nach Gesprächen dürste, die über Bierempfehlungen und Essensbestellungen hinausgehen. Versteh mich nicht falsch! Ich liebe die Arbeit im Mr. B., deine Eltern, die Kunden und alles, aber ich vermisse es wirklich, den Kindern helfen zu können. Es klingt wahrscheinlich seltsam, aber es ist schön, von deinem Tag zu hören. Ich finde es schön, dass du den Leuten hilfst. Ich weiß, dass Englischunterricht Welten entfernt ist von der Medizin, aber unterm Strich geht es auch darum, anderen zu helfen.«

Cole ließ das Boot ans Ufer gleiten, und als er seine Jeans hochkrempelte, tat Leesa es ihm gleich.

»Ich kann nur versuchen mir vorzustellen, wie das für dich ist. Aber du könntest hier in Peaceful Harbor doch eine Stelle als Lehrerin bekommen, oder? Du wurdest nicht angeklagt, also solltest du keinen Eintrag in deiner Akte haben.« Innerlich schmerzte es ihn, als er diese Worte von sich gab. Dass sie überhaupt über so etwas nachdenken musste, war ihm zuwider, und wenn er dabei schon einen Stich fühlte, wie musste es ihr dann erst ergehen?

Er stieg aus dem Boot ins kalte Wasser und half Leesa ans Ufer, bevor er das Boot festmachte.

»Eine Stelle als Lehrerin zu bekommen, bedeutet, dass ich einem neuen Arbeitgeber erzählen muss, was passiert ist, und auch wenn ich nicht angeklagt wurde, müssen Referenzen vorgelegt werden. Ich bin sicher, meine Chefin würde mir eine erstklassige Empfehlung ausstellen, aber sie müsste wahrscheinlich trotzdem erwähnen, was passiert ist. Jedenfalls nehme ich an, dass sie es muss, und das ist unangenehm, auch wenn ich nicht angeklagt wurde. Abgesehen davon, dass es riesigen Tratsch auslösen würde, den du in deinem Leben nicht gebrauchen kannst.« Sie sah zu der Laterne auf, die im Baum hing, und berührte sie mit einer Hand. »Die ist wunderschön.«

»Die funktioniert mit Batterie.« Als sie ihre Schuhe wieder angezogen hatten, verschränkte er seine Hände mit ihren und sagte: »Ich wünschte, du würdest aufhören, dir darüber Gedanken zu machen, was ich brauche und was nicht. Ich bin ein großer Junge, und ich kann dir versichern, dass ich solche Entscheidungen selbst treffen kann.« Er streichelte ihr über die Wange und küsste sie sanft. »Vertrau mir, Leese.«

Nach dem, was sie mit ihrem Ex-Freund durchgemacht hatte, nahm Cole es ihr nicht übel, dass sie seiner Zuversicht nicht traute, aber das bedeutete nicht, dass er sie nicht zu jeder möglichen Gelegenheit daran erinnern würde, dass er nicht ihr Ex war und dass seine Worte immer von Herzen kamen. Um sie von ihrer Vergangenheit abzulenken, wechselte er das Thema, als sie den Hügel hinaufgingen.

»Da ich arbeiten musste, hat Shannon mir bei den Vorbereitungen geholfen.«

»Aha, daher also dieser Blick vorhin. Sie ist so nett, und sie liebt euch Jungs wirklich. Das sieht man ihr an, wenn sie über ihre Familie redet.«

Sie folgten einem schmalen Pfad den Berg hinauf, auf dem Shannon alle paar Meter Laternen aufgehängt hatte, die ihnen den Weg wiesen.

»Sie ist ein toller Mensch. Ich bin froh, dass du noch Gelegenheit hattest, sie kennenzulernen. Sie fährt schon bald wieder nach Colorado ab, und ich nehme an, es wird eine Weile dauern, bis sie hier mal wieder auftaucht.«

»Ist das hier meine Bergtour?«, fragte sie, als er gerade Äste zur Seite hielt, damit sie vorbeigehen konnte.

»Ganz genau. Ich hoffe, es gefällt dir. Hierher bin ich immer gekommen, wenn ich weg von allem wollte, und in dem Sommer, bevor ich ans College gegangen bin, habe ich Ty und Shannon den Ort hier gezeigt, damit sie etwas hatten, wohin sie verschwinden konnten, wenn sie es mal brauchten.« Er erinnerte sich an den Sommer und die Begeisterung in Shannons Augen. So eine Art von Begeisterung, die nur eine jüngere Schwester einem Bruder entgegenbringen konnte, zu dem sie aufschaute. Er hatte diesen Ausdruck in ihren Augen voller Stolz gesehen. Ty dagegen war erst elf Jahre gewesen, und er hatte Berge schon immer cool gefunden. Für ihn war es nur ein weiteres unterhaltsames Abenteuer gewesen.

»Ich kann mir nicht vorstellen, vor einer Familie wie deiner verschwinden zu wollen. Jeder ist für jeden da.«

»Mhm, genau.« Er lachte leise. »Dazu kommt, dass in der Familie rund um die Uhr immer jemand da ist. Manchmal brauchte ich etwas Einsamkeit.«

In dem Wald roch es nach Pinien und Feuchtigkeit, und als sie an den höchsten Punkt des Berges kamen, erblickten sie eine Picknickdecke, umgeben von noch mehr Laternen. Seine Gitarre lag am Rand der Decke.

Leesa schnappte voller Freude nach Luft und riss begeistert ihre schönen grünen Augen auf. Nie würde er sich an ihrem Lächeln sattsehen.

»Du und Shannon, ihr habt das gemacht? Für uns?«

»Ganz genau. Ich habe gestern Abend alles arrangiert und das Essen für heute Abend bestellt. Sie hat es abgeholt und alles hergerichtet. Sie hat es möglich gemacht, also gebührt ihr eigentlich der Dank.« Er küsste sie, als sie den Weg verließen und sich auf die Decke setzten.

»Stell dein Licht nicht unter den Scheffel. Du hast dir das ausgedacht. Es ist …« Ihr Blick wurde sanft. »Noch nie hat irgendjemand so etwas für mich getan. Danke.«

Er beugte sich vor und vereinnahmte sie in einem weiteren Kuss. »Du bist so viel mehr wert, Leese. Dies ist erst der Anfang.«

Mehr als ein Lächeln konnte sie nicht erwidern, aber der Ausdruck in ihren Augen verriet all ihre Gefühle.

Er öffnete den Picknickkorb und holte eine Flasche Wein und zwei Gläser heraus. Leesa warf einen Blick in den Korb und entdeckte die Behälter mit Obst, das sorgfältig verpackte frische

Baguette, das Glas mit Tapenade, die Käsesorten und schließlich das Geschirr.

»Du hast richtige Teller und Gläser mitgebracht?« Sie setzte sich wieder aufrecht hin, als er ihr ein Weinglas reichte, das er füllte, um dann sich einzuschenken.

»Klar, warum nicht?« Er hielt sein Glas zu einem Trinkspruch in die Höhe. »Auf unser zweites Date.«

»Es fühlt sich so an, als würden wir uns schon viel länger kennen, findest du nicht?«

»Auf alle Fälle.«

Sie tranken ihren Wein und bestaunten den Ausblick über den Fluss und den schönen Sonnenuntergang in der Ferne. Cole nahm seine Gitarre und schlug eine Melodie an, aber er konnte nicht ausblenden, was sie über die Schüler gesagt hatte, die sie so vermisste. Er wollte ihr dabei helfen, ihr Leben zurückzuerobern, und wenn er ehrlich zu sich selbst war, dann musste er auch zugeben, dass er es gern sähe, wenn sie in Peaceful Harbor bliebe.

»Leesa, ich bin gut mit dem Direktor unserer Mittelschule befreundet, und ich bin sicher, es gibt unzählige Schüler, die eine gute Nachhilfelehrerin gebrauchen könnten. Vielleicht solltest du darüber nachdenken.«

Leesa wusste nicht, was sie darauf antworten sollte. Cole machte kein Geheimnis aus seinen Gefühlen für sie, und sie wusste, dass ihr Empfehlungsschreiben in Ordnung wäre, aber das war es nicht, wovor sie am meisten Angst hatte. »Ich glaube, ich bin noch nicht bereit dazu, mich solchen Herausforderungen zu stellen. Ich hab immer noch das Gefühl, dass ich mich an jeder

Ecke umschaue, und ich habe eine Stelle in Baltimore, die auf mich wartet.«

»Baltimore …«, sagte er mehr zu sich selbst als zu ihr. Seine Enttäuschung war sichtbar. »Wonach genau schaust du dich an jeder Ecke um?«

Sie leerte ihr Glas und stellte es beiseite. »Nach jemandem, der mich in der Öffentlichkeit bloßstellt, nehme ich an. So wie heute, da habe ich ein älteres Paar bedient und der Mann hat mich die ganze Zeit angestarrt. Schließlich sagte er, ich käme ihm bekannt vor, und sofort dachte ich an Towson. Ich dachte, er hatte wahrscheinlich im Internet darüber was gelesen oder so. Er hat mich so intensiv angeschaut, dass sogar jetzt noch mein Herz zu rasen anfängt, wenn ich nur daran denke, wie nervös ich war. Ich wäre am liebsten weggerannt.«

Sie versuchte zu lächeln, brachte es aber nicht zustande, während er nach ihrer Hand griff und sie drückte.

»Bitte, renn nicht weg.« Flehend sah er sie an, während er Küsse auf ihren Fingerknöcheln platzierte. »Ich weiß jetzt schon, dass mein Leben ohne dich nie wieder so wäre wie zuvor.«

Sie senkte den Blick, fühlte, wie sich ihr die Kehle zuschnürte und ihr Herz in der Brust anschwoll. »Ich renne nicht weg, und wie sich herausstellte, dachte der Gast, ich sähe so aus wie Naomi Watts, ausgerechnet die! Er macht mir ein Kompliment, und ich drehe völlig durch.« *Noch immer.*

»Ich verstehe diese Angst, und ich wünschte, es gäbe eine Möglichkeit, das zu beenden. Gibt es irgendwas, was ich tun kann?«

Sie schüttelte den Kopf. »Niemand kann was tun, und ich möchte unser Picknick nicht mit meiner Vergangenheit ruinieren. Aber ich dachte, du solltest die Wahrheit wissen. Ich mache mir Sorgen, jede einzelne Minute an jedem Tag. Immer wenn ich in der Öffentlichkeit bin, halte ich nach Anzeichen dafür Ausschau, dass mich jemand erkennt.«

»Ich weiß nicht, ob sich das jemals für dich ändern wird, aber vielleicht musst du einfach irgendwann in den sauren Apfel beißen und zurückkehren zu dem, was du liebst.«

Sie versuchte, es mit einem Lachen abzutun. »Das ist viel leichter gesagt als getan. Es ist ganz und gar nicht lustig, aber wenn ich darüber nachdenke, wo ich stand: eine gefestigte berufliche Situation, von Eltern und Kollegen respektiert – und dann wird einem an einem einzigen Nachmittag der Teppich unter den Füßen weggezogen. Irgendwie verrückt, dass manches so schnell passieren kann.«

»Sicherlich hilft es nichts, das zu wissen, aber wenn ich da gewesen wäre, hätte ich hinter dir gestanden, für deinen Ruf gekämpft und alles in meiner Macht Stehende getan, damit du nie das Gefühl haben bräuchtest, dich verstecken zu müssen. Sieh uns an, Leese. Gutes kann auch so schnell passieren.« Er fing wieder an, auf der Gitarre zu spielen, und summte die Melodie von Jason Mraz' »I won't give up.«

Leesa konnte nicht verhindern, dass sich ihr die Kehle zuschnürte, als sie ihn den Songtext singen hörte. Sie presste die Lippen fest aufeinander, um die Tränen zurückzuhalten, als er davon sang, dass er immer für sie da sein würde – und dabei kannte er sie kaum. Sie war den Gefühlen nicht gewachsen, die sie in der vergangenen Woche überrannt hatten. Die Träne, die ihr über die Wange lief, wischte sie schnell weg.

Er legte die Gitarre beiseite und nahm sie wieder in seine Arme, was rasch zu einem ihrer Lieblingsorte geworden war.

»Du kennst mich doch kaum«, sagte sie, auch wenn sie das Gefühl hatte, er kannte sie besser, als je ein anderer Mann –

außer ihrem Vater – sie gekannt hatte. »Du kennst nur meine Vergangenheit.«

»Da liegst du falsch.« Er hob ihr Kinn an und schaute ihr in die Augen. »Ich weiß, dass du ein Herz hast, das groß genug ist, um nicht böse auf einen Jungen zu sein, der etwas in Gang gesetzt hat, das dein ganzes Leben verändert hat. Ich weiß, dass du eine beste Freundin hast, der du so wichtig bist, dass sie mich davor gewarnt hat, dir wehzutun.«

»Tegan?«

»Mhm.« Er lächelte. »An dem Abend der Versteigerung. Sie hat mich beiseitegenommen, als ich kaum dort war, und gesagt, dass ich dich gern daten dürfte, aber wenn ich dir wehtäte, würde sie mich umbringen.«

»Aber da hatten wir uns ja noch nicht einmal verabredet!« Sie machte sich in Gedanken eine Notiz, ein Wörtchen mit Tegan zu reden.

Er hob die Hand gen Himmel. »Mach das mit ihr aus. Leesa, Menschen beschützen nicht diejenigen, die es nicht verdienen. Nicht einfach so. Du hast recht, ich weiß nicht alles, was es über dich zu wissen gibt, aber ich möchte es. Ich weiß, dass du den einen Mann verloren hast, der dich am besten kannte, und ich kann nur versuchen, mir vorzustellen, wie sich das anfühlt. Ich möchte für dich da sein und dich genauso gut kennenlernen. Ich möchte, dass du dich sicher und wohl in unserer Beziehung fühlst. Vor allem möchte ich, dass du dich nie wieder allein fühlst.«

»Wie bist du bloß die ganze Zeit Single geblieben?« Sie konnte sich nicht vorstellen, dass irgendjemand mit ihm zusammen war und das nicht auch für ewig bleiben wollte.

Darüber musste er lachen.

»Im Ernst! Du siehst gut aus. Du bist romantisch. Du bist

in vielerlei Hinsicht zu gut, um wahr zu sein.«

»Ich sagte ja: Neben den guten gibt es immer auch die schlechten Seiten. Ich bin ein Workaholic. Ich gehe früh zur Arbeit, und bevor ich dich kennengelernt habe, habe ich immer bis spät in die Nacht gearbeitet. So bin ich nun mal. Hoffentlich nicht mehr ganz so, jetzt da wir zusammen sind, aber …« Er zuckte mit den Achseln.

»Das sind kaum Gründe für einen Ort voller hübscher Strandmädels, nicht um deine Aufmerksamkeit zu buhlen.«

Er senkte auf eine so schüchterne Art den Blick, dass es sie rührte. »Das tun sie. Ich sag das nicht, um anzugeben, aber ich bekomme so meine Angebote.« Er gab ihr die Gitarre und setzte sich dann hinter sie, um die Arme um sie zu legen und ihr dabei zu helfen, das Instrument richtig zu halten. »Ich kann nicht erklären, warum ich bei niemandem so empfinde wie in deiner Gegenwart.«

Es gefiel ihr, seine Brust an ihrem Rücken zu spüren, seine Arme, die sie umgaben, und seine großen Hände, die ihre an den Hals der Gitarre und um den Korpus führten.

»Es gibt Dinge, die das Herz betreffen, die keine Wissenschaft der Welt erklären könnte.« Er küsste sie auf die Wange. »Vielleicht war es dir vorherbestimmt, diese grauenhafte Anschuldigung erleben zu müssen, und für mich hatte das Schicksal vorgesehen, dass ich an dem Abend Bereitschaft hatte, als Tegan sich den Knöchel verletzt hat.«

»Ziemlich trauriger Gedanke.«

Er hob eine Augenbraue.

»Nicht, dass wir uns so getroffen haben«, erklärte sie. »Sondern dass ich so hart gearbeitet habe und trotzdem die ganze Zeit die Anschuldigung in der Zukunft auf mich wartete.«

Er legte seine Finger auf ihre und half ihr, Töne auf der

Gitarre anzustimmen. »Ja, wenn du es so siehst. Aber was ist, wenn mehr dahinter steckt? Was wäre, wenn unser Schicksal nichts mit den Schwierigkeiten zu tun hat, die wir durchmachen, sondern ausschließlich mit den Auswirkungen unseres Handelns auf andere Menschen?«

Sie dachte darüber nach, während Cole ihr Bünde und Wirbel erläuterte und erklärte, dass man Musik nicht lesen, sondern fühlen sollte. Und sie fragte sich, ob sie das ganze Chaos nicht vielleicht zu selbstsüchtig betrachtete. Gab es so etwas? Sie dachte oft an Andy, aber ihre Gedanken kamen immer wieder zu den katastrophalen Auswirkungen zurück, die sein Handeln auf ihr Leben gehabt hatte.

»Glaubst du das?«, fragte sie schließlich.

»Ich weiß nicht, was ich glaube. Ich würde es gern so sehen, dass alles Schlechte, alles, was du durchmachen musstest, irgendeine positive Seite hat. Wenn Kenna zum Beispiel keinen anderen Lebensstil gewollt hätte, wäre ich dir vielleicht nie begegnet. Egoistisch betrachtet ist die positive Seite dessen, was dir widerfahren ist, dass ich diese wunderbare Frau kennenlernen durfte, der ich sonst vielleicht nie begegnet wäre. Ich muss einfach glauben, dass es einen Grund für diese Dinge gibt, denn der Gedanke, dass du all das aushalten musstest und alles verloren hast, wofür du so hart gearbeitet hast, bringt mich um. Wenn dabei nichts Gutes herauskommt und Schlechtes einfach nur so … passiert, also … wäre das nicht schlimmer?«

Leesa hielt seine Hände fest und lehnte sich gegen seine Brust. Einen Moment lang schloss sie die Augen und spürte seinen regelmäßigen Herzschlag.

»Ich glaube auch, dass du meine positive Seite bist«, sagte sie. »Dies alles macht mir Angst. Wie schnell es mit uns geht, wie tief ich empfinde. Meine Vergangenheit, die überall zu lungern scheint und hinter jeder Ecke hervorspringen könnte.«

Sie drehte sich zu ihm um und ließ die Gitarre auf die Decke gleiten. Sie wollte ihm nicht erzählen, dass sie seit dem Gespräch mit seinem Vater über die Vergangenheit mit dem Gedanken spielte, eine Art Schlussstrich zu ziehen. Ob sie vielleicht nach Towson zurückgehen und zumindest versuchen sollte, Andy dazu zu bringen zuzugeben, dass er gelogen hatte. Weil ihnen das in gewisser Weise beiden helfen würde. Ein schlechtes Gewissen war nicht hilfreich für jemanden, der Heilung nötig hatte – egal ob emotional oder körperlich. Stattdessen legte sie ihre Lippen auf Coles und ließ sich von seinem intensiven Kuss, seinen forschenden Händen und der Tiefe ihrer Gefühle in einen Traumzustand entführen, in dem nichts anderes existierte.

Dreizehn

Leesa lag in Coles Armen und lauschte den Geräuschen des Meeres, die durch sein Schlafzimmerfenster hereinwehten. Als sie angefangen hatten, sich zu küssen, hatte sie nicht mehr aufhören wollen, und als er sie eingeladen hatte, noch mit zu ihm zu kommen, hatte sie keine Sekunde gezögert. Es war noch dunkel draußen, und wahrscheinlich sollte sie aufstehen, zurück zu Tegans Wohnung gehen und versuchen, noch ein paar Stunden zu schlafen, aber sie wollte sich nicht bewegen. Nicht, wenn Cole sie so herrlich an seinen warmen, nackten Körper gedrückt hielt und sie das erste Mal seit Ewigkeiten glücklich war. Zu glücklich, um sich darüber Gedanken zu machen, wie müde sie wohl am Morgen sein würde.

Coles Haus war genau so, wie sie es sich vorgestellt hatte, offen und dezent, mit mehr Lektüre, als man sich je erträumen konnte – von medizinischen Fachzeitschriften bis hin zu Romanen und Heften über Sport, Boote und Nachrichten. Die Möbel waren eindeutig hochwertig, aber nicht protzig oder verschnörkelt. Die gedämpfte Eleganz des maskulinen Touchs entstand durch das dunkle Holz und die warmen Farben. Auf dem Parkett standen große Pflanzgefäße, und jedes Regal war mit unzähligen Familienfotos bestückt, die zwischen den

Bücherreihen standen.

Ihr Blick wanderte über seine Kommode aus dunklem Holz, auf der Parfümflaschen neben seinen Uhren standen – von denen zwei dunkle Armbänder hatten und eine ein graues, was ihr aufgefallen war, als sie das Schlafzimmer zum ersten Mal betreten hatten. Ein extragroßer Stuhl für zwei stand an der Fenstertür, die aus dem Schlafzimmer hinaus auf die Veranda führte, und sie fragte sich, wie viele Frauen sich auf diesem Stuhl schon an ihn gekuschelt hatten, so wie sie es gern tun würde. Während sie so dalag, über diese Dinge nachdachte und seine private Oase in sich aufnahm, wanderten ihre Gedanken zu seiner Familie. Wie seltsam, dass Cole so monogam ausgerichtet war, während sein Bruder Sam, wie er gesagt hatte, so ganz anders war. Sie fragte sich, ob dies etwas mit der Reihenfolge ihrer Geburt zu tun hatte oder ob mehr dahinter steckte.

Ihre Gedanken landeten bei seinen Eltern. Ihr war aufgefallen, wie sie ständig den Blick des anderen suchten, lächelten, sich bei jeder Möglichkeit berührten. Ganz offensichtlich hatte Cole liebende Vorbilder, so wie sie es mit ihrem Vater gehabt hatte. Sie hatte seit dem Verlust ihres Vaters so viel gearbeitet, dass ihr nicht bewusst gewesen war, wie einsam sie sich gefühlt hatte. Und seit sie hier war, hatte sie sich überhaupt nicht einsam gefühlt.

Neben ihr regte sich Cole, schlang dann seinen Arm enger um ihre Taille und kuschelte sich an sie. Daran könnte sie sich gewöhnen, so in Cole eingehüllt einzuschlafen, durchdrungen von seinem offenen, großherzigen Selbst. Er war so froh darüber gewesen, dass sie über Nacht bleiben wollte – und dennoch, irgendwo tief in ihr hallten die Worte seines Vaters wider und störten sie in ihrer Träumerei. *Wir können vor unserer*

Vergangenheit davonrennen, aber wir können erst richtig weitermachen, wenn wir sie akzeptieren. Ebenso wie den Schmerz und alles andere. Wäre sie jemals in der Lage, die Vergangenheit zu akzeptieren? Es gut sein zu lassen? Ohne Angst nach vorne zu schauen? Wäre es fair, mit Cole zusammen zu sein, wenn sie nicht dazu in der Lage war?

Die Brise wehte Coles Duft zu ihr, und Leesa schloss die Augen und atmete ihn ein. Als sie die Augen öffnete, betrachtete sie sein schlafendes Gesicht. Freundlichkeit lag darin, sogar wenn er schlief, in den weichen Linien seiner Lippen und den fehlenden Furchen auf der Stirn, die wütende Menschen hatten, selbst wenn sie entspannt waren. Zum millionsten Mal in allzu wenigen Tagen dankte sie den Sternen, dass sie Tegans Angebot angenommen hatte und nach Peaceful Harbor gekommen war. In Towson war sie mit ihrem Latein am Ende gewesen und hatte krampfhaft herauszufinden versucht, was das Richtige wäre: die Stelle in Baltimore annehmen und trotz der Vergangenheit versuchen, das Beste daraus zu machen, einen anderen Beruf ergreifen und in Towson bleiben, oder einfach ganz wegziehen? Mit jedem Tag, den sie mit Cole verbrachte, bewegte sie sich weiter dahin, diesen Umzug für permanent zu erklären – und im nächsten Moment stellte sie alles wieder infrage. Sie waren in der frühen Phase ihrer Beziehung. In der Anfangsverliebtheit, wie man es nannte. Konnte diese Art von Glück andauern? Und noch wichtiger: Würde sie *jemals* die lauernde Angst davor loswerden, dass die Vergangenheit alles zerstören könnte?

Sie schloss wieder die Augen, dieses Mal, um die unangenehmen Gedanken beiseitezuschieben und sich auf das Gefühl von Coles nacktem Körper an ihrem zu konzentrieren. Die Haare an seinen Beinen kitzelten ihre Haut. Seine Brust drückte fest an ihre Seite, mit jedem seiner Atemzüge hauchte warme Luft über ihre bloßen Brüste. Sein muskulöser Unterarm lag auf ihren Rippen und berührte sachte die Unterseiten ihrer Brüste. Einer seiner Füße lag unter ihrem, und der begierige Druck seiner Erregung, die nie ganz zu schwinden schien, wärmte die Außenseite ihres Oberschenkels. Ihre Brustwarzen wurden fest – allein schon bei dem Gedanken an seine Zunge, die darüber huschte, an das sanfte Saugen seines Mundes, bei dem sie fast schon gekommen war, noch bevor sie miteinander geschlafen hatten. Heftiger atmend stellte sie fest, dass sie zwischen den Beinen feucht wurde. Gott, was dieser Mann mit ihr anstellte, war pure Sünde. *Köstliche Sünde.*

»Kannst du nicht schlafen?« Cole stützte sich auf einen Ellbogen, mit schlaftrunkenem Blick, verwuschelten Haaren, weil sie sich beim Sex mit den Fingern darin festgekrallt hatte, und einem sexy Lächeln auf seinen wunderbaren Lippen.

»Ich wollte dich nicht wecken«, sagte sie und strich über seine Stoppeln. »Mir gefällt dein Gammellook.«

Er nahm ihre Hand und küsste ihre Handinnenflächen, fuhr dann mit der Zunge darüber und brachte ihren Puls zum Rasen.

»Ach ja? Vielleicht rasiere ich mich dann morgens einfach nicht mehr.« Er drückte seine Lippen auf ihre, sie stöhnte lustvoll und ihr Körper schrie nach mehr von ihm. »Ich bin froh, dass du geblieben bist.«

»Ich auch.«

Ihre Finger fuhren über seinen Rücken, als er sich gegen sie drängte. Seine Erektion drückte fest und verführerisch an ihr Bein. Lust köchelte tief in ihr, während seine Hand über ihre Hüfte strich und kitzelnd über ihren Oberschenkel bis hin zu der Hitze zwischen ihren Beinen wanderte. Er verschloss ihren

Mund mit seinem, als seine Finger in sie eintauchten und ihr ein weiteres sehnsüchtiges Stöhnen entlockten. Er wusste genau, wie er sie berühren musste, und das war so ganz anders, als es bei Chris gewesen war. Chris schien sich regelrecht durch ihre intimen Begegnungen gefummelt zu haben, immer auf der Suche nach Führung und Zustimmung, während Cole voller Selbstvertrauen, Männlichkeit und Begierde war. Sie griff nach seiner Härte, streichelte den kräftigen Schaft bis hin zur sensiblen Spitze und nutzte die tropfende Feuchtigkeit, um ihre Hand sanft über ihn gleiten zu lassen.

Er stöhnte und saugte an ihrer Unterlippe, als er sich zurückzog, seine Augen schwarz wie die Nacht.

»Gott! Was du mit mir anstellst, jedes Mal, wenn du mich berührst!« Sie spürte seine Zähne auf ihrer Schulter, und er biss gerade so fest zu, dass er Schockwellen des Verlangens bis zwischen ihre Beine sendete, während er gekonnt die Finger noch tiefer in sie gleiten ließ und über den Punkt strich, der sie die Augen zukneifen und ihre Hüften von der Matratze hochschnellen ließ.

»Cole –« Sie schnappte nach Luft, während der Orgasmus durch ihren Körper fuhr, ihre inneren Muskeln sich fest um seine Finger schlossen und er sie in einem fordernden Kuss nahm und sie so lang auf dem Höhepunkt hielt, dass sie kaum atmen konnte.

»Omeingott«, gab sie von sich, als sie ihre Lippen von ihm losriss. »Ich krieg … ich krieg keine Luft.« Seine Finger setzten ihre talentierten Bewegungen fort, sein Daumen glitt über ihre sensible Klitoris, und sie griff nach seinem Handgelenk, hielt ihn fest.

»Zuviel?« Er küsste sie wieder und ihre Hüften stießen seiner Hand entgegen.

Stöhnend begleitete sie den Verrat ihres Körpers.

Seine Zunge fuhr über ihre Unterlippe. »Soll ich aufhören?«

»Nein«, erwiderte sie atemlos.

»Gott sei Dank.« Er verschloss ihren Mund wieder mit seinem, legte seinen kräftigen Oberschenkel auf ihren und hielt sie so auf der Matratze gefangen, während er sie erneut dem Höhepunkt entgegentrieb.

Ihre Fingernägel gruben sich in die Rückseiten seiner Bizepse, als sie versuchte, ihre Hüften anzuheben, seine Finger tiefer in sich zu spüren und nicht zuzulassen, dass er diese köstlichen Qualen, denen er sie aussetzte, noch länger aufrechterhielt.

»Möchte mein Mädchen kommen?«, neckte er sie.

»Ja, zum Teufel noch mal! Ja!«

Sie musste ihn nicht zweimal bitten. Nach ein paar perfekt platzierten Streicheleinheiten schrie sie seinen Namen, nichts hielt sie mehr auf der Matratze, und sie verbiss sich in seinem Mund. Sie brauchte mehr von ihm, alles von ihm. Noch während die letzte Welle ihres Orgasmus in ihr vibrierte, drückte sie ihn zurück auf den Rücken und setzte sich rittlings auf seine Hüften. Er umfasste ihre Brüste, hob sich ihr entgegen, um ihre Nippel mit dem Mund und den Händen zu liebkosen.

»Gott, ich liebe deinen Mund.« Sie vergrub die Hände in seinen Haaren, hielt seinen Mund an ihre Brust, während er sie wieder hinauftrieb, höher und höher, allein mit seinem Mund an ihrer Brust und seiner Härte, die an ihrem nassen Zentrum rieb. Heftig stieß sie immer wieder gegen seine harte Länge.

»Du bringst mich um«, brummte er. »Ich muss dich lieben. Ich muss tief in dir sein und will dich eng und nass um mich spüren. Ich muss fühlen, wie du kommst.«

Sie schüttelte den Kopf und glitt an seinem Körper nach unten, legte sich zwischen seine Beine. Sie streichelte ihn, leckte an seiner Spitze, neckte ihn, genoss das Gefühl, dass dieser selbstbewusste Mann, der immer alles unter Kontrolle hatte, nun ganz ihr gehörte. Schließlich senkte sie ihren Mund auf ihn, schmeckte sich selbst und dann den übermächtigen Geschmack von Männlichkeit. Von Cole. Sie strich und saugte, fühlte, wie er unter ihrem Griff noch größer wurde. Mit jeder Berührung hob er die Hüften, stöhnte und machte sie mit seinen sexy Geräuschen noch feuchter. Als sie den Mund zu seinen Hoden wandern ließ, ballte er die Hände in den Laken zu Fäusten.

»Fuck, fuck, Leese«, stieß er zwischen zusammengepressten Zähnen hervor. »Wenn du so weitermachst, komme ich.«

Sie ließ nicht nach. Stattdessen fuhr sie langsam über seine Erektion, hielt sie direkt vor ihrem Mund gerade in die Höhe. Mit den Augen fest auf ihn gerichtet, leckte sie ihn, über den gesamten Schaft bis hin zur Spitze. Er stöhnte, als sie mit der Zunge über die geschwollene Eichel kreiste.

»Siehst du? Ich kann dir genauso gut Qualen bereiten wie du mir.« Sie streichelte ihn mit der Hand und stöhnte, als sein Schwanz zuckte. Oh, wie liebte sie es doch, ihn so anzuturnen.

»Leese, du spielst mit dem Feuer.«

»Ich liebe es heiß«, erwiderte sie verführerisch, nahm in tief in sich auf und löste damit ein weiteres verwegenes Stöhnen aus.

»Ich will dich lieben.« Er schaute zu der geöffneten Kondomschachtel auf dem Nachttisch.

Sie krabbelte über ihn hinüber – mit einer, wie sie hoffte, sexy und katzenähnlichen Bewegung – und holte eines heraus. Nachdem sie es ihm übergestreift hatte, hob er sie behände an, und sie spürte, wie sie von jedem seiner Zentimeter ausgefüllt wurde, als er sie hinabsenkte, bis sie ganz auf ihm saß.

»Komm her, mein Engel.« Er zog sie zu sich und küsste sie leidenschaftlich, während sie die Hüften kreisen ließ. Er reagierte perfekt auf ihre Bewegungen, und ihre Atmung begleitete stoßweise die unglaubliche Lust, die sie erfüllte.

»So ... gut«, brachte sie zwischen Küssen hervor.

Cole stöhnte zustimmend. Seine Hände umfassten ihre Hüften, führten sie, beschleunigten ihre Bewegungen. Begierde wand sich in ihren Lenden, umkreiste ihre Taille und kletterte ihren Rücken hinauf, breitete sich wie spitze Stacheln in ihren Brustwarzen aus und endlich – *Gott, endlich* – zerbarst sie um ihn. Cole stieß tief in sie, umklammerte ihre Hüften, hielt sie fest gegen sich, als er seine Erleichterung fand. Sie brach auf ihm zusammen, ihre Körper glitschig vor Schweiß, beide nach Luft schnappend. Er schob ihr die Haare über die Schulter und drückte einen Kuss auf ihre heiße Haut.

»Du machst mich fertig, Annalise Avalon. Du zerstörst mich völlig, vollkommen.« Er hob ihr Kinn an und der Blick in seinen Augen war überwältigend lebendig vor Gefühlen. Schwer schluckte er, so als kämpfte er mit der Gewalt seiner Gefühle.

Ohne ein weiteres Wort hob er sie neben sich und hüllte sie mit seinem kräftigen Körper ein. Mit dem Daumen streichelte er über ihre Lippen und mit den Augen ergründete er ihren Blick. Sie fragte sich, ob er sah, wie voll ihr Herz war.

»Du fühlst es auch, oder?« Er gab ihr einen zärtlichen Kuss.

»Bin ich so leicht zu durchschauen?«

»Wie ein Fenster«, scherzte er. »Ich fühle es mehr, als dass ich es sehe. Der Blick in deinen Augen ist immer noch vorsichtig, aber wie du mich hältst ...«

Ihr wurde bewusst, dass sie ihr rechtes Bein um ihn gelegt und ihre Hände auf seinem Rücken ausgebreitet hatte, um ihn so ganz fest an sich zu drücken. Sie biss sich auf die Unterlippe, um ihr schuldbewusstes Lächeln zu unterdrücken.

»Erzähl es niemandem«, flüsterte sie halb im Scherz.

Er legte sich neben sie und hielt sie ganz nah. Gerade als sie dabei war einzuschlafen, flüsterte er: »Ich möchte es der ganzen Welt erzählen.«

Vierzehn

In den nächsten Tagen verbrachten Cole und Leesa jede freie Minute miteinander. Sie gingen am Strand spazieren, genossen Candlelight-Dinner und Cole brachte ihr ein paar Akkorde auf der Gitarre bei, doch das führte meist zu Küssen, und die gingen dann über in Berührungen und viel, viel mehr. Er versuchte, in seiner Mittagspause – wenn er eine hatte – zum Mr. B. zu kommen, damit sie ein paar Minuten zusammen sein konnten, und zum Glück hatte sie auch die Nächte mit ihm verbracht. Ihm gegenüber war sie weniger vorsichtig geworden, aber dieser ruhelose Blick in ihren Augen blieb, wenn sie gemeinsam unterwegs waren.

Es war Freitagnachmittag, und er und Leesa planten, mit seinem Boot über Nacht hinauszufahren. Er hoffte, dass sie entspannter war, wenn sie von den Menschenmengen fortkam. Auf dem Wasser brauchten sie sich nur um sich selbst zu kümmern.

Er sah gerade Patientenakten in seinem Büro durch, als sein Handy klingelte. In der Hoffnung, es wäre Leesa, griff er lächelnd nach seinem Telefon, doch das Lächeln wurde zu einer schmalen Linie, als Mackennas Name auf dem Display erschien. Wenn es einen Menschen gab, der ausgebufft genug war, um aus purer Bosheit schmutzige Einzelheiten über Leesa auszugraben, dann Kenna. Es war an der Zeit, ein für alle Mal Tacheles mit ihr zu reden.

»Kenna«, meldete er sich tonlos.

»Das ist kaum eine nette Begrüßung für die Frau, mit der du zwei Jahre zusammen warst.«

Er seufzte. Würde sie das wirklich immer weitertreiben, selbst nach dem Abend neulich?

»Können wir bitte aufhören, diese Spielchen zu spielen?«, fragte er. »Warum bist du nach all diesen Jahren plötzlich wieder an mir interessiert?«

»Nicht plötzlich, Cole. Ich habe nie aufgehört, an dir interessiert zu sein. Aber ich wusste, dass ich manche Dinge neu ordnen musste, bevor du überhaupt in Betracht ziehen würdest, mich wiederzusehen. Und das habe ich.« Ihr Ton wurde sanfter, und er musste zugeben, dass sich auch sein verkrampftes Inneres etwas löste. Er hatte Mitleid mit ihr und ihren Illusionen. Um nichts in der Welt würde er wieder mit ihr ausgehen wollen, ganz unabhängig von Leesa. Aber er würde wahrscheinlich immer eine Schwäche für Kenna haben, tatsächlich eine Art Mitleid, denn sie war offensichtlich auf der Suche nach etwas, das unerfüllt geblieben war. Selbst wenn diese Schwäche nicht mehr in seinem Herzen war und auch nie wieder sein würde.

»Kenna, zwischen uns ist nichts mehr. Es tut mir leid.«

Sie seufzte laut. »Du bist immer noch sauer auf mich, weil ich eine offene Beziehung wollte? Cole, wir beide brauchten diese Zeit, um uns auszutoben.«

Vielleicht hatte sie recht. Der Gedanke war ihm im Laufe der Jahre gekommen. Sogar, dass sie ihm womöglich einen Gefallen getan hatte. Und nun, da er mit Leesa zusammen war, wusste er, dass es so war. Leesa weckte Gefühle in ihm, die er bei Mackenna nie gehabt hatte, und noch mehr: Für Leesa war er nicht nebensächlich. Auch wenn sie noch nicht so weit war, es zuzugeben, er wusste, dass er rasch ihr Ein und Alles wurde, genau so, wie sie seines geworden war.

»Cole? Meinst du nicht auch?«, fragte Kenna und brachte ihn damit zurück zu ihrem Gespräch.

»Ja, vielleicht hast du recht. Wir waren jung, und wahrscheinlich brauchten wir die Zeit, um erwachsen zu werden.« *Aber während ich erwachsen wurde, hast du gezeigt, wer du wirklich bist.* Er hatte das Gefühl, dass sie nie aufgeben würde, und er hatte keine andere Wahl, als alles zur Sprache zu bringen. »Das hat aber auch nicht das Ende unserer Beziehung besiegelt. Sondern das, was du Beth angetan hast.«

Stille.

»Davon weißt du?« Ihre Stimme war dünn und zittrig.

»Ja. Weil Beth und ich Freunde waren, haben wir beide uns überhaupt erst kennengelernt, weißt du noch?« Er schwieg kurz. Sie sagte weiterhin nichts. »Kenna, Familie ist das Wichtigste für mich, und die Tatsache, dass du deiner Schwester so wehtun kannst, zeigt mir, wer du wirklich bist.«

»Wer ich wirklich bin? Ich war noch ein Kind, Cole!« Sie wurde lauter, und er sah sie vor sich, mit zusammengekniffenen, wütenden Augen, so wie neulich abends.

Er sah zum Fenster hinaus und ermahnte sich selbst, dass sie dieses Gespräch führen mussten, damit sie ihre Hoffnungen endlich begrub.

»Das Alter ist eine schlechte Ausrede, Kenna. Und es ist auch nur das: eine Ausrede.« Er sah auf die Uhr. »Auf mich warten Patienten. Können wir es jetzt einfach dabei belassen? Bitte? Ich möchte mir nicht jedes Mal Sorgen machen, wenn wir uns begegnen.«

»Nein, das möchtest du nicht, oder? Du bist schon immer viel zu sehr mit dir selbst beschäftigt gewesen, mit deinem Studium und jetzt mit deiner Arbeit, um dich um irgendetwas anderes oder irgendjemand anderen zu kümmern.«

»Kenna, das diskutiere ich jetzt nicht mehr mit dir.« Er wusste, dass sie eifersüchtig auf die Zeit gewesen war, die er mit seinem Studium verbracht hatte, und vielleicht hatte er ihr damals tatsächlich nicht genügend Aufmerksamkeit geschenkt, aber das war lange her, und er bereute es nicht, sich auf sein Studium konzentriert zu haben.

»Warum, Cole? Weil auch deine einzige Ausrede ist, dass du jung und dumm warst?«

Cole stand auf, ging vor dem Fenster auf und ab, das zu dem Ort hinaus lag, in dem er aufgewachsen war, dem einzigen Ort, an dem er sich jemals niederlassen wollte. Aber er dachte nicht mehr an Kenna, wenn er durch die Straßen ging oder wenn er abends am Strand saß, wie in jenem Sommer, als sie sich getrennt hatten. Er wusste, dass sie niemals verstehen würde, was er sagen wollte. Denn für Kenna war die Collegezeit gleichbedeutend gewesen mit Spaß und Hörnerabstoßen, während es für Cole darum gegangen war, die nötigen Noten zu erreichen, um das Medizinstudium aufnehmen und seine Karriere aufbauen zu können. Aber ein Lügner war er nie gewesen, und damit würde er jetzt auch nicht anfangen.

»Nein, Kenna. Nicht weil ich jung und dumm war. Es tut mir leid, wenn ich dich verletzt habe oder dir nicht die Aufmerksamkeit geschenkt habe, die du verdient hast, aber ich war auf dem College, um zu lernen. Um zu studieren und es auf die Medizinhochschule zu schaffen. Der Rest ... na ja, ich war mit *einer* Freundin vollkommen zufrieden. Ich brauchte nicht mehr, so wie du es brauchtest. Jetzt hoffe ich, dass wir das hinter uns lassen können, damit jeder mit seinem Leben weitermachen kann. Ich muss mich um meine Patienten kümmern.«

Als er das Gespräch beendete, hatte er das unwohle Gefühl in der Magengegend, dass dies wohl nicht das letzte Mal gewesen war, dass er von ihr hörte. Doch darum konnte er sich jetzt nicht kümmern. Er hatte den Folgetermin von Elsie Hood vor sich. Und dann ein herrliches Wochenende mit Leesa.

Kurz darauf saß Cole Martin, Ann und Elsie gegenüber und hatte nur ein Ziel: eine angemessene Behandlung für Elsies Spondylolyse auf den Weg zu bringen, die durch die Untersuchungsergebnisse bestätigt worden war. Als die Hoods in sein Büro gekommen waren, hatten sie eine Spannung mit hereingebracht, die so greifbar war, dass Cole sie mit einem Skalpell hätte durchschneiden können. Elsie saß zwischen ihren Eltern, fingerte an den Fransen ihrer Shorts herum und hielt den Blick auf Coles Schreibtisch gerichtet. Ihr Vater saß kerzengerade da, steif, so als bereite er sich innerlich auf eine Diskussion vor. Ann umklammerte mit der linken Hand ihre Armlehne, die rechte Hand ruhte auf der von Elsies Stuhl.

In Momenten wie diesen fragte Cole sich, wie es wohl sein musste, ein Vater zu sein, der hin- und hergerissen ist zwischen dem Wunsch, das Richtige für das Wohlergehen seines Kindes zu tun, und der Notwendigkeit, sich zwischen das Kind und seine Träume stellen zu müssen.

Er und seine Geschwister hatten alle möglichen Sportarten ausgeübt, von Football und Baseball für die Jungs bis hin zu Turnen und Schwimmen für Shannon. Tempe hatte es nicht so mit intensiven Sportarten, aber ihre Mutter hatte darauf bestanden, dass sie etwas machte. Sie hatte sich für Golf und Segeln entschieden. Cole war sich sehr wohl bewusst, wie viel Zeit und Engagement die typischen Sportarten von Familien verlangten, und er wusste, dass ernsthafte Sportler drei Stunden und mehr pro Tag trainierten, manche davon sieben Tage die Woche. Mann, er war ja selbst einer von ihnen gewesen. Und für Elsie – so hatte er im Laufe der ersten Untersuchung erfahren – bedeutete dies oft, dass sie morgens um halb fünf das Haus verlassen musste, um noch vor Unterrichtsbeginn in die Turnhalle zu kommen.

Bei Elsies Teilnahme an den diesjährigen Ausscheidungswettkämpfen für die Olympischen Spiele ging es nicht nur um Elsie und ihren Erfolg. Es ging um die unzähligen Stunden und das Leben, das ihre Eltern aufgegeben hatten, damit sie erfolgreich war, und Cole hatte das Gefühl, dass das alles nicht so leicht ad acta gelegt werden würde.

»Danke, dass Sie noch einmal gekommen sind, um die Ergebnisse zu besprechen. Die Untersuchungen haben ergeben, dass Elsie eine subakute Fraktur der Pars interarticularis in der Lendenwirbelsäule hat, bilateral auf der Höhe des fünften Lendenwirbels. Das bedeutet, dass an beiden Seiten des Wirbels eine Fraktur besteht.«

»Subakut?« Ann zog die Augenbrauen zusammen und griff nach der Hand ihrer Tochter.

Dankbar stellte Cole fest, dass zumindest ein Elternteil daran dachte, ihrer Tochter durch die Diagnose zu helfen. Er wartete einen Moment lang, während sie die Hand ihrer Tochter tröstend drückte.

»Subakut bedeutet, dass die Fraktur vor etwa sechs Wochen bis hin zu mehreren Monaten aufgetreten ist.«

Elsie hielt den Blick auf seinen Schreibtisch gerichtet, die freie Hand war nun zu einer Faust geballt.

»Elsie?« Sorge breitete sich im Blick der Mutter aus.

Elsie schwieg weiterhin.

»Elsie, erinnerst du dich daran, dass du schon vor mehr als ein paar Wochen Schmerzen hattest?« Cole wusste, dass es so sein musste, auch wenn es sich vielleicht nur wie ein gezerrter Muskel angefühlt hatte. Eine Fraktur dieser Art konnte nicht so lange unbemerkt geblieben sein. Allerdings wusste er nicht, ob Elsie geklagt und ihr Vater sie nicht beachtet oder sie durch den Schmerz getrieben hatte oder ob dies Elsies Kampf war, der vom Vater unterstützt wurde. Ihre Mutter schien zu überrascht zu sein, als dass es gespielt sein konnte.

»Ich kann mich nicht erinnern.« Endlich hob sie den Kopf mit einem hoffnungsvollen Blick und fragte: »Aber Sie können das doch wieder hinkriegen, oder, Dr. Braden?«

Er lächelte, damit sie sich wohler fühlte und weil er in der Tat glaubte, dass sie ihre Verletzung mit der richtigen Behandlung heilen konnten. »Ja, Elsie. In deinem Alter wächst die Wirbelsäule noch, und die Knochen wachsen nicht nur wieder zusammen, sondern du wirst auch – wenn es richtig behandelt wird – nächstes Jahr wieder auf Wettkämpfen turnen können.«

»Nächstes Jahr?«, fuhr Martin ihn an. Seine Knopfaugen verengten sich. »Die Ausscheidungswettkämpfe für die Olympischen Spiele sind in zwei Monaten.«

Cole nickte. »Darüber bin ich mir im Klaren.« Er faltete die Hände auf dem Tisch und beugte sich vor. »Mr. Hood, bei der Verletzung Ihrer Tochter geht es nicht um einen gezerrten Muskel. Das kann man nicht mit einer Woche Auszeit in den Griff bekommen. Knochen brauchen Zeit zu heilen, und bei einer derartigen Fraktur, in diesem Ausmaß, müssen sie während des Heilungsprozesses stabilisiert werden. Ich kann mit gutem Gewissen nichts anderes empfehlen als eine Thorakolumbosakralorthese, auch TLSO genannt, in Verbindung mit Entzündungshemmern und natürlich eingeschränkter Aktivität.«

»Wir sind zu Ihnen gekommen, weil man uns gesagt hat, sie hätten andere Behandlungsmöglichkeiten zur Verfügung. Sie wurden uns von anderen Sportlern sehr empfohlen«, erläuterte Martin mit einem vorwurfsvollen Tonfall und dem entsprechenden Blick. »Gibt es keine Operation, die Sie vornehmen könnten, mit der das alles schneller wieder in Ordnung käme?«

Cole musste seine Verärgerung über die vollkommene Missachtung dieses Mannes für seine professionelle Meinung im Zaum halten. »Mr. Hood, Rückenoperationen sind eine ernste Angelegenheit und nichts, was wir empfehlen, ohne vorher die weniger aggressiven Behandlungsmöglichkeiten auszuschöpfen. Darüber hinaus ist die Genesung nach einer Rückenoperation nicht unkomplizierter oder schneller als das, was ich empfehle.« Er wandte seine Aufmerksamkeit Elsie zu, um ihr die Behandlung ebenso verständlich zu machen wie ihren Eltern. »Elsie ist ein Teenager. Ihr Körper ist noch im Wachstum und eine natürliche Heilung für Patienten in Elsies Alter ist immer die bessere Option. Mir ist bewusst, dass das Ihre Pläne durchkreuzt, aber wenn die Heilung erst einmal vollständig ist und sie keinerlei Bewegungseinschränkungen mehr aufweist, ihre Kraft wiedererlangt hat und symptomfrei ist, dann sollte sie wieder in der Lage sein, Wettkämpfe durchzuführen.«

»Dr. Braden, was glauben Sie, wie lange das dauern könnte?«, wollte Elsie wissen.

»Schwer zu sagen, Elsie. Das kann zwischen zwei und mehreren Monaten dauern.«

Tränen stiegen ihr in die Augen. »Wenn ich *doch* Wochen früher etwas gespürt hätte und zum Arzt gegangen wäre, hätte das einen Unterschied gemacht?« Sie musste gespürt haben, dass sich der finstere Blick ihres Vaters auf sie richtete, denn während sie weiter Cole anschaute, erklärte sie: »Ich sag ja nicht, dass es so ist, aber was wäre, wenn?«

»Es ist immer besser, sich um Verletzungen zu kümmern, gleich nachdem sie aufgetreten sind«, erklärte Cole. Er wollte nicht, dass sie sich wegen etwas schuldig fühlte, das wahrscheinlich ihr herrischer Vater kontrolliert hatte, aber sie war Sportlerin, und sie musste verstehen, welche Auswirkungen es haben konnte, wenn sie sich bei zukünftigen Verletzungen nicht zeitnah behandeln ließ.

»Wichtig ist, dass du jetzt hier bist und dass deine Verletzung behandelt werden kann.«

Martin erhob sich. Angst breitete sich in Elsies Blick aus, als ihre Mutter sich neben ihr ebenfalls erhob, während sie sitzen blieb.

»Danke, Dr. Braden. Wir werden das in Betracht ziehen«, sagte ihr Vater.

Cole ging um den Schreibtisch herum. »Mr. Hood, ich habe bereits mit unserem Orthopädietechniker gesprochen, und er könnte bei Elsie heute die Anpassung für ein Korsett vornehmen und mit Ihnen besprechen –«

»Das wird nicht notwendig sein«, unterbrach ihn Martin. »Wir werden nach Hause fahren und die Behandlungsmöglichkeiten im Familienkreis besprechen, und dann werden wir eine zweite Meinung einholen. Vielen Dank für Ihre Zeit.«

»Mr. Hood, wenn Ihre Tochter nicht richtig behandelt wird, könnte sie ihr Leben lang mit Schmerzen zu kämpfen haben. Ich hoffe, Sie werden ernsthaft über meinen Vorschlag nachdenken. Es wird noch andere Wettkämpfe geben.«

»Dad.« Elsies Blick huschte zwischen Cole und ihrem Vater hin und her.

Martin sah seine Tochter an, seine Frau und dann Cole, bevor er »Danke für Ihre Zeit« wiederholte und den Raum verließ.

»Komm, Schatz«, sagte Ann mit der Hand auf Elsies Schulter.

Aber Elsie zögerte. Sie sah verängstigt aus. »Dr. Braden, sind Sie sicher, dass es für immer so wehtun wird, wenn ich diese Behandlung nicht mache?«

Cole sagte es nur sehr ungern, aber er schuldete ihr die Wahrheit. »Wenn du mit deiner Verletzung weiterhin trainierst, dann wird der Schmerz, so fürchte ich, leider noch stärker werden, Elsie.« Er richtete den Blick nun auf Ann. »Ich bin sicher, deine Eltern werden dir helfen, die richtige Entscheidung zu treffen.«

Sie sah zu ihrer Mutter auf. »Mom?«

»Danke, Dr. Braden.« Ann streckte Cole die Hand entgegen, und als er sie ergriff, spürte er ihr Zittern. »Ich werde mit meinem Mann sprechen.«

Manche Patienten kamen in Coles Büro und verließen es wie eine sanfte Brise, mild und leicht. Als er den Hoods hinterhersah, spürte er die Gewalt einer Orkanbö mit ihnen hinausströmen.

Leesa saß auf dem Parkplatz von Jazzy Joe's Café in ihrem Auto, das Herz schlug ihr bis zum Hals und sie drückte sich das Handy fest ans Ohr, während sie ihrer Freundin und ehemaligen Kollegin Lena Bail lauschte, die ihr von Andy berichtete. Leesa wollte sich in ein paar Minuten mit Tempe treffen, um über die Girl-Power-Gruppe zu reden. Sie hatte gedacht, Lena rief an, um ein bisschen zu plaudern, aber meine Güte, da lag sie so was von falsch. Schon während sie sich kurz über Leesas Befinden in Peaceful Harbor austauschten, verriet Lenas Tonfall ihr, dass sie nicht angerufen hatte, um unbeschwert zu quatschen.

»Annalise, ich mache mir Sorgen um Andy.«

Leesa stockte der Atem. Es berührte sie wohlig, ihren richtigen Namen so natürlich ausgesprochen zu hören, noch dazu von der Stimme ihrer Freundin, und gleichzeitig wühlte es sie auf zu hören, dass es Andy nicht gut ging.

»Wir dürfen nicht über den Fall reden.« Leesas Magen zog sich zusammen. So sehr sie auch wissen wollte, was mit Andy los war, sie wollte nichts tun, was sie wieder in Schwierigkeiten bringen würde.

»Ich weiß. Wir reden ja auch nicht über den Fall. Wir sind einfach nur Freundinnen und ich brauche zufällig mal deinen Rat.«

»Lena.«

Ihre Freundin seufzte. »Okay, gut. Lass mich dich einfach nur nach deiner professionellen Meinung fragen, denn hier laufen alle verdammt noch mal auf Zehenspitzen um den Jungen und diesen Vater herum, und ich mache mir wirklich Sorgen um ihn.«

Leesa verabscheute die Schroffheit von Andys Vater und die erniedrigende Art, mit der er mit seinem Sohn gesprochen hatte. Aber sie hatte kaum etwas dagegen unternehmen können, bis auf ein gelegentliches *Tut mir leid, Mr. Darren, aber Andy und ich müssen jetzt wirklich weiterlernen,* damit er aus dem Zimmer ging. Eine Tatsache, die er im Laufe der Untersuchung zu ihrem Nachteil zu nutzen versucht hatte.

Allein bei dem Gedanken an die Untersuchung wurde ihr

speiübel. Aber Lena war eine Kollegin. Ein richtiger Profi, von den Absätzen und Hosen bis hin zu ihrem schicken Bob und ihrer Art, mit den Schülern umzugehen – mit Empathie ebenso wie mit Autorität, angereichert mit dem richtigen Maß an Führung. Sie hatten sich schnell angefreundet und Lena war während ihrer schweren Zeit für sie da gewesen. Dieses Gespräch war das Mindeste, was sie nun für sie tun konnte.

Leesa sah sich auf dem Parkplatz um, so als könnte jemand durch das geschlossene Autofenster hören, dass sie über Andy sprachen. *Lächerlich.*

»In Ordnung, aber wir haben dieses Gespräch nie geführt.«

»Natürlich nicht«, pflichtete ihr Lena bei. »Er kommuniziert überhaupt nicht. Ehrlich, der Junge verzieht keine Miene, schaut nicht auf sein Handy, interagiert nicht mit anderen Jugendlichen. Er sitzt einfach nur eiskalt und schweigend da.«

»Oh, Lena. Das ist schrecklich.«

»Ich weiß. Andy war ja immer sehr engagiert. Eigensinnig, weißt du. Annalise, ich mache mir Sorgen, dass es ihm sogar noch schlechter geht als gleich nach dem Unfall. Erinnerst du dich, wie verschlossen er war?«

Leesa atmete zittrig ein. »Mhm.«

»Ich hab nur … ich hab einfach das Gefühl, dass ich es nicht ignorieren sollte. Dass ich etwas zu irgendjemandem sagen sollte, dabei weiß ich, dass alle anderen es auch sehen und keiner etwas unternimmt. Und was weiß ich, was dieser furchtbare Vater sagen würde, wenn ich versuchen würde, mit ihm darüber zu reden.«

Sie hielt kurz inne, und Leesa wusste, dass sie das Gleiche dachten, nämlich dass Andys Lügen ihn innerlich auffraßen.

Ein Klopfen an der Autoscheibe ließ sie zusammenfahren. Sie sah in das lächelnde Gesicht von Tempe, die ihr fröhlich zuwinkte. Leesa zwang sich zu einem Lächeln und winkte, während sie zu Lena sagte: »Ich treffe mich mit jemandem, und sie ist gerade gekommen. Kann ich darüber nachdenken und dich zurückrufen?«

Tempe zeigte auf das Café und bedeutete ihr, dass sie drinnen warten würde. Leesa nickte und beendete das Gespräch mit Lena, indem sie ihr empfahl, erst noch weiter über das geeignete Vorgehen nachzudenken, bevor sie irgendetwas unternahm. »Du weißt, dass dieser Vater für keinen einzigen Vorschlag offen sein wird, vor allem nicht von dir, da du mich die ganze Zeit über unterstützt hast.«

»Ich weiß. Deshalb hatte ich ja gehofft, dass du mir raten könntest, wie man damit besser umgeht. Ich habe versucht, mit der Vertrauenslehrerin zu reden, aber sie sagte mehr oder weniger, sie hätten schon alles getan, was getan werden konnte. Ich lass dich jetzt in Ruhe, aber ich habe das Gefühl, auf einer tickenden Zeitbombe zu sitzen. Man liest doch ständig von Kindern, die heutzutage wegen einer Depression grauenhafte Dinge tun. Und ich möchte nicht, dass Andy als Statistik endet. Ach, Annalise, du fehlst mir.«

»Du fehlst mir auch. Ich bin froh, dass du angerufen hast, auch wenn ich jetzt das Gefühl habe, mich übergeben zu müssen.«

»Sorry! Ich wusste einfach nicht, wem es sonst wichtig genug wäre, ihm zu helfen. Alle hier sind im Team Annalise, sie haben also nicht viel für Andy übrig. Aber ich weiß, dass er dir wichtig ist. Geht es dir wirklich gut? Hast du schon irgendeine Entscheidung bezüglich der Stelle in Baltimore getroffen, oder hat Tegan dich überzeugt, nach Peaceful Harbor zu ziehen?«

»Nein, ich habe noch keine Entscheidung getroffen, aber die Leute hier sind wirklich nett und …« Sie wusste, dass Tempe auf sie wartete und sie schnell zum Ende kommen musste. Anstatt sich also über Cole und ihre frustrierenden, allgegenwärtigen Sorgen auszulassen, sagte sie nur: »Alles gut. Wir reden bald noch mal, und, Lena? Danke, dass du dich um Andy sorgst. Er ist noch ein Kind und er hat beschissene Eltern.«

Die Gedanken an Andy verfolgten Leesa, als sie das Jazzy Joe's betrat.

»Willkommen im Joe's!«, rief Joe ihr entgegen.

Sie winkte ihm zu und entdeckte Tempe in einer Nische. Sie versuchte, ihre Begeisterung über ihr Treffen wieder wachzurufen, aber die Sorge um Andy überschattete ihre Stimmung. Sie holte sich eine Tasse Kaffee am Tresen und ging dann zu Tempe.

Leesa rutschte auf den Platz ihr gegenüber. »Hallo, tut mir wirklich leid. Eine Freundin von zu Hause hat angerufen, als ich gerade auf den Parkplatz fuhr.«

Tempe winkte ab. »Kein Problem. Du vermisst deine Freunde bestimmt.« Sie lächelte, während ihr Blick über Leesas blaues Top und den Minirock mit Blumenmuster wanderte. »Anscheinend kaufen wir in den gleichen Geschäften ein.« Sie sah auf ihren eigenen Rock hinab, der genau so aussah wie der von Leesa, nur in einer anderen Farbe. »Mit unseren blonden Haaren könnten wir Schwestern sein.«

»Stimmt. Dabei sind ja die meisten in deiner Familie dunkelhaarig. Meine Mom war blond, aber mein Dad hatte braune Haare, wie die hier.« Sie hob ihre Haare an und beugte sich vor, um Tempe den dunklen Ansatz zu zeigen. »Als hätte Gott mir unter dem Blond noch ein kleines Andenken an ihn mitgegeben.«

»Dasselbe habe ich auch!« Tempe hob ebenfalls ihre Haare

hoch. »Aber natürlich haben meine dunkelhaarigen Geschwister keinen blonden Ansatz. Echt unfair.« Sie lachte. »Wie ich gehört habe, verbringen du und Cole die Nacht auf dem Boot.«

»Das hast du schon gehört? Wir haben es erst gestern Abend entschieden.«

»Ein Hoch auf die Buschtrommeln der Bradens. Ich war gerade im Pub, als Cole anrief und unserem Dad erzählte, dass er erst am Sonntag kommen kann, um beim Boot zu helfen.« Tempe nippte an ihrem Kaffee.

»Ich hoffe, euer Dad hat nichts dagegen, dass Cole weg ist. Wir könnten auch an einem anderen Wochenende rausfahren.« Als Cole den Ausflug vorgeschlagen hatte, war ihr nicht in den Sinn gekommen, dass Cole eigentlich seinem Vater beim Boot helfen sollte.

Tempe riss die Augen auf. »Spinnst du? Dad ist begeistert. Er hat gesagt, er hat Cole noch nie so glücklich, so abgelenkt gesehen. Dein Freund ist so eine Art Workaholic.«

Freund? Sie ließ das Wort in ihrem glücklichen kleinen Herzen ein paar Sekunden herumhüpfen, bevor sie etwas erwiderte. Tempe hatte das Wort so selbstverständlich verwendet, dass Leesa das Gefühl hatte, Coles Schwester hätte ihre Verbindung als so stark wahrgenommen, wie Leesa sie empfand, und das war ein großartiges Gefühl.

»Ich weiß«, sagte sie schließlich. »Das gefällt mir eigentlich auch an ihm. Ich glaube, ich habe meinen Ex gelangweilt, weil ich wohl ein ziemlich häuslicher Typ bin. Hab schon immer eher gelesen, als dass ich auf Partys herumhing. Gestern Abend hat Cole Patientenakten gelesen, während ich mir den neuesten Roman von Jill Shalvis gegönnt habe. Mein kleines schmutziges Geheimnis. Fand ihn toll.«

»Ich finde die Autorin auch toll!« Tempe kräuselte die Nase.

»Shannon liest sie auch, und meine Mom ebenfalls. Ich will ja nicht zu neugierig sein oder so, aber du und Cole …? Ihr versteht euch ziemlich gut.«

Leesa konnte das Grinsen nicht verbergen, das sich auf ihren Wangen breitmachte. »Um ehrlich zu sein, hab ich keine Ahnung, wie er so lange Single bleiben konnte. Er ist so ein erstaunlicher Mann. So herzlich, liebevoll, klug, witzig und …« Sie schlug sich die Hand vor den Mund und lachte. »Und dein *Bruder!* Tut mir leid.«

»Ach, komm, das muss es wirklich nicht. Ich will doch, dass er glücklich ist.« Tempe beugte sich vor und legte die Hände um die Kaffeetasse. »Also, Girl Power. Ich freue mich wirklich darüber und hab ein paar Vorschläge festgehalten.« Sie langte in ihre Handtasche und holte einen Block hervor.

Leesa wurde bewusst, dass sie ihren Schreibblock nicht mehr mit sich herumtrug, seit sie Zeit mit Cole verbrachte, und dass sie nicht mehr die Notwendigkeit verspürt hatte, ihre Gefühle aufzuschreiben. Dieser Gedanke sorgte für Erleichterung, aber diese Erleichterung war nicht stärker als das unwohle Gefühl in der Magengegend bei dem Gedanken, eine Girl-Power-Gruppe zu gründen.

Sie legte die Hand auf Tempes. »Warte. Ich habe darüber nachgedacht.« *Sogar noch mehr, nachdem Lena angerufen hat.* »Du weißt schon, dass – auch wenn wir es jetzt planen – es vielleicht nicht dazu kommt, ja? Ich bin immer noch nicht sicher, ob ich in der Gegend bleibe.«

»Du überlegst also wirklich, ob du zurückgehst? Ich dachte nur … bei dem, was zwischen dir und Cole läuft …«

»Na ja, schon … Ich mein, ich …« Sie versuchte, ihre Gedanken zu ordnen, aber sie rannten in alle Richtungen. Ihr gefiel Peaceful Harbor sehr, und sie wollte gar nicht erst darüber nachdenken, Cole zu verlassen, aber ihr Leben war in Towson. Obwohl … Was für ein Leben hatte sie denn dort noch? Wenn sie zurückging, musste sie woanders arbeiten. Aber jetzt, nach Lenas Anruf, hatte sie noch mehr das Gefühl, dass dort etwas unerledigt war. Tempe sah sie gespannt an, wartete auf eine Antwort. Leesa holte tief Luft und vertraute sich Tempe an. Sie hatte das Gefühl, bei ihr wäre das in Ordnung, und sie war es leid, dass die Gedanken in ihrem Kopf herumschwirrten.

»Ich weiß ehrlich nicht, wo ich letztendlich lande. Ich dachte, ich könnte einfach neu anfangen, aber ich lebe mit der Angst, jemand könnte alles herausfinden.«

Tempes blaue Augen strahlten Wärme aus. »Ach, Leesa, ich verstehe dich vollkommen. Aber glaubst du nicht, dass sich das mit der Zeit ändert?«

»Das hoffe ich. Ich kann mir nicht vorstellen, ewig so zu leben.« Sie nahm einen Schluck von ihrem Kaffee und versuchte, den in den Untiefen ihres Hirns nagenden Gedanken an das zu ignorieren, was Lena ihr erzählt hatte und was Ace zu ihr gesagt hatte. Und dann war da noch Cole, der mit jedem Tag mehr und mehr von ihrem Herzen stahl. Es war das schönste Gefühl auf Erden, aber das Timing war grauenhaft, denn ihre Vergangenheit konnte seine Gegenwart zerstören.

»Kann ich irgendetwas tun?«

»Ich wünschte, es gäbe irgendwo einen Zauberschalter. Aber den gibt es nicht, und auch wenn ich weiß, dass ich nichts falsch gemacht habe, mache ich mir trotzdem Sorgen. Allein der Gedanke daran, mich hier erklären zu müssen, macht mir Angst.« Sie lehnte sich auf der gepolsterten Bank zurück. »Ach, entschuldige. Als meine Freundin vorhin anrief, erzählte sie mir, dass es Andy nicht gut geht, und ich fürchte, das hat mich wirklich von unserem Thema abgelenkt. Wenn es mir meilenweit entfernt von Towson so schwerfällt, dann kann ich mir ausmalen, wie schwer es für ihn sein muss, mit dem Wissen zu leben, dass er meine Welt zum Einstürzen gebracht hat. Und so wie ich das Gefühl hatte, einen schlechten Ruf verpasst bekommen zu haben, so sehen die Leute, die an mich geglaubt haben, jetzt auf ihn herab. Und das finde ich schrecklich, denn er ist doch nur ein Kind.«

»Hast du darüber nachgedacht, mal mit ihm zu reden? Das könnte euch beiden helfen.« Tempe lächelte Joe an, der in der Nähe einen Tisch abwischte. »Und dann kannst du dir vielleicht überlegen, ob du hierbleiben und wirklich neu anfangen willst.«

»Darüber denke ich die ganze Zeit nach. Allerdings soll ich nicht mit Andy sprechen.« Die Empathie in Tempes Blick entlockte Leesa einige Wahrheiten, und es war ein gutes Gefühl, über die Dinge zu reden, die sie innerlich auffraßen. »Cole hat vorgeschlagen, dass ich mich hier um eine Lehrerstelle bewerbe. Aber es müsste nur einer das Falsche sagen, und schon wüsste der ganze Ort, was in Towson geschehen ist. Abgesehen davon, dass es demütigend für mich wäre, würde es ihn in die Situation bringen, dass er unsere Beziehung verteidigen müsste. Das habe ich schon einmal erlebt, und das war kein Vergnügen.«

»Himmel, es ist so schlimm, dass ein einziges Kind dein Leben so sehr verändern kann. Ich kann mir nicht vorstellen, keine Musiktherapie mehr zu machen. Jede einzelne Minute des Tages würde ich es vermissen.« Sie langte über den Tisch und berührte Leesas Hand. »Ich bin sicher, du hast dort Freunde, die dich lieben und unterstützen, aber du weißt, dass du sie auch hier hast. Meine ganze Familie ist für dich da.«

»Ja, ich vermisse sie wirklich. Und deine Familie ist so nett. Danke.«

Tempe klappte ihren Block auf und drehte ihn um, damit

Leesa lesen konnte, was sie geschrieben hatte. »Wir können das wahrscheinlich nicht alles bei einer Tasse Kaffee organisieren, aber ich hoffe, es gibt uns ein paar Anhaltspunkte. Ich glaube, Zeit und etwas anderes, auf das du dich konzentrieren kannst, das wird dir helfen.« Sie hob den Blick und lächelte. »Etwas anderes als mein Bruder.«

»Hast du es darauf abgesehen, dass ich rot werde? Denn das hast du hervorragend hinbekommen.« Leesa schaute auf den Notizblock, und in genau dem Moment ging die Tür des Cafés auf und Mackenna kam herein. Leesa hielt sich schützend die Hand vor das Gesicht.

»Du kannst dich vor ihr nicht verstecken. Das verleiht ihr nur noch mehr Macht.« Tempe drückte Leesas Hand nach unten. »Außerdem bist du diejenige, mit der Cole zusammen ist. Zeig's ihr, Mädel. Das hat seit Jahren in dieser Stadt niemand geschafft.«

Leesa flüsterte: »Sie hat ihn neulich Abend im Tap It geküsst, und sie wusste genau, dass ich mit ihm da war. Ich hab keine Lust, mich mit ihr anzulegen. Das ist nicht mein Krieg.«

»Es gibt keinen Grund für einen Krieg.« Tempe zeigte auf den Schreibblock. »Konzentrieren wir uns lieber darauf. Du wirst überrascht sein, wie Inspiration unruhige Gedanken beruhigen kann.«

Sie beugten sich über Tempes Notizen, und bevor Leesa sich versah, waren zwei Stunden vergangen. Mackenna war gegangen, ohne dass Leesa es auch nur bemerkt hätte, und sie hatten eine vollständige To-do-Liste erstellt, um eine Girl-Power-Gruppe auf den Weg zu bringen. Sie fragte sich, ob sie sich so sehr in eine solche Gruppe vertiefen könnte, dass ihre Vergangenheit auch einfach so verschwinden würde.

»Danke, Tempe. Du hast mich wirklich auf andere

Gedanken gebracht, und das hier ist ein großartiger Plan, wenn ich mich tatsächlich entscheiden sollte, für immer herzuziehen.« Sie gab Tempe ihren Schreibblock zurück.

»Behalt ihn.« Tempe schob den Block über den Tisch. »Dann können wir alle Notizen darin festhalten. Du hast vielleicht noch mehr Ideen und ich habe jede Menge Schreibblöcke.« Sie brachten ihre Kaffeebecher zurück und gingen nach draußen. »Ich bin wirklich froh, dass wir uns besser kennengelernt haben, Leesa. Falls du je eine Freundin zum Quatschen oder für sonst was brauchst: Ich bin da.«

»Danke. Ich wollte anfangs nicht so miesepetrig rüberkommen.«

»Bist du nicht. Ist doch schön, auch mal über echte Themen zu reden. Ich arbeite viel mit Kindern, da habe ich selten die Gelegenheit, mich mal wirklich mit einem Kaffee hinzusetzen und mit Leuten außerhalb meiner Familie zu reden.« Sie lehnte sich vor und sagte: »Wir häuslichen Typen müssen zusammenhalten.«

Sie verabschiedeten sich mit einer Umarmung und Leesa sah ihr hinterher. Konnte sie von dem Ort wegziehen, an dem sie ihr ganzes Leben verbracht hatte, und neu anfangen? Konnte sie das Haus zurücklassen, in dem sie aufgewachsen war, das Haus, das so viele Erinnerungen an ihren Vater barg? Oder würde sich das zu sehr wie ein Verrat anfühlen? Was hätte er ihr geraten?

Als sie ins Auto stieg und die Nachrichten auf ihrem Handy checkte, dachte sie noch immer darüber nach. Sie hatte eine Nachricht von Cole verpasst. *Sorry, wird etwas später bei mir. Hab noch zwei Patienten. Hol dich um acht ab?*

Sie machte sich Sorgen, dass er nach einem langen Tag mit Patienten zu müde für den Bootsausflug sein könnte, und schrieb ihm schnell eine Antwort.

Bist du nicht müde? Willst du vielleicht ein anderes Mal rausfahren und den Abend heute lieber bei dir verbringen? Macht mir nichts aus.

Seine Antwort kam prompt. *Nie zu müde, um Zeit mit dir zu verbringen.*

An wie vielen Abenden hatte Chris Verabredungen mit ihr abgesagt, weil er zu müde gewesen war? Selbst zu Beginn ihrer Beziehung hatten sie sich nur etwa zweimal in der Woche gesehen. Sie war immer verständnisvoll gewesen, aber natürlich hatte sich ein Teil von ihr auch immer gefragt, warum Chris es nicht schöner fand, den Abend entspannt zusammen zu verbringen. Cole gab ihr nie das Gefühl, eine Zumutung oder eine Verpflichtung zu sein. Er freute sich immer aufrichtig, sie zu sehen. Wenn sie zusammen waren, konnte sie es in seinen Augen sehen, und jetzt fragte sie sich, warum weniger jemals in Ordnung gewesen war.

Sie dachte an Coles Vater und das, was er gesagt hatte. Und obwohl Ace nett wie immer gewesen war, befürchtete sie immer noch, eine Grenze überschritten zu haben, als sie ihn nach seinem Bein gefragt hatte. Aber bei all den Zweifeln, die sie zurzeit mit sich herumtrug, fragte sie sich auch, ob sie sich das nur einbildete. Sie hatte nicht das Gefühl, dass sie in letzter Zeit über ein allzu gutes Urteilsvermögen verfügte. Sie dachte an Lenas Anruf und ihre Sorge um Andy nahm sie wieder gefangen. Überschritt sie auch bei Andy eine Grenze? Sie versuchte sich klarzumachen, dass Andy nicht mehr ihr Schüler war und sie keinen Grund hatte, sich um ihn zu sorgen. Er war ihre Vergangenheit, nicht ihre Gegenwart. Aber es war nicht die Lehrerin in ihr, die sich um ihn Sorgen machte. Es war der Mensch in ihr, es waren die Empathie und der innere Konflikt, denen sie nicht entkommen konnte.

Sie las Coles Nachricht noch einmal. *Nie zu müde, um Zeit mit dir zu verbringen.*

Das wollte sie – mit Cole zusammen sein, glücklich sein. Sie wollte die Gefühle spüren, die ihr Herz in Aufruhr versetzten und ihre Gedanken herumwirbeln ließen. Das Prickeln vom Kopf bis zu den Füßen und die aufkommende Hitze an den schönsten Stellen dazwischen – was sie verspürte, wenn sie nur an ihn dachte. Sie wollte diese Dinge für Cole so unbedingt empfinden, dass es schon schmerzte. *Ich verdiene es, glücklich zu sein. Die Sache mit Andy hat mir schon zu viel von meinem Glück geraubt.*

Zum hundertsten Mal ermahnte sie sich, die Sache mit Cole langsamer anzugehen, bis sie ihre Vergangenheit hinter sich gelassen hatte, und ihn nicht ihr zuliebe seinen Ruf aufs Spiel setzen zu lassen.

Und als sie ihre Antwort an Cole schickte – *Acht ist perfekt* – , ignorierte sie ihre Mahnung zum hundertsten Mal.

Fünfzehn

Cole griff nach Leesas Hand, als sie hinaussegelten und in der Ferne die Lichter des Jachthafens wie Diamanten in der Nacht verblassten.

Sie lächelte zu ihm auf und fragte: »Wie lief es mit den Eltern der Turnerin?«

Er fand es wunderbar, dass sie nicht eifersüchtig auf seine Arbeit war oder auf die Stunden, die er dafür investieren musste. Immer war er überzeugt gewesen, dass er eines Tages eine besondere Frau finden würde, die in jeder Hinsicht war wie er. Die sich ebenso für ihren Beruf einsetzte, für die Familie, für den Partner und für die Beziehung, so wie ein Mensch seiner Meinung nach sein musste, um wahrhaft glücklich sein zu können. Er hatte beruflichen Erfolg, war für seine Familie da, und er konnte stolz auf den Mann sein, der er geworden war. Wenn er diese besondere Frau fand – dessen war er sich sicher –, würde ihr gemeinsames Glück auf höherer Ebene erblühen. Und jedes Mal, wenn er und Leesa zusammen waren, spürte er, dass sich ihre Verbindung vertiefte und festigte.

»Sie wollen erst noch über den Behandlungsplan sprechen. Ich hoffe, sie kommen nächste Woche wieder, um die nächsten Schritte anzugehen, aber bei jungen Sportlern haben manchmal die Eltern alle Karten in der Hand. Man kann nie wissen …«

Während sie in die Dunkelheit segelten, stellte sie sich zu ihm ans Steuerruder. Die nächtliche Brise wehte ihr den Rock um die Beine und ihre Augen strahlten. Mit rasender Geschwindigkeit verliebte er sich gerade immer mehr in Leesa, und überraschenderweise machten ihm die Gefühle, die ihn nachts wachhielten und ihm durch den langen Tag halfen, keine Angst. Er hatte das Gefühl, sein Leben lang auf sie gewartet zu haben.

»Und wie wird Dr. Braden sich fühlen, wenn ihre Familie die falsche Entscheidung trifft?«, wollte sie wissen.

Er legte seine Stirn gegen ihre und zog sie an sich. Ihre Frage, ihre Sorge um ihn konnte nur von jemandem kommen, der so einfühlsam war wie sie.

»Ehrlich? Ich habe keine Ahnung. Ein Teil von mir wollte den Vater einfach nur schütteln und zur Vernunft bringen. Das ist sein kleines Mädchen. Seine Tochter. Sie ist noch ein Kind, und die Vorstellung, sie könnte mit ihrem strengen Trainingsplan fortfahren und die Verletzung verschlimmern, macht mir eine Höllenangst.« Er drückte seine Lippen auf ihre und fuhr mit dem Daumen über ihre Wange. »Aber das ist etwas, das ich nicht kontrollieren kann.« Vor langer Zeit schon hatte er begriffen, dass diese Art von Entscheidungen nicht in seiner Hand lagen. Jon und er hatten viele Abende damit verbracht, sich durch das qualvolle Geflecht von Emotionen zu helfen, das einem mitfühlenden Arzt nicht erspart blieb.

»Das bedeutet nicht, dass es leicht ist, diese Sorgen abzuschalten«, sagte sie. »Möchtest du darüber reden? Über deine Gefühle, meine ich. Mir ist bewusst, dass die ärztliche Schweigepflicht eingehalten werden muss.«

»Mir geht's gut«, sagte er gewohnheitsgemäß.

»Weißt du, was ich glaube?« Sie fuhr mit einem Finger mittig an seinem Brustkorb hinunter. »Ich glaube, du bist so daran gewöhnt, diesen Teil von dir wegzusperren, dass du selbst nicht einmal weißt, ob es dir gut geht oder nicht.«

»Ich dachte, du wärst Lehrerin und keine Psychologin.« Er küsste sie noch einmal und dachte darüber nach. »Du hast wahrscheinlich recht. Ich bin daran gewöhnt, Arbeitssorgen für mich zu behalten oder sie mit Jon zu besprechen, wenn wir an unsere Grenze kommen. Ich hatte sonst niemanden, mit dem ich über diese Gefühle reden konnte.« Er fuhr mit den Fingern durch ihre Haarspitzen. »Ich bin noch nie mit jemandem wie dir zusammen gewesen.«

»Du bist immer bereit, mit mir über meine Gefühle und über meine Vergangenheit zu reden. Ich möchte, dass du weißt, dass es umgekehrt auch so ist.«

»Du hast recht. Lass uns ankern, eine Weinflasche öffnen und reden.«

Während Cole den Anker auswarf und das Boot für die Nacht fertig machte, holte Leesa von unten eine Decke und den Wein. Sie kuschelten sich auf der Bank unter dem Sternenhimmel aneinander.

Sie sprachen über seine Besprechung und den Frust, der entstand, wenn man einen so eindeutigen und leichten Weg hin zur Heilung eines Patienten sah, der aber nicht eingeschlagen wurde. Hindernisse waren zum Beispiel fordernde Eltern oder, im Fall von erwachsenen Patienten, die Angst vor der Behandlung oder die Sorge, sich für die Genesung von der Arbeit freinehmen zu müssen. Während er redete, fühlte er die Last von seinen Schultern fallen – und das ging einher mit einem Quäntchen Schuldgefühl.

»Mir war nicht bewusst, wie viel ich für mich behalten habe, aber ich möchte auch nicht, dass du zur Abladestation für meinen Ärger bei der Arbeit wirst«, gestand er ein.

»Ich habe überhaupt nicht das Gefühl, als würdest du bei mir Müll abladen. In einer Beziehung kann man nicht nur die guten Dinge miteinander teilen, sonst gibt es kein Fundament, wenn mal etwas Schlechtes geschieht, keine konstruktiven Bausteine kleinerer Ärgernisse, von denen man lernen und an denen man wachsen kann. Das Fundament ist dann nicht stark genug, um es zu tragen.«

»Ist es das, was mit dir und Chris passiert ist?«, erkundigte er sich. Er fragte sich, wie ihre Beziehung wohl gewesen war. Er konnte sich keinen einzigen Tag ohne Leesa vorstellen, und der Gedanke an einen Mann, der fast zwei Jahre mit ihr zusammen gewesen war, ohne sie mit einem Ring zu seiner Frau zu machen, war schon unverständlich genug – aber sie in einer so traumatischen Zeit in ihrem Leben zu verlassen? Das war unverzeihlich.

»Ich hatte viel Zeit, darüber nachzudenken, als ich in Towson war. Alles war relativ einfach zwischen uns, ohne nennenswerte Schwierigkeiten, und obwohl wir beide Lehrer waren, lebten wir im Grunde getrennte Leben. Es war einfach, praktisch. Über die Arbeit haben wir nicht geredet, und seit ich mit dir zusammen bin, wird mir klar, dass wir insgesamt nicht viel geredet haben. Klingt nach einer oberflächlichen Beziehung, aber damals kam es mir nicht so vor. Anfangs waren wir Freunde, und ich glaube nicht, dass mir je bewusst war, dass es zwischen uns keine Leidenschaft gab. Eines Tages wollte er mit mir ausgehen, und wir waren ja Freunde, also sagte ich Ja. Und danach wurde es einfach bequem. Ich weiß, es klingt schlimm, aber ich hatte keine Vergleichsmöglichkeiten. Ich hatte noch nie so leidenschaftliche Gefühle für einen Mann, wie ich sie für dich habe. Du weißt ja, ich war allein mit meinem Vater, also habe ich nie gesehen, wie er eine Frau mit seiner Zuneigung überschüttet hat. Na ja, außer mich wahrscheinlich, aber das war eine Vater-Tochter-Beziehung, keine Liebesbeziehung. Und wenn meine Freundinnen erzählten, wie sich wegen eines Typen die Schmetterlinge in ihrem Bauch aufführten oder ihnen schwindelig zumute wurde, dann dachte ich eben, dass ich das bei Chris nicht hatte, weil wir zuerst Freunde gewesen sind.«

Sie schaute ihm in die Augen und wusste, dass ihre Gefühle für Chris – selbst wenn sie zu einem Zeitpunkt leidenschaftlich gewesen wären – nicht annähernd vergleichbar waren mit dem, was sie für Cole empfand.

»Bisher wusste ich auch nicht, dass sich etwas so gewaltig und einnehmend anfühlen kann.« Er zog sie näher an sich heran. »Ich bin nicht daran gewöhnt, mit jemandem über die Einzelheiten meines Arbeitstages zu reden, wenn du also jemals das Gefühl hast, dass ich dich ausschließe, sag es mir bitte. Ich möchte niemals etwas tun, das dir das Gefühl gibt, unwichtig zu sein, denn du bist bereits zum wichtigsten Teil in meinem Leben geworden, Leesa.«

Durch ihre dichten Wimpern sah sie ihn mit so viel Liebe an, dass sein Innerstes dahinschmolz.

»Wenn es so etwas wie einen perfekten Augenblick gibt, dann findet er jetzt und hier statt, genau in diesem Moment.« Cole küsste sie. Sie schmeckte nach süßem Wein und heißem Begehren. Das Blut aus seinem Kopf rauschte südwärts. Wenn er und Leesa sich nahe waren, passierte das immer. Er wollte reden, aber in der Sekunde, in der ihre Münder sich trafen, wollte er sie nur noch berühren, schmecken, verschlingen.

Sie küsste ihn hungrig, und er unterbrach den Kuss nur lang

genug, um ihre Weingläser beiseitezustellen. Als er sie wieder in die Arme schloss, lockte eine Einladung in dem dunklen Feuer ihrer Augen. Jedes Mal, wenn er diesen Blick sah, überschlug sich sein Herz in seiner Brust, und er wusste, dass dieses Gefühl mit jeder Minute, die sie zusammen verbrachten, nur noch intensiver werden würde.

»Ich habe das Gefühl, dass wir Jahre aufholen müssen«, sagte er, bevor er seine Hand in ihren Nacken gleiten ließ und sie zu einem weiteren tiefen Kuss an sich zog, der sein Begehren freisetzte. Er ließ es ganz von sich Besitz ergreifen. Ihre Hand legte sich fest auf seinen Oberschenkel und wanderte weiter hinauf.

Seine Zunge fuhr die Umrisse ihrer Lippen nach, als sie sich für ihn öffnete. Er glitt über ihre Unterlippe, ihre süße Wölbung, und wurde mit einem sexy Seufzer belohnt, bevor er wieder ihren ganzen Mund für sich beanspruchte. Wie sie sich an ihn klammerte, ihn küsste, als wollte sie nie wieder aufhören, seinen Atem wie ihren eigenen einsog und sich an ihn drängte, ermutigte ihn. Es war wunderbar zu wissen, was seine Küsse bei dieser überaus vorsichtigen Frau auslösten. Seine Hände glitten unter ihren Rock und er hob sie auf seinen Schoß. Mühelos setzte sie sich rittlings auf ihn, blickte ihm in die Augen und war im Mondschein so schön, mit ihren rosigen Wangen und von Begehren erfülltem Blick.

»Leese«, sagte er, als sie sich gegen seine Erektion drängte. »Ich bin dabei, mich richtig hart in dich zu verlieben. Richtig hart.« Er bewegte die Hüften, um sein Argument zu verdeutlichen, und wurde mit einem süßen Kichern belohnt, während ihr Kopf nach hinten fiel und sie sich ihm hingab.

Er fummelte an den Knöpfen ihrer Bluse herum und wurde ungeduldig, da seine kräftigen Finger nichts mit den winzigen

Knöpfen anfangen konnten. Also riss er die Bluse auf, die Knöpfe fielen klackernd auf das Deck. Beide lachten, ihre Blicke trafen sich und mit dem nächsten Atemzug übernahm das pure Bedürfnis die Kontrolle. Er zog ihr die Bluse aus und warf ihren BH auf das Deck, legte seine Hände um ihre köstlichen Brüste und senkte seinen Mund auf sie. Er saugte heftig, sie schrie auf und vergrub ihre Fingernägel in seinen Schultern, während er lustvoll aufstöhnte.

»Ich liebe deine Brüste, deinen Körper. Du bist unglaublich«, sagte er und widmete sich der anderen Brust mit der gleichen Aufmerksamkeit.

Ihre Hände glitten an seinem Bizeps hinab und drückten zu, als er an ihren Brustwarzen knabberte. Sie ließ eine Hand in seinen Schoß fallen und streichelte ihn durch die Hose hindurch. Er vergrub seine Hand in ihren Haaren und brachte ihre Münder wieder zu einem fordernden Kuss zusammen, während sie sich an seinem Reißverschluss zu schaffen machte und seiner Erektion Freiheit verschaffte. Sie saugte seine Zunge in ihren Mund und brachte ihn fast um den Verstand, bis sie sich plötzlich zurückzog und ihn mit stockdunklen Augen anblickte.

Wortlos glitt sie von seinem Schoß auf das Deck hinab und griff mit beiden Händen nach dem Bund seiner Hose. Er hob kurz die Hüften an, damit sie sie über seine Knie ziehen konnte. Sie leckte sich die Handfläche, ihr Blick war erotisch verführend in seinem verfangen. Sie legte die Hand um seine Härte und drückte, bevor sie ihn langsam und fest streichelte. Er ließ den Kopf in den Nacken fallen, als sie den Mund auf ihn senkte, doch er musste hinsehen. Musste sie sehen. Den Anblick ihrer Lippen, die um ihn gelegt waren, ihre Hand, die ihn streichelte, ihn bis kurz vor den Höhepunkt brachte. Er konnte nicht anders, als seine Hände in ihrem seidenen Haar zu ballen und sie zu führen, während sie leckte und saugte und ihn um den verdammten Verstand brachte.

»Leese, hör auf. Sonst komm ich gleich.«

Sie grinste, ihre Lippen kreisten um seinen Schaft, ihr Blick war erfüllt von Verruchtheit. Sie sah ihn an, als sie schneller wurde, ihn so tief aufnahm, dass die empfindliche Spitze seines harten Schafts in ihren Rachen stieß. Zu sehen, wie sie ihn mit ihrer Hand und ihrem Mund liebte, mit ihren bloßen Brüsten und den Haaren, die ihr wunderschönes Gesicht umrahmten, raubte ihm das letzte Fitzelchen Kontrolle.

»Leese!«, warnte er sie.

Sie nahm ihre andere Hand hinzu und machte ihr Spiel vollkommen, als sie seine Hoden streichelte, sie gerade so fest drückte, dass er durchdrehte. Seine Hüften zuckten hoch und – *Oh, fuck, Mann!* – sie wurde nicht langsamer, hielt nicht inne, sie nahm nur alles auf, was er zu geben hatte. Als die letzte Welle des Orgasmus pulsierend durch ihn hindurchfuhr, kreiste ihre Zunge über seine glänzende Spitze und leckte seinen Schaft sauber.

Er sank zu ihr auf die Knie und blickte in ihre lusterfüllten Augen.

»Ich gehöre dir«, flüsterte er, als er sie sanft auf den Rücken legte und sie ebenso begierig liebte, wie sie ihn geliebt hatte. Er bereitete ihr immer wieder aufs Neue Lust, schmeckte ihr Begehren, konnte es sehen in der Intensität ihrer Erlösung, bis sie beide zu verausgabt waren, um sich zu regen. Und dort unter dem Mondschein, mit dem Plätschern des Wassers um sie herum und den Düften ihrer Liebe in der Luft, spürte Cole, dass sein Herz das ihre wurde. Es ging nicht schnell oder heftig, war nicht schockierend oder angsteinflößend. Es war eine schwerelose Erfüllung seiner Seele, ein Erheben seiner Gefühle und ein vollständiges, bedingungsloses Ergeben.

Sechzehn

Der Samstag brachte einen strahlend blauen Himmel mit sich sowie eine Veränderung in der Atmosphäre zwischen Cole und Leesa. In der vergangenen Woche hatte sie schon gespürt, dass sich zwischen ihnen etwas veränderte, aber ganz allein hier draußen auf dem Wasser, ohne dass ihr die Welt im Nacken saß oder sie befürchten musste, dass ein Fremder etwas sagte, das ihre Vergangenheit heraufbeschwor, war sie endlich in der Lage, einen Schritt zurückzutreten und ihre Beziehung klarer zu betrachten. Sie intensiver zu spüren. Sie verliebte sich in ihn und er verliebte sich in sie. In Chris hatte sie sich nie verliebt, und abgesehen von dem, was sie für ihren Vater und ihre engsten Freunde empfand, hatte sie keinen Maßstab für Liebe.

Das hier war stärker. Ausgeprägter. Gegenwärtiger in jedem Moment, jedem Blick, jedem Gedanken. Es begeisterte sie und jagte ihr gleichzeitig eine Heidenangst ein.

Sie hatten weit draußen vor dem Jachthafen geankert, nachdem sie die meiste Zeit des Vormittages gesegelt waren. Gerade hatten sie etwas zu Mittag gegessen und lagen nun in ihren Badeklamotten auf dem Deck. Die Sonne knallte auf Coles nackten Oberkörper und bräunte seine muskulösen Formen in einen köstlichen Bronzeton. Er stützte sich auf einen

Ellbogen und warf so einen Schatten auf ihr Gesicht, sodass sie die Augen öffnete und ihn anlächelte.

»Hallo, du!«, sagte sie, als er sich einen Kuss abholte. Gott, wie sie seine Küsse liebte! Jeder einzelne war so viel mehr als ein Küsschen oder ein Hallo oder Tschüss. Jeder Kuss, sogar die zärtlichen, war voller neuer und aufregender Emotionen, erfüllend und verlockend. Sie erahnte die gleiche Zurückhaltung in seinem Kuss, die sie auch in ihrem eigenen Körper spürte, denn sie beide wussten, wenn sie sich küssten, war es nicht mehr lange hin, bis sich ihre nackten Körper miteinander verwoben. Mit Cole intim zu werden war anders als alles, was sie bisher erlebt hatte. Er füllte alles in ihr an, auch das, wovon sie nicht einmal gewusst hatte, dass es einsam war. Nicht nur ihr Herz, sondern auch ihre Gedanken und ganz sicherlich ihre Seele. Das machte ihr Angst, denn er war bereit, so viel für sie zu riskieren. Er war auf dem Höhepunkt seiner Karriere, in einer kleinen Stadt, in der er von allen geliebt wurde. Sie befürchtete, dass er sich nicht bewusst war, wie sehr eine Anschuldigung das Leben eines Menschen verändern konnte. Wie sehr die Verbindung zu ihr seines verändern konnte. Ihr war auch nicht bewusst gewesen, wie sehr ein Satz, wenige Worte nur das Leben verändern konnten – bis sie es am eigenen Leib erfahren musste.

»Deine Lippen lächeln, aber deine Augen sprechen von Sorgen, meine schöne Freundin. Möchtest du mir deine Gedanken verraten?«

»Wie kannst du in jeder einzelnen Minute des Tages so im Einklang mit mir sein?« Sie stützte sich wie er auf einen Ellbogen und fuhr mit den Fingern über seine Armmuskeln.

Er legte die Hand auf ihre Hüfte und umfasste ihre aufgeheizte Haut. Seine Hand war groß und kräftig, und bei dieser einfachen Berührung wollte sie ihre Sorgen nur noch vergessen, die Arme um seinen Hals schlingen und ihn küssen, bis die Welt wieder verschwand.

»Leese? Rede mit mir, mein Engel.«

Sie blinzelte die Fantasien fort – *für den Moment* –, denn sie wusste, dass sie ihm die Wahrheit schuldig war, auch wenn sie das Gefühl hatte, es schon tausend Mal gesagt zu haben. Irgendwie reichte es nicht. Es stand nicht nur seine Karriere auf dem Spiel, sondern auch sein Herz – und ihres.

»Ich habe darüber nachgedacht, wie es sich anfühlt, hier draußen mit dir zu sein. Es ist magisch. Als würde es nichts anderes geben.«

Er verstärkte den Griff an ihrer Hüfte. »Und deshalb schaust du so besorgt?« Er rückte näher heran, berührte ihre Oberschenkel mit seinen, was ihr das Denken nicht gerade leichter machte.

»Ja«, brachte sie hervor, während sie spürte, dass er an ihr hart wurde. Sie sollte einfach den Mund halten, denn wenn sie ihm die Wahrheit sagte, würde es den Augenblick vermiesen, und sie liebte den Augenblick.

»Ich wusste nicht, dass *magisch* schlecht ist. Soll ich schnell mal für eine Sturmbö sorgen oder vielleicht für eine Flutwelle, damit du nicht die Ruhe der Sonne und des Meeres an einem Samstagnachmittag allein mit einem Typen, der dich anbetet, genießen musst?«

Sie ließ sich seufzend auf den Rücken fallen. »Ich habe das Gefühl, dass du dein Leben für mich auf Eis legst. Du solltest arbeiten oder –«

»Bei der Frau liegen, die mir klar gemacht hat, dass ich auf etwas gewartet habe, von dem ich nichts wusste, bis ich sie traf?« Er schob ihr die Haare von der Schulter und drückte die Lippen auf die Stelle, die er freigelegt hatte. »Leese, ich will hier sein.

Ich habe dir gesagt, dass ich viel arbeite, und du hast gesehen, dass es stimmt, aber das hier ... mit dir zusammen zu sein, das ist, was ich will. Du bist, was in meinem Leben gefehlt hat. Ist es so falsch, dass wir an einem Samstag uns genießen wollen, anstatt zu arbeiten?«

»Cole.« Sie wusste nicht einmal so richtig, weshalb sie ihn zurückwies, aber sie konnte nicht anders.

»Leesa?«

»Du solltest die anderen Dinge in deinem Leben nicht für mich auf Eis legen.« Sie wich seinem Blick aus, und er drehte ihr Kinn zu sich hin und zwang sie, ihn anzusehen.

»Ich lege gar nichts auf Eis. Ich fange nur an, mein Leben zu leben. Das ist ein Unterschied.« Sein Tonfall war ernst und seine Augen hielten sie fest, brachten ihr Herz zum Rasen.

»Verstehst du denn nicht, Cole? Hier draußen geht es mir gut. Hier gibt es niemanden, wegen dem ich mir Sorgen machen müsste, wir beide sind ganz allein.«

»Das Problem sehe ich immer noch nicht.« Er setzte sich auf und legte die Unterarme auf die Knie.

Sie setzte sich neben ihm auf, spürte, wie ihr Herz überlief und ein Riss entstand. »Das Problem ist, dass alles wunderbar ist, wenn wir allein sind, aber dort ...«, sie zeigte zum Hafen, »... dort schwebt meine Vergangenheit bei jedem Schritt wie ein Damoklesschwert über mir.«

Er schlang die Arme um sie, seine Augen waren wieder dunkel und ernst. »Ich habe dir gesagt, dass ich damit umgehen kann. Es gibt nichts, was ich nicht für dich täte.«

»Ich glaube dir. Das ist ja das Problem.« Sie holte tief Luft. »Ich kann nicht zulassen, dass du deine Karriere riskierst, weil ich so viel Ballast mit mir herumschleppe.« Sie entzog sich seiner Umarmung, damit sie sein Gesicht besser sehen konnte, und legte die Hände auf seine Wangen. »Ich bin dabei, mich in dich zu verlieben, und man bringt jemanden, der einem viel bedeutet, nicht in Gefahr.«

»Weißt du, was das mit mir macht, wenn ich dich das sagen höre? Zu wissen, dass du dich so sehr in mich verliebst wie ich mich in dich?« Er lächelte, doch das verstärkte ihre Sorge nur noch.

»Ich weiß, aber ich kann nicht ...«

»Was willst du damit sagen? Willst du wegen etwas mit mir Schluss machen, das passieren *könnte*?«

Sie hörte den Schmerz in seiner Stimme. »Nein, ich will überhaupt nicht mit dir Schluss machen. Aber ich glaube, ich muss zurück nach Towson und versuchen ... keine Ahnung, irgendeine Art von Schlussstrich zu ziehen. Ich bekomme Andy nicht aus meinem Kopf, und falls er Hilfe braucht und sie nicht bekommt, werde ich es mir nie verzeihen, wenn ihm etwas zustößt.«

Coles Arme legten sich wieder um sie. »Mein Engel, du hast mir Angst gemacht. Ich komme mit.«

Sie schüttelte den Kopf. »Ich habe den ganzen Morgen darüber nachgedacht, während wir uns mit jedem Atemzug nähergekommen sind. Gott, Cole – noch eine Woche und ich wäre bereit, dich zu heiraten!«

»Auch da sehe ich kein Problem. Ich würde dich morgen heiraten – und es ist mir vollkommen egal, dass wir uns erst seit ein paar Tagen kennen.« Er schaute ihr in die Augen, und sie spürte, wie ihre Entschlossenheit wich. »Leesa, versuch nicht, uns aus einem Verantwortungsgefühl heraus auseinanderzureißen. Wir können das zusammen regeln.«

»Ich reiße uns nicht auseinander. Oder zumindest ist das nicht meine Absicht. Aber ich weiß nicht einmal, ob ich mein

Leben in die Hand nehmen und hierher umziehen sollte oder auch könnte.«

Er drückte die Lippen auf ihre und sie sog seine Stärke in sich auf. In dem Moment, in dem ihre Leben sich offenbar so schnell und harmonisch miteinander verwoben, wusste sie ohne den geringsten Zweifel, was sie zu tun hatte.

»Ich muss zurück, Cole. Ich brauche einen Abschluss, eine Klärung, die über die fallengelassene Anschuldigung hinausgeht.«

»Was erhoffst du dir, noch zu erreichen? Ich bin mir nicht sicher, ob ich verstehe, worum es dir geht. Weißt du selbst eigentlich, wonach du suchst?« Er stand auf und ging hin und her, sah verheerend gut und zugleich verletzt aus, und das versetzte ihr einen noch heftigeren Stich, als die Aussicht fortzugehen es ohnehin schon tat.

»Um ehrlich zu sein, nein. Ich weiß nicht, wie ich zu dem Abschluss komme, den ich brauche. Aber ich weiß, dass ich so nicht leben kann. Weißt du, dass jedes Mal, wenn du meinen Namen sagst, ich mich danach sehne, Leesa zu *werden*? Eine Kellnerin ohne Vergangenheit?«

»Mein Engel.« Er zog sie wieder eng an sich.

Die Tränen, die ihre Wangen hinunterliefen, konnte sie nicht aufhalten. »Ich vermisse *mich,* Cole. Ich vermisse es, meinen Namen zu hören, und ich vermisse das Unterrichten. Mir fehlen die Schüler, wie sie zu mir aufgeschaut haben, und zu wissen, dass ich ihnen half. Mir fehlen die Mädchen von der Girl-Power-Gruppe. Ich vermisse mein Leben.«

Sie war sicher, dass sich das wahrscheinlich wie ein Verleugnen ihrer Gefühle anhörte, aber sie konnte nicht verhindern, dass die Wahrheit aus ihr herausströmte. »Ich vermisse die Freiheit, in der Öffentlichkeit herumzulaufen, ohne

Angst zu haben, dass plötzlich jemand sagt: ›Sind Sie nicht die Lehrerin, die …?‹« Sie schaffte es nicht, den Satz zu Ende zu bringen.

Er drückte sie an sich und wischte ihr die Tränen mit dem Daumen fort. »Das verstehe ich. Es tut mir so leid. Was kann ich tun? Wie kann ich verhindern, dass diese Angst dich beherrscht?«

Sie schüttelte den Kopf. »Das kannst du nicht. Ich bin mir nicht sicher, ob überhaupt jemand es kann. Ich muss das tun. Ich bin vor meiner Vergangenheit davongerannt. Habe ein paar Sachen zusammengepackt und mein Leben unvollendet in Towson zurückgelassen, in der Hoffnung … Gott, keine Ahnung, was ich dachte, als ich herkam. Dass alle es nach ein paar Wochen vergessen hätten? Oder dass ich jemand anderes werden könnte? Mit Sicherheit habe ich nicht damit gerechnet, dich zu finden.« Sie sah zu ihm auf, Tränen rannen über ihre Wangen, unaufhaltsam, ungewollt, und mit jedem warmen Tropfen rann ein Teil ihres Herzens mit fort.

Er drückte seine Handflächen an ihre Wangen, und fast erwartete sie, dass er sie in die Wüste schickte, weil sie so chaotisch war. Dieser Gedanke setzte noch mehr Tränen in Gang, woraufhin sie sich seinem Griff entzog und ihr Gesicht an seiner Brust vergrub. »Es tut mir leid«, flüsterte sie.

»Nichts muss dir leidtun. Wann willst du los? Wie lange wirst du fort sein?« Er hielt sie so fest, dass sie wusste, dies machte ihm ebenso zu schaffen, wie es ihr wehtat.

»Keine Ahnung. So lange, wie nötig ist, nehme ich an. Ich muss mit deinen Eltern reden, um zu sehen, wann sie im Mr. B. ohne mich auskommen. Gott, ich habe so ein schlechtes Gewissen, weil ich ihnen das antue, und dir.« Sie kniff die Augen vor der Wahrheit zusammen. »Uns.«

Siebzehn

Cole beobachtete Leesa, die am Anlegeplatz mit seinem Vater redete. Sie waren schließlich in den Hafen zurückgekehrt, nachdem sie all ihre Tränen vergossen und versucht hatte, ihn davon zu überzeugen, dass dies kein Abschied war. Dabei war ihm klar, dass sie das gar nicht mit Sicherheit sagen konnte, denn sie wusste ja nicht einmal selbst, wonach sie in Towson suchte. Sie hatte ihr ganzes Leben dort verbracht. All die Erinnerungen an ihren Vater, ihre Kindheit und ihre Collegezeit waren mit dieser Stadt verbunden, in der ein einziger Verrat ihr Leben auf den Kopf gestellt hatte. Und wenn sie nun zurückging und alles fand, wonach sie suchte – was er sehr für sie hoffte –, um dann zu entscheiden, dort zu bleiben? Das könnte er ihr nicht verübeln. Wenn jemand die Bedeutung von Erinnerungen und Familie verstand, dann er.

In Wahrheit hatte er sich in diesen letzten Tagen etwas vorgemacht. Sie war von Anfang an ehrlich gewesen, hatte nie versprochen, in Peaceful Harbor zu bleiben. Er hatte gewusst, dass Leesa beunruhigt war, aber das Ausmaß ihrer Zerrissenheit hatte er nicht gesehen. Offensichtlich war sie es nicht gewohnt, jemanden zu haben, der ihr den Rücken stärkte oder sich so um sie kümmerte, wie er es wollte. So viel hatte er kapiert, insbesondere nachdem ihr Arschloch von Ex sie genau in dem Moment verlassen hatte, in dem sie ihn am meisten gebraucht hätte. Aber er, Cole, war nicht so, und er würde alles tun, was notwendig war, um ihr das zu beweisen. Was ihm Sorgen bereitete, war allerdings nicht, ob jemand ihre Vergangenheit zur Sprache bringen würde und sie damit umgehen müssten. Mann, wenn es nach ihm ginge, würde er eine Stadtversammlung einberufen, das Thema öffentlich machen und ein für alle Mal abhaken. Das wäre natürlich nur möglich, wenn es so etwas wie Stadtversammlungen gäbe. Aber so einfach war das Leben nicht. Das Leben war voller Was-wäre-wenns und verborgener Hindernisse, so wie bei Elsie und ihrer Familie. Am meisten Sorgen bereitete ihm der Gedanke, dass Leesa zu der Familie ihres Anklägers und zu wem auch immer zurückkehren würde, mit dem sie glaubte, etwas klären zu müssen, ohne dass er an ihrer Seite sein und sie auf jede Weise unterstützen konnte, die sie brauchte und verdiente.

Ihm war nicht klar gewesen, dass ihre magische Bootstour da draußen die Ruhe vor dem Sturm gewesen war. Als sie wieder im Jachthafen angelegt hatten, war Leesa direkt zu seinem Vater gegangen, der mit seinen Brüdern am Boot arbeitete. Sie hatten einen Spaziergang am Hafenbecken entlang gemacht und kamen jetzt, vierzig Minuten später, zurück. Cole hatte Sam und Nate erzählt, was vor sich ging, war dann von Bord gegangen und lief seitdem am Pier auf und ab und überlegte, wie sie mit so einer Sache jemals abschließen könnte.

Er spürte die Anwesenheit von Sam und Nate hinter sich, noch bevor er sie hörte. Nates Hand landete auf seiner Schulter, schwer und beruhigend. »Bist du okay?«

Er drehte sich um und sah in die ernsten Gesichter seiner Brüder. Nate hatte weitaus schwerere Verluste erlitten als das, was Cole bevorstand. Sein Bruder hatte seinen besten Freund in den Militäreinsatz geschickt, der ihm das Leben gekostet hatte. Was für eine Kraft musste man haben, um das zu überstehen? Dass Leesa ging, zerriss ihn. Und schlimmer noch war, dass sie es allein bewältigen wollte. Sie hatte schon genug allein bewältigen müssen. So sehr er ihre Stärke auch bewunderte, so sehr hasste er es, nicht mit ihr zu gehen, sie zu beschützen, da zu sein, für was immer sie ihn brauchte.

»Ja, um mich mache ich mir keine Sorgen. Sie muss das tun. Das verstehe ich. Ich hab nur überhaupt keine Ahnung, was für eine Art Abschluss sie finden wird, und ich mache mir Sorgen um sie.« Er schaute genau in dem Moment über die Schulter, als sein Vater Leesa umarmte, und er spürte, wie sein Herz vor Liebe zu ihnen beiden überquoll.

»Wenn ich eines gelernt habe, dann, dass seinen Frieden finden nichts mit dem Verstehen einer Sache zu tun hat. Wenn du mich fragst«, sagte Nate, »dann ist ein Abschluss für jeden etwas anderes. Sieh mich und Jewel an. Jewel musste lernen, ihren jüngeren Bruder und ihre Schwestern heranwachsen zu lassen, ohne sie rund um die Uhr zu bewachen, während ich herausfinden musste, wie ich mit meinem Anteil an Ricks Tod leben kann. Wenn du mich damals gefragt hättest, wie ich das anstellen will, hätte ich keine Ahnung gehabt. Ich denke, Leesa weiß es wahrscheinlich auch nicht.«

»Ich kann mir nicht vorstellen, wie irgendwas von dem, was du gerade gesagt hast, Cole helfen soll.« Sam kniff die Augen skeptisch zusammen, während er seine kräftigen Arme vor der Brust verschränkte. »Wie lange wird sie wegbleiben?«

»Weiß ich nicht.« Cole wurde klar, dass sie Wochen fort sein könnte. Sie hatte ihm keinen Anhaltspunkt gegeben, wie lange sie dort bleiben wollte oder ob sie überhaupt zurückkam.

»Wahrscheinlich so lange, wie es eben dauern wird. Sie macht sich Sorgen um den Jungen, der sie beschuldigt hat.« Bei dem Gedanken daran, wie ungerecht es war, was sie durchmachte, und dass sie nichts davon verdient hatte, sagte er: »Ich möchte nur gern mal wissen, warum jemand, der so gut ist wie Leesa, so einen Arschtritt verpasst bekommt und durch die Hölle gehen muss, während andere Leute ohne Ende lügen und betrügen und nie zur Rechenschaft gezogen werden.«

»Du weißt ja, was Tempe sagen würde«, meinte Sam. »Es ist ihr ›Test der inneren Stärke‹.«

»Und das von jemandem, der noch nie mit etwas zu tun hatte, das das Leben so entscheidend beeinflusst.« Kaum hatte er die Worte ausgesprochen, fühlte Cole sich schuldig, denn Tempe half jeden Tag ihres Lebens anderen Menschen. Sie hatte im Krankenhaus mit den schlimmsten Fällen zu tun – mit Kindern und Jugendlichen im Hospiz, denen sie Musik als Unterstützung in ihrer schweren Zeit näherbrachte. Sie wusste genau, dass Leesa an einem entscheidenden Punkt in ihrem Leben war.

»Das meine ich nicht so. Ich bin nur sauer.« Cole fuhr sich mit der Hand durch die Haare, während er seinen Brüdern die Wahrheit offenbarte. »Ich fühle mich nutzlos. Und wie ein vollkommenes Arschloch, denn ein Teil von mir wünscht sich, dass dieser Junge ein Erwachsener wäre, damit ich ihn zusammenschlagen kann.«

»Das ist normal, Junge«, meinte Sam. »Ich glaube, Nate und mir geht es genauso.«

»Ich werde einfach das Gefühl nicht los, dass sie – falls sie überhaupt zurückkommt – in schlechterer Verfassung sein wird, nachdem sie wieder in der Stadt war, in der ihr Ex sie behandelt hat, als sei sie ihm egal, und der Junge, dem sie geholfen hat, sie verraten hat.« Er blieb stehen und sagte: »In Wirklichkeit will ich sie begleiten und an ihrer Seite sein, wenn sie das tut, was sie tun muss.«

»Dann mach das doch«, schlug Sam vor. »Jon wird sich schon um deine Patienten kümmern.«

»Um meine Patienten mache ich mir keine Sorgen. Leesa sagt, sie muss das allein machen.«

»Quatsch, das sagen alle Frauen. Aber das meinen sie nicht ernst.« Sam rieb sich über seine Bartstoppeln. »Sie brauchen die Männer, damit sie sie durch die harten Zeiten hindurchmanövrieren.«

Cole schüttelte den Kopf. »Mann, du musst noch eine Menge über Frauen lernen. Es besteht ein großer Unterschied zwischen einer Frau, die einen Mann braucht, damit er sich um ihre Probleme kümmert, und einer Frau, die entschlossen ist, sich selbst zu beweisen.« Und obwohl er wusste, dass für Leesa Letzteres galt und er sie dafür verdammt noch mal respektierte, hieß das noch lange nicht, dass nicht ein Teil von ihm sich wünschte, sie bräuchte ihn an ihrer Seite.

Später am Nachmittag saß Tegan auf Leesas Bettkante und sah ihr beim Packen zu. »Ich fass es nicht, dass du zurückgehst. Du hast hier richtig glücklich gewirkt.«

»Ich bin glücklich hier.« Leesa stopfte eine Jeans in ihren Koffer. »Aber abgesehen davon, dass ich das alles klären muss, habe ich mich bei dir schon zu lange durchgeschnorrt.«

»Wohl kaum. Und was ist mit Dr. Oh-so-orgasmisch-Braden?«, erkundigte Tegan sich foppend, aber in einem recht ernsten Tonfall. »Du weißt, dass es gefährlich ist, einen so süßen

Arzt ganz allein zu lassen. Was ist, wenn ich mir wieder den Knöchel breche? Vielleicht verliebt er sich ja in ein Fräulein in Not.«

Leesa warf mit einem Kopfkissen nach ihr. »Du würdest ihn niemals anbaggern. Außerdem hat es ja seine Ex offenbar schon auf ihn abgesehen. Wenn jemand es als gute Gelegenheit sehen wird, dann sie.«

»Bereitet dir das kein Kopfzerbrechen?«, fragte Tegan.

Sie setzte sich neben ihre Freundin und seufzte. »Nachdem mir mein gesamtes Leben durch die Rebellion – oder das gebrochene Herz oder was auch immer es war – eines Zwölfjährigen unter den Füßen weggezogen wurde, habe ich gelernt, dass ich das Verhalten anderer nicht kontrollieren kann. Mir darüber den Kopf zu zerbrechen ändert nichts. Ich mache mir Sorgen um Cole, aber nicht darum, dass er eine andere Frau finden könnte. Ich weiß nicht einmal, ob unsere Beziehung das Richtige für ihn ist. Für mich fühlt es sich richtig an. Ich meine, ich habe für Chris keinen Moment lang das gefühlt, was ich für Cole bereits nach ein paar Tagen empfinde. Wir beide stecken schon so tief drin, und ich habe Angst, dass die Beziehung zu mir ihm schadet. Ich würde mir nie verzeihen, wenn er meine Vergangenheit seinen Patienten erklären müsste, oder seinen Freunden oder …« Sie wandte den Blick ab und versuchte, die Tränen zurückzuhalten.

»Annalise Avalon, du bist ein unglaublich begabter, großzügiger Mensch, und Cole sieht das. Er hat gesagt, dass er hinter eurer Beziehung steht, egal was kommt. Vielleicht solltest du das einfach akzeptieren und nach vorne schauen.«

»Das ist es ja. Das kann ich nicht. Ich dachte, ich könnte es, aber wie sich zeigt, ist es nicht leicht, so zu tun, als wäre all das, was ich durchgemacht habe, nicht passiert. Ich will zurück und mich dem stellen. Es kommt mir so vor, als hätte ich da ein Glas mit Schlangen offen gelassen, und die kriechen jetzt überall herum und warten nur auf den richtigen Moment, um zuzuschnappen. Ich muss dieses Glas ein für alle Mal schließen.«

»Wenn du zurückgehen willst, warum siehst du dann so traurig aus?« Tegan griff nach ihrer Hand.

»Darum.« Trotz all ihrer Bemühungen, ihre Gefühle unter Kontrolle zu behalten, wurden ihre Augen feucht. »Ich weiß, dass ich es tun muss. Für meine eigene geistige Gesundheit und für eine Zukunft, die ich mit Cole oder sonst wem hoffe zu haben. Aber das bedeutet nicht, dass es leicht ist. Ich werfe mich den Wölfen zum Fraß vor, und ich habe keine Ahnung, was mich erwartet oder wie lange ich fortbleibe oder …« Sie wischte sich die Tränen weg.

»Ach, Annalise«, seufzte Tegan und umarmte sie. »Ich finde wirklich, du solltest noch einmal darüber nachdenken, doch hierzubleiben, oder zumindest mich oder Cole mitkommen lassen, damit du nicht allein bist. Oder einfach hierbleiben«, wiederholte sie. »Ich bin eindeutig dafür, dass du hierbleibst. Niemand zwingt dich zu gehen.«

Leesa trocknete sich noch einmal das Gesicht und straffte die Schultern, um all ihren Mut zu sammeln. »Niemand muss mich dazu zwingen zu gehen, Teg. Ich könnte Andy ebenso wenig den Rücken kehren, wie ich mich von allen anderen Schülern abwenden könnte.«

»Das ist wirklich ziemlich selbstlos von dir, wenn man bedenkt, dass dieser Junge dein Leben versaut hat.«

»Nein, es ist sogar sehr egoistisch von mir. Ich mache das für mich. Ich muss sicher sein, dass es ihm gut geht, denn ich habe das Gefühl, das ist die einzige Möglichkeit, dass es *mir* gut geht.«

Später am Abend packte Leesa ihre Sachen ins Auto und fuhr hinüber zu Cole. Es war schwül und die Luft war schwer – oder vielleicht war das auch nur ihr Herz.

Sie folgte dem Geräusch seiner Gitarre hinunter an den Strand und fand ihn am Wasser, wo er eine melancholische Melodie spielte.

»Hey«, sagte sie, als sie sich neben ihn in den kühlen Sand setzte.

Er legte die Gitarre beiseite und zog sie zu einem Kuss an sich. »Hallo, mein Engel. Weißt du, dass ich, bevor du in mein Leben kamst, seit Ewigkeiten nicht mehr Gitarre gespielt hatte?«

Die Bemerkung war so weit entfernt von dem, was sie hatte bereden wollen, dass sie einen Augenblick brauchte, um sie zu verarbeiten.

»Ach, du spielst so schön, da bin ich froh, dass du wieder angefangen hast.«

»Ich hatte vergessen, wie viele Emotionen beim Spielen aufkommen. Ich war im Haus, und obwohl wir nur ein paar Nächte dort verbracht haben, war es leer ohne dich. Beim Spielen fühlte ich mich dir näher.«

In schweigender Eintracht saßen sie beieinander, während die Wellen ihnen sanft entgegenrauschten, sich geräuschvoll am Ufer brachen und dann anmutig wieder hinausrauschten. Cole verschränkte ihrer beider Hände ineinander und führte ihre Finger an seine Lippen. Er küsste ihren Handrücken, wie er es schon hunderte Male getan hatte, sodass sie das Gefühl von seinen weichen Lippen und das fast unmerkliche Kratzen seiner Oberlippe auf ihrer Haut schon verinnerlicht hatte.

»Ich wünschte, du würdest mich mitkommen lassen. Der Gedanke, dich allein zurückgehen zu lassen, ist grausam.«

Seine Augen waren so ernst und seine Stimme so zärtlich,

dass sie ins Schwanken geriet, ob sie ihn überhaupt verlassen sollte. Sie wollte hinter sich lassen, was immer ihre Gedanken nicht so leicht loslassen konnten, auch wenn sie nicht so recht greifen konnte, was genau das war. Sie musste es versuchen.

»Ich möchte nicht, dass du in mein Chaos mit hineingezogen wirst.« Sie lehnte den Kopf gegen seine Schulter. »Wäre es für dich nicht einfacher, eine Beziehung zu einer normalen Frau zu haben, die nicht kiloweise Lasten mit sich herumschleppt?«

Er hob ihr Kinn an und küsste sie sanft. »Mein Engel, du bist besser als normal, was immer *normal* auch bedeuten mag. Du bist spektakulär. Und es gibt kein Wesen, ob real oder erfunden, das mich verjagen könnte.« Er küsste sie noch einmal, und sie spürte, wie sie in seiner Nähe dahinschmolz. »Mach die Augen auf«, flüsterte er. »Sieh mich an, damit ich weiß, dass du mich verstehst.«

Sie gehorchte.

»Ich will keine andere. Ich habe das Gefühl, mein ganzes Leben darauf gewartet zu haben, dich zu treffen. Wenn du bereit bist, dann werde ich hier sein, ob es nun einen Tag dauert, eine Woche oder ein Jahr.«

Sie legte ihre Stirn gegen seine und schloss wieder die Augen, bevor sie fragte: »Du bist nicht sauer, weil ich zurückgehen will?«

»Ich unterstütze dich bei allem, was du brauchst, um dich sicher zu fühlen. Und wenn du glaubst, in Towson die Antworten zu finden, dann unterstütze ich auch das.«

Er zog sie eng an sich, und sie fragte sich, womit sie so ein Glück verdient hatte. Als sie seinem gleichmäßigen Herzschlag lauschte und seinen mittlerweile vertrauten Duft einatmete, schnürte sich ihr die Kehle zu. Sollte sie ihn wirklich zurücklassen? Hatte sie die Kraft, einfach aufzustehen und zu gehen? Die wenigen Stunden nach Towson zu fahren und sich dem zu stellen, vor dem sie weggelaufen war? Sie musste es tun, das wusste sie. Hierzubleiben und so zu tun, als wäre alles in Ordnung, war ihr eine Weile wie eine Möglichkeit vorgekommen, dabei war es in Wirklichkeit nur ein Pflaster auf einer Wunde, die zu groß war, um sie zu ignorieren.

»Du wirst mir fehlen«, brachte sie schließlich hervor.

»Du mir auch.« Er küsste sie erneut und blickte ihr tief in die Augen, während er ihr Gesicht mit seinen warmen Händen umfasste. »Egal was passiert, du musst wissen, dass ich hier bin für dich, und dass auch meine Familie hier ist. Tegan ist hier. Wir sind alle für dich da, und …« Er hielt inne, suchte ihren Blick, als sich seine Augenbrauen zusammenzogen. Die Wärme in seine Augen wurde unruhig. »Ach, verdammt, Leesa! Ich wünschte, du würdest zulassen, dass ich bei dir bin. Für dich da bin. Du bist doch nicht weniger entschlossen, wenn ich dich dort unterstütze, und nur zu sagen, dass ich für dich da bin, gibt dir noch lange keine Arme, in die du dich abends fallen lassen kannst. Es gibt mir nicht die Möglichkeit, für dich einzutreten, wenn du es brauchst, oder jemandem einen frostigen Blick zuzuwerfen, wenn er dich schief anguckt.«

Fast hätte sie in dem Moment ihren Entschluss über den Haufen geworfen. Sie war noch nie mit einem Mann zusammen gewesen, der für sie zu kämpfen bereit war, und sie wollte ihn nicht verlieren. Aber sie wusste, auch wenn ihr Herz abwechselnd anschwoll und schmerzte, dass sie dies allein tun musste. Die einzige Möglichkeit, ihre Schluchzer nicht ausbrechen zu lassen, war die Flucht vor den Emotionen mithilfe eines Scherzes.

»Oh, mein Alpha-Freund gibt sich ganz hart und

beschützend.«

»Ich meine es ernst, Leese. Wie soll ich die Tage überstehen, wenn ich weiß, dass du dem ausgesetzt bist, wovor du am meisten Angst hast?« Er strich ihr über die Wange, vergrub seine Finger in ihrem Haar und hielt sie ganz fest. »Ich will dich nicht einengen. Na ja, vielleicht schon.« Er lächelte.

»Deine Patienten brauchen dich und deinem Partner kannst du deine Arbeit nicht noch zusätzlich aufhalsen.«

»Lass das meine Sorge sein«, beharrte er.

Sie schüttelte den Kopf. »Du sagst, du kommst damit zurecht, aber du warst nicht dabei. Du hast keine Ahnung, wie es ist, dieser Art von Blicken ausgesetzt zu sein. So schlimm es war, dass Chris mich verlassen hat, ich kann es ihm eigentlich nicht übelnehmen. Ich möchte nicht, dass du so etwas erleben musst, Cole. Du kennst mich als Leesa Avalon, eine Kellnerin mit Vergangenheit. Lass mich in deinen Augen dieser Mensch bleiben, bis ich Annalise Avalon, eine Frau ohne jegliche Betitelungen, sein kann. Lass mich meinen Namen reinwaschen, und dann kannst du entscheiden, ob unsere Beziehung das ist, was du willst.« Während sie diese Worte aussprach, wurde ihr klar, dass sie genau das brauchte.

»Annalise. Leesa. Du kannst sein, wer du willst. Ich wünschte nur, hier bei mir zu sein, würde dir genügen.«

»Es genügt mir!« Sie umklammerte seine Hand, aber sie wusste, dass ihre Behauptung nicht der Wahrheit entsprach. Nachdem sie sich nun über ihr Bedürfnis klar geworden war, musste sie dem auch nachkommen. Erst dann konnte sie mit einem Gefühl von Stabilität neu anfangen, statt auf der Flucht zu sein.

Cole musste gespürt haben, dass sie ihren Worten selbst nicht glaubte, denn er stand auf und langte nach ihrer Hand. Er zog sie eng an sich, an den Platz, an den sie so gut passte, an dem es sich irgendwie wie zu Hause anfühlte, und als sie zu ihrem Auto gingen, sprach er die Worte aus, die sie fast in die Knie zwangen.

»Mein Engel, wenn es dir genügen würde, hier bei mir zu sein, dann bräuchtest du nicht zu gehen.«

Achtzehn

Leesa stand in der verschlafenen Straße, in der sie aufgewachsen war, und schaute auf den kleinen Bungalow, in dem sie und ihr Vater gewohnt hatten. Es war ein kurioses kleines Haus, mit einem ganz untypischen Mansardendach. Ein breiter Giebel erhob sich über der Eingangstür und dem Erkerfenster rechts davon. Die linke Seite des Hauses war von Büschen und einer Kiefer umgeben, die das Fenster ihres Schlafzimmers im ersten Stock beschattete. Das andere Schlafzimmerfenster lag hoch oben im Giebel, nicht ganz in der Mitte. Sie bemerkte den sauber gemähten Rasen, der von einem Gartenservice gepflegt wurde, während sie fort war.

Fort. Mann, hörte sich das seltsam an. Sie war nicht einmal fortgegangen, um aufs College zu gehen, sondern hatte die Towson State besucht. Bis sie sich herausgedrängt gefühlt hatte, war sie nie weit von ihrer Heimatstadt weg gewesen. Sie öffnete den Kofferraum ihres Autos, nahm ihre Sachen heraus und schleppte sie die Auffahrt hinauf. Die vertrauten Risse in dem Pflaster ließen einen Hauch von Vertrautheit aufkommen.

Sie atmete den Duft von Kiefer, Mulch und *Zuhause* ein und zog die Nase kraus. Der Geruch kam ihr seltsam vor. Hatte sie sich bereits daran gewöhnt, mit jedem Atemzug das Meer zu riechen? War die Luft hier dicker, verschmutzter? Oder war es nur ihr Herz, das sie zurück zu Cole zog?

Sie versuchte, den Gedanken beiseitezuschieben, als sie die Haustür öffnete und das abgenutzte, zerkratzte Parkett betrat. Dasselbe Parkett, das sie als Tanzboden für ihre Barbies benutzt hatte. Auf dem sie sich vor dem Kamin zusammengekauert hatte, während ihr Vater ihr vorlas. Das Parkett, auf dem sie mit ihren ersten High Heels gelaufen war. Auf dem ihr Vater ihr das Tanzen beigebracht hatte. Ihr Herz zog sich zusammen. Sie hatte zu viele Vater-Tochter-Erinnerungen, um sie noch zählen zu können. Die Hälfte der Zeit, in der ihre Freunde unterwegs waren und ihre neuentdeckten Hormone austesteten, hatte sie zu Hause mit ihrem Vater Spiele gespielt oder alte Filme angesehen. Wie konnte sie all dies zurücklassen?

Schuldgefühle überkamen sie, während sie ihre Taschen an der Tür abstellte, durch den Flur ging und dabei zu ignorieren versuchte, dass sich das Haus wie eine Hülle anfühlte, die kein Herzschlag mehr am Leben erhielt. Sie trat ins Wohnzimmer, und ihr Blick huschte über die Bücherregale, die den winzigen Kamin umrahmten. Nach dem Tod ihres Vaters hatte sie nicht viel verändert und auch die Möbel behalten, die eins mit ihm geworden waren. Sie nahm ein Kissen in die Hand und schloss die Augen, als sie es sich an die Nase hielt und tief einatmete. Den Duft ihres Vaters noch zu riechen erwartete sie gar nicht. Sie konnte sich ja kaum noch seine Stimme in Erinnerung rufen, ohne sich die einzige Sprachnachricht anzuhören, die sie auf ihrem Telefon gespeichert hatte. Dennoch versuchte sie es. Sie atmete zwei-, dreimal ein, roch jedoch nichts außer altem Stoff.

Nachdem sie das rostrote Kissen zurückgelegt hatte, fuhr sie mit den Fingern über die Bücherregale und betrachtete die

Titel. Ihr Vater war ein eifriger Leser gewesen und hatte von Stephen King bis hin zu Ratgebern alles gelesen. Er war kein sehr gebildeter Mann, aber auf eine Weise clever und intelligent gewesen, die man nicht in der Schule lernen konnte. Als Versicherungsvertreter mit zwanzig Jahren Erfahrung und nach sechs Jahren als Geschäftsführer hatte er es in den Verhandlungen mit den Besten aufnehmen können, und mit seiner Arbeitsmoral konnten die wenigsten mithalten. *Na ja, abgesehen von Cole. Er steckt in seine Arbeit genauso viel Energie wie in seine Familie und … und mich.*

Sie betrat die gemütliche Küche und lächelte angesichts des Tisches, an dem zwei Personen Platz hatten. Sie füllte ein Glas mit Wasser und lehnte sich gegen die Arbeitsfläche, während sie trank und an ihren Vater dachte. Es war nicht sein Scharfsinn, den sie vermisste. Es war seine Gegenwart. Ins Haus zu kommen und ihn ihren Namen rufen zu hören. *Annalise? Bist du es, Schatz?* Und seine allgegenwärtige Unterstützung. Es tat so weh, ihn zu vermissen, dass ihre Hände anfingen zu zittern. Sie stellte das Glas mit einem Knall auf der Arbeitsfläche ab, als ihr die Tränen in die Augen schossen. Eine schwere Last drückte auf ihren Brustkorb, und ihre Beine mussten die Botschaft auch empfangen haben, denn als sie sich auf einen Holzstuhl setzen wollte, gaben sie einfach nach, und sie landete plumpsend auf ihrem Hintern.

Sie gab den hässlichen Schluchzern nach, die aus ihrem Brustkorb hervorquollen. Sie weinte um den Vater, den sie nur allzu gern gerettet hätte, und um das Leben, das er zu jung verloren hatte. Sie weinte um Andy, dessen Leben – da war sie sich sicher – auch zerstört worden war, und sie weinte um den Verlust von Annalise Avalon, der Frau, die ihr Vater sich so bemüht hatte, großzuziehen. Sie weinte um die Frau, die sie in

Peaceful Harbor hatte werden wollen, und sie weinte um die Menschen, die sie auch dort zurückgelassen hatte. Sie weinte, denn das Haus, das einst all ihre Probleme verschwinden ließ und das alle Fragen beantworten konnte, hatte diese Kraft nun nicht mehr.

Neunzehn

Der Montagmorgen begann ohne Leesa in seinen Armen und mit einer langen Patientenliste in der Praxis. Es war ganz eindeutig der mieseste Montag des Jahres, und es hatte schon einige nicht allzu angenehme gegeben. Und doch waren die Patienten, die Behandlungen infrage stellten und sich über Cole beschwerten, der im Terminplan hinterherhinkte, nichts im Vergleich zu Leesa, die in Towson allein Dämonen gegenübertreten musste, die sie nicht verdient hatte.

Sie hatte ihn am Abend zuvor angerufen, um ihm zu sagen, dass sie gut angekommen war, und trotz des tapferen Tonfalls, den sie anschlug, hatte er die Traurigkeit in ihrer Stimme gehört. Das hatte ihm einen tiefen Stich versetzt.

Er hob den Blick von der Patientenakte, die er gerade durchschaute, als es an der Tür seines Büros klopfte.

»Ja, herein«, sagte er und war überrascht, seinen Bruder Sam in der Tür stehen zu sehen.

»Hey, Kumpel. Sorry, dass ich nicht angerufen habe, aber … na ja. Ich wollte deine hässliche Visage mal sehen.« Sam stolzierte herein, in Cargoshorts und Tanktop waren seine gebräunten Muskeln in aller Pracht zu sehen. Cole war sicher, dass seine Mitarbeiterinnen ihre Freude daran hatten. Er hatte das Gerede über seine Geschwister schon oft gehört, und es war kaum zu übersehen, wenn die Single-Frauen wie die Sonne erstrahlten, sobald einer seiner Brüder vorbeischaute. Worte wie *Traumtyp* und *heiß* hatte er schon unzählige Male aufgeschnappt.

Cole deutete auf einen Stuhl. »Mach's dir bequem. Ich hab in zehn Minuten einen Patienten, aber was gibt's?«

Sam rieb sich über das Kinn. Der Schalk in seinen Augen wich einem besorgten, taxierenden Blick.

»Hat Mom dich schon erreicht?« Sam beugte sich vor, stützte sich mit den Unterarmen auf den Oberschenkeln ab und rieb die Hände aneinander, so wie er es immer tat, wenn er überlegte, wie er etwas sagen sollte.

»Nein, was ist los? Normalerweise ruft sie während der Sprechstunde nur an, wenn es etwas sehr Dringendes ist.« Cole klappte die Akte zu und schob sie beiseite, um sich auf Sam zu konzentrieren.

»Sie organisiert ein Abschiedsessen für Shannon und Ty kommt dafür nach Hause. Es findet in zwei Wochen statt. Samstagabend, bei Mom und Dad.«

»Du bist extra hergekommen, um mir das zu sagen?« Er hob eine Augenbraue.

Sams Mundwinkel kräuselten sich. »Nee, ich wollte sicher sein, dass du dir nicht die Augen ausheulst oder dich unter deinem Schreibtisch versteckst.« Er lachte. Cole schüttelte den Kopf. »Na, was denn? Du bist zum ersten Mal seit Ewigkeiten vollkommen verrückt nach einer Frau und sie lässt dich hier sitzen. Da muss doch jemand mal nach Dr. Braden, dem Meister im Verstecken von Gefühlen, gucken.«

Cole ging um den Tisch herum und setzte sich neben Sam. »Wenn es um sie geht, bin ich ziemlich mies im Verstecken von

Gefühlen, aber mir geht es gut. Ich bin ein großer Junge und sie ist ein großes Mädchen.« Er wischte sich mit einer Hand über das Gesicht und hoffte, Sam würde die Lüge schlucken. »Aber das heißt nicht, dass ich nicht am liebsten etwas oder jemanden zusammenschlagen würde, weil sie in dieser beschissenen Lage ist.«

»Genau das meinte ich.« Sammy klopfte ihm auf den Rücken, als es wieder an der Tür klopfte.

»Herein«, sagte Cole.

Faith, eine Arzthelferin, die seit eineinhalb Jahren für Cole arbeitete, schaute herein und ihr Blick glitt zu Sammy. Ihre dunklen Haare waren zu einem strengen Dutt hochgebunden und sie umklammerte krampfhaft die Türkante. Normalerweise war sie professionell und selbstbewusst, außer wenn Sam vorbeikam – dann wurde sie kleinlaut und nervös.

»Entschuldigung. Ähm, hi«, sagte sie in Sams Richtung und schaute ihn etwas länger an als notwendig, was Cole schmunzelnd zur Kenntnis nahm.

Sam winkte ihr zu. »Hi, Faith. Schön, Sie zu sehen. Die Frisur steht Ihnen gut.«

Ihre Wangen glühten, als sie sich von seinem Anblick losriss. »Äh, danke, äh …«

Cole sah Sam verärgert an. So einen Mist machte er nur, damit sie rot wurde. Sein Blick war allerdings vergeblich, denn Sam weidete sich immer noch an der hübschen, aufgeregten Brünetten.

»Faith, wollten Sie etwas Bestimmtes?«, erkundigte Cole sich.

»Oh, ja, sorry. Mr. Hood ist früher eingetroffen, und er wartet auf Sie.«

»Okay, ich komme sofort. Danke.« Er fragte sich gar nicht

erst, warum sie gekommen war, um es ihm mitzuteilen, anstatt über die Rezeption anrufen zu lassen. Immer wenn einer seiner Brüder im Büro war, schaute eine der Single-Damen unter irgendeinem Vorwand hinein, um einen Blick zu erhaschen.

Sie schloss die Tür hinter sich und Cole stupste Sam mit dem Knie an.

»Hör auf mit dem Mist. Sie arbeitet für mich, klar?«

Sam kicherte. »Ich schlaf ja nicht mit ihr. Ich finde sie super süß, wenn sie verlegen ist. Aber keine Sorge, sie ist ein viel zu braves Mädchen für mich.«

»Ja, und ich hätte gerne, dass es so bleibt. Sie ist die beste Arzthelferin, die wir haben.« Cole stand auf und Sam tat es ihm gleich. »Hör zu, danke, dass du vorbeigekommen bist, aber mir geht es gut, wirklich. Ich habe gestern Abend mit Leesa gesprochen und heute Morgen wieder. Sie will heute mit ihrer ehemaligen Chefin sprechen. Sie ist eine kluge Frau, Sammy. Sie tut das, was das Richtige für sie ist, auch wenn es scheiße für mich ist.« Er deutete mit dem Kopf zur Tür. »Und jetzt raus hier, damit ich mit dem Vater meiner Patientin reden und ihn davon überzeugen kann, ebenfalls das Richtige zu tun.«

Sam richtete einen Finger auf ihn. »Heute Abend im Tap It trinken wir was. Nate und ich werden da sein, und wenn du bis acht Uhr nicht aufgetaucht bist, finde ich dich und zerre deinen Hintern eigenhändig dahin.«

Auch wenn ein paar Drinks das Letzte waren, wonach Cole der Sinn stand, war es zwecklos, sich mit Sam anzulegen, also stimmte er zu. »Du verzichtest also tatsächlich auf einen Abend mit einem zufällig aufgegabelten Mädel, um mit deinen Brüdern abzuhängen?«

Sam zwinkerte ihm zu. »Hey, du bist derjenige, der mir beigebracht hat, dass die Familie an erster Stelle steht.

Außerdem dreht sich mir der Magen um bei dem Gedanken, dass du zu Hause rumheulst.«

Cole machte einen ruckartigen Schritt auf seinen grinsenden Bruder zu.

Sam wich dem gespielten Angriff aus und sagte: »Wir sehen uns heute Abend, Bro«, bevor er zur Tür hinaus verschwand.

Wenige Minuten später hatte Mr. Hood auf dem Stuhl vor Coles Schreibtisch Platz genommen. Seine Knopfaugen hatten diesen entschiedenen Blick, den Cole schon oft gesehen hatte und der fast immer zu einer schlechten Entscheidung für seine Patienten führte. Das ungute Gefühl in seiner Magengegend sagte ihm, dass heute kein guter Tag war, um dem Mann entgegenzutreten, der zwischen ihm und seiner Patientin stand. Insbesondere nachdem er einen Behandlungsplan verschrieben hatte, der mit Sicherheit zu ihrer vollständigen Genesung führen würde. Es verhieß nichts Gutes für Elsie, dass sie bei dieser Besprechung nicht anwesend war. Wenn Patienten auf eine Behandlung verzichteten, sagten sie normalerweise den Termin ab oder tauchten einfach nicht auf, aber eine Handvoll suchte seine Zustimmung. Eine Zustimmung, die er nie gab, aber zumindest hatte er bei denen, die noch einmal zu ihm kamen, eine letzte Chance, sie umzustimmen.

»Dr. Braden, mittlerweile verstehen Sie sicher die schwierige Lage, in der ich mich als Vater befinde. Meine Tochter hat jahrelang für das gearbeitet, was sie erreicht hat, und sie hat die Möglichkeit, Erfolg in dem zu erlangen, was sie am meisten liebt. Erfolg auf einem Niveau, das nur sehr wenige Menschen erreichen.«

»Ja, ich kann nachvollziehen, warum dies für Ihre Familie eine schwierige Entscheidung zu sein scheint. Bitte verstehen Sie, Mr. Hood, dass es bei dieser Entscheidung aus medizinischer Sicht nicht nur darum geht, dass Elsie ihre Chance auf eine Teilnahme bei den kommenden Olympischen Spielen verpasst. Es geht um eine Entscheidung zwischen der Heilung der Schmerzen, die Ihre Tochter eindeutig schon länger belasten, als sie es angegeben hat, und einer Zukunft, die höchstwahrscheinlich weitere Verletzungen mit sich bringen wird, was wiederum dazu führen kann, dass sie die Olympischen Spiele ohnehin verpasst und ein Leben lang Schmerzen ertragen muss.«

Zum ersten Mal seit ihrer ersten Begegnung erkannte Cole in den Augen des Mannes andeutungsweise eine andere Regung als die bisher gezeigte Unnachgiebigkeit. Er legte die Hände auf die Armlehnen des Stuhls und stieß einen langen Seufzer aus, der sehr nach Niederlage klang. Aber als sich seine Finger um die Armlehnen krampften, befürchtete Cole, dass es sich doch nur um Wunschdenken handelte.

»Mr. Hood, Sie haben zwei Stunden Autofahrt auf sich genommen, um zu mir zu kommen, anstatt zu einem Arzt in Ihrer Stadt zu gehen. Sie müssen darauf vertraut haben, dass mir die beste Lösung für Ihre Tochter am Herzen liegt.«

»Sie wurden uns sehr empfohlen«, erwiderte er schwach.

»Das weiß ich zu schätzen.« Wenn Elsies Vater der Behandlung zustimmte, dann hatte sie das eindeutig Rush Remington zu verdanken. »Wie gesagt, wenn Sie von so weit her gekommen sind, müssen Sie meinen Fähigkeiten vertraut haben.«

»Ja, das tue ich, auch wenn es vielleicht nicht so aussieht.« Er hob den müden Blick zu Cole. »Wie sage ich meiner Teenager-Tochter, die sich über Jahre hinweg – wirklich *Jahre* – abgerackert hat, die auf Zeit mit ihren Freundinnen, Pyjamapartys, Diskos, Sommerurlaube verzichtet hat ... Wie sage ich ihr: ›Hast du toll gemacht, und ich bin höllisch stolz auf dich, aber jetzt ziehen wir dir und deinen Träumen den Teppich unter den Füßen weg‹?«

Cole hätte den Mann am liebsten umarmt, weil er endlich offenbarte, dass er nicht der roboterhafte, wütende Mann war, als der er aufgetreten war. Stattdessen verschränkte Cole die Hände auf dem Schreibtisch und lächelte den aufgewühlten Mann an, dessen Lage er nur allzu gut verstand. Er rief sich alles in Erinnerung, was er im Laufe der Jahre von seinem Vater gehört hatte, und hoffte, dass seine Worte hilfreich sein würden.

»Ich denke, Sie fangen an mit: ›Ich liebe dich und bin stolz auf dich‹, und enden mit etwas über die Zeit, als Elsie geboren wurde und Sie versprachen, dass Sie sie beschützen und unterstützen würden, und dass Sie als Vater, beziehungsweise als ihre Eltern, genau das tun werden. Und Sie machen ihr klar, dass diese Behandlung es ihr hoffentlich ermöglichen wird, sich eines Tages diese Träume zu erfüllen.«

Mr. Hood sah ihn schweigend mit zusammengepresstem Kiefer an. Geduldig wartete Cole darauf, dass seine Worte den Mann entweder gänzlich verärgerten oder ihm seine Sorgen nahmen. Beides würde er hinnehmen, aber er hoffte auf Letzteres. Dem Gesichtsausdruck von Mr. Hood war nichts zu entnehmen.

»Haben Sie Kinder, Dr. Braden?«

Bei dem Gedanken an Kinder musste Cole lächeln und an Leesa denken. Er zwang sich, nicht auf dem Handy nachzuschauen, wann sie das letzte Mal telefoniert hatten oder ob eine Nachricht eingegangen war. Im Moment ging es nur um die bestmögliche Behandlung für Elsie. »Nein, Sir, noch nicht.«

Mr. Hood formte die Hände unter dem Kinn zu einem

Spitzdach. Die Stirn zog sich furchend zusammen, während sein Blick zu Coles Schreibtisch wanderte, wo er minutenlang verharrte. Als er schließlich aufstand, waren seine Schultern nicht ganz so gestrafft wie bei seinem Eintreffen, und als er Cole die Hand entgegenstreckte, war der wütende Griff verschwunden.

»Danke. Eltern zu sein ist der schwierigste Job auf Erden. Gute Eltern zu sein ist sogar noch schwieriger. Ich hoffe nur, dass ich das Richtige tue.«

In der Hoffnung, dass er sich dafür entscheiden würde, seiner Tochter die richtige Behandlung zukommen zu lassen, und in dem Bestreben, ihn nicht zu sehr zu bedrängen, sagte Cole nur: »Ich bin sicher, das werden Sie.«

Mr. Hood nickte, und als er die Bürotür öffnete und sich noch einmal umdrehte, sagte er: »Auf dem Weg nach draußen mache ich einen Termin bei dem Orthopädietechniker.«

Leesa drückte das Vibrieren ihres Telefons zum vierten Mal innerhalb ebenso vieler Stunden weg. Sie stellte den Motor ab, nachdem sie das Auto vor der Mittelschule geparkt hatte, an der sie mit Herz und Seele unterrichtet hatte. Cole hatte sie im Morgengrauen angerufen und erneut angeboten, nach Towson zu kommen, und so sehr es sie auch schmerzte, sie hatte ihn abgewiesen. Zwei Nachrichten hatte er noch geschickt, bevor sie das Haus verlassen hatte. Wahrscheinlich sollten sie ihre Entschlossenheit nicht aufweichen, aber – Mann! – im ersten Moment taten sie es sehr wohl. Sie verspürte jedoch auch immer noch das Bedürfnis, das hier allein zu regeln. Noch nie zuvor war sie auf die Hilfe eines Mannes angewiesen gewesen, und sie hatte nicht vor, jetzt damit anzufangen. Ihr Vater würde sich im Grabe umdrehen, wenn sie es sich zugestand, an der Fehlentscheidung eines Zwölfjährigen zu zerbrechen. Sie war stärker. Sie musste es sein. Und für den unwahrscheinlichen Fall, dass sie es nicht sein sollte, wollte sie mit Sicherheit nicht, dass Cole Zeuge ihrer Schwäche wurde.

Sie rief sich seine Nachrichten in Erinnerung, als sie auf das rote Backsteingebäude schaute und ihren Mut sammelte.

Ich glaube an dich. Stell deinen guten Ruf wieder her! Du schaffst es!

Sie wusste, dass es ihn schier umgebracht haben musste, eine Nachricht zu schreiben, anstatt es ihr hier persönlich sagen zu dürfen. Sie wusste ebenfalls, dass Cole diese Nachrichten nicht geschrieben hätte, wenn er nicht davon überzeugt wäre, dass sie es schaffte, und ihr diesen Abschluss nicht aufrichtig wünschte – auch wenn es bedeuten könnte, dass sie langfristig in Towson blieb. Hatte der Tonfall am Abend zuvor seine Traurigkeit und sein Unbehagen angesichts ihrer Abreise noch nicht offenbart, so hatte es sein Verhalten sehr wohl. Ihr war schon aufgefallen, dass er bei anderen Menschen bestimmte Dinge ganz gut verbergen konnte, aber für sie war er ein offenes Buch. Ein Blick in seine Augen sagte ihr alles, was sie wissen musste – wie sehr er sie liebte und wie stark seine Leidenschaft war.

Er hatte ein Selfie geschickt, nur wenige Minuten, nachdem sie auf die Nachricht geantwortet und ihm für sein Verständnis gedankt hatte. Auf dem Bild lächelte er und zeigte ihr den gehobenen Daumen. Sie hatte – trotz des Schmerzes in der Brust – gelacht. Jetzt klammerte sie sich an dieses Bild und nahm seine Botschaft in sich auf.

Auch Tegan hatte Nachrichten geschrieben, noch bevor Leesa geduscht hatte. Die erste Nachricht sagte, sie solle den

Leuten den Marsch blasen, und die zweite, dass sie zurück nach Peaceful Harbor kommen sollte, wenn sie lieber niemandem den Marsch blasen wollte. Leesa schaute noch einmal auf ihr Handy, vielleicht hatte ja einer von beiden noch einmal geschrieben. Überrascht sah sie Tempes Namen auf dem Display. Sie öffnete die Nachricht und ein langer Text erschien.

Ich habe gehört, dass du zurück nach Towson gefahren bist. Bin stolz darauf, wie stark du bist. Soll ich kommen? Wäre kein Problem. Ich weiß, dass es schwer für dich ist.

Während sie las, poppte noch ein Textfeld auf.

Sag mir Bescheid. Ich bin übrigens Tempe, falls du mich in deinem Telefon noch nicht abgespeichert hast.

Eine Gänsehaut huschte über ihre Arme. Noch nie war sie so vollkommen und nahtlos angenommen worden, und Coles Familie akzeptierte sie trotz dieses Chaos, das sie wie eine Fußfessel inklusive Kugel mit sich herumschleppte. Sie sah an dem Gebäude hoch, durch die Unterstützung von Tempe, Tegan und Cole gestärkt für die Besprechung, die sie in wenigen Minuten mit der Direktorin Darlene Sentry hatte.

Sie fing an, eine Antwort an Tempe zu tippen, zögerte dann aber. Was konnte sie denn schon sagen? *Danke für die Ehre? Danke für die Freundschaft? Tut mir leid, dass ich abgehauen bin und deinen Bruder so durcheinander zurückgelassen hab?* Schlagartig wurde ihr klar, wie wahr dieser Gedanke war, und das drehte ihr den Magen um. Jedes Mal, wenn sie an Cole dachte, war es wie ein zweischneidiges Schwert. Sie wollte ihm gehören, seine Liebe und Unterstützung akzeptieren und für immer in ihm verschwinden, aber ihre Vergangenheit fühlte sich wie eine tickende Zeitbombe an.

Sie musste das hier tun.

Sie schrieb eine schnelle Antwort an Tempe: *Danke! Deine*

Unterstützung bedeutet mir sehr viel, aber ich bin sicher, du verstehst, dass ich dies allein machen muss. Umarmst du Cole für mich? Sie löschte den letzten Satz, bevor sie die Nachricht wegschickte. Sie hatte keine Ahnung, wie lange sie hierbleiben würde, und sie kannte Tempe nicht gut genug, um so etwas zu schreiben, egal wie nah sie sich ihr fühlte. Sie stieg aus dem Auto, und mit rasendem Herz und einem Adrenalinschub, der ihr das Blut so laut in den Ohren rauschen ließ, dass sie kaum denken konnte, ging sie auf das Gebäude zu.

Sie atmete den vertrauten Duft von *Schule* ein. Er war an jeder Schule, an der sie gewesen war, gleich: der Geruch von harter Arbeit, zu vielen Hormonen und dem Wissen, das gelernt werden wollte. Früher hatte sie diesen penetranten Geruch genossen. Jetzt, als sie auf den Knopf drückte und die Eingangstür summend geöffnet wurde, fühlte sich nichts richtig an. Der Geruch und der Anblick waren unverändert, die Flure waren breit und verlassen. Erin Walsh, die muntere Brünette, die seit ein paar Jahren das Zepter an der Rezeption in der Hand hielt, saß hinter der Glastür, die sie vom Eingangsbereich trennte, an ihrem Computer, aber irgendwie fühlte sich die Schule so fremd an wie alles andere nach dem Verlust ihres Vaters.

Sie öffnete die Tür zum Büro und Erin sah von ihrem Computer auf.

»Annalise!« Sie eilte um die Empfangstheke herum und schlang die Arme um Leesa. »Oh mein Gott! Du hast mir gefehlt. Wie geht es dir? Wow, du bist so braun und schön.« Erin war ein einziges positives Energiebündel.

Sie nahm Leesa an der Hand und zog sie hinter die Theke, wobei sie leise sprach, obwohl niemand in der Nähe zu sein schien – die Tür zum Krankenzimmer war geschlossen, und sie konnte nicht weit genug den Flur entlang bis zu Darlenes Büro oder dem Lehrerzimmer sehen. »Wie geht es dir?«

Die freundliche Begrüßung warf Leesa aus der Bahn. Erin hatte geweint, als Leesa während der Ermittlungen beurlaubt worden war, aber sie hatte befürchtet, dass Erin bei alle den Gerüchten und Spekulationen mit der Zeit eine andere Meinung von ihr bekommen haben könnte. Sie war mehr als erleichtert, dass die Zeit nichts ins Schlimmere gekehrt hatte. Aber nur dass die überschwängliche Erin nicht zögerte, sie wieder in die Arme zu schließen, hieß noch lange nicht, dass andere es ebenso halten würden.

»Mir geht es gut, danke, und es tut mir leid, dass ich dich so überrasche. Ich dachte, Dar hätte dir erzählt, dass ich zu einer Besprechung komme.«

Erin schüttelte den Kopf. »Dar ist irrsinnig beschäftigt im Moment. Überrascht mich nicht, dass sie vergessen hat, es zu erwähnen. Ich ruf sie schnell an und sag ihr, dass du hier bist.« Sie griff zum Hörer und rief Darlene an. Leesa atmete ein paarmal tief durch und bereitete sich mental darauf vor, ihre alte Chefin wiederzusehen. Während der Untersuchung hatte sie Leesa unterstützt, und als sich die Anschuldigung als falsch erwies, hatte sie Leesa die alte Stelle wieder angeboten. Natürlich ging das Angebot einher mit einem nachdrücklichen Rat: *Begib dich nie wieder in eine Situation, in der du mit einem Schüler allein bist. Gib keinem Schüler außerhalb der Schule Nachhilfe.* Aber Leesa hatte diese Möglichkeit schnell ad acta gelegt. Sie hatte das Gefühl gehabt, alle Schüler würden sie anders sehen, und sie wusste auch, dass sie sie nun anders sehen würde, egal wie sehr sie das Unterrichten liebte.

Komisch, dass sie dieses Gefühl bis jetzt vergessen hatte.

Darlene hatte schnell die Stelle an einer Schule in Baltimore aufgetan und Leesa ermutigt, sie anzunehmen. Aber das unsichere Gefühl, beschuldigt und seltsam angesehen zu werden, blieb, unabhängig davon, ob sie es sich nur einbildete oder nicht.

Erin legte auf und sagte: »Dar sagt, du kannst nach hinten kommen.« Sie stand auf, umarmte Leesa noch einmal und sagte leise: »Es ist so schön, dich wiederzusehen, und ich bin so froh, dass dieser ganze Kram dich nicht für immer runtergezogen hat. Du siehst toll aus!«

Als Leesa den Flur hinunterging und sich dem Büro von Darlene näherte, fragte sie sich, wie sie so toll wirken konnte, wenn sie doch das Gefühl hatte, in ihrem Magen wäre ein aufgeregter Bienenschwarm zugange.

Chris trat aus dem Lehrerzimmer und stieß fast mit ihr zusammen. »Annalise. Du bist wieder in der Stadt?«

Sie war überrascht, dass ihr die Galle hochkam angesichts des Mannes, von dem sie einmal geglaubt hatte, er würde immer für sie da sein. Nun ja, sie war nicht mehr die naive Frau, die sie früher einmal gewesen war. *Heilige Scheiße, ich bin nicht mehr Annalise.*

Ihr wurde bewusst, dass sie jemand ganz anderes geworden war. Eine Frau, die die Schultern straffte, ihr Kinn anhob. Eine Frau, die nach den Anschuldigungen nicht zu Boden gegangen, sondern stark genug gewesen war, um abzuhauen – und klar, das konnte man als Schwäche deuten, aber es zeigte eben auch Stärke. Es war *mutig* – und genau das hatte auch Cole gesagt.

Sie sah Chris in seine schönen Augen und erinnerte sich daran, welche Wirkung sie einst auf sie gehabt hatten, wie ehrlich und fürsorglich sie erschienen waren. Aber dann hatte er sein wahres Gesicht gezeigt, und *er* war schwach gewesen. Sie nickte kurz. »Chris.«

»Wie geht es dir?« Sein Blick glitt an ihrem Körper hinab, und dann schaute er den Flur entlang, so als wollte er sichergehen, dass niemand sie zusammen sah. Er senkte die Stimme und sagte: »Wir sollten mal reden. Möchtest du auf einen Drink vorbeikommen?« Er trat näher an sie heran und legte die Hand auf ihren Unterarm. Seine Berührung fühlte sich falsch an.

Sie wich zurück. »Ich habe wirklich keine Zeit.« Das stimmte nicht. Sie hatte alle Zeit der Welt. Und sie war hier, um ihren Ruf wiederherzustellen, ihn sich zurückzuerobern, nicht, um sich hinter einer kaum verhüllten Ausrede zu verstecken. Also hob sie das Kinn und sagte: »Du hast deine Entscheidung in Bezug auf mich vor Wochen getroffen, Chris. Ich glaube nicht, dass wir etwas zu bereden haben.«

Sie machte auf dem Absatz kehrt und eilte zu Darlenes Büro, während ihr vor Stolz die Brust anschwoll und ein Lächeln sich in ihrem Gesicht ausbreitete.

Zwanzig

Darlenes Büro kam ihr kleiner vor, als sie es in Erinnerung hatte, aber das war vielleicht auf das erstickende Gefühl zurückzuführen, wieder dort zu sein, wo ihr Albtraum begonnen hatte. In Darlenes Gesicht erschien ein willkommen heißendes Lächeln, und ihre dunklen Augen strahlten herzlich, als sie um den Schreibtisch herumkam und Leesa in die Arme schloss.

»Annalise, es ist so schön, dich zu sehen. Ich war überrascht, als du anriefst. Ich dachte, du wolltest dir ein paar Wochen Zeit nehmen, um über deine Entscheidung nachzudenken.«

»Danke, dass du dir Zeit für mich nimmst, Dar.«

»Kein Problem, jederzeit.« Darlene winkte sie zu der Couch neben der Tür. »Setzen wir uns doch.«

Sie hatte ihre Besprechungen mit Leesa immer auf der Couch abgehalten, anstatt hinter ihrem Schreibtisch zu sitzen, und normalerweise fühlte sich Leesa dabei wohl. Heute war es seltsam, so als ob Darlene zu angestrengt versuchte, nett zu sein. Oder, so wurde Leesa bewusst, als würde sie selbst nicht mehr in diese Umgebung passen, trotz des kurzfristigen Anflugs von Mut, als sie Chris hatte stehen lassen.

»Erzähl mir, wie es dir geht. Was hast du in den letzten

Wochen getrieben? Dich entspannt, hoffe ich.« Darlene beugte sich zu Leesa vor, den Arm über die Rückenlehne der Couch ausgestreckt – der Inbegriff einer alten Freundin, die aufrichtig an Leesas Leben interessiert war.

Warum hatte Leesa dann das Gefühl, dass nicht genug Sauerstoff im Raum war und die Wände um sie herum immer näher kamen? War sie bloß an die offenen Räumlichkeiten ihres Jobs im Mr. B. gewöhnt oder steckte mehr dahinter? Ihre Unfähigkeit, sich von ihrer erdrückenden Vergangenheit zu befreien?

Sie konnte ihre Gedanken nicht schnell genug sortieren, um die Antworten auf diese Fragen zu finden. Das Sprechen fiel ihr schwer, daher sagte sie nur: »Ich überlege noch, was ich machen will.«

Darlene legte ihre Hand auf Leesas und ihr Blick wurde sanft. »Keine Eile. Die Stelle in Baltimore wartet auf dich. Sie halten sie für dich frei. Und, Annalise? Nicht dass du dich täuschst: Sie möchten, dass du die Stelle annimmst.«

Leesas Kehle schnürte sich zu.

»Du warst eine der besten Lehrerinnen, die wir hatten, und alles, was passiert ist, ist Schnee von gestern. Niemand denkt jetzt anders über dich.«

Die Wahrheit sprudelte unaufgefordert aus ihr heraus: »Ich schon.«

Darlene neigte den Kopf fragend zur Seite.

»Ach, Dar. Ich weiß nicht mehr, wer ich bin oder wohin ich gehöre. Was mir widerfahren ist, hat mich sehr wohl verändert, ob man es nun sieht oder nicht. Ich kann es hier drinnen fühlen.« Sie legte eine Hand aufs Herz.

»Das hat es mit Sicherheit in gewisser Weise, aber, Annalise, es war ein aufsässiger, verschmähter Junge. Das hätte jeden treffen können. Du warst einfach nur die Lehrerin in seiner Schusslinie. Eine schiefgelaufene Schwärmerei. Du kannst nicht zulassen, dass es dir alles nimmt, wofür du so hart gearbeitet hast.«

Leesa wollte ihr glauben, aber ihr Puls raste, nur weil sie wieder hier im Gebäude war. Würde das in jeder Schule so sein? Hätte sie jemals wieder das Selbstbewusstsein, Einzelnachhilfe zu erteilen, oder würde sie für immer das Bedürfnis verspüren, einen Zeugen für ihr Verhalten zu brauchen?

Die Fragen prasselten nur so auf sie ein. Fragen, denen sie bisher nicht genug Gewicht gegeben hatte. Sie war so sehr darauf fixiert gewesen, was andere von ihr dachten, dass sie nicht mal runtergeschaltet hatte, um darüber nachzudenken, was *sie* von sich dachte.

Sie senkte den Blick, um sich zu sammeln.

»Annalise, bitte rede mit mir. Bitte. Ich weiß, dass das, was du durchgemacht hast, schrecklich war. Diese ganze Untersuchung, die Fragen …« Darlene hielt inne und fügte dann leiser hinzu: »Chris.«

Leesa verdrehte die Augen und seufzte. »An ihn verschwende ich überhaupt keinen Gedanken mehr. Wahrscheinlich hat er mir einen Gefallen getan.«

»Das sagst du jetzt, aber wir alle wissen, dass es wehgetan hat, als er sich von dir getrennt hat. Keiner hier fand es toll, wie er mit der Sache umgegangen ist.« Ein Lächeln trat in Darlenes Gesicht. »Überleg doch mal: Wenn du die Stelle in Baltimore annimmst, eröffnet sich dir ein ganz neuer Markt mit alleinstehenden Männern.«

Sie brauchte keinen Markt mit alleinstehenden Männern. Sie hatte Cole. Was sie brauchte, war ein klarer Kopf, und sie hatte nicht die geringste Ahnung, wie sie den bekommen sollte.

»Ich brauche noch etwas Zeit, um diese Entscheidung zu treffen, aber es gibt etwas anderes, über das ich mit dir sprechen möchte. Andy.«

»Annalise.« Darlenes Tonfall wurde ernst. »Lena hat mir von ihrer Sorge berichtet. Wir haben es besprochen.«

»Dann verstehst du sicherlich, warum ich mit ihm reden möchte.« Sie legte die Hände in ihrem Schoß zusammen, damit sie nicht zitterten.

Darlene riss die Augen auf. »Du willst …? Annalise, was denkst du dir dabei? Abgesehen davon, dass sein Vater es nicht erlauben wird, warum willst du noch einmal in dieses Wespennest stechen?«

»Glaubst du nicht, wenn ich derart zerrissen bin, dann ist der Junge, der gelogen hat, es noch viel mehr? Wie soll er jemals nach vorne schauen können?«

»Er kann, wie jeder andere auch, therapeutische Hilfe in Anspruch nehmen. Er hat dir alles kaputtgemacht, Annalise!«

»Er ist noch ein Kind. Er hatte keine Ahnung, welche Auswirkungen solche Anschuldigungen haben würden. Da bin ich mir sicher.« Sie musste es sein. Müsste sie sonst nicht ihre Menschenkenntnis gänzlich infrage stellen, ihre Fähigkeit, zwischen einer bösartigen Person und einer, die einfach einen Fehler gemacht hatte, unterscheiden zu können? Sie hatte Bösartigkeit gesehen. Als Kenna Cole geküsst hatte, war das ein böswilliges Handeln gewesen, mit dem sie ihr wehtun und ihn zurückgewinnen wollte.

Dieser Gedanke versetzte ihr einen schmerzhaften Stich in die Magengrube. Was würde Kenna tun, wenn sie herausfand, dass Leesa fort war? Wahrscheinlich alle Register ziehen, um Cole zurückzuerobern.

Sie versuchte, diesen Gedanken zu verdrängen. Sie vertraute

Cole, aber bei dem Gedanken an Kenna in seiner Nähe wurde ihr speiübel.

Sie war abgelenkt, und sie konnte es sich nicht leisten, abgelenkt zu sein. Sie musste sich um sich selbst kümmern, bevor sie Cole mehr von sich bieten konnte, als sie es bisher getan hatte. Geheilt, vollständig, zuversichtlich wollte sie sein, keine Schlinge um seinen Hals, keine Kette, die ihn an eine Vergangenheit fesselte, die nicht sein Problem sein sollte. Sie hörte Darlene zu, die ihr noch einmal sagte, dass sie auf keinen Fall mit Andy sprechen sollte, und in genau dem Moment wusste sie, dass sie die Warnung in den Wind schlagen würde.

Sie musste ihren Namen wiederherstellen und sich selbst wiederfinden – das brauchte sie mehr als alles andere.

Einschließlich Cole.

Einundzwanzig

»Hey, Mann, herzlichen Glückwunsch!« Cole hielt sich das Handy ans Ohr, als er vor dem Tap It aus dem Auto stieg. Er hatte Rush angerufen, um ihm dafür zu danken, dass er Elsie Hood an ihn verwiesen hatte.

»Machst du Witze?«, fragte Rush. »Ich empfehle immer nur die Besten.«

»Wir müssen bald mal wieder ein Treffen organisieren.« Cole lehnte sich gegen den Wagen und dachte an Leesa. Rush und seine Geschwister hatten sich in den letzten Jahren alle verlobt oder hatten geheiratet, genau wie Coles Cousins und Cousinen in Colorado. Nate und Jewel waren ebenfalls auf dem Weg in eine glückliche Zukunft, und Cole, der schon immer eher auf der Suche nach der einen und nicht nach vielen Frauen gewesen war, hatte das Gefühl, kurz davor zu sein, die einzige Frau zu verlieren, mit der er eine Zukunft aufbauen wollte.

»Großartig, ich kann es kaum erwarten, Mann«, sagte Rush. »Ist schon viel zu lange her.«

Er hatte Rush seit dessen Heirat vor einigen Monaten nicht mehr gesehen und freute sich auf seinen alten Freund. Sie quatschten noch ein paar Minuten über die verschiedenen Familienmitglieder. Nachdem er das Gespräch beendet hatte, rief Cole Leesa an. Als der Anrufbeantworter ansprang, hoffte er, sie wäre mit Freunden unterwegs und amüsierte sich, und hinterließ eine Nachricht.

»Hallo, mein Engel! Ich, äh …« Er lachte leise, weil ihm klar wurde, dass er keinen richtigen Grund für seinen Anruf hatte. »Ich vermisse dich und wollte einfach nur deine Stimme hören. Ich gehe mit meinen Brüdern etwas trinken. Ruf mich später mal an oder schreib mir, ja? Ich hoffe, bei dir ist alles okay.«

Als er in die Bar ging, kämpfte er gegen den Drang an, ins Auto zu steigen und nach Towson zu fahren. Er hatte versprochen, ihr den Raum zu geben, den sie brauchte, um alles allein zu regeln – oder zumindest hatte er versprochen, es zu versuchen. Allerdings kannte er sich gut, und er hatte nicht die Absicht, eine Woche, einen Monat oder ein Jahr zu warten. Ja, er würde so lange *auf sie* warten, wenn es nötig war, aber er hatte nicht vor, so lange darauf zu warten, sie wiederzusehen. Ihre Adresse in Towson hatte er schon ausfindig gemacht. Er würde ihr vierundzwanzig Stunden geben, um die Sache auf ihre Art zu regeln. Wenn er es so lange aushielt.

»Endlich«, begrüßte Sam ihn lautstark von einem Tisch im hinteren Teil der Bar, wo er mit Nate, Jewel, Tempe und Shannon saß.

Cole legte je eine Hand auf die Schultern seiner Schwestern. »Ich wusste nicht, dass ihr beiden und Jewel auch hier sein würdet.«

»Glaubst du etwa, wir würden euch Jungs losziehen und ohne uns Spaß haben lassen?«, meinte Shannon mit einem breiten Lächeln. »Tempe hat versucht, sich herauszureden, aber Jewel und ich haben sie trotzdem mitgeschleift.«

»Hey, wie geht's dir?«, fragte Tempe, als Cole sich neben Sam setzte.

»Gut. Tut mir leid, dass ich so spät dran bin. Die Termine haben sich verschoben und dann hab ich Rush noch vom Parkplatz aus angerufen.«

»Seine Hochzeit war so toll«, sagte Shannon, während Nate den Kellner herbeiwinkte und Bier für alle bestellte. »Du bist als Nächster dran, Nate.«

Nate grinste und griff nach Jewels Hand. »Ich bin bereit, aber meine Freundin noch nicht. Sie ist diejenige, die ihr bearbeiten müsst.«

Jewel verdrehte die Augen. »Ist nicht euer Ernst, Leute, oder? Lasst uns diese wunderbare Phase der Glückseligkeit noch etwas genießen. Nach der Heirat kommen die Babys und das wahre Leben. Denkt dran, ich hab praktisch meinen kleinen Bruder und meine Schwestern großgezogen. Ich möchte Nate noch eine Weile für mich allein haben.« In ihrem Blick lag so viel Liebe, dass sie Nate praktisch umarmte. »Ich kann noch immer kaum glauben, dass wir ein Paar sind.«

»Oh ja, und was für ein Paar!«, sagte Nate grinsend. »Wenn irgendein Typ auch nur versucht, sich zwischen uns zu drängen, dann —«

Sie brachte ihn mit einem Kuss zum Schweigen. »Keine Chance. Ich gehöre dir, ob verheiratet oder nicht.«

Cole nahm einen Schluck von seinem Bier und versuchte zu ignorieren, dass er Leesa nur noch mehr vermisste, wenn er Nate und Jewel so beobachtete.

»Ach, Cole, ich hatte mir überlegt«, sagte Sam, »wenn Leesa an diesem Wochenende noch nicht zurück ist, könnten wir beide am Samstagabend ja vielleicht einen Rafting-Trip machen? Und am Sonntag zurückkommen?«

»Ich möchte gar nicht daran denken, dass sie noch eine Nacht wegbleibt, und schon gar nicht das ganze Wochenende«, gestand Cole.

Shannon strich ihm über den Rücken. »Dich hat es heftig und schnell erwischt, oder?«

Cole lächelte, antwortete aber nicht. Ja, es hatte ihn heftig und schnell erwischt, aber er war sich nicht sicher, welche Rolle das spielte, wenn Leesa sich entschied, in Towson zu bleiben. Er hatte hier eine Praxis, die er unter großen Anstrengungen aufgebaut hatte. Sein Leben war hier. Seine Familie.

»Manchmal brauchen die Dinge eine Weile, bis sie sich klären«, sagte Jewel. »Sieh mich und Nate an. Es sind Jahre vergangen zwischen …« Sie zuckte zusammen. »Ach, Mann, bei euch wird es natürlich keine Jahre dauern. Ich meinte nur …«

»Schon gut, Jewel.«

Sam blickte Cole eindringlich an. »Es sieht dir überhaupt nicht ähnlich, dich zurückzulehnen und den Dingen ihren Lauf zu lassen, Cole. Was ist los?«

»Ich versuche, ihr den Raum zu geben, das zu tun, was sie tun muss. Ich habe lange darauf gewartet, die Frau zu finden, die mir wirklich wichtig ist. Da habe ich nicht vor, sie zu erdrücken und dadurch zu verjagen.« Das Blut rauschte ihm in den Adern angesichts seiner Unfähigkeit, die Situation unter Kontrolle zu bringen, und sein Frust entlud sich in einem schroffen Tonfall. »Glaubst du, ich hätte nicht versucht, sie zu begleiten? Wie ein Wahnsinniger hab ich es versucht, aber sie ist entschlossen, es allein zu regeln, und das verstehe ich. Wirklich. Aber verdammt noch mal …« Er wandte den Blick von seinen Geschwistern ab. »Können wir bitte über etwas anderes reden? Ich dachte, ihr wolltet mich von dem ganzen Mist ablenken und nicht auf mich eindreschen.«

»Ja, natürlich.« Tempe blickte Sam wütend an.

»Sorry, Cole. Wir wollten dich nicht unter Druck setzen«,

fügte Shannon hinzu.

»Doch, ich schon.« Sams Stimme war ganz ruhig. »Genau so, wie du mich unter Druck setzen würdest, wenn ich in deiner Situation wäre.«

»Wie bitte?«, fuhr Cole ihn an. »Du hast in deinem Leben noch nie so viel für eine Frau empfunden.«

»Du auch nicht«, entgegnete Sam. »Bis jetzt.«

Cole stand auf. Er würde hier nicht herumsitzen und sich von seinem Bruder in die Enge treiben lassen, wenn er ohnehin schon das Gefühl hatte, festzusitzen. »Falls du es noch nicht gemerkt haben solltest, Sam, ich komm mit meinem Kram alleine klar. Ich hab zu arbeiten. Wir sehen uns ein anderes Mal.«

»Ja, so ist's recht, Cole«, sagte Sam und stand ebenfalls auf. »Vergrab deine Gefühle in deinen Patientenakten, das hat ja bisher auch immer wunderbar funktioniert.«

Cole ging auf Sam zu, und Nate stand schnell auf, während sein Blick zwischen den beiden Männern hin und her schoss. »Sitzt dir irgendein Furz quer, Sammy? Denn ich hab keine Ahnung, warum du mich hier mitten in Nates Restaurant so in Rage bringen musst.«

Nate legte Cole eine Hand auf die Schulter, doch Cole schüttelte sie ab.

»Hey, hört zu«, sagte Nate streng. »Was immer ihr beiden auch gerade miteinander habt, regelt das draußen.«

»Sorry, ich bin weg.« Cole stürmte zur Eingangstür und geradewegs in Kenna hinein. *Mist.* Konnte dieser Abend tatsächlich noch schlimmer werden?

»Cole. Dich habe ich hier nicht erwartet. Wie schön, dich zu sehen.«

Sie berührte seinen Arm, doch er schüttelte sie ab und ging

die Stufen hinunter.

»Cole!«

Er drehte sich um und versuchte, die Wut zurückzuhalten, die aus ihm herausbrechen wollte. »Was willst du?«

Sie kam die Stufen zu ihm hinunter und sagte in sanfterem Tonfall: »Du liebst sie wirklich, oder?«

»Ja, Kenna, das tue ich, aber ich bin nicht in der Stimmung –«

»Ist schon gut, Cole. Ich freue mich für dich. Du verdienst es, glücklich zu sein. Sag deiner Freundin, es tut mir leid, dass ich dich geküsst habe. Das war niederträchtig, und ich versuche, ein neues Kapitel aufzuschlagen. Hatte nur kurzfristig vergessen, wie ich das anstellen soll.«

Er atmete erleichtert aus, fühlte sich aber wie in einem Spinnennetz gefangen. Er traute Kenna nicht, und das musste sie ihm angesehen haben, denn ein kleinlauter Blick trat in ihr Gesicht.

»Ich …« Sie wandte den Blick ab, und Cole hätte schwören können, dass ihre Augen feucht waren. »Ich weiß, dass ich mich wie ein Miststück aufgeführt hab. Ich hätte dich niemals küssen sollen. Oder bei der Versteigerung mitbieten. Oder …«

Er hatte nicht die Geduld, mit ihr die Dinge durchzugehen, die sie nicht hätte tun sollen. Es war ihm ganz einfach nicht mehr wichtig genug. Er hatte nur eines im Sinn, und das war Leesa.

»Cole, ich schulde deiner Freundin eine Entschuldigung, und –«

»Nein, halt dich einfach von ihr fern.« Er wollte sie nicht anschnauzen, aber er war kurz davor auszurasten, trotz des betrübten Ausdrucks in ihren Augen. »Hör zu, Kenna, danke. Wenn du es ernst meinst, danke. Aber bitte sage nichts zu

Leesa. Sie kann es nicht gebrauchen, sich bedroht zu fühlen, oder ...«

Er sah, dass Sam aus dem Restaurant kam, und Nate gleich hinterher, und wandte sich zu seinem Auto um.

»Okay, okay. Aber ich meine es wirklich ernst. Ich freue mich für dich.« Kenna ging in Richtung Restaurant.

Cole holte seine Schlüssel heraus und versuchte, das Gemurmel zwischen ihr und seinen Brüdern zu ignorieren.

»Hey, Arschloch.« Sams tiefe Stimme war so ruhig wie ein Sommertag.

Cole wandte sich mit finsterem Blick zu Sam um und sah Nate hinter ihm. Cole ballte seine herunterhängenden Hände zu Fäusten. Er war nie ein gewalttätiger Typ gewesen, aber Sam – knapp zwei Jahre jünger als er – hatte Cole immer schon auf eine Art herausgefordert, wie es sich keines seiner anderen Geschwister getraut hätte.

»Sammy, ich bin wirklich nicht in der Stimmung für diese Spielchen.«

Sam hob kapitulierend die Hände. »Ich auch nicht. Mann, komm, sie macht dich vollkommen fertig. Erinnerst du dich nicht mehr daran, dass du das da ...«, er zeigte auf Coles geballte Fäuste und die zusammengebissenen Zähne und er würde – das wusste Cole – auch auf sein brodelndes Inneres zeigen, wenn das ginge, »... auch bei ihm gesehen hast?« Sam zeigte auf Nate, der jetzt breitbeinig und mit verschränkten Armen zwischen Cole und Sam stand und eindeutig bereit war, dazwischenzugehen, falls es notwendig werden sollte. Nates ernster Blick ruhte auf Sam.

»Cole, denk mal nach. Nate hat sich mit Jewel der Herausforderung gestellt, obwohl er so viel Mist mit sich herumzuschleppen hatte, und du willst dich einfach in deinen

Patientenakten vergraben?«

»Das ist etwas anderes«, beharrte Cole.

»Inwiefern?« Sam verschränkte die Arme und hob eine Augenbraue. »Klär mich auf.«

»Sie kommt vielleicht nicht wieder zurück, Sam.« Er kochte. »Jewel war hier. Nate war hier. Sie hatten eine gemeinsame Vergangenheit. Alles, was Leesa und ich haben, sind *Tage*. Ihre Vergangenheit ist in Towson.« *Und das ist zum Kotzen, verdammt.*

»Und?«

»Und?« Cole schüttelte den Kopf. »Sam, entweder sie kommt zurück oder nicht. Wenn ich ihr folge und sie anflehe, zurückzukommen, wird sie sich unter Druck gesetzt fühlen, und das kann sie im Moment echt nicht gebrauchen, weil sie mit so viel anderem Mist in ihrem Leben fertigwerden muss. Ich versuche, das Richtige zu machen.«

»Du machst immer das Richtige«, sagte Sam und trat noch einen Schritt auf Cole zu. Nate löste seine verschränkten Arme und trat ebenfalls näher, er war nun wortwörtlich auf Tuchfühlung mit seinen Brüdern.

»Du bist *Cole Braden*. Der Älteste. Der Typ, der immer das Richtige macht. Der Typ, in dessen Schatten wir alle standen.« Sam sah ihm suchend in die Augen, und Cole war sicher, dass er Feuer darin sehen musste. »Hast du es nicht irgendwann mal satt, immer dieser Typ zu sein? Willst du nicht mal ausbrechen? ›Scheiß drauf‹ sagen und das tun, was sich richtig *anfühlt*, anstatt das zu tun, was richtig ist?«

»Hey, Mann«, sagte Nate, »so ungern ich es auch sage, aber er liegt da nicht falsch. Du machst immer das Richtige.«

»So bin ich eben«, erwiderte Cole. »Ich weiß nicht, warum es euch beide so stört. Auch Tempe macht immer das Richtige, und ihr haltet ihr das nicht vor.«

»Nein, weil wir wollen, dass sie so ist. Sie ist ein Mädel. Du bist ein Typ. Du musst mal loslassen, die Beherrschung verlieren.« Sam lachte.

»Ich bin Arzt.« Er hielt die Hände hoch. »Diese Hände sind zum Heilen da, nicht zum Prügeln. Obwohl … wenn du weiter so einen Mist erzählst, geb ich dir gern ein paar in die Fresse.« Er atmete jetzt etwas entspannter, da er verstand, dass Sam ihn triezte, weil er sich um ihn sorgte, und nicht, weil er plötzlich beschlossen hatte, ein Arschloch zu sein.

»Komm wieder mit rein und trink was mit uns«, drängte Sam ihn. »Und komm mir nicht mit diesem ›Ich sitze die ganze Nacht im Büro‹-Mist, den du immer bringst, wenn du vermeiden willst zu leben.«

»Ich vermeide nicht zu leben«, murmelte Cole. »Sam, du tummelst dich nachts immer gern in der Abschlepp-Szene rum. Das verstehe ich. Du und Ty, ihr seid für diesen Unfug zu haben, aber ich nicht. Ich bin —«

»Bereit für dein wahres Leben. Das verstehe ich.« Sam legte einen Arm um Coles Schultern und drehte ihn zum Restaurant um. »Aber dein wahres Leben ist in Towson und wir sind hier, also reg dich ab, versprich mir, dass du über das nachdenkst, was ich dir gesagt habe, und komm auf ein paar Bier wieder mit rein. Ich verspreche, dass ich dich nicht mehr vollquatsche. Ich wollte nur, dass du mir einmal zuhörst, denn du hast den härtesten Dickschädel von allen.«

»Das ist nicht das einzige Härteste, was ich hab«, witzelte Cole trotz des Ärgers, der noch in ihm brodelte.

Sam verpasste ihm einen leichten Schubser, als die drei Männer wieder hineingingen, und zum ersten Mal seit seiner Collegezeit überlegte Cole, ob er etwas anderes als *das Richtige* tun sollte.

Leesa lag im Bett und ging noch einmal durch, was Darlene ihr über die Stelle in Baltimore und über Andy gesagt hatte, aber der einzige Ort, an den ihre Gedanken wandern wollten, war Peaceful Harbor. Zu dem Mann, der nicht einmal zusammen-gezuckt war, als sie die hässlichen Einzelheiten offenbart hatte, die ihr hier in Towson widerfahren waren. Der Mann, der den Eindruck erweckte, dass er gern mehr als ein paar Takte mit Chris darüber geredet hätte, wie und warum er die Beziehung beendet hatte. Der Mann, der sie in den Armen hielt und ihr dabei ein Gefühl von Sicherheit, Glück und Vollständigkeit gab, wie sie es noch nie verspürt hatte. Sie nahm ihr Handy und hörte sich noch einmal seine Nachricht an. Sie sah seine warmen braunen Augen vor sich, seine Wangen, die selbst frisch rasiert männlich markant waren. Dann las sie sich noch einmal die Textnachricht durch, die er vorher geschickt hatte.

Vermisse dich so sehr. Bist du sicher, dass ich nicht doch kommen soll?

Sie hatte all ihre Entschlossenheit aufbringen müssen, um ihm die gleiche Antwort zu geben, die sie ihm gestern Abend und heute Morgen noch einmal gegeben hatte: Dass sie dies allein machen musste. Als sie jetzt die Augen schloss und versuchte, sich zum Schlafen zu zwingen, fragte sie sich, warum zum Teufel sie es allein machen wollte. Sie hatte vorgehabt, nach Towson zurückzukommen, mit ihrer Chefin zu sprechen und dann mit Andy zu reden. Und dann … Sie hatte verdammt noch mal keinen blassen Schimmer, was dann passieren würde.

Abgesehen von der Hoffnung, dass sie sich dann besser

fühlte, hatte sie nicht weiter gedacht. Natürlich ging sie dabei davon aus, dass Andy seine Lügen eingestehen würde, damit er sich auch besser fühlen könnte. Dass ihr Seelenfrieden von jemand anderem abhing, war ihr zuwider. Eigentlich brauchte sie niemand anderen dafür, und doch hatte sie nun das Gefühl zu ertrinken, während Andy über die einzige Rettungsinsel verfügte. Sie wusste, dass es nicht so war. Sie war zu Unrecht beschuldigt und schließlich für unschuldig befunden worden.

Dieses Wissen bewahrte sie aber nicht davor, dass sich das Haus, in dem sie aufgewachsen war, seltsam und leer anfühlte, und dass sie sich in ihrer eigenen Haut unwohl fühlte, wenn sie in ihrer ehemaligen Schule war, egal wie herzlich die Kollegen sie begrüßten.

Sollte sie sich für immer so fühlen? Nicht wissen, wohin sie gehörte oder wer sie sein sollte? Ohne Vertrauen in das professionelle Verhältnis zu den Schülern, das sie immer für so wichtig gehalten hatte? Sich überall und immer Sorgen machen, ob all dieser Mist an die Öffentlichkeit kommen und alles zerstören würde, was sie sich aufgebaut hätte?

Aufgeschreckt setzte sie sich im Bett auf, mit unbändigem Herzklopfen, und schaute aus dem Fenster. Ihre Gedanken rasten, drehten sich um alles und nichts. War es ein Fehler gewesen, Towson überhaupt erst zu verlassen? Hätte sie bleiben und mit den schiefen Blicken leben sollen? Oder die Stelle in Baltimore annehmen und versuchen sollen, trotz der stillen Hölle, die sie ständig umgab, nach vorne zu schauen?

Wohin hätte sie das gebracht?

Hätte es ihre schwelende Sorge verstärkt, dass sie jedes Mal, wenn sie mit einem Schüler allein war, einer anstößigen Tat beschuldigt werden könnte? Oder hätte es die gegenteilige Wirkung gehabt und ihr Selbstbewusstsein gestärkt?

Oder … hätte es sie vielleicht genau dorthin gebracht, wo sie jetzt war?

Sie schaute auf ihr Handy. Wenn sie geblieben wäre, hätte sie Cole nicht kennengelernt. Sie hätte nicht erfahren, wie es ist, so vollkommen geliebt zu werden oder so voll und ganz und urteilsfrei von seiner Familie aufgenommen zu werden. Mit Cole zusammen zu sein war, als ob sie ein Märchen lebte – nur dass in ihrem Märchen auch noch Ungeheuer in den dunklen Ecken lauerten.

Mit einem lauten Stöhnen ließ sie sich wieder auf die Matratze fallen und dachte an den nächsten Tag. Sie würde mit Lena zu Mittag essen und dann die vergessenen Bücher aus der Bibliothek zurückgeben, die sie am Abend zuvor gefunden hatte. Als sie nach Peaceful Harbor geflohen war, war sie so am Boden zerstört gewesen, dass es schon an ein Wunder grenzte, dass sie es unbeschadet bis dorthin geschafft hatte.

Aber sie hatte es geschafft. Und dort war sie nicht mehr am Boden zerstört gewesen. Nervös, ja, dass alles, was sie durchgemacht hatte, dort ans Tageslicht kommen könnte, aber sie hatte sich nicht *zerstört* gefühlt.

Und war sie nicht letztlich immer wieder auf den Füßen gelandet? Als sie ihren Vater verloren hatte? Als die Untersuchung gegen sie lief? Als Chris mit ihr Schluss gemacht hatte? Sie war nicht schwach gewesen. Sie brauchte niemanden, der sie rettete oder sie vervollständigte. Warum war es ihr dann jetzt ein solches Bedürfnis, dass Andy diese Worte zu ihr sagte? Warum war er plötzlich zum Schlüssel zu ihrem Selbstbewusstsein und damit zu ihrer Zukunft geworden?

Was zum Teufel stimmte nicht mit ihr?

Sie hatte keine Antwort darauf, aber sie wusste, dass sie mit allem zurechtkäme.

Wenn sie jetzt doch nur schlafen könnte, dann wäre sie morgen in besserer Verfassung, um den Tag zu bewältigen. Sie schloss die Augen und wusste, selbst wenn sie alles andere in den Griff bekäme, so gab es doch einen Gedanken, der in ihrem Kopf ratterte und keine Ruhe geben würde – und das war der Gedanke, der bei ihr blieb, als sie in den Schlaf driftete.

Cole.

Zweiundzwanzig

Am nächsten Morgen wachte Leesa eher mit festen Vorsätzen als mit Befürchtungen auf. Sie konnte sich nicht erklären, warum sie sich zuversichtlicher oder entschlossener fühlte, mit Andy alles zu klären, aber als sie sich dann auf den Weg zum Treffen mit Lena machte, war sie sicher, das Richtige zu tun. Lena allerdings sah die Sache anders.

»Du bist verrückt. Bekloppt. Du hast deinen Verstand anscheinend in Peaceful Harbor oder sonst wo gelassen.« Lenas schulterlange Haare verschleierten ein Auge, während sie Leesa eisern anschaute. Sie saßen in einer Nische im Café Panera Bread, und Lena redete so laut, dass andere Gäste zu ihnen herüberschauten.

»Psst.« Leesa lächelte den Neugierigen zu. *Hier gibt's nichts zu sehen. Kümmert euch um euren Kram.* »Seit wann wirst du so laut?«

»Seit zwei Minuten, seit du gesagt hast, dass du … ach, was weiß ich was vorhast. Einfach das Dümmste überhaupt.« Sie stach mit der Gabel in ihren Salat und zeigte dann damit auf sie. »Annalise, du hast die Chance, in deinen Beruf zurückzukehren. Dar bietet dir eine gute Stelle mit großartigen Kollegen in Baltimore an.«

Vielleicht hatten Darlene und Lena recht. *Warum alles für einen Jungen riskieren, der ihr schon einmal alles genommen hatte?* Die halbe Nacht hatte sie darüber nachgedacht, und als Cole sie heute Morgen um sieben angerufen hatte, kannte sie die Antwort.

»Ich bin nicht sicher, ob du das verstehst, denn bevor all das passiert ist, hätte ich es wohl auch nicht verstanden. Aber was passiert ist, hat mich verändert. Mich wirklich *verändert*, Lena. Unsicher und argwöhnisch bin ich geworden. Zu erleben, wie leicht es für Andy war, mich zu beschuldigen, hat mir bewusst gemacht, dass jeder Schüler in jedem Moment die Macht hat, meine Karriere zu zerstören. Oder deine. Oder die irgendeines Lehrers.«

Lena schüttelte den Kopf. »Das steht außer Frage, und genau deshalb sage ich dir, dass du das Ganze *nicht* noch einmal lostreten solltest. Warum den Ärger heraufbeschwören?«

»Siehst du es denn nicht? Wir sitzen auf dem Präsentierteller. Das kann ich nicht ändern. Wir können das nicht ändern. Aber was mir passiert ist, ist vorbei. Es liegt hinter mir, doch ich bezahle immer noch dafür. Emotional, meine ich. Ich weiß, dass es allein mein Problem ist, es ist in meinem Kopf oder was weiß ich. Ich behaupte nicht, dass das Problem bei jemand anderem liegt. Aber ich werde mich nicht zurücklehnen, während Andys Leben auch den Bach runtergeht, wo er doch nur einmal sein Gewissen erleichtern müsste, um positiv nach vorne schauen zu können. Aber ich will ehrlich sein: Es wird auch etwas mit mir machen. Wenn ich ihn dazu bekomme, zuzugeben, dass er gelogen hat, wird es auch tief in mir etwas verändern.«

»Du wirst dich bestätigt fühlen«, meinte Lena mit einem mitfühlenden Blick. »Das ist die Opferhaltung. Ich verstehe deine Haltung vollkommen, aber wenn der Junge damals nicht eingeknickt ist, warum sollte er es jetzt tun? Und sein Vater wird dich in Stücke reißen, wenn er es herausfindet.«

Leesa lehnte sich zurück und seufzte. »Ich bin schon in Stücke zerrissen. Vor seinem Vater habe ich keine Angst, Lena. Was kann er denn noch anrichten? Er kann keine Anschuldigungen erheben, die sein Sohn nicht schon erhoben hätte.«

»Keine Ahnung, aber machst du dir denn keine Sorgen, dass etwas schieflaufen könnte? Und dass es dann Auswirkungen auf die Stelle haben könnte, die man dir in Baltimore anbietet?«

»Ja, ich habe Angst, dass alles schiefläuft.« Sie versuchte, die Angst zu bändigen, die ihr die Brust zuschnürte und die Zuversicht nahm. »Aber ich habe noch mehr Angst davor, es nicht zu tun und den Rest meines Lebens mit der Frage leben zu müssen, wann mich jemand erkennen und outen wird gegenüber –« Sie hielt sich davon ab, Coles Namen zu nennen, denn sie hatte das Gefühl, dass er nicht hierhin, nicht in dieses Gespräch, diese hässlichen Umstände gehörte. »... allen in meinem neuen Leben.«

Neues Leben? Hatte sie ein neues Leben? Hatte sie die Entscheidung, umzuziehen, getroffen? Nein, sicher nicht. Zumindest glaubte sie nicht, dass sie sie getroffen hatte. Aber sie hatte sich eindeutig verändert, und in Towson zu bleiben, würde mit einer Menge neuer Gegebenheiten einhergehen, auf die sie nicht unbedingt Wert legte.

Sie redeten, bis Leesa es so satthatte, das Thema zu diskutieren, dass sie fast ihre eigenen Motive infrage stellte. Sie wusste, dass Lena einfach nur auf sie aufpassen wollte, und wahrscheinlich waren ihre Sorgen berechtigt, aber Leesa hielt an dem Fünkchen Hoffnung fest, dass es kein Fehler sein würde.

Als sie Lena schließlich mit dem Versprechen verließ, noch einmal darüber nachzudenken und ihr mitzuteilen, ob sie die Sache durchziehen wollte, damit Lena »nachher die Scherben aufsammeln konnte«, zitterte sie am ganzen Körper.

Anstatt die drei Straßen zur Bibliothek zu fahren, holte sie die Bücher aus dem Auto und ging zu Fuß – in der Hoffnung, die nervöse Energie abzubauen, die ihr flau im Magen lag. Der Mittagsverkehr drängte sich durch die Straßen, die Sonne schien grell, und in Leesas Kopf schwirrten die Gedanken. Sie war so auf das Gespräch mit Andy konzentriert, dass sie die Stufen zur Bibliothek hinaufstolperte.

»Annalise?« Chris bückte sich und half ihr, die Bücher aufzusammeln. »Alles in Ordnung?«

Nein. »Ja.« Sie schaute in seine freundlichen Augen, ihre Kehle schnürte sich zusammen und sie kämpfte gegen die Tränen an. *Was zum Teufel soll das denn jetzt?* Sie setzte sich mit den Büchern auf dem Schoß auf eine Stufe. »Was machst du hier?«

»Ich habe eine Besprechung mit Mrs. Long, der Bibliothekarin. Wir wollen über ein Projekt reden.« Er setzte sich neben sie auf eine Stufe. »Die eigentliche Frage lautet: Was machst *du* hier? In Towson, meine ich, nicht in der Bibliothek. Ich hatte gedacht, du hättest schon lange die Stelle in Baltimore angenommen. Ich dachte, du wärst endgültig fort.«

»Dachtest du, oder hast du es gehofft?« Sie schloss die Augen, weil sie so gehässig war. »Sorry, war ein stressiger Tag.«

»Dachte ich. Gehofft habe ich es nicht. Und es waren stressige *Monate*. Ich habe mir Sorgen um dich gemacht.« Er hielt ihren Blick gefangen. Seine braunen Augen waren voller Empathie, ohne einen Hinweis auf die Lüge, von der sie glauben wollte, dass er sie von sich gab.

Chris war ein ehrlicher Mensch, und während sie neben ihm saß und das Gefühl hatte, die ganze Welt drückte auf ihre Schultern, wurde ihr klar, dass seine Ehrlichkeit ihn auch dazu gebracht hatte, mit ihr Schluss zu machen.

»Ja, stressige Monate«, pflichtete sie ihm bei. »Aber ich bin wieder auf dem aufsteigenden Ast und versuche, mir mein Leben neu aufzubauen.«

Er wandte den Blick ab, starrte auf die Straße und presste mehrmals hintereinander die Kiefer aufeinander. Sie wusste, dass er sich etwas überlegte. Wahrscheinlich, was er als Nächstes sagen sollte. Sie atmete lang aus und bereitete sich innerlich auf das vor, was da kommen mochte. Manchmal tat Ehrlichkeit weh. *Verdammt, und wie!*

Schließlich sprach er mit sanfter Stimme: »Das alles tut mir aufrichtig leid. Ich hätte zu dir halten sollen, aber ich hatte solche Angst, meinen Job zu verlieren, dass ich keinen richtigen Gedanken fassen konnte. Und du warst so sehr von allem gefangen, hast kaum das Haus verlassen, dich von allen abgeschottet, die versucht haben, dich zu unterstützen ...«

»Ich ... ich hab ...« Sie schaute weg. Die Wahrheit seiner Worte schmerzte wie eine offene Wunde. Sie wollte nicht glauben, dass sie Menschen weggestoßen hatte. Ihn weggestoßen hatte? »Ich verstehe, warum du mit mir Schluss gemacht hast.«

»Wirklich?« Er griff nach ihrer Hand, und sie ließ ihn gewähren, denn sie wusste, dies war Teil der Vergangenheits-bewältigung, die sie durchzustehen hatte. »Annalise, ich habe dich geliebt. Ich liebe dich immer noch. Aber ich denke, wir beide wissen, dass es schon zu Ende war, als all das passierte.«

»Schon zu Ende war?« Wo war sie bei dieser Entscheidung gewesen?

Er ließ die Schultern sacken und ein ungläubiger Ausdruck breitete sich in seinem Gesicht aus. »Bitte tu nicht so, als wüsstest du nicht, wovon ich rede. Ich habe es jedes Mal in deinen Augen gesehen, wenn wir zusammen waren.«

»Was hast du gesehen, Chris? Dass mich die Anschuldigung fertiggemacht hat? Dass ich nicht wusste, wie ich damit umgehen sollte? Dass es mir das Herz zerrissen hat, beurlaubt zu werden?«

»Nach der Anschuldigung, ja, da hab ich all diese Dinge gesehen. Aber noch bevor es passiert ist, wie du mich angesehen hast … Du warst nicht erfüllt, als wir zusammen waren. Du warst nicht glücklich. Du warst *zufrieden*. Ich konnte dich nie so lieben, wie du geliebt werden wolltest oder wie du es verdienst, geliebt zu werden.« Er drückte ihre Hand.

»Wie kannst du das sagen? Ich war –«

»Du warst gütig, liebevoll und die unglaublichste Frau, mit der ich wahrscheinlich jemals zusammen sein durfte. Du hast mich mit dem akzeptiert, was ich zu geben hatte. Zwei Jahre ist eine lange Zeit. Wenn all dies nicht passiert wäre, hättest du mich vielleicht sogar geheiratet und ich wäre der glücklichste Mann auf Erden gewesen. Aber als es über uns hereinbrach, wusste ich, dass ich dich gehen lassen musste. Ich war nicht stark genug, um den Sturm an deiner Seite zu überstehen, und der Versuch, es auszusitzen, und dabei meine berufliche Laufbahn zu gefährden, hätte nur zu einer Verbitterung auf beiden Seiten geführt.«

Er ließ ihre Hand los und ein unsicheres Lächeln trat in sein Gesicht. »Du bist die stärkste Frau, die ich kenne, und dich in dem Moment zu verlassen, war schäbig. Das weiß ich. Aber ich wusste, dass du zurechtkommen würdest.« Er presste seine Lippen zu einer dünnen Linie zusammen. »Ich wusste auch, dass ich nicht zurechtkommen würde, wenn meine Karriere durch die Verbindung zu dir Schaden nehmen würde. Die Wahrheit ist, dass du viel stärker bist als ich. Widerstandsfähiger in allem, was du tust. Es tut mir leid, dass ich dir wehgetan habe.«

Sie wischte sich eine Träne von der Wange und versuchte zu verarbeiten, was er gerade gesagt hatte. Dass er recht hatte. Sie *war* stärker als er. Schon immer gewesen. Tief in ihrem Herzen musste sie die ganze Zeit gewusst haben, dass er nicht der richtige Mann für sie war.

»Dein Vater wäre so stolz auf dich.« Er zog sie in seine Arme, und sie ließ ihren Tränen freien Lauf. »Und für mich würde er sich schämen.«

Schmerzhaft sehnte sie sich nach ihrem Vater, und dass Chris so von ihm sprach, löste weitere Schluchzer aus ihrem Inneren. Sie öffnete den Mund, um dem zweiten Teil seiner Worte zu widersprechen, aber es kam nichts heraus. Ihr Vater hatte Chris als einen Freund von Leesa gekannt, aber nicht mehr erlebt, dass sie ein Paar geworden waren. Sie wusste nicht, ob ihr Vater sich für Chris geschämt hätte oder nicht. Sie wusste nur, dass Chris in einem recht hatte: Ihr Vater wäre stolz auf sie.

Schließlich befreite sie sich aus seiner Umarmung, wischte sich die Tränen fort und versuchte, den Kloß in ihrer Kehle hinunterzuschlucken. »Wegen mir kommst du zu spät.«

Er lächelte. »Das war doch schon immer so.«

Ein leises Lachen entwich ihr und salzige Tränen glitten in ihren Mund. Sie rieb sich über das Gesicht und schüttelte den Kopf. Wegen ihr war er tatsächlich oft zu spät gekommen, und er hatte sich nie beschwert.

»Ich glaube, mein Vater wäre auf dein Timing sauer gewesen, aber ich glaube, er wäre stolz auf dich gewesen, weil du die Stärke gehabt hast zu gehen, denn ich hätte sie vielleicht nie gehabt.« Ihr wurde schwer ums Herz angesichts dieses Eingeständnisses. Nun, da sie wusste, wie sich wahre Liebe anfühlte, wie sie ihre Gedanken, ihren Körper und ihre Seele einnahm, wurde ihr bewusst, dass sie die wahre Liebe vielleicht nie kennengelernt hätte, wenn Chris nicht in der Lage gewesen wäre zu gehen.

Er deutete auf die Bücher in ihrem Schoß. »Soll ich die für dich zurückgeben?«

Sie gab sie ihm und holte ihr Portemonnaie heraus, während ihre Tränen endlich versiegten.

»Sie sind zu spät.« Sie gab ihm Geld, damit er die Säumnisgebühr bezahlen konnte, doch er schob es zu ihr zurück.

»Die paar Dollar kann ich wohl aufbringen.« Er hob seine Tasche auf und fragte: »Übernimmst du jetzt wieder die Girl-Power-Gruppe, wo du wieder hier bist? Louise würde sich wahnsinnig freuen.« Die jüngere Cousine von Chris war in der Gruppe.

»Im Moment nicht. Ich bin immer noch nicht sicher, ob ich wirklich zurückkomme oder nicht.«

Er hob eine Augenbraue. »Du überlegst also, ganz aus Towson wegzuziehen? Du würdest das Haus deines Vaters verkaufen?«

Sie zuckte mit den Achseln. »Vielleicht. Ich hab mich noch nicht entschieden.«

»Peaceful Harbor muss ja ein ganz erstaunlicher Ort sein, dass er es schafft, dich vom Haus deines Vaters und der Gegend, in der du aufgewachsen bist, wegzulocken.«

Nicht Peaceful Harbor zog sie in die Richtung. Sondern ein wunderbarer Mann, eine unglaubliche Familie, eine Menge neuer Freunde und die Chance auf ein sehr erfülltes Herz.

Mit einem Stapel Patientenakten betrat Cole das Büro von Jon.

»Bin überrascht, dass du einen ganzen Tag gewartet hast«, begrüßte Jon ihn lachend.

»Womit?« Cole legte die Akten auf Jons Schreibtisch ab und wusste genau, dass sein Freund schon über seinen Plan informiert war.

Jon hob eine Augenbraue. »Wann fährst du und wie lange bleibst du?«

Cole zuckte mit den Achseln. »Nach der Arbeit und ich habe keine Ahnung. Ich weiß nicht einmal, ob sie vorhat, dort zu bleiben oder zurückzukommen, und ich habe versucht, ihr den Raum zu geben, damit sie es allein regeln kann. Aber gestern Abend bin ich fast nach Towson gefahren anstatt zu Nate. Mann, war das ein Fehler! Ich hätte nach Towson fahren sollen.«

»Heute Morgen habe ich Sam bei Jazzy Joe's getroffen. Scheint, als sei es überhaupt kein Fehler gewesen, sondern genau der Tritt in den Hintern, den du gebraucht hast.« Er langte nach den Akten.

»Ich war schon so gut wie entschlossen, heute Abend zu fahren, noch bevor ich ins Restaurant gegangen bin. Sam musste gar nicht –«

»Ich will dich nur ärgern. Aber ich wünschte, ich hätte miterlebt, wie Sam dir die Meinung sagt.« Er kicherte und warf einen Blick auf die Akten. »Elsie Hood? Du hast doch gesagt, ihr Vater hat der Behandlung zugestimmt, oder?«

»Ja, hat er. Ich möchte nur, dass du ein Auge auf die Eltern hast, wenn sie kommen. Dass du ihren Vater unauffällig beruhigst. Er hat sich mit der Entscheidung sehr schwer getan, und er soll wissen, ohne den geringsten Zweifel, dass er das Richtige getan hat.«

Jon schüttelte den Kopf. »Du verhätschelst die Patienten und ihre Familien bis zum Gehtnichtmehr. Lass gut sein. Er ist ein Mann. Er kommt damit zurecht.«

Cole verschränkte die Arme und sah ihn finster an.

»Okay, aber ich finde trotzdem, dass du ihn wie ein kleines Kind behandelst.«

»Das nennt man gute Patientenversorgung. Ich möchte, dass seine Tochter ihre Behandlung bekommt, und je größer die Zustimmung ihres Vaters ist, umso weniger schuldig wird sie sich fühlen, weil sie ihn enttäuscht hat. Du weißt, wovon ich rede. Dieser Kerl hat eine Seite an sich, die sich nicht dafür zu schade ist, hier und da mal schuldeinflößende Bemerkungen fallen zu lassen. Tu es einfach für mich.«

»Bist du dir sicher?«

»Dass ich Leesa in meinem Leben behalten will? Absolut. Dass ich dir meine Arbeit aufhalsen kann? Nein. Das ist ziemlich beschissen von mir.«

»Mach dir keine Sorgen«, sagte Jon. »Rache ist süß.«

»Ich hoffe, dass es das wert sein wird, was immer du dir auch für eine Rache ausdenkst.«

Dreiundzwanzig

Leesa saß in ihrem Auto am Ende von Andys Straße, wo sie die letzte Stunde verbracht und versucht hatte, sich davon zu überzeugen, ihr Ziel endgültig anzusteuern. Nachdem sie Chris gesehen hatte, war sie nach Hause gefahren, um sich noch einmal richtig auszuheulen. Sie hatte nicht nur wegen der Wahrheit geweint, die Chris ihr so gütig mit auf den Weg gegeben hatte, sondern auch vor Erleichterung darüber, dass er solch ein Verständnis aufgebracht hatte, weil er akzeptiert hatte, wer er war, und gewusst hatte, was sie brauchte, bevor sie selbst es wusste. Sie weinte, weil es einen winzigen Lichtschimmer am Ende dieses chaotischen Tunnels gab. Und sie weinte, weil sie wusste, dass sie nicht mit Cole zusammen sein konnte, bevor sie nicht all dies hinter sich gelassen hatte – und das war der Teil, für den sie hoffte, stark genug zu sein.

Als die Nachmittagssonne hinter den Bäumen verschwand und der Himmel grau wurde, parkte sie noch immer am Ende von Andys Straße. Sie schaffte es einfach nicht, das Auto anzulassen und weiterzufahren. Sie erinnerte sich an all die Male, als sie diese Straße entlanggefahren und sich freudig gefragt hatte, welche Fortschritte Andy und sie machen würden. Sie hatte unzählige Stunden mit ihm verbracht, ihm nicht nur mit seiner Arbeit für die Schule geholfen, sondern auch dabei, mit den emotionalen Problemen nach dem Verlust seiner Mobilität zurechtzukommen, während seine Freunde draußen mit Skateboard und Fahrrad unterwegs waren und zusammen abhingen. Andy hatte sich einen Platz in ihrem Herzen verschafft, so wie jedes Kind, mit dem sie eng zusammengearbeitet hatte. Sie hatte sich gewünscht, dass er alles gut meisterte und die physische Genesung und das Lernen für die Schule ohne weitere Stolpersteine überstand, aber sie hatte immer dafür gesorgt, dass ihre Beziehung professionell blieb. Bisher hatte sie noch nicht herausgefunden, wo sie etwas falsch gemacht hatte. Sie hatte mit Andy nie über Mädchen oder Flirts gesprochen. Niemals hatte sie ihr Privatleben mit ihm besprochen oder ihm Anlass gegeben zu denken, dass sie irgendetwas anderes als Lehrerin und Schüler sein könnten. Der Schrecken dieses grauenhaften Vormittags ereilte sie erneut. Die Gewissheit, dass es irgendein Missverständnis gegeben, dass Darlene die Äußerungen von Andys Vater irgendwie falsch verstanden haben musste. Sie konnte die Anschuldigung einfach nicht begreifen, ebenso wenig wie einen Grund dafür finden, warum Andy ihr auf eine solche Weise wehtun wollen würde.

Sie atmete tief ein, akzeptierte ihre neue Realität. Es war geschehen und sie hatte es überlebt.

Darauf musste sie sich konzentrieren. Sie war nicht krebskrank. Sie war nicht unschuldig im Gefängnis. Sie musste das Ganze einfach wie eine Erwachsene angehen und neu anfangen.

Und sie musste ihren Ruf wiederherstellen.

Dieser Gedanke feuerte ihren Vorsatz an, sodass sie den Motor nun doch anwarf und die Straße hinunter zu Andys Haus fuhr. Ihr Herz raste so schnell, dass sie Angst hatte, nicht laufen und schon gar nicht reden zu können, wenn sie erst einmal dort war. Der schwarze Buick seines Vaters stand in der Auffahrt, neben dem praktischen Subaru-Kombi der Mutter. Der Drang weiterzufahren war stärker als der Drang zu atmen, aber sie zwang sich, jetzt nicht zu kneifen, und stellte das Auto gegenüber von dem bescheidenen zweistöckigen Haus mit Giebeldach ab.

Dutzende Dinge fielen ihr ein, die sie jetzt tun könnte, um die Sache hinauszuschieben, wie zum Beispiel Lena anrufen, die es ihr netterweise ausreden würde, oder Tegan, die ihr so gut zureden würde, dass sie mit Sicherheit weinend zusammenbrechen würde. Sie könnte Cole anrufen, der sie – wie sie wusste – in jede Richtung lenken würde, die sie von ihm hören wollte, oder sie könnte sogar Tempe anrufen, die ihr wahrscheinlich ihre Stärke und Standhaftigkeit bestätigen würde.

Sie drehte den Rückspiegel so, dass sie sich darin sehen konnte. *Ich bin die Einzige, die ich im Moment brauche. Das kann niemand für mich erledigen, so wie niemand den Schmerz nach Dads Tod für mich hätte ertragen können.* Sie hob das Kinn und fragte sich, was Andy und seine Familie wohl sehen würden, wenn sie vor der Tür stand. Würden sie die Frau in Jeans und Bluse sehen, die Andy durch so viel hindurch geholfen hatte, oder würden sie eine Übeltäterin sehen?

Sie umklammerte die Schlüssel und stieg aus dem Auto, wobei sie sich sofort am Autodach abstützen musste. Da stand sie nun, atmete heftig und hatte das Gefühl, die Höhle eines Löwen zur Fütterungszeit zu betreten – aber in dem Glauben, dem aufrechten Glauben, dass sie nach anfänglichem Schock und Disput, der wahrscheinlich stattfinden würde, alles besprechen und bereinigen würden.

Als sie über die Straße ging, hörte sie Stimmen aus dem Garten. Okay. Das wäre bestimmt leichter, oder? Wenn sie nicht in der Enge des Hauses reden müssten?

Mit zittrigen Beinen ging sie um das Haus herum und folgte den Stimmen in den hinteren Garten, wo sie Andy und seinen Vater an einem runden Tisch auf der Terrasse sitzen sah. Andy stocherte in seinem Essen herum, während sein Vater redete. Ein Teller stand an der Seite, eine Gabel steckte in einem Stück Fleisch und war am Rand abgelegt. Oh Mann, sie hatte nicht einmal daran gedacht, dass sie die Familie beim Essen stören könnte.

Sie überlegte, ob sie den Rückzug antreten sollte, noch bevor sie sie sahen, aber in dem Moment schaute Andy auf, und sein Blick landete genau auf ihr. Er wirkte kleiner, gebrechlicher als noch vor ein paar Wochen. Eine, vielleicht zwei Sekunden lang lächelte er, als wäre er froh, sie zu sehen. Doch dann entdeckte sein Vater sie, und der Mann stand energisch auf und ging auf sie zu. Andy, direkt hinter ihm, fuhr mit seinem Rollstuhl über die Terrasse. Widersprüchliche Gefühle überrollten sie. Er sah so jung, so zerbrechlich aus. Wie konnte sie von ihm erwarten, dass er sich entschuldigte?

Mr. Darren kam auf sie zu, raubte ihr den Sauerstoff mit einem unerbittlichen Blick und erinnerte sie an den Grund ihres Kommens. Sie fummelte nervös an der Seitennaht ihrer Jeans herum. Nur wenige Zentimeter vor ihr blieb er stehen, mit wütenden, dunklen Augen und zusammengebissenen Zähnen.

»H-hallo, Mr. Darren«, brachte sie hervor. »Entschuldigen Sie die Störung.«

»Sie sollten nicht hier sein.«

Sie blickte zu Andy, ungeachtet ihrer Anstrengung, sich voll auf den Mann vor ihr zu konzentrieren. Hinter dem Vater rutschte Andy in seinem Stuhl hin und her.

»Ich hatte gehofft, mit Andy sprechen zu können.«

»Er hat Ihnen nichts zu sagen.« Der Vater versperrte ihr den Blick auf den Jungen.

Sie schluckte ihre Angst herunter, die sie fast in die Knie zwang, und brachte mit zittriger Stimme hervor: »Ich wollte nur …«

»Dad«, sagte Andy hinter ihm.

»Andy, du hast nichts zu sagen.« Sein Vater stand wie eine unbewegliche Mauer zwischen ihnen.

»Ich … ich wollte nur sehen, wie es Andy geht«, erklärte Leesa.

»Es geht ihm gut, aber er hat schon genug durchgemacht —«

Andy zog seinen Vater am Ärmel und der ergriff seine Hand. Andy versuchte, sich aus der Umklammerung zu befreien, doch sein Vater packte fester zu. In dem Moment wusste sie, dass ihre Anwesenheit die Dinge für Andy nur noch schlimmer machte.

»Schon in Ordnung. Ich gehe.« Es war ohnehin dumm von ihr gewesen, ohne Zeugen hier aufzutauchen. Alles Mögliche hätte passieren können, und dann hätte wieder ihr Wort gegen ihres gestanden.

»Andy, beruhige dich.« Sein Vater ließ die Hand los, blieb aber vor dem Rollstuhl stehen.

Sie sah noch ein letztes Mal zu Andy, und ihr wurde flau im Magen angesichts dessen, was sie dort erblickte: Reue, Angst und noch etwas anderes Beunruhigendes, das sie nicht genau benennen konnte. Sie zögerte, als sie sich zum Gehen umwandte. Ihr Innerstes zog sich zusammen, ihre Beine schwächelten bei der plötzlichen Erkenntnis, dass sie nicht nur ihren Ruf nicht wiederherstellen konnte, sondern dass es auch ziemlich egoistisch von ihr gewesen war, das erreichen zu wollen, wo doch Andy so viel größere Probleme hatte, mit denen er fertigwerden musste.

Sie trat einen Schritt zurück, der Blick in Andys Augen brannte sich in ihr Bewusstsein.

Verzweiflung. Das war es, was dieser Blick offenbarte. Sie war sicher, dass sie an dem Tag, an dem sie beschuldigt worden war, und viele Tage danach den gleichen Blick gehabt hatte. Der Gedanke ließ sie innehalten.

Sie drehte sich zu Andy um. Das Gesicht seines Vaters war rot, die Adern traten an seinem Hals hervor, aber seine Augen sahen nicht mehr wütend aus. Sie sahen flehend aus. Leesa zwang sich, an ihm vorbei den Jungen anzuschauen, von dem sie wusste, dass er erlöst werden musste, und sie zwang sich, die Worte auszusprechen.

»Ich vergebe dir, Andy. Alles wird gut.«

Sie war sich nicht sicher, ob sie das Versprechen um seinet- oder um ihretwillen hinzugefügt hatte, aber als sie den Garten zitternd und mit nur knapp zurückgehaltenen Tränen verließ, hoffte sie, dass es die Wahrheit war – um ihrer beider willen.

Tränen verschleierten ihr die Sicht, als sie davonfuhr. Ihr Herz raste wie verrückt, sie atmete so heftig, dass sie das Gefühl hatte, ihre Lunge stünde in Flammen. Doch als sie die Tränen fortwischte, klärten sich ihre Sicht und ihre Gedanken. Ihr kam es so vor, als sei ein Schleier vor ihren Augen gelüftet worden und habe für Klarheit gesorgt. Sie würde niemals bekommen, was sie glaubte zu brauchen. Andy würde seine Lügen nicht beichten. Sie ließ die Scheibe herunter und atmete die kühle Abendluft ein, als würde sie ihre Lungen das erste Mal seit der Anschuldigung vollständig füllen. An einer Ampel bemerkte sie, dass ihr Handy mit einer Nachricht blinkte. Mit zittrigen

Händen griff sie danach und scrollte die Nachrichten durch.

Tegan: *Hab zweimal angerufen. Bitte ruf zurück, damit ich weiß, dass du lebst und in Ordnung bist.*

Tempe: *Geht es dir gut? Denk dran: Was passiert ist, war nicht deine Schuld.*

Lena: *Tut mir leid, dass ich gesagt hab, du sollst nicht mit Andy reden, aber … Du weißt, ich hab dich lieb. Ich möchte nicht, dass du noch einmal verletzt wirst. Ruf mich an.*

Leesas Gedanken waren wieder bei Andy und dem Ausdruck in seinen Augen, als sein Vater ihn mundtot machte. Sie wusste nicht, warum sie so großen Wert darauf gelegt hatte, dass er seine Lügen eingestand. Er war ein Kind, das einen dummen Fehler gemacht hatte. Das war ihr immer klar gewesen und offensichtlich zahlte er den höchsten Preis von allen dafür. Er hatte verloren und verzweifelt ausgesehen, und es tat weh, ihn so zu sehen. Aber als sie den Blick in seinen Augen gedeutet hatte, war ihr alles klar geworden. Er steckte so in seiner Schuld fest, dass er gar nicht richtig denken konnte. Vielleicht hatte er anfangs die Schwere seiner Anschuldigung nicht verstanden, aber jetzt war sie ihm eindeutig bewusst. Seine Worte wären das Sahnehäubchen auf dem Kuchen gewesen, aber sie brauchte kein Sahnehäubchen. Die Hilfe, die Andy jetzt brauchte, musste aus einer anderen Richtung kommen. Von seinen Eltern, von Therapeuten. Sie waren die richtigen Leute für diese Aufgabe. Sie hatte zurückkommen müssen, um ihm zu vergeben, ihn zu erlösen. Und auf diese Weise hatte sie sich auch selbst erlöst.

Sie wollte nicht wieder hierher zurückkommen, wo die Anschuldigung noch so frisch war und ihr Zuhause sich falsch anfühlte. Sie brauchte nicht hier zu sein, um die Erinnerungen an ihren Vater, an ihre Kindheit lebendig zu halten. Sie waren Teil von ihr. Sie würden immer ein Teil von ihr bleiben. Und sie wusste jetzt: Wenn irgendjemand sie als Annalise Avalon erkennen würde, als die Lehrerin, die angeklagt worden war, einen Teenager unsittlich berührt zu haben – dann wäre sie stark genug, um mit erhobenem Haupt sagen zu können: »Fälschlich angeklagt!«, und voller Selbstvertrauen nach vorn zu schauen.

Die Ampel sprang um, als sie gerade die Kurzwahl für Cole eintippte und auf Lautsprecher drückte. Sie konnte es nicht abwarten, ihm zu erzählen, dass sie zurückkam, und sie hoffte, er wollte sie noch immer. Als sie in ihre Straße einbog, meldete sich Coles Anrufbeantworter. Frische, glückliche Tränen liefen ihre Wange hinunter, als sie eine Nachricht hinterließ.

»Hi, ich bin's. Mit Andy bin ich nicht allzu weit gekommen, aber –« Die Worte blieben ihr im Halse stecken, als sie Cole erblickte, der gerade aus seinem Auto stieg. Er schaute sich auf der Straße um. Sie parkte eilig das Auto, und ein Lächeln breitete sich in seinem ganzen Gesicht aus bis hin zu seinen wunderschönen Augen. Er kam um das Auto herum, als sie die Tür aufstieß und sich in seine Arme fallen ließ.

Er roch himmlisch, und als er seine Lippen auf ihre legte, schmeckte er nach Zuhause, Liebe, Glück. Er schmeckte nach ihrer Zukunft.

»Du bist hier«, sagte sie, als sich ihre Lippen voneinander lösten. »Du solltest nicht kommen und bist doch hier.«

»Ich habe dich zu sehr vermisst, als dass ich noch eine Sekunde länger hätte warten können. Geht es dir gut?« Er drückte seine Lippen erneut zu einem unglaublichen Kuss auf ihre und sie schmolz ihm entgegen.

»Andy hat nicht zugegeben, dass er gelogen hat.«

»Das tut mir leid. Ich weiß, dass du dir eine Entschuldigung erhofft hast.«

»Stimmt, aber als ich dann hier war und gesehen habe, in welchem Dilemma er steckt, wurde mir klar, dass es nicht wichtig ist. Wahrscheinlich bekomme ich nie eine Entschuldigung, und das ist in Ordnung. Letztendlich brauchte ich das gar nicht. Ich habe Andy gesagt, dass ich ihm vergebe, und auch wenn ich nie das Gefühl hatte, ihm die Schuld für das zu geben, was geschehen ist, muss ich es tief in mir drinnen wohl doch getan haben. Wahrscheinlich habe ich ihm nicht nur die Schuld gegeben, ich muss wohl auch wütender auf ihn gewesen sein, als ich es wahrhaben wollte, denn ihm zu vergeben, hat auch mich befreit. Wahrscheinlich werde ich mir immer Sorgen darüber machen, dass jemand mich darauf ansprechen könnte, was passiert ist, aber —«

»Mein Engel.« Er küsste sie noch einmal, und der Kuss sagte mehr, als Worte es jemals konnten.

Sie wollte ihm sagen, dass er genau das war, was sie brauchte – sein Vertrauen in sie, seine Umarmung –, aber als sich ihre Lippen voneinander lösten, sagte er: »Ich liebe dich. Ich liebe dich so, wie du bist, mit deiner Vergangenheit und allem. Wenn du das Gefühl hast, dich umschauen zu müssen, schaue ich zuerst. Wenn du Angst hast, beschütze ich dich. Komm mit mir nach Hause, Leesa. Zieh bei mir ein. Baue dir ein Leben mit mir auf. Lass mich deine Kämpfe mit dir ausfechten. Lass mich dich so lieben, wie du es verdient hast, geliebt zu werden.«

Vierundzwanzig

Cole lag neben Leesa, während durch das offene Fenster neben dem Bett eine Brise über ihre nackten Körper wehte. Leesa hatte den Oberschenkel über seinen gelegt, ihre Wange auf seine Brust und schlief tief und fest. Die Sonne lugte gerade durch die Gardinen und versprach, den Tag über auf sie herabzulächeln. Er fuhr mit den Fingern durch ihre Haare und staunte über seine innere Ruhe. Normalerweise wäre er längst aus dem Bett gesprungen, um eine Runde zu joggen, oder er wäre mit den Gedanken bei den Patienten, die für den Tag auf dem Plan standen, oder bei den Untersuchungen, die er nachverfolgen musste. Selbst als er diese Gedanken an die Oberfläche holte, blieben sie überraschenderweise nicht dort. Die Gedanken, die mit Leesa zu tun hatten, waren zu präsent, um irgendetwas anderes zu dulden. Er war sich nicht sicher gewesen, was er zu erwarten hatte, als er gestern nach Towson gefahren war, und wenn er ehrlich war, hatte er nicht einmal so genau gewusst, was er zu ihr sagen würde, wenn er sie dann endlich sah. Er hatte gedacht, er hätte sich entschieden, keinen Druck auf sie ausüben zu wollen, damit sie nach Peaceful Harbor zurückkäme.

Aber dann hatte er ihr Auto gesehen und sein Puls hatte rasant an Fahrt aufgenommen.

Und dann hatte er ihr Gesicht durch die Scheibe gesehen und sein Herz hatte einen Sprung getan.

Als sie endlich in seinen Armen gelegen hatte, war er machtlos gewesen. Seine Liebe zu ihr hatte er nicht zurückhalten können, und die Worte waren mühelos aus ihm herausgesprudelt. Wie durch eine wunderbare Fügung war sie einverstanden gewesen, bei ihm einzuziehen. Später hatten sie sich geliebt, und danach hatte sie sich dem trägen Schlaf einer zufriedenen Geliebten hingegeben. Er betrachtete sie, während sie neben ihm schlief, und er wusste, wenn sie gesagt hätte, dass sie in Towson bleiben oder nach Baltimore ziehen müsste, hätte er seine Welt aufgegeben, um bei ihr zu sein.

Ihre Hand glitt verschlafen über seine Brust und holte ihn aus seinen Gedanken. Sie sah schlaftrunken zu ihm auf und lächelte. »Du bist wirklich hier. Es war also nicht der schönste aller Träume.«

Er beugte sich zu einem Kuss vor und sie kam ihm entgegen. »Ich bin wirklich hier. Ich habe mir so große Sorgen um dich gemacht. Wie geht es dir heute? Hast du dir noch einmal Gedanken über die Versprechen gemacht, die wir uns gestern gegeben haben?«

Sie schob sich höher, sodass sie auf Augenhöhe waren, strich über seine stoppelige Wange und zog die Augenbrauen zusammen. »Ja, ich habe mir Gedanken gemacht.«

Sein Herz setzte einen Schlag lang aus, und als er sein Gesicht ihrer Hand zuwandte und die Innenfläche küsste, wartete er darauf, dass sie fortfuhr.

»Mir gefällt dein Versprechen, immer mit mir zusammen zu sein.« Sie drückte ihre Lippen auf seine. »Und mir gefällt mein Versprechen, bei dir einzuziehen.« Sie gab ihm einen Kuss auf die Wange, und seine Sorge verschwand, wurde ersetzt durch

Begehren, als ihre Hand zu seiner Erektion wanderte. »Aber ein Versprechen haben wir uns nicht gegeben.«

Er versuchte zu ignorieren, dass ihre Hand über seinen harten Schaft streichelte, aber sie wusste so genau, wie sie ihn berühren musste, wie sie flüstern musste, wie sie seine Gedanken zum Flirren und seinen Körper zum Schwitzen brachte. »Welches ... Versprechen?«

Sie drückte einen Kuss auf seine Brust und ließ die Zunge über seine Brustwarze huschen, womit sie Lustblitze bis in seine Lenden entsendete.

»Leese ...« Heiliger Strohsack, er wollte in ihr sein.

»Mhm ... gefällt dir das?« Sie küsste sich über seinen Brustkorb hin zu seiner anderen Brustwarze. Jeder Zungenschlag ließ die Erektion in ihrer Hand zucken. »Oh ja«, flüsterte sie, »das gefällt dir.«

Mit einer geschickten Bewegung schlang er die Arme um sie und schob ihren Körper unter seinen, um sich, auf die Ellbogen abgestützt, über ihr lächelndes Gesicht zu beugen. Ihre Oberschenkel gingen auseinander und die Spitze seiner Erregung drückte gegen ihre nasse Mitte.

»Das Versprechen?«, keuchte er. »Sag es mir, bevor mein Gehirn aussetzt. Ich verspreche dir alles.«

Sie hob die Hüften an und rutschte tiefer, sodass die breite Spitze in ihre heiße Öffnung glitt.

»Leese«, warnte er. »Wir brauchen ein Kondom.«

»Ich weiß«, sagte sie, als sie sich ihm entgegenhob, um ihn zu küssen. »Ich wollte dich nur eine Sekunde lang fühlen.«

»So gut, wie du dich anfühlst, bringst du uns beide in Schwierigkeiten, wenn du noch tiefer rutschst.«

Sie grinste, und er stöhnte, was Leesa sexy lachen ließ, als er sich zurückzog. Sie drückte gegen seine Hüften, um ihn ganz nah an sich zu halten.

»Gestern Abend, bevor wir uns geliebt haben, sagtest du, du würdest nicht mehr so viele Überstunden machen und keine Arbeit mit nach Hause nehmen. Ich möchte nicht, dass du dich für mich änderst, Cole. Ich liebe dich so, wie du bist. Ich liebe es, wie du dich um deine Patienten sorgst und dass du dir ihre Akten abends durchliest, um für den nächsten Tag vorbereitet zu sein. Du hast mein Herz erobert, während du all das getan hast. Das bist du, und ich respektiere diesen Teil von dir. Bitte verändere dich nicht.«

Er legte seine Stirn gegen ihre und schloss eine Sekunde lang die Augen. Wie hatte er so viel Glück haben und einen Menschen finden können, der ihn so akzeptierte, wie er war? Und würde er sie deshalb irgendwann verlieren? Würde sie sich vernachlässigt fühlen?

Sie musste das Dilemma in seinen Augen gesehen haben, als er sie öffnete, denn sie strich ihm wieder auf diese beruhigende Art über die Wange und sagte: »Und ich verspreche dir, sollte ich jemals das Gefühl haben, dass du mich ignorierst oder dass wir mehr Zeit als Paar verbringen sollten, dann sage ich es dir, bevor es zu einem Problem wird.«

Er musste schwer schlucken, als sich die Gefühle in seiner Brust ballten.

»Leese, ich möchte das alles nicht falsch beginnen. Ich liebe dich abgöttisch, und ich möchte von ganzem Herzen, dass du das weißt.«

»Das weiß ich, und ich werde ehrlich sein.«

»In Ordnung, ich auch. Aber wenn du mich irgendwann heiratest und wir eine Familie gründen, dann werde ich meine Arbeitszeiten endgültig ändern. Denn wenn wir Kinder haben, möchte ich jeden Abend, jedes Wochenende bei dir sein und jeden Meilenstein, jedes Lächeln der kleinen Menschen bestaunen, die wir zusammen auf diese Welt bringen.«

Mit einem frechen Lächeln griff sie nach einem Kondom. »Perfekt. Aber ich denke, wir sollten eine Menge üben, damit wir das auch richtig hinkriegen.«

Als er in sie glitt, vollkommen umhüllt und so von Liebe erfüllt, dass er alles für sie tun würde, blickte Cole sie an und sah all die Gefühle, die er empfand, auch in ihren Augen. Ihre Körper vereinten sich, als wären sie füreinander geschaffen, und als er tief in ihr war, hielten sie beide inne. Er verschloss ihren Mund mit seinen Lippen und küsste sie mit all der Gewissheit, der Leidenschaft, die sich in ihm aufgebaut hatte, seit er sie das erste Mal erblickt hatte, und all der Liebe, die in den Tagen danach gewachsen war. Ihre Hände fuhren durch seine Haare, und sie klammerte sich an ihn, küsste ihn gierig, während seine Hände unter ihren Hintern glitten und er ihre Hüften anhob. Er bewegte sich langsam und tief. Zog sich fast ganz heraus, bevor er wieder hineinstieß und über die sensiblen Stellen glitt, die sie kurze Atemstöße keuchen ließen. Sie zog an seinen Haaren, und er beschleunigte sein Tempo, während sich die Hitze in seinem Kreuz ausbreitete. Ihre Lippen trennten sich und sie warf den Kopf schwer atmend in den Nacken. Er fuhr mit einer Hand zwischen sie beide, geradewegs zu der Stelle, von der er wusste, dass er sie damit an den Rand des Höhepunkts treiben würde.

Sie krallte ihre Nägel in seinen Kopf, bewegte die Hüften auf und ab, um jedem Stoß entgegenzukommen. Der Anblick ihrer geröteten Wangen, der glitzernde Schweiß zwischen ihren Brüsten und ihre leicht geöffneten Lippen, die sich erst vergangene Nacht um seine Härte gelegt hatten, ließen ihn fast schon kommen.

»Oh Gott, Cole –« Sie bäumte sich auf, als es sie unter ihm zerriss.

Ihre inneren Muskeln zogen sich zusammen, Wellen der Lust pulsierten durch Cole hindurch. Er musste sie schmecken, ihre Energie spüren, während sie um Luft rang. Ihre Münder, Zungen und Zähne prallten zu einem gierigen, nassen Kuss aufeinander. Als die Hitze ihn durchfuhr und er sich seiner eigenen intensiven Erleichterung hingab, war sie bei ihm, umschlungen von einem weiteren Orgasmus, und gemeinsam taumelten sie über den Höhepunkt.

Lange lagen sie beieinander, verausgabt und mit verschränkten Händen.

»Cole?«, flüsterte Leesa in die frühmorgendliche Stille.

»Mhm?«

»Lass uns meinen Kram zusammenpacken und hier abhauen.«

Er öffnete die Augen und sah ihren freudigen Blick. »Jetzt?«

»Nach der Dusche, ja. Ich bin bereit. Ich bin bereit, jetzt wirklich Leesa Avalon zu sein.«

Er stützte sich auf einen Ellbogen und lächelte ihr ebenso schön lächelndes Gesicht an. »Dann soll ich dich also nicht Annalise nennen?«

Sie setzte sich auf und zog das Laken über ihre Brust. »Nur wenn du ein ungezogenes Rollenspiel spielen willst.« Sie schlüpfte aus dem Bett und sagte: »Aber dann muss ich dir auch einen anderen Namen verpassen.«

»Zum Beispiel?«, wollte er wissen.

Sie zuckte mit den Achseln, aber das hinterhältige Funkeln in ihren Augen verriet ihm, dass sie ihn ärgern wollte.

»Sam?«

Sie kreischte und lachte, als er aus dem Bett sprang und sie ins Badezimmer jagte. Er drückte sie gegen die Badezimmerwand und knabberte an ihrem Hals. »Hast du etwa etwas für meinen Bruder übrig?«

»Nein«, sagte sie mit einem verträumten Seufzer und legte ihren Kopf zur Seite, damit er es leichter hatte. »Ich wusste, dass es die einzige Möglichkeit war, dich aus dem Bett zu bekommen.«

Er hielt ihre beiden Hände über ihrem Kopf mit einer Hand fest und glitt mit der anderen an ihrer Hüfte hinunter. Er blickte sie fest an und sie drückte ihre Hüften gegen seine wachsende Erektion.

»Und unter meine Dusche.« Sie stellte sich auf Zehenspitzen und küsste ihn.

»Oh, mein Weib, ich hab das Gefühl, du wirst mich permanent und auf Schritt und Tritt herausfordern.«

Sie schlang ein Bein um seine Hüfte und sagte: »Oh, und du kannst dir nicht vorstellen, wie aufreizend diese Schritte sein werden.«

Bis zum Nachmittag hatten Leesa und Cole die meisten Sachen, die sie mit nach Peaceful Harbor bringen wollte, in Kartons verpackt. Sie hatten sich vorgenommen, möglichst viel in ihren Autos zu verstauen und dann an den Wochenenden zurückzukommen, um noch ein paar Sachen zu holen, bis Leesa alles hatte, was sie brauchte.

»Was ist mit deinen Möbeln? Wir beauftragen eine Spedition, um das zu holen, was du haben möchtest«, sagte Cole, als sie Kartons zum Auto trugen.

»Du hast schon so schöne Möbel.« Darüber hatte sie noch

nicht so richtig nachgedacht. Sie stellte den Karton in den Kofferraum ihres Autos und Cole tat es ihr gleich. Sein T-Shirt klebte an seinen Muskeln, als er sich den Schweiß von der Stirn wischte, aber dass sie zu ihm ging und die Arme um ihn schlang, lag an seinem unbeschwerten Lächeln.

»Wie wär's, wenn wir nur die Hängematte aus dem Garten mitnähmen? Glaubst du, du und deine Brüder findet eine Möglichkeit, sie irgendwo aufzuhängen?«

Er drückte seine Lippen fest auf ihre. »Alles, was du willst, mein Engel. Falls ich es dir noch nicht gesagt haben sollte: Du sollst wissen, dass ich richtig stolz auf dich bin. Du bist hierhergekommen, um etwas zu tun, was den meisten Leuten an deiner Stelle nie in den Sinn gekommen wäre. Du bist wirklich eine mutige Frau.«

»Oder eine richtig dumme. Da bin ich mir nicht so sicher.«

Er küsste sie erneut. »Mutig. Wie lief es, als du Darlene angerufen hast, um ihr zu sagen, dass du die Stelle nicht annimmst?«

»Gut. Ich glaube, sie hat es schon erwartet. Ich krieg nur einfach Andys Gesichtsausdruck nicht aus dem Kopf. Ihm zu vergeben war mit Sicherheit richtig, aber er sah so mitgenommen aus.«

»Sag mir, was du brauchst. Möchtest du noch einmal versuchen, mit ihm zu reden? Ich begleite dich.«

Sie sah zu ihm auf, erkannte die Aufrichtigkeit in seinen Augen und war sich sicher, dass er zu seinem Wort stehen würde. »Nein. Ich muss mir wohl einfach nur klarmachen, dass er sich selbst in diese Kiste zurückgezogen hat. Um ihm herauszuhelfen, hab ich getan, was in meiner Macht steht, aber wirklich, es ist nicht an mir, noch etwas zu tun.«

Die nächste Stunde verbrachten sie damit, Kartons zu

verfrachten und das Haus so weit aufzuräumen, dass sie nach Peaceful Harbor zurückkehren konnten. Leesa und Cole legten gerade die Hängematte zusammen, als sie ein Auto auf der Auffahrt hörten.

»Ich sehe mal nach, wer das ist.« Leesa ging gerade an der Seite des Hauses entlang, als Mr. Darren Andy vom Beifahrersitz hob und ihn in seinen Rollstuhl setzte. Fast wäre ihr Herz stehengeblieben. Gerade erst hatte sie eine gewisse innere Ruhe wiedererlangt. Sie wollte die Stadt nicht kurz nach einem weiteren Streit verlassen.

Hätte sich nicht Coles beruhigender Arm um ihre Schultern gelegt und hätte sie ihn nicht »Alles in Ordnung, mein Engel. Ich bin bei dir. Dir passiert nichts« flüstern hören, wäre es ihr vielleicht nicht mehr in den Sinn gekommen zu atmen.

Cole ging vor und stellte sich zwischen Mr. Darren und Leesa.

»Sir?« Coles Tonfall war entschieden.

Andy drehte die Räder seines Rollstuhls und wollte an Cole vorbeifahren, aber Cole langte hinunter und hielt ihn auf, indem er eine der Armlehnen ergriff. Leesa stand einfach da, sie hatte keine Ahnung, warum sie heute nervöser war als am Abend zuvor, aber wieder kämpften in ihr widersprüchliche Gefühle. Der Drang, zu Andy zu rennen und sich zu versichern, dass es ihm gut ging, und der Drang, in die entgegengesetzte Richtung fortzurennen, zerrissen sie.

»Hallo, Andy. Ich bin Cole.«

Andy blinzelte wortlos zu ihm auf.

»Wir sind nicht hier, um Ärger zu machen«, sagte Mr. Darren schließlich mit angespannten Kiefermuskeln und einem ernsten Gesichtsausdruck. »Mein Sohn hat Annalise etwas zu sagen.« Er sah über Coles Schulter hinweg und ergänzte: »Und ich ebenfalls.«

Cole drehte sich um und griff nach Leesas Hand. »Engel?«

Sie ergriff seine Hand, trat vor und zwang sich, etwas von sich zu geben. »Hi, Andy.«

Andys Augen wurden feucht. Seine Finger klammerten sich so fest um die Armlehnen seines Rollstuhls, dass die Knöchel weiß hervortraten. »Miss Avalon, ich …« Er schaute nach unten, beförderte dann die Haare vor seinen Augen durch eine schnelle Kopfbewegung zur Seite und sagte: »Es tut mir leid, dass ich gelogen habe. Als mir bewusst wurde, was passiert ist, wollte ich der Polizei sagen, dass ich gelogen habe, aber –«

Sein Vater trat neben ihn und legte eine Hand auf seine Schulter. »Aber ich habe ihn nicht gelassen.«

»Sie …? Warum nicht?« Leesa traute ihren Ohren nicht.

»Annalise, als er mir erzählte, dass er nicht die Wahrheit gesagt hat, war der Schaden bereits angerichtet. Die Untersuchung war fast abgeschlossen und Ihr Ruf war schon beschädigt.« Er sah auf den Jungen hinab, zu dem er immer nur streng gewesen war, und die tiefen Furchen an seinem Kiefer und auf der Stirn wurden weicher. »Er ist ein Kind, das einen sehr großen Fehler begangen hat. Durch seine Verletzungen hat er ohnehin schon das Gefühl, weit hinter seinen Klassenkameraden zurückzuliegen, und als sein Vater wollte ich nicht, dass er auch noch gegen den Ruf ankämpfen musste, der Junge zu sein, der gelogen und Ihr Leben zerstört hat.«

Tränen stiegen in Leesas Augen. »Also ließen Sie alle glauben, ich hätte etwas getan, was ich nicht getan habe.«

Sein Tonfall wurde sanfter. »Die Menschen in dieser Stadt haben den Anschuldigungen keinen Glauben geschenkt. Nicht, nachdem die Polizei und die Schulbehörde keinerlei Beweise dafür gefunden haben. Es war falsch von mir, ihn zurückzuhalten, aber ich habe es getan, um meinem Sohn zu helfen, nicht, um Sie zu verletzten. Meine Entscheidung beschämt mich sehr, aber ich hoffe, dass Sie in irgendeiner Weise verstehen können, was ich getan habe.«

»Mr. Darren –«

Leesa drückte Coles Hand, um ihn davon abzuhalten, noch irgendetwas zu sagen. Sie musste dies regeln, auch wenn sie nicht so ganz wusste wie. »Auch wenn ich wohl verstehen kann, warum Sie sich so entschieden haben, nämlich um Andy zu schützen, so muss ich Sie doch fragen: Ist Ihnen bewusst, was Ihr Handeln für eine Botschaft enthält?«

»Ich habe es ihm gesagt«, sagte Andy.

»Andy –«

»Nein, Dad. Ich muss es sagen. Miss Avalon, es tut mir leid, dass ich gelogen habe, und es tut mir leid, dass ich es nicht früher gesagt habe, aber mein Vater ist kein schlechter Mensch. Mir ist klar, dass Sie glauben, er bringt mir bei, dass man lügen kann, um seine Haut zu retten. Aber ich glaube nicht, dass das die Lektion ist, die ich gelernt habe.« Er legte seine Hand auf die seines Vaters und fuhr fort: »Indem ich bei der Lüge geblieben bin, habe ich gelernt, wie schlimm sie wirklich war. Es hat mich fertiggemacht, und ich glaube, deshalb hat mein Vater jetzt letztendlich zugelassen, dass ich Ihnen die Wahrheit sage. Sie sind eine tolle Lehrerin, und Sie haben es nicht verdient, Ihren Job zu verlieren, weil ich sauer war. Ich weiß, Sie haben gesagt, dass Sie mir verzeihen, aber gestern Abend ist mir bewusst geworden, dass ich noch etwas brauche. Ich möchte, dass Sie die Wahrheit kennen und meinem Vater vergeben, denn wenn Sie es nicht können, dann bin ich nicht sicher, ob ich es kann.«

Leesa hockte sich neben Andys Rollstuhl und versuchte, ihre

Gefühle im Zaum zu halten. Die Wut, die sie auf Mr. Darren hatte, war nichts im Vergleich zu dem Stolz, den sie in diesem Moment für Andy empfand, nachdem er den Mut aufgebracht hatte, reinen Tisch zu machen. Sie drückte seine Hand, denn noch war sie nicht in der Lage, die Worte zu finden, die er hören musste. Sie erhob sich und trat auf Mr. Darren zu.

»Ich habe keine Kinder, also kann ich nicht aus der Sicht eines Elternteils sprechen, aber ich weiß, ich hätte alles getan, um Ihrem Sohn dabei zu helfen, das Schuljahr zu schaffen und sein Selbstbewusstsein zurückzugewinnen. Sie waren bereit, mich den Wölfen zum Fraß vorzuwerfen, meine Karriere und mein Leben in meiner Heimatstadt in Stücke zu zerreißen, um Ihren Sohn zu schützen.« Sie schüttelte den Kopf. »Es ist wirklich grauenhaft, so etwas zu tun.« Tränen liefen ihre Wangen hinunter.

»Ja, Sie haben recht. Und es tut mir aufrichtig leid.«

Seine Augen zeugten von so viel Trauer und Reue, dass es schwer für Leesa war, seine Entschuldigung nicht einfach anzunehmen, aber das konnte sie nicht. Sie musste sich Luft machen. Er musste verstehen, dass Worte ihr nicht einfach das zurückgaben, was ihr genommen worden war.

»Dass es Ihnen *leidtut,* macht das Geschehene nicht wieder gut. Eine Entschuldigung kann mein Leben nicht wieder zu dem machen, was es war. Sie kann nicht den Zweifel aus den Köpfen der Leute um mich herum auslöschen oder mir alles zurückgeben, wofür ich so hart gearbeitet habe, in der Stadt, in der mein Vater mich großgezogen hat.« Bei dem Gedanken an ihren Vater schossen Tränen aus ihren Augen. Nachdem sie einmal tief Luft geholt und das Kinn angehoben hatte, spürte sie eine Last von den Schultern fallen. Sie musste sich jetzt nur noch einen etwas stärkeren Schubser geben, damit sie wieder richtig atmen konnte. »Aber Andy zuliebe vergebe ich Ihnen. Vielleicht haben Sie recht. Sein Leben musste nicht noch mehr auf den Kopf gestellt werden, als es ohnehin schon der Fall war. Aber das macht das, was Sie getan haben, noch lange nicht richtig. Ich hoffe nur, dass Sie beide etwas aus dieser Sache lernen.« Sie langte nach Coles Hand. »Glücklicherweise hat sich für mich alles zum Guten gewendet. Und ich hoffe für Andy, dass es auch für ihn dazu kommt. Wenn Sie mich nun entschuldigen, ich muss mir ein Leben aufbauen.«

Leesa ging zurück in das Haus ihrer Kindheit, Hand in Hand mit dem Mann, den sie liebte, und endlich – *Oh Gott, endlich* – verstand sie, warum alles so falsch gelaufen war.

Cole schloss die Tür hinter ihnen, sie schmolz in seine Arme und war einfach glücklich, dass in ihrem Leben nun alles richtig lief.

<h1 style="text-align:center">Fünfundzwanzig</h1>

Cole und seine Geschwister packten gemeinsam mit Leesa und Tegan an und schafften Leesas Sachen schon am nächsten Wochenende in Coles Strandhaus. Leesa stellte ihre alten Möbel auf einem Anzeigenportal online und bis zum folgenden Wochenende war das Haus ihrer Kindheit bereits leer. Die meisten Bücher ihres Vaters hatte sie behalten, ebenso wie die Dinge, die er am meisten geliebt hatte, Bilder und andere Erinnerungen an ihr gemeinsames Leben. Aber ihr Lieblingsstück war die Hängematte. Da es am Strand hinter Coles Haus keine Bäume gab, hatten Cole, Sam und Nate ein Gestell aus Holz gebaut und sie daran aufgehängt. Es war – wie alles, was Cole tat – *perfekt*. In jedem Raum hatte er Platz für sie geschaffen, auch in den Regalen im Wohnzimmer für die Bücher ihres Vaters, und sie hatten auch ein paar Bilder von ihr und ihrem Vater im Boot aufgehängt.

Es ist unser Leben, nicht nur meines. Ich möchte deine Anwesenheit überall spüren, hatte er gesagt.

Es war Samstagnachmittag, Leesa saß auf der Steinmauer im Garten von Coles Eltern und beobachtete Cole und seine Brüder dabei, wie sie Football spielten. Ty, sein jüngster Bruder, war für das Treffen von seiner Auftragsreise nach Hause gekommen, und wie der Rest von Coles Familie hatte er Leesa ohne Zögern in die Arme geschlossen. Er war groß und stark, wie alle anderen Braden-Männer, und so rücksichtslos, wie Cole vorsichtig war. Er trug die Haare länger als die anderen und der Schalk in seinem Blick stand dem von Sam in nichts nach. Leesa sah vielsagende Blicke, die zwischen Sam, Ty und Nate ausgetauscht wurden, während Nate ausholte, um den Football zu werfen, und sie hielt den Atem an. Ty warf Cole um, als dieser den Ball fing. Schnell warfen sich Nate und Sam noch obendrauf und lautes Lachen hallte durch die Luft.

»In ihrem tiefsten Inneren sind sie noch kleine Jungs«, sagte Ace, als er sich neben sie setzte.

»Sie haben euch als Heranwachsende sicher gut auf Trab gehalten.« Coles Eltern hatten Leesa nach ihrer Rückkehr wie selbstverständlich das Du angeboten. Sie strich sich die Haare hinters Ohr, als eine Brise vom Wasser herüberwehte.

»Oh ja, und ich hoffe, das wird sich nie ändern.« Ace wandte sich ihr mit einem freundlichen Lächeln zu. »Und? Jetzt hast du es geschafft. Du hast dich deiner Vergangenheit gestellt und kannst nach vorne schauen.«

»Ja, das habe ich. Danke für das Gespräch. Es hat mir viel bedeutet«, sagte sie ehrlich. »Und es tut mir leid, dass ich meine Grenzen überschritten habe.« Sie hatte immer noch Schuldgefühle, weil sie ihn auf sein Bein angesprochen hatte.

»Weißt du, dass du etwas bemerkt hast, was sonst niemandem aufgefallen ist?« Sein Blick wurde ernst und ihr Magen zog sich zusammen.

»Es tut mir leid. Ich wollte nicht —«

Er tätschelte ihre Hand. »Ich habe mit den Ärzten im Veteranen-Krankenhaus gesprochen und die haben mich an einen Therapeuten in Pleasant Hill verwiesen. Nächste Woche beginne ich mit der Spiegeltherapie.«

Leesa riss die Augen auf. »Wirklich? Du bist also nicht sauer auf mich?«

»Ich bin kein Mann, der jammert, Annalise, aber als du angesprochen hast, was du in meinem Gesicht gesehen hast, kam ich ins Grübeln. Was, wenn meine Familie es gesehen und nie etwas gesagt hat?« Er sah über den Rasen zu Maisy und lächelte. »Ich habe mit Maisy gesprochen, und sie hat mich daran erinnert, dass sie mich nach dem Unfall zwei Jahre lang danach gefragt hat. Anscheinend habe ich sie so oft abgewimmelt, dass sie irgendwann damit aufgehört hat. Weißt du, wahrscheinlich habe ich so lang mit dem unangenehmen Gefühl gelebt, dass es Teil von mir geworden ist.«

»Und jetzt?«

Er lachte leise, und es klang so sehr wie Coles Lachen, dass ihr Blick unwillkürlich zu dem Mann wanderte, den sie liebte. Cole winkte und warf ihr eine Kusshand zu. Sie winkte zurück und Ace antwortete: »Jetzt ist es an der Zeit, meine Vergangenheit zu akzeptieren und nach vorne zu schauen.«

»Aber du sagtest, der Schmerz sei etwas Gutes, eine Motivation«, erinnerte sie ihn.

Er stand von der Mauer auf, griff nach ihrer Hand und zog sie hoch. »Ich glaube, ich habe genug Erinnerungen an das gehabt, was ich hinter mir gelassen habe. Sieh dir meine wunderschöne Familie an.« Sein Blick wanderte von den Jungs hin zu Shannon, Tempe und Jewel, die auf sie zukamen, und dann zu Leesa. »Es gibt keine bessere Motivation als die Menschen in diesem Garten.«

»Dad, Mom möchte, dass du den Grill anwirfst«, sagte Tempe, als die jungen Frauen zu ihnen kamen.

Leesa sah Ace hinterher. »Ihr habt so ein Glück. Euer Dad

ist wunderbar.«

»Ja, das haben wir«, meinte Shannon. »Aber dein Vater muss auch ziemlich unglaublich gewesen sein. Sieh an, was aus dir geworden ist.«

»Danke, das war er.« Sie gab Tempe den Schreibblock, den sie in der Hand gehalten hatte. »Ich habe meine Ideen für die Girl-Power-Gruppe dazugeschrieben. Und ich habe mir überlegt, dass ich wirklich sehr gern im Mr. B. arbeite, aber das Unterrichten fehlt mir, also werde ich vielleicht nebenbei auch etwas Nachhilfe geben.«

»Kannst du bitte mit Krissy anfangen? Ihr kreatives Schreiben ist nicht annähernd so gut wie ihr kreatives Tanzen«, sagte Jewel.

»Ja, das würde ich gern.« Sie sah Cole und seine Brüder auf sie zukommen.

»Bist du wirklich so weit?«, fragte Tempe, als sie den Schreibblock durchblätterte.

»Das bin ich.« Sie ergriff Coles Hand, als er sich neben sie stellte.

»Hallo, mein Engel. Geht es dir gut?«

»Ja, sehr. Gerade habe ich Tempe erzählt, dass ich bereit bin, eine Girl-Power-Gruppe zu gründen.«

»Und sie hat angeboten, Krissy in der Schule zu helfen«, fügte Jewel hinzu.

Cole zog sie näher an sich heran. »Beides hervorragende Ideen.« Als er seine Lippen auf ihre legte, seufzte Shannon. Cole sah seine Schwester an.

»Mach nur, küss dein Mädchen«, sagte Shannon mit einem breiten Grinsen. »Ich kann's kaum erwarten, dass ich jemanden habe, der mich so ansieht, wie du und Nate Leesa und Jewel ansehen.«

»Tja, in den Bergen von Colorado wirst du ihn nicht finden.« Ty fuhr sich mit der Hand durch die glänzenden dunklen Haare. Seine langen Strähnen fielen ihm jedoch gleich wieder ins Gesicht. »Ich bin auf fast jedem Berg der Welt gewesen, und ich kann dir versichern, dass du die Liebe auf keinem von ihnen findest. Sorry, Schwesterherz.« Er legte einen Arm um Shannon und lächelte Leesa und Cole an. »Außerdem hast du noch Jahre Zeit, bis du so alt bist wie Cole.«

»Hey, pass auf!«, rief Cole.

Leesa lachte.

»Ich wusste nicht, dass die Liebe an ein Alter gebunden ist«, sagte Jewel, die sich an Nate schmiegte.

»War nur Spaß.« Ty drückte Shannons Schulter und ließ sie dann los. »Aber im Ernst, warum die Eile?«

»Ich bin nicht in Eile.« Shannon schaute zu ihren Eltern hinüber, die sich am anderen Ende des Rasens beim Grill in den Armen hielten. »Wär nur einfach nett.«

»Also, ich hab überhaupt keine Eile. Es gibt zu viele Dinge, die ich tun möchte, bevor ich mich häuslich niederlasse.« Tempe klemmte sich den Schreibblock unter den Arm und winkte ihren Eltern zu, die Hand in Hand zu ihnen herüberkamen.

»Ich sehe es so wie Tempe und Ty.« Sam warf den Football in die Luft und fing ihn wieder auf. »So viele Frauen, so wenig Zeit.«

»Ihr seht das alle komplett falsch.« Cole lächelte Leesa an. »Die eine perfekte Frau, nie genug Zeit.«

Sam und Ty ächzten spöttisch, Tempe und Shannon gaben ein einstimmiges »Ohhh« von sich und Nate und Jewel nickten zustimmend, während Leesa sich nur staunend fragte, wie sie von einer verschmähten Frau zu einer geliebten Frau geworden war. Aber als Cole auf die Knie fiel und ihre Hand ergriff, verschwand dieser Gedanke vollkommen.

»Cole?« Leesa sah ihn mit großen Augen an, als er in seine Tasche griff und ein Schmuckkästchen herausholte. *Ohmeingott!*

»Leesa mit Doppel-E, du hast mir das Herz in dem Moment gestohlen, als du mir meinen Kaffee und meinen Muffin geklaut hast.« Er lächelte, und ihr Herz raste so schnell, dass sie sich nur darauf konzentrieren konnte, nicht umzufallen. »Seitdem hast du mich an jedem einzelnen Tag zum glücklichsten Mann auf Erden gemacht.«

»Cole ...« Flüsternd entwich ihr sein Name, während seine Geschwister lächelnd zuschauten. Sie schlug die Hände vors Gesicht und ihre Augen wurden feucht.

Cole warf Sam einen kurzen, wissenden Blick zu, dann sah er wieder Leesa an, die Augen voller Liebe. »Ich bin nicht der Typ, der wartet und die Dinge auf sich zukommen lässt. Ich liebe dich, Leesa, und ich würde mich geehrt fühlen, wenn ich dich für den Rest unseres Lebens lieben darf, als Mann und Frau.«

Ihre Glieder zitterten dermaßen, dass sie Angst hatte, die Hände von ihrem Mund zu lösen, weil sie befürchtete, die Balance zu verlieren, also nickte sie heftig, wieder und wieder, bis Cole aufstand und sie in seine Arme schloss.

»Ist das ein Ja?« Er legte ihre zitternden Arme um seinen Hals. »Ich muss es hören, mein Engel.«

»Ja! Oh mein Gott, ja! Ja, ja!« Ihre Worte waren geflüstert und begleitet von Tränen. Ihre Münder verschmolzen in einem Kuss, der jeden Gedanken verstummen ließ und sich nach Ewigkeit anfühlte, während seine Familie ihnen gratulierte, lachte, applaudierte und die Nachmittagsluft mit lauter Freude erfüllte.

Cole setze sie auf dem Boden ab und schob den diamantenen Solitärring auf ihren Finger. »Ich liebe dich.«

Leesa legte die Hände auf die Wangen, die sie so liebte, und schaute in die Augen des Mannes, von dem sie wusste, dass sie ihn für den Rest ihres Lebens lieben würde. In genau diesem Moment wusste sie auch, dass es unwichtig war, wie er sie nannte. Sie konnte *Annalise* sein, *Leesa* oder auch *Hey, du!* Der Mensch, der sie war, die Frau, die sie geworden war, war die Frau, die Cole liebte. Und sie konnte es nicht abwarten, den besten aller Namen zu tragen: *Mrs. Cole Braden.*

Danksagung

Beta-Leser haben mich gefragt, ob Cole nach dem mir angetrauten Arzt Les angelegt wurde. Dazu kann ich nur sagen, dass ich das große Glück habe, einen Mann an meiner Seite zu haben, der mich bei allem unterstützt, der sich seine eigene Meinung bildet, unabhängig von dem, was andere sagen oder tun, der mir netterweise stets bei Recherchen hilft, der meine endlosen Stunden am PC mitträgt und der mich liebt, auch wenn ich mich in fiktionale Männer verliebe. Ich habe wahrhaft großes Glück.

Einen ganz besonderen Dank an all meine Fans und Leserinnen dafür, dass ihr meine Bücher mit euren Freunden teilt, mit mir in den sozialen Medien chattet und mir E-Mails schickt. Jeden Tag inspiriert ihr mich aufs Neue, und ich kann mir gar nicht vorstellen, ohne unseren stetigen Austausch zu schreiben. Es gibt sogar Figuren, die nach einigen von euch benannt wurden, und das macht mir immer wieder sehr viel Freude. Danke, dass ihr euch mir mitteilt.

Falls Sie mir noch nicht auf Facebook folgen, zögern Sie nicht! Wir haben immer so viel Spaß dabei, uns über unsere liebenswerten Helden und frechen Heldinnen auszutauschen, und ich versuche stets, die Fans über alle Neuigkeiten aus der Welt unserer fiktionalen Freunde auf dem Laufenden zu halten (in englischer Sprache).
www.Facebook.com/MelissaFosterAuthor

Und vergessen Sie nicht, sich für meinen Newsletter anzumelden, damit Sie immer über Neuerscheinungen auf dem Laufenden sind.
www.MelissaFoster.com/Newsletter_German

Außerdem können Sie auf meiner Seite mit »Reader Goodies« solche Extras wie Familienstammbäume, Checklisten für die verschiedenen Serien, die empfohlene Lesereihenfolge und weitere interessante Informationen finden (in englischer Sprache).
www.melissafoster.com/Reader-Goodies

Wie immer einen riesigen Dank an mein unglaubliches Team von Lektorinnen und Korrektorinnen: Kristen Weber, Penina Lopez, Jenna Bagnini, Juliette Hill, Marlene Engel und Lynn Mullan, und mein deutsches Team: Janet König, Rabea Güttler und Judith Zimmer.

Liebe

gegen den Strom

Die Bradens (Peaceful Harbor)

LOVE IN BLOOM – HERZEN IM AUFBRUCH

Eins

Es gab Grenzen, wie lange ein Mann eine Hochzeitsfeier ertragen konnte, bevor er zu viel trank oder sich mit einer anschmiegsamen Frau davonmachte, um all dieser Reinheit zu entkommen. Sam Braden stand mit einem Drink in der Hand da, begutachtete die Auswahl an weiblichen Gästen und überlegte, welche der beiden Alternativen er wählen sollte. Möglicherweise würde es sowohl aufs Betrinken als auch auf die Damenbegleitung hinauslaufen.

»Wenn du die Brünette willst, nehme ich die Rothaarige.« Ty, sein jüngster Bruder, wies mit dem Kinn zur Bar. Abgesehen davon, dass er ein weltberühmter Bergsteiger und Fotograf war, war Ty auch oft genug Sams Gefährte bei seinen nächtlichen Ausschweifungen. »Es sei denn, eine reicht dir nicht. Für den Fall würde ich mich für eine der Staley-Schwestern entscheiden.«

Sam schnaubte. *Haben wir doch alles schon hinter uns.*

Sein Blick fiel auf zwei Blondinen, die über die Tanzfläche auf sie zukamen. Vor einem Monat hatte er sich mit der zusammengetan, die ihn gerade mit den Augen verschlang, und die Rothaarige, die Ty eben beäugt hatte, hatte sich zu ihrer heißen, schweißgetränkten Balgerei dazugesellt. Dann wanderte sein Blick zu der sexy Brünetten, die an der Bar stand und aussah, als würde sie am liebsten darüberspringen und sich dahinter verstecken, wenn sie nur wüsste wie. *Faith Hayes.* Den ganzen Abend hatte er versucht, sie nicht anzusehen, aber es war aussichtslos. Sie arbeitete in der Arztpraxis von Sams Bruder Cole. Faith war süß und lieb und schlau, und … Sam sollte sich lieber nicht vorstellen, wie er sie auf die Bar legte und lauter schmutzige Dinge mit ihrem hinreißenden Körper anstellte.

Nein, ganz sicher nicht.

Immer wenn er sie ansah, immer wenn er an sie dachte – *also an jedem verdammten Tag –*, kam dieses Gefühl in ihm hoch, mehr zu wollen als ein paar Quickies. Er wollte sie nicht nur auf die Bar legen, er wollte sie auch mit zu sich nach Hause nehmen. Das an sich war schon seltsam, denn Sam nahm nie eine Frau mit in sein Blockhaus. Aber die Hälfte seiner Besuche in Coles Praxis waren nichts weiter als ein Vorwand, um einen Blick auf Faith zu erhaschen. Er verstand nicht, was ihn so an ihr faszinierte. Schließlich bevorzugte er normalerweise Frauen, die schnurstracks mit ihm ins Bett steigen wollten und sich dabei sehr geschickt anstellten, aber er konnte nicht leugnen, dass sich etwas in ihm regte, sobald Faith in der Nähe war. Er zwang sich, den Blick abzuwenden, und betrachtete stattdessen die Tanzfläche, wo Cole, sein ältester Bruder, mit seiner frisch angetrauten Frau Leesa tanzte. Gleich dahinter sahen sich sein jüngerer Bruder Nate und dessen Verlobte Jewel tief in die Augen. Machten sie eigentlich je etwas anderes? Früher hatte sich Sam geschüttelt bei dem Gedanken, sich zu binden – *außer natürlich an ein Bett.* Aber es war nicht zu übersehen, wie glücklich seine Brüder waren, seit sie sich verliebt hatten, und in letzter Zeit hatte er das Gefühl, etwas zu verpassen.

Die große Blonde drängte sich an Sam und versperrte ihm

dabei den Blick auf Faith. Sie blinzelte ihn mit keckem Augenaufschlag an, während sich ihre Freundin an Ty heranmachte. »Ihr Jungs seht einsam aus.«

»Guten Abend, die Damen«, sagte Sam geschmeidig und lenkte seine Aufmerksamkeit wieder auf die hübschen Frauen, die definitiv wussten, wie sich ihr Körper zum Wohle der Menschheit einsetzen ließ.

»Tänzchen gefällig?«, fragte die Blonde und Sam folgte ihr auf die Tanzfläche wie ein Hund dem Stöckchen.

Musik und Tanzen kamen für Sam gleich nach Wildwasser-Rafting. Als Besitzer von Rough Riders, einer Firma, die Abenteuerurlaube mit Raftingtouren anbot, stand er ständig unter Dampf, aber ein ordentlicher Beat besänftigte seine innere Unruhe. Und Sam war immer ein wenig rastlos.

Die Blondine bewegte sich sinnlich in seinen Armen und erinnerte ihn an all die Gründe, warum er heute Abend einer Frau den Vorzug vor dem Alkohol geben sollte. Bei diesem Gedanken ging sein Blick wieder zu Faith, die immer noch an der Bar stand, sich an einem Getränk festhielt, das höchstwahrscheinlich nichts weiter als Limonade war, und einen Finger nervös am Rand des Glases entlangfahren ließ, während sie … *ihn beobachtete?* Sams Lippen verzogen sich zu einem Lächeln und Faiths Blick huschte davon. Sie wurde immer hinreißend flatterig, wenn er Cole in seiner Praxis besuchte, und obwohl er es wahrscheinlich nicht tun sollte, bereitete es Sam ein diebisches Vergnügen, mit ihr zu flirten.

Cole schob sich vor ihn und versperrte ihm die Sicht auf Faith. Er warf seinem Bruder einen drohenden Blick zu. *Bloß nicht, Junge*, signalisierte er.

Es gab keinen Zweifel: Sam liebte Frauen und alle um ihn herum wussten es. Er liebte die Art, wie sie rochen, das Gefühl ihrer weichen Körper an seinen festen Muskeln, ihre zarten

Züge, die Laute, die sie auf dem Höhepunkt der Leidenschaft ausstießen. Aber neuerdings machte es ihm keinen Spaß mehr, sich ein Stelldichein mit irgendeiner beliebigen Frau auszumalen. Seine Gedanken kreisten nur um Faith, und er wollte all das mit ihr erleben, statt sich etwas zusammenzufantasieren.

»Sam!«, sagte Cole strafend.

Sam schüttelte den Kopf, um das Durcheinander darin zu vertreiben, und lachte leise, als er seine Aufmerksamkeit wieder der Frau zuwandte, mit der er tanzte. Seine Hände fuhren über ihren Rücken. *Mmh.* Sie fühlte sich gut an. Unwillkürlich wanderte sein Blick wieder zu Faith, die in ihren Drink starrte. *Bestimmt fühlst du dich noch viel besser an*, war der erste Gedanke, der ihm in den Sinn kam. Es war jedoch der zweite Gedanke, der ihn überraschte: *Ich frage mich, woran du gerade denkst.*

Ich hätte nicht zu dieser Hochzeit kommen sollen. Faith sah zum hundertsten Mal an diesem Abend auf ihre Uhr. Sie hatte sich vorgenommen, nach dem Abendessen noch eine Stunde zu bleiben. So gehörte es sich schließlich, wenn der Chef heiratete, obwohl sie am liebsten auf der Stelle gegangen wäre. Berufliche Verpflichtungen außerhalb der Arbeitszeit waren ihr sowieso unangenehm, aber hier war sie nicht nur von Leuten umgeben, die sie kaum kannte, zu allem Überfluss schienen ihre dummen Hormone auch noch unablässig *Ich will Sam Braden* zu flüstern. Lieber Himmel, im Moment hasste sie sich selbst. *Sieh ihn dir doch an, wie er mit dieser Frau tanzt, diesem stadtbekannten Flittchen.* Er hatte fast den ganzen Abend getanzt und dabei kaum eine Frau ausgelassen. Sie standen praktisch Schlange, um in seiner Nähe zu sein. Und warum auch nicht? Er war nicht nur nett und charmant, sondern auch groß, dunkel und unverschämt gut aussehend. Derart gut aussehend, dass selbst einer intelligenten Frau wie Faith der Kopf wie leer gefegt war. In seinen Armen über die Tanzfläche zu schweben war der Traum aller Frauen in Peaceful Harbor. Aller Frauen außer ihr.

Jedenfalls meistens.

Ich sollte wirklich eine Tequilaflasche köpfen. Oder gehen. Da sie nach einer Flasche Tequila nicht mehr würde nach Hause fahren können, kam sie zu dem Schluss, dass sie besser ging.

Außerdem hatte sie die perfekte Ausrede, sich ein bisschen früher zu verabschieden als die anderen Gäste. Für den nächsten Tag hatte sie eine Autowaschaktion organisiert, um Geld für eine Online-Selbsthilfegruppe zu sammeln, die sie gegründet hatte. Sie hieß WAC, Women Against Cheaters, und richtete sich an Frauen, die schlechte Erfahrungen mit untreuen Männern gemacht hatten.

Mit Typen wie Sam.

Sam schaute auf und – *oh Gott, lass mich auf der Stelle tot umfallen* – ertappte sie dabei, wie sie ihn anstarrte. *Schon wieder.* Sie wandte sich ab und hoffte, dass er es nicht wirklich bemerkt hatte, obwohl seine Augen wie Laserstrahlen waren, die ihr ein Loch in den Rücken brannten. Natürlich hatte er es bemerkt. Es konnte gar nicht anders sein. Sie leckte sich ja förmlich die Lippen nach ihm. Dass sie ausgerechnet den Mann anhimmelte, der schon mit den meisten Frauen in Peaceful Harbor geschlafen hatte, wenn man den Gerüchten Glauben schenkte, ging ihr mächtig gegen den Strich. Abgesehen von seinem unverschämt guten Aussehen gehörte er genau zu der Sorte Mann, die sie am allerwenigsten wollte oder brauchte.

Doch sie konnte nicht anders: Sie musste ihn einfach

heimlich beäugen. Dabei ging es ihr wie allen Frauen hier, die nicht mit ihm verwandt waren: Sie fühlte sich von ihm angezogen wie eine Motte vom Licht. Er war *hinreißend.* Männlich. Kräftig. Und dieses Lächeln. *Heiliger Strohsack.* Sie fächelte sich Luft zu. Sein Lächeln allein reichte, um ihr den Atem zu rauben. Alle Bradens sahen gut aus, aber Sam hatte etwas Raues und Rätselhaftes. *Etwas Gefährliches.*

Zu gefährlich für sie. Und das war okay, weil sie sich ja gar nicht mit ihm einlassen wollte. Jedenfalls nicht so, dass sie sich eine feste Beziehung zu ihm vorstellte. Mit einem Mann wie Sam konnte man keine feste Beziehung eingehen, und sie würde nicht das Dummchen sein, das es versuchte. Ihr reichte es, ihn mit Blicken zu verzehren und so zu tun, als sei er ihr egal.

Oh Mist! Da kam er geradewegs auf sie zu. Er überquerte die Tanzfläche, als gehörte ihm die Welt, bewegte sich selbstsicher, entschlossen und konzentriert, während die Blondine und ein Dutzend anderer Frauen ihm nachstarrten. Dabei sah er sie die ganze Zeit unverwandt an, als wollte er sie mit Blicken ausziehen. Faith bekam weiche Knie. Seine dunklen Augen waren schmal und verführerisch und schillerten vor Verruchtheit. Unter dem teuren Smoking wirkten seine breiten Schultern noch massiger und kräftiger. Die obersten Knöpfe seines Hemdes waren offen und erlaubten ihr einen Blick auf seine gebräunte Haut und einen Schimmer von Brusthaaren. Er sah aus, als sollte er eigentlich lässig ausgestreckt auf einem Sofa liegen, von Frauen umschwärmt. Wie ein Gott.

Wie ein Gott? Wie albern ist das denn?

Faith war keineswegs eine graue Maus, die keinen Mann abbekommen hatte. Sie war Single, weil sie es so wollte, schönen Dank auch. Bei der Wahl ihrer Männer hatte sie bisher kein gutes Händchen gehabt und außerdem waren Männer einfach bescheuert. Sie logen und betrogen, was das Zeug hielt, nur um ihr schließlich alle Schuld in die Schuhe zu schieben. Seit sich JJ, ihr letzter Freund, dem ungeschriebenen Gesetz »Männer müssen fremdgehen« gebeugt hatte, nach dem das männliche Geschlecht zu leben schien, hatte sie die Auswahl potenzieller Kandidaten ausschließlich auf langweilige, etwas nerdige Männer beschränkt.

»Faith.«

Sams tiefe Stimme glitt über ihre Haut und grub sich in ihre Erinnerung. Für später, wenn sie alleine in ihrem Bett lag und an ihn dachte. Auch das hasste sie. Warum, oh, warum nur musste er solch ein notorischer Frauenheld sein? Konnte er nicht so sein wie seine Brüder Cole und Nate? Treu bis in alle Ewigkeit?

Er berührte ihren Arm und es war, als verbrenne ihre Haut.

»Oh. Hi, Sam.« Das klang doch locker und beiläufig, oder? Er war so groß, stand so dicht bei ihr und roch nach Sonnenschein und Hitze und Männlichkeit.

Na prima. Jetzt geht mir deine Männlichkeit nicht mehr aus dem Sinn.

»Möchtest du tanzen?«, fragte er.

Ja. Nein! Bleib bei deinen Langweilern, Faith.

Sam war alles andere als langweilig. Draußen in der Natur ging er jedes Wagnis ein, das sich ihm bot. Und abends feierte er, laut und ausgelassen. Nein, damit wollte sie nichts zu tun haben.

»Nein, danke.« Sie nippte an ihrem Drink und wünschte, es wäre Tequila statt Whiskey Cola. Und sie wünschte, sie wäre zu Hause, statt neben dieser menschlichen Hitzewelle zu stehen.

Er zog die Augenbrauen zusammen. »Sicher? Ich habe dich den ganzen Abend noch nicht auf der Tanzfläche gesehen.«

»Sind dir schon die Mädels ausgegangen?« *Lieber Himmel, habe ich das laut gesagt?*

Ein entspanntes Lächeln breitete sich auf seinem Gesicht aus. Er wirkte nicht beleidigt, sondern eher … *amüsiert?* Er sah sich im Raum um. »Nein, eigentlich nicht. Da sind ein paar, mit denen ich noch nicht getanzt habe«, sagte er und richtete seine Schokoladenaugen wieder auf sie. »Aber ich möchte mit dir tanzen.«

Sie trank ihren Whiskey Cola in einem Zug aus, damit ihr das »Okay« nicht herausrutschte, das ihr auf der Zunge lag, und stellte das leere Glas auf die Theke. »Danke, aber ich wollte gerade gehen.«

»Na, das wäre aber schade.« Sein Blick wanderte langsam über ihren Körper, sodass sie sich verletzlich und nackt vorkam.

Nackt mit Sam Braden. Plötzlich schien ihr Innerstes in Flammen zu stehen. Offenbar war es ihm nicht entgangen, denn seine Augen wurden schwarz wie die Nacht.

»Du siehst heute Abend unglaublich schön aus, und es ist Cole und Leesas großer Tag. Du solltest hierbleiben.« Er beugte sich etwas näher zu ihr. »Und mit mir tanzen.«

Mit diesen butterweichen Knien würde sie sowieso nicht weit kommen. *Unglaublich schön?* Faith hatte oft genug zu hören bekommen, dass sie hübsch sei. Aber *unglaublich schön?* Das ging wohl doch ein bisschen zu weit. Typisch Sam Braden, der Süßholzraspler. Sam Braden, der die Grenzen austestete.

Sie musste zugeben, dass er diese Anmache perfekt beherrschte. Seine Augen waren nur auf sie gerichtet, während sie die Blicke fast aller Frauen im Raum auf sich spürte, als fragten sie sich, was sie hatte, das sie nicht hatten. Oder vielleicht wollten sie sie auch einfach umbringen. *Jep.* Das war's wahrscheinlich.

»Die Hochzeit war wunderbar«, brachte sie mühsam hervor, »und ich freue mich für Cole und Leesa, aber morgen Nachmittag veranstalte ich am Harbor-Park eine

Autowaschaktion. Deshalb sollte ich jetzt wirklich gehen, ich muss noch einiges vorbereiten.«

Sam trat näher. Seine Finger fuhren federleicht über ihren Arm, schickten einen Hitzeschwall direkt in ihr Gehirn und verursachten einen Kurzschluss.

»Am Harbor-Park?« Die rechte Seite seines verführerischen Mundes hob sich zu einem neckischen Lächeln. »Aber der Abend ist doch noch lange nicht zu Ende. Du kannst nicht gehen, ohne wenigstens einmal mit mir zu tanzen. Nun komm schon. Denk nur, wie Cole sich freuen würde, wenn er sieht, dass du dich amüsierst.«

Er war wirklich hartnäckig. Vielleicht sollte sie einfach nachgeben und mit ihm tanzen. Sie hatte keine Lust, eine weitere Trophäe in der langen Reihe von Sams Eroberungen zu sein, aber schließlich wäre es nur ein einziger Tanz. Dann könnte sie nach Hause gehen und er würde sich irgendeiner anderen Frau zuwenden. Dieser Gedanke war wie ein Stoß in die Magengrube.

Ihre blöden Hormone bahnten sich wieder einen Weg an die Oberfläche. *Du hast ja wirklich nett gefragt.* Vielleicht las sie einfach viel zu viel in diesen Tanz hinein. Es war schließlich kein Date.

Aber er starrte sie unbeirrt mit diesem »Ich will dich flachlegen«-Blick an, der so typisch für ihn war. Genau denselben Blick hatte er an diesem Abend schon mehreren anderen Frauen zugeworfen.

Mehreren. Anderen. Frauen.

Grundgütiger! Warum überlegte sie überhaupt, ob sie mit ihm tanzen sollte?

Es war seine Hand, die an ihrem Arm entlangfuhr, bis sie zitterte und ihr gleichzeitig ganz heiß wurde. Und diese Augen, die nur sie zu sehen schienen und ihr das Gefühl gaben, ungeheuer wichtig zu sein. Sie war Sam nicht wichtig. Ihr Verstand wusste das, aber ihre Eierstöcke hatten diesen Teil ihres Gehirns offenbar fest im Griff und zermalmten ihre intelligenten Zellen.

Faith warf einen Blick auf die Tanzfläche und sah Cole, der Leesa etwas ins Ohr flüsterte. Sie waren so ein schönes Paar und Cole war so ein freundlicher Chef. Vielleicht sollte sie doch ein bisschen länger bleiben. Sie musste ja nicht mit Sam tanzen. Sie konnte einfach mit ihm reden, bis es ihm langweilig wurde und er zur nächsten Frau weiterging.

Coles Miene wurde ernst und auch Leesa schaute zu ihnen herüber. Er sagte etwas zu ihr und steuerte dann mit einem wütenden Blick auf Sam auf sie zu. *Mist.* Das war nicht gut. Schließlich war er ihr *Chef.*

Du lieber Himmel. War sie völlig verrückt geworden? Sie konnte doch nicht mit dem Bruder ihres Chefs tanzen!

»Also …« Panik stieg in ihr auf, als Cole näher kam. Cole respektierte sie, aber ihm war nicht entgangen, wie nervös sie wurde, wenn Sam in der Nähe war. Er hatte sie mit hochrotem Kopf dasitzen sehen, wenn Sam ihn in der Praxis besuchen kam und ihr im Vorübergehen Komplimente machte. Dass er sie jetzt dabei ertappte, wie sie seinen Bruder anhimmelte, war das Letzte, was sie brauchen konnte.

»Ich muss wirklich gehen, aber danke, dass du gefragt hast, Sam.« Sie drehte sich auf dem Absatz um und eilte davon, bevor sie die Nerven verlor.

Ende des Auszugs

Wenn Ihnen die Vorschau gefallen hat, können Sie *Liebe gegen den Strom* bei Ihrem Online-Buchhändler erwerben und weiterlesen!

Love in Bloom – Herzen im Aufbruch

Für noch mehr Vergnügen lesen Sie die Bücher der Reihe nach.
Sie werden in jedem Band bekannte Figuren wiederfinden!

Bisher erschienen in deutscher Sprache:

Die Snow-Schwestern

Schwestern im Aufbruch
Schwestern im Glück
Schwestern in Weiß

Die Bradens (Weston, Colorado)

Im Herzen eins
Für die Liebe bestimmt
Freundschaft in Flammen
Wogen der Liebe
Liebe voller Abenteuer
Verspielte Herzen
Ein Fest für die Liebe (Hochzeits-Kurzgeschichte)
Nachwuchs für die Liebe (Savannahs & Jacks Baby)
Happy End für die Liebe (Hochzeits-Kurzgeschichte)

Die Bradens (Trusty, Colorado)

Bei Heimkehr Liebe
Bei Ankunft Liebe
Im Zweifel Liebe
Bei Rückkehr Liebe
Trotz allem Liebe
Bei Aufprall Liebe

Die Bradens (Peaceful Harbor)

Geheilte Herzen
Voller Einsatz für die Liebe
Liebe gegen den Strom
Vereinte Herzen
Melodie der Liebe
Sieg für die Liebe

Bisher erschienen in englischer Sprache/bald auf Deutsch:

The Remingtons

Spiel der Herzen
Im Dschungel der Liebe
Herzen in Flammen
Herzen im Schnee
Liebe zwischen den Zeilen

The Bradens & Montgomerys (Pleasant Hill and Oak Falls)

Embracing her Heart
Anything for Love
Trails of Love

…

Entdecken Sie Melissa Fosters Bücher auch auf:
www.melissafoster.com/herzen-im-aufbruch